Harper
Collins

Caroline Lea ist in Jersey geboren und aufgewachsen. Sie hat an der Warwick University studiert und lehrt dort mittlerweile Kreatives Schreiben. Caroline Lea schreibt Romane und Lyrik und stand mit einigen ihrer Arbeiten bereits auf der Shortlist für den Bridport Prize. Sie lebt mit ihren beiden Söhnen in Warwick.

Caroline Lea

Die Farbe von Glas

Roman

Aus dem Englischen von
Anja Kirchdörfer und Leonie von Reppert-Bismarck

HarperCollins

HarperCollins®

1. Auflage: Oktober 2019
Deutsche Erstausgabe

Originaltitel: »The Glass Woman«
Erschienen bei: Penguin Books Ltd, London

Umschlaggestaltung: HarperCollins Germany / Deborah Kuschel,
Artwork PenguinRandomhouse UK
Umschlagabbildung: Artwork: Penguin Random House UK,
zoom-zoom / Getty Images
Lektorat: Gesa Weiß
Satz: GGP Media GmbH, Pößneck
Printed in Germany
Dieses Buch wurde auf FSC®-zertifiziertem Papier gedruckt.
ISBN 978-3-95967-294-8

www.harpercollins.de

Für meine beiden Söhne Arthur und Rupert.
Ich liebe euch mehr als Bücher.

Jafnan er hálfsögð saga ef einn segir.
Man kennt doch nur die halbe Wahrheit,
solange nur ein Mann gehört worden ist.

Isländisches Sprichwort aus der
Saga von Grettir dem Starken

PROLOG

Stykkishólmur, Island, November 1686

Am Tag des Bebens, als sich die Erde aufbäumt, taucht aus den Tiefen des eisverkrusteten Meeres ein Körper auf, knochenweiß, mit Fingern, die winken, als lebten sie.

Den Männern und Frauen von Stykkishólmur rieselt der Torf vom Dach ihrer Häuser auf die Köpfe, als sie fluchend ins Kalte taumeln. Dann erst bemerken sie den Arm, der sie vom gefrorenen Wasser her zu sich winkt, und alles erstarrt, Worte bleiben unvollendet in der eisigen Luft hängen, Münder offen stehen.

Die Männer fangen sich, strömen zum Ufer, klettern über die scharfkantigen Verwerfungen aus massivem Meerwasser, jeder Schritt mühselig. Er ist dabei, müht sich wie die anderen, presst die Hand gegen die pochende Wunde in seiner Seite. Jeder vibrierende Schritt seiner Fellstiefel auf dem harten Eis lässt ihn stoßartig ausatmen.

In seinem Rücken weiß er die Blicke jener, die auf Schnee und sicherem Grund zurückgeblieben sind. Er spürt, wie sie seine Schritte beobachten, wie sie hoffen, das Eis möge unter ihm bersten.

Er denkt daran, wie sie den bleischweren Körper hinausgetragen haben, in Tücher gewickelt und mit Steinen beschwert. Er erinnert sich, wie seine frische Wunde schmerzte, während sie sich durch den Schnee kämpften. Mit langen Stöcken hatten sie das Eis aufhacken müssen, um die Leiche versenken zu können. Das Meer hatte sie augenblicklich verschlungen – ein weißes Aufblitzen, und dann war da nur noch Schwärze gewesen. Doch das Wissen um die Leiche blieb, ähnlich der blutrünstigen Bilder am Ende der Sagas, jener alten hitzigen Geschichten, die jedem Kind von Geburt an mitgegeben werden und jedem Isländer einen Sinn für Gewalt vermitteln.

Sechs Tage sind vergangen, seit er an dem schwarzen Wassergrab ein Gebet gemurmelt hatte, bevor sie sich dann stapfend auf den Rückweg zum kleinen Gehöft gemacht hatten. Noch vor Monduntergang war das Loch von einer Eisschicht bedeckt gewesen, und als das bleiche Halblicht der Wintersonne den Himmel hell zu färben begann, war es unter frisch gefallenem Schnee nicht mehr zu sehen. Nur allzu oft hilft die Witterung, unsere Sünden zu verbergen.

Doch in Island ist die Erde nie ruhig. Die grollenden Erschütterungen, das umherwirbelnde Wasser mussten die Steine gelöst haben, sodass die Leiche aufsteigen und die Risse im Eis durchbrechen konnte. Und da ist sie jetzt. Und winkt.

Er rutscht aus, geht schwer zu Boden und ächzt, als ihm der Aufprall auf dem Eis durch die Seite fährt. Aber er muss weiter. Er rappelt sich auf, stöhnend vor Schmerzen. Das Eis knackt unter seinen Stiefeln. Darunter leckt das schwarze Wasser an der Oberfläche, hartnäckig, hungrig. Er schiebt sich vorsichtig vorwärts.

Langsam. Immer schön langsam.

Ein weiteres Beben erfasst die Erde – es ist nicht stärker als die Bewegung eines Hundes, der sich das Wasser aus dem Fell schüttelt, aber es zwingt ihn in die Knie. Die Welt besteht nur noch aus knirschenden, wogenden Eisschichten. Er liegt mit dem Gesicht zu Boden, keuchend, und wartet auf das Knacken, das wie splitternder Knochen widerhallt. Es wäre das letzte Geräusch, das er hört, ehe das Meer ihn verschlingt.

Das Eis beruhigt sich. Die Welt hört auf zu beben. Stille breitet sich aus.

Er richtet sich auf, und die beiden Männer neben ihm tun es ihm gleich.

Sie wechseln Blicke, ziehen die Augenbrauen hoch, und

er nickt. Das Eis ächzt. Darunter rinnt die dunkle Strömung wie ein Geheimnis.

»Beeilt euch«, ruft jemand vom Ufer. »Beim nächsten Beben reißt es euch hinab!«

Er seufzt und fährt sich mit der Hand durchs Haar.

»Wir sollten die Sache abbrechen«, sagt einer der beiden Männer – hochgewachsen und mit so dunklen Augen, als sei er aus demselben Vulkangestein geschaffen wie das Land selbst.

Der dritte Mann – hellhäutig und rothaarig, ein Kelte – nickt. »Und bis zum Frühling warten. Dann haben wir mehr Licht. Und kein Eis mehr.«

Doch er kratzt sich am Bart, schüttelt dann den Kopf. »Wir müssen sie da jetzt rausholen ... *Ich* muss sie da jetzt rausholen.«

Das Gesicht des hochgewachsenen Mannes verdunkelt sich, seine Augen funkeln fast schwarz, doch er schweigt.

»Kehrt um«, sagt er daraufhin zu den beiden. »Riskiert nicht euer Leben.«

Jetzt schütteln sie die Köpfe.

»Wir bleiben«, sagt der größere von ihnen.

Die Menge am Ufer behält sie weiter im Blick. Zehn Menschen sind es, aber ihre Erregung und ihr Getuschel lassen ihre Anzahl größer wirken. Sie drängen sich murmelnd in Grüppchen zusammen, die Münder hinter vorgehaltenen Fäustlingen versteckt. Ihre Worte hängen wie düstere Lärmwolken über ihnen – giftige Dämpfe, die sie umgeben wie Miasma.

Die Männer haben den Rand des Eises erreicht. Wieder knackt es unter ihren Stiefeln. Er hebt die Hand. Sie halten an.

Er legt sich auf den Bauch und schiebt sich vor. Weniger als eine Handbreit unter ihm liegt die unersättliche See. Vor ihm schaukelt die weiß umhüllte Figur im Wasser, die steif gefrorenen Finger winken ihn einladend näher.

Das Eis knirscht mit den Zähnen.

Er holt mit der Sense aus, und Triumph erfüllt ihn, als sie sich im Stoff verhakt. Er zieht, die Leiche treibt näher heran, die bleiche Hand wedelt vor seinem Gesicht. Er zuckt zurück. Da reißt das Material, die Sense kommt frei. Die Leiche entfernt sich sanft schaukelnd.

»Lass gut sein«, knurrt der Dunkelhaarige.

Er streckt wieder seinen Arm mit der Sense in Richtung des leblosen Körpers aus. Seine kalten Muskeln kreischen empört, sein Arm zittert vor Anstrengung. Kraftvoll lässt er die Sense auf die Gestalt niedersausen, und die Metallspitze fährt durch den Stoff. Er zuckt innerlich zusammen, als wäre das kalte Metall in sein eigenes Fleisch gefahren, dann schließt er die Augen, atmet tief durch und hackt noch mal nach. Die Sense gräbt sich tiefer ins Fleisch.

Die beiden anderen Männer halten ihn fest, während er die Gestalt aus dem Wasser zu zerren beginnt. Langsam taucht ein dunkler Körper auf und landet schließlich neben ihm auf dem Eis.

»Es tut mir leid«, keucht er mit rauer Stimme.

Sie tragen das schwere Bündel über das vereiste Meer zurück zum Ufer.

Er vermeidet es, nach unten zu blicken, hinunter zur toten Hand, die über Eis und Schnee schleift wie die Finger eines Kindes, das Schnee greift und zum Ball formt, wurfbereit. Der Rauch von den Feuerstellen der nahegelegenen kleinen Gehöfte malt schwarze Runen in den Himmel – dunkle gekritzelte Muster, die hinter den hellen aufgeregten Atemwolken der Dorfbewohner aufsteigen.

Als sich die Männer dem Ufer nähern, branden die Menschen vor, gierig wie Aasgeier, die um das Privileg des ersten Bissens von diesem unerwarteten Festmahl kämpfen.

Teil Eins

Ausgiebig geprüft soll werden jeder Mann.

Isländisches Sprichwort aus der
Saga von Grettir dem Starken

RÓSA

Skálholt, August 1686

Rósa sitzt im *Baðstofa* der kleinen Kate, die seit Neuestem ihr und ihrer Mamma gehört. Ein scharfer Windzug dringt durch die Ritzen zwischen der Hauswand aus Torfsoden und dem winzigen Fenster aus heller Schafshaut – von Wolle freigeschabt und so lange gedehnt, bis sie dünner und durchscheinender ist als das teure, aus Dänemark importierte Papier.

Rósa erschaudert, als der Wind an ihrem Kleid zupft. Dennoch rückt sie näher ans Fenster, um möglichst viel vom schwindenden Licht zu erhaschen, und zieht sich ihr Tuch fester um die Schultern.

Sie taucht den Federkiel in das kostbare Tintenfass und schreibt.

Mein lieber Jón Eiríksson,
ich schreibe Dir heute, lieber Gemahl, um Dich um Gnade und Verständnis anzuflehen. Dein Gehilfe Pétur kam heute zu uns und überbrachte Deine freundliche Gabe dreier Wollkleider und bat mich, Dir nach Stykkishólmur nachzureisen. Ich will mich nach Kräften bemühen, Dir in unserem noch jungen Bund eine pflichtgetreue Gemahlin zu sein, doch ich fürchte, ich kann mich nicht zu Dir gesellen …

Rósa hält inne, beißt sich auf die Lippen und zieht das Schultertuch noch enger um sich. Sie streicht das Wort *kann* aus und ersetzt es durch *werde*. Ihre Hand zittert, und sie drückt so heftig auf, dass die Feder entzwei-birst und Tinte über das ganze Blatt spritzt.

Ihre Augen brennen. Sie stöhnt auf, zerknüllt das Stück Papier und schleudert es zu Boden.

»Heb das auf, Mädel«, keucht ihre Mutter vom Bett gegenüber. »Oder glaubst du, wir sind reicher als Niord und können gutes Papier und Tinte verschwenden?« Ihre letzten Worte gehen in rasselndem Husten unter.

»Tut mir leid, Mamma.« Rósa zwingt sich zu lächeln, hebt das Papier auf und streicht es über dem Knie glatt. »Ich kann nicht denken …« Sie spürt, wie ihre Lippen zu zittern beginnen, und gräbt sich die Fingernägel in die Handfläche.

Ihre Mutter lächelt. »Du bist nervös, das ist normal. Dein Mann wird das wissen, ganz gleich, was du schreibst. Ich weiß noch, als ich deinen Vater heiratete …«

Rósa nickt stumm und blinzelt, sie hat plötzlich einen Kloß im Hals.

Sigridúrs Lächeln verblasst. Sie klopft neben sich aufs Bett. »Du scheinst nicht du selbst zu sein. Setz dich. So. Und jetzt erzähl: Was betrübt dich?«

Rósa öffnet den Mund, um zu antworten, doch sie findet keine Worte für die erdrückende Panik, die sie beim Gedanken verspürt, ihr Dorf verlassen zu müssen, um mit diesem Fremden zusammenzuleben, den sie nun »Gemahl« nennen soll. Wenn sie an ihn denkt, ist es nicht sein Gesicht, das vor ihrem inneren Auge auftaucht, sondern es sind seine Hände, stark und sonnengegerbt. Sie stellt sich vor, wie sie die Ruder durchziehen oder einem Huhn den Hals umdrehen.

Unvermittelt packt Sigridúr Rósas Hand. »Hör auf!« Einen Augenblick glaubt Rósa, ihre Gedanken wären offen auf ihrem Gesicht zu lesen gewesen. Dann gleitet ihr Blick hinab zu ihren Händen, und sie bemerkt, dass sie ohne nachzudenken den *Vegvísir*, den Wikingerkompass, auf ihre Hand gezeichnet hat.

»Keine Runen!«, zischt Sigridúr.

Rósa nickt und ballt ihre Hände zu Fäusten. »Ich weiß.«

»Wissen reicht nicht. Du musst auch danach handeln. Dein Ehemann ist anders als dein Pabbi. Er wird nicht die Augen verschließen und so tun, als könnte er nicht sehen, was sich unter seiner Nase abspielt. Vor ihm musst du ausschließlich Bibelverse und Kirchenlieder zitieren. Keine Runen. Keine Sagas. Hast du verstanden?«

»Ich bin kein Dummkopf, Mamma«, flüstert Rósa.

Sigridúrs Gesichtsausdruck entspannt sich, sie streicht Rósa über die Wange.

»Sorg dich nicht. Und wenn seine Gebete überhandnehmen, dann wartest du einfach, bis er schläft, ehe du ihm eins mit seiner Bibel überziehst, ihn nach draußen in den Schnee schaffst und aussperrst.«

Rósa muss unwillkürlich lächeln.

Sigridúr lacht schnaubend auf und fügt hinzu: »Als nettes Festmahl fürs *Huldufólk*.«

Rósa verdreht die Augen. »Mamma, bitte. Du hast doch selbst gesagt: nicht mal im Scherz.«

»Beruhige dich«, meint Sigridúr. »Hier ist niemand, der uns belauschen kann.« Sie verstummt, ihre Augen blitzen auf. »Außerdem frisst das *Huldufólk* sowieso viel lieber Kinder …«

»Mamma!«

Sigridúr hebt abwehrend die Hände. »Lass mich lachen, solange ich noch kann, Liebes. Diese Ehe.« Ihr Mund verzieht sich. »Und mit einem Mann, der so weit entfernt lebt.«

Wieder spürt Rósa Panik in sich aufwallen und unterdrückt sie. »Denk dran, Mamma: Neue Torfsoden auf dem Dach, ein großer Ofen. Torf zum Heizen, das viel besser ist als Mist. Und Jón wird für dich Holz aus Kopenhagen einhandeln, sowie die Schiffe eingelaufen sind. Stell dir nur mal vor, Mamma: *Holz* an den Wänden. Pelze statt Hausgesponnenes. Du wirst den ganzen Winter über nicht frieren müssen. Und ehe du dich's versiehst, bist du wieder gesund.«

»Das Disputieren hat dir dein Pabbi ganz gut beigebracht, so viel steht fest. Und dann wirst du die Frau eines gewöhnlichen Fischers. Ein Jammer …«

»Er ist viel mehr als nur Fischer …«

»Natürlich, der Titel des *Bonði* hat schon etwas Besonderes. Ich weiß, dass auf seinem Acker Gerste wächst und dass er regen Handel mit den Dänen treibt. Ich habe seine Rede gehört, genau wie du. Ein hübsches Bild, das er da gezeichnet hat. Aber die Leute sagen …«

»Das sind Gerüchte, Mamma, und auf so etwas hören wir nicht.«

»Es heißt, Jóns erste Frau …«

»Alles nur dumme Märchen.« Rósas Stimme klingt scharf, selbst in ihren eigenen Ohren. Doch sie lenkt sie vom Kribbeln in ihren Händen und Füßen ab, das sich jedes Mal einstellt, wenn sie sich vorstellt, mit diesem Mann allein zu sein. Vor drei Nächten hat sie geträumt, dass ihr Ehemann auf ihr lag, wobei sein Kopf und seine Schultern die eines Eisbären waren. Er beugte sich vor, um sie zu küssen, riss dann jedoch sein Maul weit auf und brüllte. Von seinem stinkenden Fleischatem musste sie so heftig würgen, dass sie davon aufwachte. Rósa fürchtet, dass der Traum ein schlechtes Omen ist, und sie hat schon mehrfach zur Feder gegriffen, um Jón zu schreiben und den Zeitpunkt ihres Aufbruchs nach Stykkishólmur hinauszuzögern. Doch wenn sie dann den pfeifenden Atem ihrer Mutter hört, weiß sie, dass ihre Entscheidung richtig ist. Obwohl sie manchmal, wenn sie die Augen schließt, das Gesicht eines anderen Mannes sieht, ein Gesicht, das ihr fast vertrauter ist als ihr eigenes. Eine Hand, die sich ihr entgegenstreckt und ihr das Haar aus der Stirn streicht. Sie schiebt den Gedanken beiseite und sagt: »Ich will nicht über Jóns erste Frau sprechen. Das ist nichts als neidischer Tratsch, der mir Angst machen soll. Das hast du selbst gesagt.«

Sigridúr runzelt die Stirn, nickt dann langsam und senkt den Blick auf ihre Hände, die kaltblau gezeichnet sind. »Wie dem auch sei. Stykkishólmur liegt vier anstrengende Tagesritte entfernt. Und das Land ist tückisch und grausam, besonders nach dem letzten Winter … Es heißt, im Meer treiben Eisschollen, die seit zwölf Monaten nicht geschmolzen sind. Und überhaupt, warum will er ausgerechnet dich?«

»Welch hohe Meinung du doch von mir hast, Mamma. Du musst dich mit deinen Komplimenten wirklich zurückhalten, sonst steigen sie mir noch zu Kopfe.«

»Ach, du!« Sigridúr lächelt. »Meiner guten Meinung kannst du immer gewiss sein. Dennoch … Warum nimmt er sich kein Mädchen aus seinem eigenen Dorf?«

Diese Frage hat Rósa auch schon umgetrieben, doch jetzt beugt sie sich vor, ergreift die kalten Hände ihrer Mutter und meint nur: »Ich bin eben unwiderstehlich.«

Sigridúr lächelt traurig. »Dein Pabbi wüsste, was zu tun ist.«

»Ich vermisse ihn auch.« Rósa umarmt ihre Mutter. Einen Augenblick schließt sie die Augen und atmet den Geruch nach Wolle und Schweiß ein, der sie an ihre Kindheit erinnert.

Rósas Vater Magnús, Bischof von Skálholt, war vor knapp zwei Monaten gestorben. Angefangen hatte es mit Bauchschmerzen, doch innerhalb eines Monats war sein Bauch angeschwollen, als erwarte er ein Kind.

Im Dorf hatte man natürlich sogleich getuschelt, das sei das Werk einer verärgerten Hexe, die sich womöglich dafür räche, dass er das Schreiben von Runen und das Aufsagen von Beschwörungsformeln streng untersagt hatte, wo doch frühere Pfarrer und selbst die katholischen Bischöfe offen sowohl aus den Sagas als auch aus der Bibel vorgelesen hatten. Magnús war den Gerüchten mit Verachtung begegnet. Er hatte von der Kanzel gegen sie gewettert und gedroht, die

Klatschmäuler aus der Kirche zu verbannen. Das hatte das Zischen der Gerüchte erstickt, nicht jedoch die Krankheit geheilt. Noch vor der Sonnenwende starb er und hinterließ seiner Frau und Tochter kaum etwas an Geld und Gut. Magnús hatte sein großzügiges Gehöft mit den Glasfenstern und holzgetäfelten Wänden verkauft und das Geld in die Instandhaltung der Kirche gesteckt. Er hatte beschlossen, in einem kleinen torfgedeckten Haus zu wohnen wie der Rest seiner Gemeinde.

Reichtum nährt den Körper, nagt jedoch an der Seele. Es ist besser zu leben wie Jesus, bescheiden.

Als er noch lebte, waren die Dorfbewohner großzügig gewesen. Zusätzlich zu dem wöchentlichen Zehnt hatten sie ihnen so viel Bier und Lammfleisch gebracht, dass die Familie gut versorgt war und sogar der Eindruck von Wohlstand entstand. Doch nach dem Tod ihres Pabbis erkannte Rósa sehr bald, dass sie sich in einer verzweifelten Lage befanden.

Innerhalb kürzester Zeit entwickelte ihre Mamma einen Husten, der bei jedem Atemzug blubberte wie schwefelhaltiges Moorland. Fortan lag Rósa nachts im *Baðstofa* und lauschte der Flüssigkeit, die Sigridúrs Brust füllte. Sie erinnerte sich an die Säftelehre, in der ihr Pabbi sie unterwiesen hatte: Zu viel Wasser in der Lunge konnte dazu führen, dass ein Mensch in seinem eigenen Körper ertrank.

Rósa musste hilflos zusehen, wie ihre Mamma in sich zusammenfiel, wie sie pfeifend nach Atem rang, sich zusammenrollte wie eine alte Frau, grauhäutig und hohläugig. Rósas eigene Träume verflüchtigten sich, und ihr ganzes Sinnen und Trachten richtete sich von nun an nur auf eines: das Überleben ihrer Mutter zu sichern.

Einen Monat nach Magnús' Tod, am ersten Sonntag im Juli, war Rósa zur Kirche gegangen, um dort Gott um Hilfe zu bitten. Sie und ihre Mutter hatten an diesem Morgen ihren letzten *Skyr* gegessen, und beide waren zu stolz, um zu betteln.

Auf dem Weg zur Kirche traf sie auf Margrét, die gerade mit einem Stock etwas in den Boden vor ihrer Kate zeichnete. Beim Klang von Rósas Schritten schaute Margrét ruckartig auf, um dann eilig die Linien auf dem Boden mit ihrem Schuh zu verwischen.

»Nur 'n Bibelspruch«, knurrte sie Rósa finster an, das Kinn kampflustig vorgereckt. Sie schob eine verirrte graue Haarsträhne zurück unter ihre fadenscheinige Haube.

»Welcher denn?« Rósa konnte sich die Frage nicht verkneifen. Es war allgemein bekannt, dass Margrét weder lesen noch schreiben konnte und Rósa um ihr Wissen beneidete. Margrét hatte mit Sicherheit Runen in den Boden gemalt.

»Die Zehn Gebote«, schoss Margrét zurück. »In Bildern. Und du brauchst gar nicht so zu grinsen, Fräulein. Ich habe deinen jungen Mann gesehen.«

»Meinen jungen Mann?« Rósa fühlte Hitze in ihren Wangen aufsteigen.

»Nun tu nicht so dumm. Er ist losgezogen, um Torf zu stechen. An einem Sonntag. Statt in die Kirche zu gehen. Páll muss noch lernen, sich zu benehmen, wenn er einen guten Ehemann abgeben soll.«

»Warum suchst du nicht erst mal das Mädchen, das er zu ehelichen gedenkt, und richtest ihr das persönlich aus? Vielleicht findest du sie, wenn du mal in die Kirche gehst, Margrét, statt hier vor deiner Kate deine *Muster* in den Boden zu malen.«

Rósa wartete Margréts Antwort nicht ab, sondern lief rasch weiter in Richtung Kirche. Als sie an den Feldern vorüberging, hielt sie Ausschau nach Páll, konnte ihn aber nirgends entdecken. Auch war er nicht unter den Dutzenden Gesichtern, die sich nach ihr umdrehten, als sie die Kirche betrat, und sich dann rasch wieder abwandten und zu tuscheln begannen.

Im Kirchenraum war es warm dank der vielen Dorfbewohner, die sich hier versammelt hatten, um den neu ernannten Bischof Olaf Gunnarsson willkommen zu heißen. Die Menschen rutschten unruhig auf den Bänken hin und her, während er sprach.

Plötzlich hörte Rósa ihren Namen. Er stellte sie als Tochter des ehrwürdigen Bischof Magnús vor und winkte sie hinauf zum hölzernen Altar, wo alle sie anstarren und zweifelsfrei feststellen konnten, wie dünn sie geworden war.

Sowie der neue Bischof es zuließ, schlüpfte sie zurück zu ihrer Bank und atmete erst wieder auf, als die Augen der hundert Dorfbewohner nicht länger auf sie gerichtet waren.

Doch als sie sich endlich imstande fühlte, den Blick zu heben, hatte sie noch immer das Gefühl, beobachtet zu werden. Ihr Blick glitt nach links, und da war er: ein Fremder im Dorf, in dem sie jeden mit Namen kannte.

Er war ein Hüne von einem Mann: Der Stoff seines Hemdes spannte über seinen muskulösen Armen. Seine Haut war dunkel, als verbrächte er viel Zeit im Freien. Sein dichter Bart verbarg so viel von seinem Mund, dass sein Gesichtsausdruck nicht zu deuten war.

Sie senkte den Blick. Als sie wieder aufschaute, starrte er sie immer noch an.

Nach dem Gottesdienst war der Fremde schnell verschwunden. Rósa musste nicht fragen, um zu erfahren, wer er war. Sein Name war in aller Munde: Jón Eiríksson, reicher Fischer, Landwirt und Händler aus Stykkishólmur. Ein Mann, der es aus eigener Kraft zu etwas gebracht hatte. Ein mächtiger Mann. Nach dem Tod des *Goði* der Gegend war er zum *Bonði* ernannt worden und hatte von seinem eigenen Hof aus in vielen rechtlichen und kirchlichen Fragen entscheiden müssen, da der kleinen Gemeinde eine Kirche und ein Gemeindeführer fehlten.

In der Kirche von Skálholt wurde munter getratscht: Er sei

auf dem Weg nach Süden gewesen, um eine neue Kuh zu kaufen, und habe in Rósas Dorf Halt gemacht, hieß es.

Der weiße Bart des alten Snorri Skúmsson zitterte vor Aufregung. Er beugte sich dicht zu Rósa. Sie konnte die roten Äderchen sehen, die seine Nase wie ein Netz überzogen.

»Er behauptet, er sei hier, um Bischof Olaf willkommen zu heißen und ihm seine Ehrerbietung zu erweisen, aber er macht niemandem was vor.« Snorri kicherte. »Seine Frau ist gestorben, und jetzt ist er auf der Suche nach einer neuen. Die Leute reden von nichts anderem. Und wir haben alle gesehen, wie er *dich* angestarrt hat, Rósa … Und, na ja, da du jetzt nicht in der Kirche bleiben kannst, wo dein Pabbi verstorben ist … ist auch richtig so. Frauen, die lesen, wo gibt's denn so was? Pah!«

Rósa wich ein Stück zurück. War schlechter Atem nicht ein Zeichen innerer Verwesung? Mit einem gezwungenen Lächeln erwiderte sie: »Deine Töchter sind aber doch viel älter als ich. Vielleicht solltest du die Chance für eine von ihnen nutzen.«

Snorri blieb der Mund offen stehen, und Rósa knickste artig und rannte dann rasch hinaus und den Hügel hinunter, ehe er sich zu einer Antwort durchringen konnte. Ihre Mamma wäre stolz auf sie gewesen. Ihr Pabbi weniger.

Wieder ließ sie den Blick über die Hügel und Felder schweifen, auf der Suche nach Pálls vertrauter Gestalt, aber sie konnte ihn nirgends entdecken. Die anderen Bewohner des Dorfes befanden sich bereits auf dem Rückweg zu ihren Gehöften. Einige riefen Rósas Namen, als sie vorbeieilte, und wandten sich dann flüsternd ihrem Nachbarn zu. Rósa biss die Zähne zusammen und zwang sich einen Gruß ab. Seit dem Tod ihres Pabbis begleiteten sie dieses ständige Geflüster und die Spekulationen. Manchmal hatte sie das Gefühl, sie stünde nackt und bibbernd in einem Sturm, während jeder im Dorf mit dem Finger auf sie zeigte.

Plötzlich stand Hedí Loftursdóttir neben ihr und drückte ihr einen Moosklumpen in die Hand. Ihr Gesicht war blass, und der Blick, mit dem sie sich aus hellen blauen Augen umschaute, wirkte gehetzt. »Für deine Mamma. Es wird ihrem Husten helfen.«

Rósa nickte und lächelte. Vielleicht hatten einige Menschen doch noch Mitgefühl mit ihr. Doch ehe sie Luft holen und Hedí danken konnte, hatte das Mädchen auf dem Absatz kehrtgemacht und war davongelaufen, mit gesenktem Kopf, als könnte Rósa sie mit einer furchtbaren Krankheit anstecken.

Sie seufzte. Der Himmel über ihr blickte auf sie herab wie weit aufgerissene, leuchtend blaue Augen. Wenn seine Farbe – meist gegen Mitternacht – endlich zerrann, rutschte die Sonne nur kurz unter den dunklen Horizontstrich, um schon im nächsten Augenblick wieder aufzutauchen und die Welt in milchiges Halblicht zu hüllen.

In der Ferne sah man wie einen umgedrehten Kreisel die Hekla liegen. Der Berg spuckte Rauch und Asche in den Himmel, manchmal auch schwarzes Gestein und Lava, unter denen Land und Menschen in einem Umkreis von vielen Meilen begraben wurden. Die Hekla war als Tor zur Hölle bekannt. Ganz Island fürchtete sie. Viele wären lieber gestorben, als in Sichtweite des Berges zu wohnen. Rósa dagegen konnte sich nicht vorstellen, jemals woanders zu leben.

Es hätte bedeutet, ihre Mamma zu verlassen. Und Páll.

Rósa ballte die Hände zu Fäusten und öffnete sie wieder. Dabei wurde das Moos in ihrer Hand gepresst und sie roch den Duft des schwarzen aschigen Versprechens, das die Berge jeden Tag aufs Neue abgaben: *Wir werden immer da sein*.

Seltsam beruhigend, diese unnachgiebige Beständigkeit. Wie weggeblasen waren Rósas Gedanken an Geister und Dämonen. Wie weggeblasen die Gedanken an Abschied.

Zwei Tage nach dem Gottesdienst klopfte es an der Tür. Rósa wusste sofort, wer es war. Die Leute aus Skálholt klopften nicht an.

Ihrer Mutter gegenüber hatte sie kein Wort über ihren Kirchbesuch oder den breitschultrigen Fremden verloren. Als das Klopfen nun ertönte, erstarrte Rósa.

Sigridúr rollte sich auf die Seite und hustete, blickte dann grimmig in Richtung Tür, als sei das Holz schuld daran, dass sie geweckt worden war.

»Herrgott noch mal«, murmelte sie. »Öffne die Tür, Rósa, sei so gut.«

Rósa tat so, als wäre sie ins Stricken vertieft. Wieder klopfte es. Rósa reagierte nicht, und ihre Mutter wies erneut hustend auf die Tür und funkelte sie böse an.

Rósa seufzte, legte ihre Handarbeit zur Seite und öffnete die Tür. In der plötzlichen Helligkeit des Tages konnte sie nur die Umrisse einer großen bärtigen Gestalt erkennen.

»Komdu sæl og blessuð.« Jóns Stimme war tief.

Sie schirmte ihre Augen mit der Hand gegen das Licht ab. *»Komdu sæl og blessaður.«*

Von ihrem Bett aus zischte Sigridúr: »Wenn's ein Händler ist, mach die Tür zu. Wir haben beide Kühe verkauft und auch sämtliche Schafe, die wir entbehren konnten. Ich habe nichts mehr, was ich loswerden möchte.«

»Mamma! Es ist Besuch«, erwiderte Rósa leise. »Ein *Mann*.« Dann wandte sie sich an die massige Gestalt auf der Schwelle und lächelte. »Ich bitte um Verzeihung. Mamma ist Fremden gegenüber vorsichtig, seit Pabbi von uns gegangen ist. Aber Sie müssen Jón Eiríksson sein, nicht wahr? Der *Bonði* von Stykkishólmur.«

Er neigte den Kopf etwas unbeholfen, was Rósa als eine Art Verbeugung interpretierte. »In der Tat. Darf ich eintreten?« Das Aufblitzen der weißen Zähne in seinem schwarzen Bart verlieh seinem Gesicht etwas Freundliches.

Sie erwiderte sein Lächeln mit hämmerndem Herzen.

Sigridúr schürzte die Lippen und richtete sich mühsam in eine sitzende Position auf. »Sie müssen allerdings so mit uns vorliebnehmen, wie Sie uns vorfinden. Mein Mann ist vor ein paar Monaten verstorben und …«

»Mein Beileid.«

Sigridúr nickte knapp. »Es heißt, dass Ihre Frau ebenfalls gestorben ist.«

Er seufzte. »Zwei Monate ist es her.«

»Ich habe gehört, dass Sie sie mitten in der Nacht beerdigt haben, um gleich am nächsten Tag wieder fischen zu gehen. Als bereite Ihnen ihr Tod nicht mehr Kummer als der eines Hundes.«

Rósa holte scharf Luft. *»Mamma!«*

»Ist doch wahr! Schau dir doch nur mal sein Gesicht an.«

Jón faltete die Hände wie im Gebet. »Ich habe sie alleine beerdigt, das stimmt. Ich habe nicht …« Er seufzte und kratzte sich am Bart. Sein Gesicht war wettergegerbt, sein Mund umrahmt von tiefen Falten. In seinen Augen herrschte Dunkelheit, sie wirkten so abweisend wie eine verriegelte Tür.

Er fuhr fort: »Meiner Frau ging es plötzlich sehr schlecht. Es war … beunruhigend. Sie kam aus der Nähe von Thingvellir und hatte nur wenige Freunde in unserem Dorf.«

Rósa hob abwehrend die Hand. »Ich bitte um Verzeihung. Mamma trauert noch und … Der Tod meines Pabbis hat uns sehr getroffen, wir fühlen den Verlust jeden Tag. Wir leiden noch sehr darunter.«

Sie deutete auf das durchhängende Torfdach und die zersplitterten Holzbalken, für deren Reparatur importiertes Holz nötig wäre. Er war zu höflich, um diese Zeichen ihres Elends direkt anzustarren, aber er nickte mitfühlend.

»Dennoch sollten Sie sich nicht erklären müssen«, fuhr Rósa fort. *»Denn alle haben gesündigt und erlangen nicht die Herrlichkeit Gottes.«*

»Gewiss.« Seine Miene hellte sich auf, und seine Stimme klang warm.

Von Sigridúr kam ein verächtliches Schnauben. Zu Magnús' Lebzeiten hatte sie sich aus Rücksicht auf seine Stellung zurückgehalten, doch seit seinem Tod machte sie sich wenig aus der Meinung anderer.

Jón schien jedoch nicht beleidigt zu sein. Er holte tief Luft und atmete dann hörbar aus. »Wie jeder Mann habe ich Feinde, die gerne Gerüchte streuen. Aber glauben Sie mir: Ich trauere um meine Frau. Es tat mir in der Seele weh, ihr nicht helfen zu können.«

Selbst Sigridúr war höflich genug, sich eine Erwiderung auf diese Äußerung zu verkneifen.

Er wandte sich an Rósa. »Es heißt, Bischof Magnús sei ein rechtschaffener Mann gewesen. Ein guter Mann mit einer guten Familie.«

Sigridúrs Blick wurde wieder finster. »Nun, das sehen Sie ja.«

Das Schweigen zwischen ihnen wog schwer.

Sigridúr ließ Jón nicht aus den Augen. »Rósa«, blaffte sie. »Hol Essen und Trinken für unseren Gast.«

Rósa verschwand hinter dem Vorhang aus Kuhfell, der den Schlafraum vom Küchenraum trennte. Hören konnte sie die beiden anderen dort nach wie vor gut. Das Schrille in der Stimme ihrer Mutter ließ sie zusammenzucken.

»Sie wären gut beraten, Margrét aufzusuchen. Sie hat sowohl Schafe als auch Töchter. Ich bin mir sicher, sie wäre nur zu gerne bereit, beides gegen ein paar Ellen Hausgesponnenes oder ihr Gewicht in getrocknetem Fisch einzutauschen.«

Rósa häufte etwas *Skyr* auf einen Teller, goss zwei Becher dunkles Bier ein und eilte zurück ins *Baðstofa*.

Sigridúrs Lippen waren geschürzt. »Ich fühle mich erschöpft.« Sie zeigte auf die Tür. »Ich danke Ihnen, dass Sie uns aufgesucht haben. Gott sei mit Ihnen.«

Jón verneigte sich. »Und mit Ihnen. Verzeihen Sie die Störung.« Er wandte sich zum Gehen.

Rósa funkelte Sigridúr böse an. »Wollen Sie nicht noch bleiben? Wir haben *Skyr* und Bier …«

»Danke, nein. Gott sei mit Ihnen.« Er duckte sich durch die niedrige Türöffnung hindurch und war fort.

Sowie er außer Hörweite war, ging Rósa auf Sigridúr los. »Was in drei Teufels Namen hat dich geritten, dass du so unhöflich warst?«

»Du bist keine Kuh, auf die er einfach nur bieten muss«, sagte Sigridúr, die Augen zu Schlitzen verengt. »Du magst die Ohren verschließen, wenn die anderen reden, Rósa, aber eine Frau, die lange leben will, muss Weisheit walten lassen. Es heißt, er habe einem Händler, der ihn betrogen hatte, die Hand abgehackt. Und dass er einen Mann aus seinem Dorf wegen Hexerei hat verbrennen lassen. Und seine Frau …«

»Seine Frau ist am Fieber gestorben, Mamma. Der Rest ist Gewäsch.«

»Nur ein kleines Kind kann so blind sein, das Dunkle in diesem Mann nicht zu sehen.« Sigridúr sank hustend zurück in ihr Kissen. »Es ist ihm deutlich ins Gesicht geschrieben. Und kaum ist seine Frau tot, macht er sich schon auf die Jagd nach einer neuen.«

Rósa hatte bereits die gleichen Gedanken in ihrem Geist bewegt, aber jetzt kniete sie sich nieder und nahm die Hände ihrer Mutter in die ihren. »Er wäre eine gute Partie.«

»Unsinn. Dein Verstand würde dahinwelken. Denk nur an dein Schreiben … Außerdem«, Sigridúr grinste, »bist du viel zu willensstark, um eine gute Ehefrau zu sein.«

»Ich würde versuchen, willfährig zu sein. Und nur weil ich verheiratet bin, heißt das doch nicht, dass ich nicht weiter lesen und schreiben kann.« Rósas Stimme brach, als sie an die Pergamentfragmente dachte, die sie unter ihrer Matratze versteckt hielt und auf die sie Ideen für eine neue Saga gekritzelt hatte. Sie sollte der *Laxdæla-Saga* ähneln, aber von einer Heldin handeln, die nicht aus Liebe tötet und stirbt. Welcher Ehemann würde ihr das gelegentliche Schreiben verwehren wollen? Selbst Magnús, der alles verachtet hatte, was mit den alten Bräuchen zusammenhing, hatte über die Vorstellung gespottet, das Schreiben von Geschichten oder Gedichten könne etwas mit Hexerei zu tun haben. Da er keinen Sohn bekommen hatte, war er außerdem entschlossen gewesen, seiner Tochter das Lesen und Schreiben beizubringen, trotz der misstrauischen Blicke und des Getuschels der anderen Dorfbewohner, wenn sie Rósa mit Pergament und Federkiel in ihre Arbeit vertieft herumsitzen sahen.

Sigridúr strich Rósa übers Haar. »Möge Gott dir deine Unschuld erhalten, mein Kind. Rósa, ein Mann wie Jón würde deine Füße ins Feuer halten, wenn du auch nur ein einziges Wort schreibst. Davon abgesehen bliebe dir, wenn du dich um ein Gehöft zu kümmern hättest, neben der Arbeit nur noch Zeit fürs Essen und Schlafen. Außerdem bekäme ich dich nie zu Gesicht. Nein. Es steht außer Frage. Du bleibst hier.«

»Jón ist wohlhabend …«

»Das war Odd aus der *Badmanna-Saga* ebenfalls«, knurrte Sigridúr. »Sein Unglück hat es trotzdem nicht abgewendet.«

So hatte Sigridúr dafür gesorgt, dass sich Rósa den Gedanken aus dem Kopf schlug. Jón war zu alt, zu andersartig, sein Heim zu weit entfernt. Außerdem schien der Mann seine Frauen wie Hemden zu verschleißen.

Doch der Spätsommer brachte frühen Schnee, der Kälte über das Dorf hauchte. Die Abende verbrachten sie nun eng ums Feuer sitzend. Sie verbrannten kostbare Talgkerzen für ein wenig zusätzliche Wärme und versuchten, ihre Kleidung, die schon mehr aus Flicken denn aus Stoff bestand, instand zu halten. Hunger machte sich in ihren Mägen breit und fraß sich in ihre Eingeweide. Ihnen stand ein weiterer harter Winter bevor.

Als sich Sigridúrs Husten verschlimmerte und jeder ihrer Atemzüge so klang, als habe sich ein Feuchtgebiet in ihren Lungen ausgebreitet, begannen Rósas Albträume. Sie träumte, ihre Mutter wäre in der Nacht zu Tode gekommen: erstickt, verhungert, erfroren. Vielleicht waren diese Träume schlechte Omen.

Daraufhin suchte sich Rósa einen großen flachen Stein, nahm einen Stock vom Feuer und malte mit der verkohlten Seite das schützende *Vegvísir*-Symbol darauf, ehe sie ihn unter die Strohmatratze ihrer Mamma legte. Die Rune wirkte eigentlich nur, wenn sie mit Blut auf die Stirn gezeichnet wurde, doch da sich Rósa des Geflüsters im Dorf nur zu bewusst war, versteckte sie den Stein und hoffte, die Rune würde auch in Kohle gemalt ein Schutznetz um Sigridúr weben.

Im Grunde wusste Rósa jedoch, dass die wahre Lösung anders aussah: Nur gehaltvolles Essen und ausreichend Wärme würden ihre Mutter schnell wiederherstellen. Und es lag in ihrer Macht, ihr beides zu beschaffen.

Doch jedes Mal, wenn Rósa an Jóns Gesicht dachte, erschauderte sie.

Letztlich war es Pálls Vater Bjartur, der eine Entscheidung herbeizwang.

Páll war seit jeher Rósas engster Gefährte. Sein Pabbi war Mammas Cousin. Zu ihren frühesten Erinnerungen gehörten das Balgen mit Páll im hohen Gras, die gemeinsamen Schneeballschlachten. Als sie älter waren, hatten sie im Sommer oft bäuchlings am Hang gelegen, Seite an Seite. Sein Blick, seine Gedanken, sein ureigener Duft waren ihr so vertraut wie ihre eigene Haut.

Als sie sechzehn Sommer zählte, begann Rósa, Páll öfter zu treffen. Sie verließ morgens früh ihr Zuhause und kehrte erst spät zurück. Mit Páll wanderte sie dann häufig auf die andere Seite der Hügelkette, fort von den forschenden Blicken des Dorfes.

Magnús hatte zuletzt immer schärfere Einwände dagegen erhoben, dass Rósa so viel Zeit mit Páll verbrachte. »Es gehört sich nicht«, hatte er geknurrt. »Ihr seid keine Kinder mehr.«

»Du siehst Unheil, wo keines ist«, hatte Rósa entgegnet, als Magnús keine Ruhe gab.

»Und du verdirbst dir die Aussicht auf eine gute Partie«, explodierte Magnús. »Du dummes Kind! Du weißt doch, wie die Leute reden …«

»Lass sie doch reden! Nur ein Schwachkopf könnte in meiner Freundschaft zu Páll Unheil erkennen. Nur ein giftspritzender Schwachkopf!« Rósa spuckte das letzte Wort förmlich aus, und Magnús zuckte zurück, wandte sich um und marschierte zur Tür. Dort hielt er noch einmal inne, den Rücken ihr zugekehrt, und sagte mit ruhiger, leiser Stimme: »Die meisten Väter hätten ihre Töchter bereits für weitaus weniger gezüchtigt. Bedenke das, wenn du mich das nächste Mal einen Schwachkopf nennst.«

Rósa hatte den restlichen Abend abwechselnd geschluchzt und getobt, und nichts, was Sigridúr sagte, konnte sie beruhigen.

Am nächsten Morgen erwachte sie früh und schlich sich aus dem Haus, um Páll wie üblich aufzusuchen. Trotz ihrer Entrüstung über Magnús hörte sie sich plötzlich zu Páll sagen: »Wir können uns in den nächsten Monaten nicht mehr so häufig sehen.«

»Ach ja?«

»Mein Pabbi sagt …« Sie zupfte einen Grashalm ab. »Er sagt, ich soll mehr Zeit allein verbringen.«

»Um was zu tun?« Páll verschmierte Tinte auf dem Pergament und fluchte leise. Rósa stupste ihn mit dem Zeh an.

»Er meint …« Rósa vergrub ihr Gesicht in ihren Händen. »Er sagt, ich muss mich auf meine Vermählung vorbereiten.«

»Vermählung? Mit wem?« Páll richtete sich auf und schaute sie mit einem fragenden Lächeln an, als hätte sie eine Art Witz gemacht. »Der alte Snorri Skúmsson ist schließlich viel zu begehrt, als dass du bei ihm Chancen hättest.«

Rósa lachte, aber ihr Lachen verwandelte sich in einen Schluchzer.

Pálls Lächeln verblasste. »Ich soll also weniger Zeit mit dir verbringen, weil du heiraten sollst?«

Rósa nickte. »Jemanden aus … Ich weiß nicht woher. Pabbi spricht von … Er meint, ich müsse eine gute Partie machen. Jemand … Mächtigen.«

Páll blinzelte, und Rósas Mund war plötzlich wie ausgedorrt.

Schließlich meinte Páll: »Nun, bestimmt wird es dir wie Guðrún aus der *Laxdæla-Saga* ergehen. Die Männer werden sich gegenseitig umbringen, um deine Liebe zu erringen.« Dann spritzte er ihr mit dem Federkiel etwas Tinte ins Gesicht.

Rósa lächelte, wischte sich die Tinte ab und schmierte sie ihm mit dem Finger über die Wange. »Das ist Tintenverschwendung, du Taugenichts, du!«

Er grinste. »Es ist keine Verschwendung, wenn es dich zum Lachen bringt.«

Damit ließen sie das Thema Ehe gut sein, und nach einer Weile schlief sie ein, den Arm über ihr Gesicht gelegt. Ein Kitzeln auf ihrem Bauch weckte sie. Sie streckte die Hand aus, um das, was sie da so störte, fortzuwischen, und entdeckte, dass ihr Bauch entblößt war. Ihr Kleid war ihr im Schlaf hochgerutscht, und ihre Haut war dort, wo Páll auf ihr geschrieben hatte, mit Buchstaben bedeckt.

Sie setzte sich auf. »Was machst du da?«, erboste sie sich. »Wie soll ich das denn wieder abbekommen?«

»Ich … ich weiß nicht.« Páll war rot angelaufen und konnte ihr nicht in die Augen schauen. »Dein Kleid ist verrutscht und ich … ich dachte, es würde dich zum Lachen bringen, und dann habe ich … du bist einfach … und ich konnte nicht …« Er wandte sich ab.

Sie lehnte sich lächelnd zu ihm. »Dummkopf, du. Jetzt geh und tauch dein Hemd in den Bach, damit ich mir damit die Tinte abwischen kann. Das hast du dann davon, dass du mich als dein Schreibpapier benutzt: ein kaltes, nasses Hemd.«

Sie hatte ein Lachen als Antwort erwartet, doch er stand auf, ohne sie noch einmal anzusehen, und kehrte wenig später zurück, sein Hemd durchnässt.

Sie kniff die Augen zusammen und schaute zu ihm auf. »Ja, und jetzt? Ich werde dir das Hemd wohl kaum vom Rücken reißen!«

Er schluckte. Dann hob er langsam die Arme und zog sich das Hemd über den Kopf.

Sie starrte ihn an. Als sie seinen Körper zuletzt gesehen hatte – beim Schwimmen während des letzten Sommers –, waren sie sich an Armen, Bauch und Brust sehr ähnlich gewesen: Sein Körper war der glatte, ebene Körper eines Kindes gewesen. Seitdem hatte seine Brust an Umfang gewonnen und durch seine Arbeit, das Ausgraben und Wuchten von Torfsoden, waren überall harte Muskelpakete unter seiner Haut entstanden.

Als Páll ihr das nasse Hemd hinhielt, merkte Rosá, dass sie unfähig war, sich zu rühren.

»Hier«, brachte Páll heiser hervor.

Rósa schüttelte den Kopf, um zum Ausdruck zu bringen, dass er das Hemd wieder anziehen solle. Aber er musste sie missverstanden haben, denn er schloss die Augen und holte tief Luft, dann kniete er sich neben sie und begann, mit dem feuchten Hemd über ihre Haut zu wischen.

Die Kälte ließ Rósa zusammenzucken und nach Luft japsen.

»Tue ich dir weh?«, murmelte Páll. »Soll ich aufhören?« Er schaute sie einen Augenblick lang unverwandt an. Seine blauen Augen waren unergründlich und abgrundtief, sein Gesicht ernst.

Sie schüttelte den Kopf. Dann lehnte sie sich zurück und schloss die Augen.

Er wusch sie sorgfältig, entfernte einen Buchstaben nach dem anderen und hinterließ mit dem Tuch eine eisige Spur auf ihrer Haut. Nach einer schieren Ewigkeit – die Sonne hatte ihren Zenit bereits überschritten und Rósa zu zittern begonnen – hielt Páll inne.

»Das war's«, flüsterte er. Und dann, noch ehe sie reagieren konnte, lehnte er sich vor und drückte seine Lippen auf die Haut über ihrem Bauchnabel. Ein einzelner Moment der Hitze. Rósa schrak hoch und schnappte nach Luft.

Páll fuhr zurück, als hätte sie ihn geschlagen. »Es tut mir leid, ich hätte nicht ...«

»Nein, ich wollte nicht ...«

»Es tut mir leid, Rósa. Bitte verzeih mir.«

Und noch ehe sie die richtigen Worte finden konnte, um ihm zu versichern, dass es nichts zu verzeihen gab, dass sie noch einmal von ihm geküsst werden wollte, war Páll aufgesprungen und vor ihr zurückgewichen, als könnte er sich an ihr verbrennen.

Den restlichen Sommer hatte er sie wie eine Fremde behandelt. Er schaute sie kaum an, wenn sich ihre Wege kreuzten, und wenn sie ihn ansprach, knurrte er nur eine knappe Erwiderung. Als Sigridúr ihre Tochter fragte, was denn vorgefallen sei, wusste Rósa nichts zu antworten. Sie wusste einzig, dass sie bis zu jenem Tag bei Pálls Anblick dasselbe empfunden hatte wie beim Blick auf die geliebten und vertrauten Berge ihrer Heimat. Nun jedoch erschien ihr sein Antlitz wie der offene Rachen der Hekla: Wenn sie ihn ansah, brannte ihr gesamter Körper.

Auch Magnús bemerkte die Entfremdung zwischen Páll und Rósa. Er lächelte und tätschelte Rósas Kopf, als wäre sie ein Kind. »Braves Mädchen. Das hatte nie eine Zukunft.« Als Rósa daraufhin eine Augenbraue hochzog, fuhr Magnús fort: »Es wäre unangebracht. Die Tochter eines Bischofs mit dem Sohn eines Kleinbauern?« Er lachte. »Ich habe Besseres mit dir vor. Du wirst gut zu irgendeinem angesehenen *Bonði* passen, irgendwo. Vielleicht in Hólar, im Norden. Oder gar in Kopenhagen.«

»Ich will hierbleiben.« Die Worte waren Rósas Mund entwichen, noch ehe sie den Gedanken im Kopf zu Ende geformt hatte. »Bei dir. Ich will dir in der Kirche helfen. Hier, in Skálholt.«

Magnús lachte wieder, aber als Rósa hartnäckig bei ihrem Wunsch blieb, willigte er schließlich ein: Sie musste nicht heiraten und durfte in Skálholt bleiben.

Nach Magnús' Tod war Páll öfter zu ihrem Gehöft gekommen und hatte ihnen schüchtern Streifen getrockneten Hammelfleisches und Säcke mit Dung zum Heizen überreicht. Mit der Zeit begann er auch wieder, Rósa zuzulächeln und sie zu necken. Langsam schien sich ihre Freundschaft erneut der Beziehung anzunähern, die sie einst über so viele Jahre hinweg gewesen war. Und irgendwann konnte Rósa Páll endlich wieder ohne Furcht in die Augen schauen.

Einmal brachte er ihnen einen großen Torfblock, den er von einem Händler erstanden haben musste, wenn Rósa auch schleierhaft war, wie er das bewerkstelligt hatte.

Als sie ihn fragte, grinste er. »Das willst du gar nicht wissen, glaub mir!«

»Du hast ihn *gestohlen*? Dann bring ihn sofort wieder zurück.« Heftig schob sie den Torfblock von sich und zu ihm hin, doch er hielt ihre Handgelenke leicht mit einer Hand fest, lachte und schüttelte den Kopf. »Deine Mamma braucht ihn.«

Sie gab ihre Abwehr auf und ließ ihn weiter ihre Handgelenke halten. »Ich heize nicht mit gestohlenem Torf.«

»Dann tut es deine Mamma. Außerdem habe ich ihn nicht *gestohlen.*« Er drückte ihre Hände und lächelte. »Ein gieriges Schlitzohr wollte zehn Brotlaibe. Ich habe ihm das Brot gegeben, und er war glücklich, in Torf zahlen zu können.«

»Aber …« Sie bemühte sich, das Prickeln auszublenden, das sie bei der Berührung seiner Haut durchfuhr. »Wo um alles in der Welt hattest du das Mehl für zehn Laib Brot her?«

Páll lachte glucksend. »Ich war großzügig: Die Kruste des Brotes wird seinen eigenen Magen füllen, während das Innere aller Laibe mit genügend gutem Heu vollgepackt ist, um auch seine Pferde ausreichend zu versorgen.«

»Páll!« Sie lachte. Der Händler hatte es mit Sicherheit verdient, und der Torf würde helfen, die Luft im Haus zu trocknen und damit den Husten ihrer Mutter zu lindern.

Immer wieder tauchte Páll mit Lebensmitteln und Heizmaterial auf. Allmählich wuchs in Rósa die Hoffnung, sie könnte hier in Skálholt eine Zukunft mit ihm haben. Vielleicht würde es ihr gemeinsam mit Páll gelingen, ihre Mamma den Winter hindurch am Leben zu halten, bis die Wärme des Frühlings ihr Heilung bringen könnte.

Nachts, wenn die Dunkelheit sie umgab, lag Rósa auf ihrem Bett und erinnerte sich an das Gefühl von Pálls Lippen auf ihrer Haut, an seinen Körper nahe dem ihren. An seine Hitze.

Doch als sie dann eines Tages an den Hängen nach Trunkelbeeren suchte, hörte Rósa das schmatzende Geräusch von Schritten auf nassem Untergrund hinter sich.

Ohne sich umzuwenden, meinte Rósa: »Es gibt kaum welche, Páll. Und du solltest zurück zu deinem Pabbi gehen und ihm helfen. Er wird dir zürnen, wenn du deine Arbeit vernachlässigst.«

»Oh ja, das werde ich in der Tat. Tatsächlich tue ich das schon seit Wochen, aber mein Sohn beachtet mich nicht.«

Rósa fuhr erschrocken herum. »Bjartur! Gottes Segen.« Sie neigte den Kopf zum Gruß und hoffte, er würde seines Weges gehen, doch er blieb mit vor der Brust verschränkten Armen stehen und starrte sie an.

»Wer so starrt, läuft Gefahr, dass seine Augen festfrieren«, sagte Rósa schließlich.

Bjarturs Miene verfinsterte sich. »Hüte deine freche Zunge, Rósa. Und halte dich von meinem Jungen fern.«

»Dir auch einen wunderschönen Tag, Bjartur. Möge das gute Wetter sich halten.«

Sein Mund verzog sich verächtlich. »Immer auf dem hohen Ross. Du bist Gift für Páll …«

»Ich werde ihm erzählen …«

»Du wirst ihm *erzählen*, dass er sich von dir fernhalten soll.«

»Er ist ein Mann und folgt seinem eigenen Urteil.«

»Ah, und da irrst du dich. Er folgt dir. Und du wirst ihm gefälligst sagen, dass er sich von dir fernhalten soll.«

»Du hast mir keine Vorschriften zu machen …«

»Das habe ich, und das werde ich. Du bist widerspenstig und selbstsüchtig, und dir ist zu lange dein eigener Kopf gewährt worden. Muss ich erst im Dorf herumerzählen, dass etwas dran ist an den Gerüchten, du hättest meinen Sohn verhext? Soll ich die Leute ermuntern, euer Gehöft nach Runen und anderen Schriftzeichen abzusuchen?«

Rósa zwang sich, Bjarturs boshaften Blick zu erwidern. »Das würdest du nicht …« Aber ihre Stimme bebte.

Bjartur tat einen Schritt auf sie zu. Wenngleich ihre Knie zitterten, wich Rósa nicht von der Stelle.

»Hast du dir Páll in den letzten Monaten eigentlich mal angeschaut?«, knurrte er. »Richtig angeschaut?«

Rósa blinzelte. »Du versuchst gerade …«

»Der Junge ist vollkommen am Ende. Dürr wie eine Bohnenstange.«

»Ich …« Rósa senkte den Blick. »Das war mir nicht bewusst.«

»Nein«, höhnte Bjartur. »Du bist ja auch viel zu sehr mit dir selbst beschäftigt, um zu bemerken, dass mein Sohn hungert, um dir zu essen zu geben.«

»Ich … ich werde ihm sagen, er soll essen und ruhen.«

»Sag ihm, er soll sich fernhalten. Du bist Gift für ihn.«

Rósa betete, Bjartur möge bald weiterziehen, aber stattdessen verengte er die Augen und trat noch dichter an sie heran. Er roch nach bitterem Torf und saurem Schweiß.

»Der *Bonði* von Stykkishólmur sucht eine Frau. Geh und mach ihm schöne Augen.«

Rósa blieb der Mund offen stehen.

Bjartur hob die Handflächen gen Himmel. »Ein wohlhabender Mann. Er wird deine Familie mit dem nötigen Kleingeld und Essen versorgen …«

Rósa ignorierte das Zittern ihrer Beine und richtete sich zu ihrer vollen Größe auf. »Ich bin keine Närrin, Onkel. Dein Eigeninteresse …«

»Du könntest uns allen eine Menge Leid ersparen, Rósa. Der Winter wird hart werden und viele Menschen das Leben kosten.« Er zog die Nase hoch und spuckte den Rotzklumpen auf den Boden. »Denk darüber nach.«

Er wandte sich um und trottete schwerfällig den Hügel hinab. In seinen gebeugten Schultern und dem schmerzhaften Hinken sah Rósa Pálls Zukunft. Wenn er überhaupt so lange lebte.

Jón blieb beinahe drei Wochen, trieb Handel in der Gegend und sah sich um. Er beobachtete alles. Trotz kalter Nächte schlug er die dargebotene Gastfreundschaft verschiedener

Dorfbewohner aus – in der Regel jener mit Töchtern im heiratsfähigen Alter –, die ihm ein Dach über dem Kopf anboten, und richtete sich stattdessen am Hang ein kleines Lager her.

Rósa musste dort täglich vorbei, um Wasser vom Fluss zu holen. Anders als die anderen Mädchen lächelte sie ihn nicht an und winkte ihm auch nicht kichernd zu, sondern lief mit gesenktem Kopf an ihm vorüber. Seine Blicke hinterließen ein Kribbeln auf ihrer Haut.

Ihre Gedanken kreisten um Bjarturs mahnende Worte. Vielleicht hatte er recht. Vielleicht wäre eine Ehe mit diesem reichen Mann besser für alle. Aber nein! Warum sollte sie einen Fremden heiraten? Warum sollte sie alles zurücklassen?

Und dann kam die Nacht, in der Sigridúr so heftig hustete, dass ihr Taschentuch rote Flecken aufwies. Da wusste Rósa, dass die Entscheidung für sie gefällt worden war.

Am nächsten Morgen, als sie Jón über die Felder zur Kirche gehen sah, holte sie tief Luft, rief ihm einen Gruß zu und beschleunigte ihre Schritte, um ihn einzuholen.

Jón blieb stehen und wandte sich ihr zu. »Uns steht ein weiterer harter Winter bevor.«

Sie nickte und starrte zu Boden. Beim Anblick seiner kalten blauen Augen zog sich ihr Innerstes zusammen. Es war nicht direkt Angst, aber doch ein Gefühl, das sie unruhig von einem auf den anderen Fuß tänzeln ließ.

»Dein Pabbi muss dir fehlen. Er war ein guter Mann.«

»Danke. Das war er. Kannten Sie ihn?«

»Ich habe ihn einmal beim Althing getroffen. Seine Predigt und sein Einsatz für seine Leute waren bemerkenswert. Einige Bischöfe sind gierig. Aber dein Pabbi war bescheiden.«

Sie nickte.

»Und er wäre stolz auf seine Tochter gewesen, denke ich.«

Sie zwang sich zu schweigen. Frauen hatten still und fügsam zu sein.

Er lächelte und schaute sie aus zusammengekniffenen Augen an. »Du bist das Sinnbild der Bescheidenheit, Rósa Magnúsdottir.«

Sein Blick war wie eine Berührung. Unwillkürlich sah sie auf seine Hände herab. Seine Venen waren dick wie Taue, seine Finger kräftig. Ihre eigenen Hände zitterten. Sie krallte sie fest in die Wolle ihres Rocks.

»Bist du gerne fügsam?«, fragte Jón mit seiner brummenden Stimme.

Sie wägte ihre Worte sorgfältig ab. »Stolz ist eine Sünde. Gott sagt, du sollst nicht hochmütig sein.«

Er trat näher an sie heran. »Du bist eine bemerkenswerte Frau.« Sein Körper verströmte Hitze, und Rósa wand sich unter seinem Blick, zwang sich jedoch, zu lächeln und ihn anzuschauen.

Während sie zusammen weitergingen, beschrieb er ihr die Schönheit von Stykkishólmur. Fast meinte sie, das Salz auf der Zunge zu schmecken, die Papageitaucher zu hören. Sie erging sich in bewundernden Bemerkungen. Mamma hatte ihr erklärt, Männer bräuchten Bewunderung.

Seine Haltung entspannte sich. Er lächelte, als er seinen Wohlstand beschrieb: die Laken aus Leinen, den Überfluss an Brot und Fleisch, die großzügigen Torffeuer, die Küche und *Baðstofa* den ganzen Tag warm hielten.

»Ich habe dort alle Annehmlichkeiten, die man sich nur wünschen könnte«, sagte Jón. »Es ist ein gutes Leben … nur … etwas einsam. In der Bibel heißt es, Frauen seien für Männer geschaffen: *Bein von meinem Bein und Fleisch von meinem Fleisch*.« Seine Augen waren dunkelgrau und undurchdringlich. Er streckte die Hand aus und berührte ihre Wange, ließ sie dann auf ihre Schulter sinken. Seine Hand fühlte sich heiß und schwer an.

Rósa nickte, ihr Brustkorb schien wie von einem eisernen Ring umklammert.

Jón nahm ihre Hand zwischen die seinen. Ihre Finger verschwanden. Er schaute auf ihr Handgelenk hinunter. »Welch zarte Knochen. Wie die eines Vögelchens.« Er fächerte ihre Finger auf und verschränkte sie mit den seinen. »Ich würde für dich sorgen, Rósa. Verstehst du?«

Sie nickte, die Augen aufgerissen.

»Ich würde deiner Familie Lebensmittel nach Skálholt schicken.« Er drückte ihre Finger. Sie sog scharf Luft ein. »Sag Ja zu mir«, flüsterte er.

Rósa seufzte und schloss die Augen. Die Dunkelheit in ihr öffnete ihr Maul weit, doch sie ignorierte es und verzog ihr Gesicht zu einem Lächeln.

Sigridúr war außer sich. Natürlich. »Dein Pabbi hat deinen Verstand geschult, dir das Lesen beigebracht. Und das willst du nun einem Leben voll Plackerei opfern? Feuer schüren und Wäsche schlagen, bis dein Körper zusammenbricht? Such dir einen Pfarrer, wenn du schon heiraten musst.«

Rósa biss die Zähne zusammen. »Es ist das Beste für uns. Du wirst mit Fleisch versorgt und …«

Sigridúr rang keuchend nach Luft. »Während du meilenweit von mir entfernt lebst, fast am anderen Ende des Landes. Und der Mann hat etwas Kaltes an sich …«

»Schscht, Mamma. Er ist … ein guter Mann.« Je öfter Rósa es sagte, desto mehr glaubte sie daran.

»Heirate jemand Junges. Aus Skálholt.«

Unwillkürlich musste Rósa an Pálls Lächeln denken, an seinen Kuss, der ihren gesamten Körper hatte in Flammen aufgehen lassen. Plötzlich erinnerte sie sich daran, wie er zwölf gewesen war und sie gejagt hatte. Sie war gestolpert, und er war lachend zu Boden gegangen. Als sie sich ihm zuwandte, schien ihr Lachen aus seinem Brustkorb zu kommen, sein Lachen aus ihrem Mund. Die Erinnerung durchzuckte sie, verschlug ihr für einen Augenblick den Atem.

Doch ist ein Stein erst einmal vom Strom erfasst, bleibt ihm nichts anderes übrig, als weiterzurollen.

Als sie Jón das nächste Mal sah, senkte Rósa den Blick und lächelte fromm. Sie unterhielten sich über biblische Texte, und als er vom Schweigegebot für Frauen in der Kirche sprach, nickte Rósa. Sie überhäufte ihn mit Lob.

Sie saßen beieinander am Fluss, als er ihr seine Hand in den Nacken legte. Rósa meinte, er müsse das Hämmern ihres Herzens spüren, denn ihr gesamter Körper bebte davon. Beim Aufstehen suchte sie ihr Spiegelbild im Wasser, aber neben seiner hünenhaften Kraftgestalt wirkte sie kaum wie ein Schatten und so blass wie ein Geist: Als die Wasseroberfläche ins Schwingen geriet, war sie so plötzlich verschwunden, als wäre sie einfach verschluckt worden.

Es dauerte noch eine ganze Woche, die bestimmt war von stummen Dolchblicken, knurrenden Mägen und einem Feuer, das nachts immer ausging, weil es an Torf mangelte, bis Sigridúr endlich und widerwillig nachgab und einer Ehe zwischen Rósa und Jón zustimmte. Als sie ihren Segen gab, brannten Rósas Augen, und sie spürte, wie ihr die Knie zitterten.

Jón suchte Sigridúr auf, um sich zu bedanken und zu erklären, dass er nach der Hochzeit gen Westen reisen würde, nach Stykkishólmur. Im September gebe es reichlich Heringe, das Heu müsse geerntet werden, und er sei als *Bonði* verantwortlich für seine Leute, habe die Lebensmittel auszuteilen und ihnen mit Rat zur Seite zu stehen.

»Verzeih mir, Rósa. Meine Arbeit und meine Leute haben Anspruch auf mich.« Seine Lippen waren nur ein dünner Strich, und er drückte Rósas Finger in seiner Hand.

Sie schluckte. »Selbstverständlich. Du bist ein wichtiger Mann.«

Jóns Gesicht entspannte sich. »Ich werde meinen Gehilfen schicken, damit er dich nach Hause geleitet. Du wirst während der Reise in seiner Obhut sein.« Er strich ihr über die Handfläche.

Sie musste sich zusammennehmen, um nicht zurückzuzucken. So sah nun ihre Zukunft aus: Dieser Schrank von einem Mann mit dem strengen Gesicht und den Händen eines Würgers. Sie nickte, unfähig auch nur etwas Luft an dem Wackerstein in ihrer Brust vorbeizupressen.

Rósa traf Páll bei der Arbeit an. Er befand sich auf einem Dach und wechselte Torfsoden aus. Sie versuchte, ihn mit dem Blick einer Fremden zu betrachten, und sah, dass er zwar dünn war und müde wirkte, doch sein Kreuz breiter geworden war und an seinen Armen feste Muskeln hervortraten.

Rósa schloss die Augen und atmete langsam aus.

Páll wandte sich um, als sie seinen Namen rief, kam jedoch nicht vom Dach heruntergeklettert.

»Ich höre, du willst heiraten.« Sein Gesicht war hart, die Stimme ausdruckslos. »Ich wünsche dir alles Gute.«

Ihr Herz sank. »Ich wollte dir sagen …«

»Es geht mich nichts an, wen du ehelichst.«

Er drehte ihr den Rücken zu und hieb wütend auf einen Torfkubus ein, um ihn in die richtige Form zu bekommen. Sonnenstrahlen tanzten über sein Haar und ließen dessen rötlichen Schimmer erstrahlen. Als er die ersten Barthaare bekommen hatte, hatte sie an den rötlichen Stoppeln gezupft und ihn ihren Kelten genannt. Er hatte gelacht, sein Atem warm an ihrer Hand.

»Magst du nicht herunterkommen?«

»Ich muss das Dach reparieren.«

»Ich … lass mich erklären …«

»Da gibt es nichts zu erklären.« Seine Stimme klang plötzlich belegt. »Es ist doch so, dass …« Er biss die Zähne zusammen, und für einen furchtbaren Augenblick zitterte seine Stimme. Dann räusperte er sich und sagte unwirsch: »Ich dachte, du wolltest dein Leben in den Dienst der Kirche stellen. Hier im Ort.«

»Ich …« Sie seufzte. »Es tut mir leid, ich …«

»Lass das.« Als sich ihre Blicke trafen, hatten seine Augen das Blau eines eisigen Gletschers angenommen.

Nach langem Schweigen wandte sie sich ab und ging davon.

Hinter sich hörte sie, wie Páll vor Anstrengung keuchte, als er die schweren Torfsoden an die entsprechende Stelle wuchtete.

Die Hochzeit fand am ersten Tag des Septembers statt, im gelblichen Licht des frühen Abends. Die dunkle Kirche war bis auf den letzten Platz besetzt, fast ganz Skálholt war gekommen, um den Hals zu recken und zu tuscheln.

Rósa duckte sich unter den harten Blicken und geflüsterten Worten der Menschen. Ihre Hände gruben sich tief in den Stoff ihres neuen weißen Leinenkleides, das mit roten Seidenfäden durchzogen war. Dort, wo das Sonnenlicht auf die Seide traf, schien Rósas Körper von Flammen umzüngelt zu werden. In die rechte Tasche des Kleides hatte Rósas Mutter ein hölzernes Kreuz gesteckt, das Magnús gehört hatte. In der linken befand sich ein Stein, den sie Rósa an diesem Morgen in die Hand gedrückt hatte.

Angesichts des Symbols auf dem Stein hatte Rósa die Stirn gerunzelt. *»Ginfaxi?«*

»Verleiht Mut im Kampf«, hatte Sigridúr grinsend erwidert. »Und lässt dich beim Ringen siegen.«

Jetzt, unter den Blicken der Dorfbewohner, umklammerte Rósa das Kreuz wie auch den Stein so fest, dass ihre Hände schmerzten. Das Blut rauschte ihr in den Ohren, und dennoch vernahm sie einzelne Fetzen des Dorftratsches. Das Wort *Hexerei* wehte zu ihr herüber, und sie verkniff sich ein Augenrollen. Zwar griffen die Dörfler immer noch selbst gerne auf die alten Runen zurück, doch der Neid ließ sie in Rósas und Sigridúrs Fall scheele Vermutungen äußern. Auch über Jón wurde getuschelt. Sie hörte *erste Frau*, gefolgt von missbilligendem Zungenschnalzen und unterdrücktem Gelächter.

Schweiß rann ihr die Wirbelsäule hinab.

Falls Jón etwas von dem Tratsch mitbekam, ließ er es sich nicht anmerken. Er stand neben seinem Gehilfen Pétur, den Rósa an diesem Tag zum ersten Mal zu Gesicht bekam.

Pétur war schmaler und dunkler als Jón, seine Haut erinnerte Rósa an das braune Wildleder des leeren Münzbeutels ihres Vaters, seine Körperhaltung erweckte bei ihr den Eindruck sprungbereiter Stille und ließ sie an die Abbildungen von Wölfen denken, die sie in Büchern über die Länder im Osten gesehen hatte. Er hatte braune Augen, die jedoch im Licht der wenigen Sonnenstrahlen, die durch die winzigen aus Dänemark importierten Glasfenster der Kirche fielen, fast bernsteinfarben leuchteten. Als sein glimmender Blick auf ihr zu ruhen kam, verschlug es Rósa fast den Atem. Dann hoben sich seine Mundwinkel, und sein ganzes Gesicht wurde weicher.

Sigridúr stupste ihre Tochter an. »Es heißt, er gehöre dem *Huldufólk* an.«

»Und es *heißt* auch, dass eine Frau, die schreiben kann, eine Hexe ist«, gab Rósa leise zurück.

»Er ist als Kind in den Hügeln gefunden worden. Als sei er der Erde entwachsen. So sieht er auch aus, mit diesem dunklen Haar und diesen Augen …«

Rósa riskierte ein kleines Lächeln. »Jemand vom *Huldufólk* hätte sich schon längst mit den Kindern aus dem Staub gemacht.«

Aber es stimmte: Péturs Haut war dunkler und seine Gesichtszüge waren härter als die jedes anderen Isländers, den Rósa jemals gesehen hatte. Er sah aus, als wäre er aus dem Vulkangestein der Insel geschaffen.

Sigridúrs Atem ging pfeifend. »*Huldufólk* hin oder her, ein hübscher Bursche ist er ja. *Das* wär doch mal ein Mann zum Heiraten.«

»Du bist nicht mehr im heiratsfähigen Alter, Mamma.«

Sigridúr gluckste.

Rósa hielt den Blick auf Jóns Gesicht gerichtet. Er lächelte sie an, und seine schieferfarbenen Augen hellten sich zu einem Himmelsgrau auf. Sie spürte, wie sich der eiserne Ring lockerte, der ihren Brustkorb umklammert hielt.

Beim Betreten der Kirche hatte Rósa Ausschau nach Págls rötlich blondem Schopf gehalten. Sie hatte sich sogar die Vorstellung erlaubt, er würde sie angrinsen. Aber selbst wenn er es nicht täte, wenn er sie finster anfunkeln würde, könnte ihr allein sein Anblick Kraft verleihen. Als sie nun begriff, dass er nicht gekommen war, traf sie die Erkenntnis wie ein Hieb. Sie hatte ihn verloren. Unwiderruflich und endgültig verloren. Sie presste ihre Hände gegen ihren Magen und zwang sich, gegen den Schmerz anzuatmen.

Dann richtete sie sich auf, nahm die Schultern zurück und setzte ein starres Lächeln auf. Um ihren Hals lag ein Lederbändchen, an dem eine winzige Glasfigur baumelte, die Jón ihr an diesem Morgen als Hochzeitsgeschenk gegeben hatte. Sie war kalt wie Eis und hatte die vollendete Form einer Frau: mit winzigen Händen, gefaltet in Selbstbetrachtung, und keusch gesenktem Blick. Rósa hatte große Augen gemacht, als Jón ihr den Anhänger überreicht hatte. Glas war kostbar, eine Rarität, und Rósa hatte noch nie etwas besessen, das nur dazu da war, hübsch auszusehen.

»Ich habe es von einem dänischen Händler erhalten«, sagte er. »Bestechend schön. Zart. Bescheiden.« Er berührte ihre Wange. Seine Hand brannte auf ihrer Haut. »Da musste ich an dich denken.«

Eine Frau aus Glas, in absoluter Reglosigkeit: vollkommen und zugleich leicht zu zerbrechen.

Rósa presste ihre Hand so fest um die Figur zusammen, dass sie zu schmerzen begann. Erst später bemerkte sie, dass das Glas einen violetten Abdruck in ihrer Handfläche hinterlassen hatte.

Die Stimme des Bischofs verlor sich im dunklen muffigen Inneren der Kirche, in der die Luft durch die Wärme zu vieler Menschenkörper schwer und abgestanden war.

Nach dem Segensspruch starrte Jón sie an und streckte den Arm aus, als wollte er ihr abermals über die Wange streicheln, ließ die Hand dann jedoch sinken.

Langsam atmete sie aus und merkte erst jetzt, dass sie den Atem angehalten hatte.

Noch am selben Nachmittag machte sich Jón auf den Weg zurück nach Stykkishólmur. Es gab keinen Hochzeitsschmaus, keine Nacht in Rósas Bett. Sie war dankbar, dass sie so nicht das Schnarchen ihrer Mutter im Bett gegenüber ertragen musste, wenn sie zum ersten Mal das Bett mit ihrem Gemahl teilte.

Pétur sollte drei Wochen später wiederkommen und sie in ihr neues Leben geleiten.

Skálholt, September 1686

Es ist spät, aber immer noch hell. Der Morgen ihrer Abreise steht bevor. Sie und Pétur werden in Richtung Nordwesten aufbrechen, und Rósa wird eine andere werden. Unwillkürlich muss sie an die Saga von Erik dem Roten denken, in der Gudrid in ein fremdes Land zieht und während der Reise entdeckt, dass ihre gesamte Gefolgschaft von Krankheit geplagt und ihre Reise vom Tod begleitet wird. Gudrid sucht daraufhin eine Seherin auf und stimmt in deren rituellen Schutzgesang ein.

Rósa, die im Vorratsraum steht und ihren Reisesack packt,

murmelt die Worte der Saga vor sich hin, als könnte sie damit einen Schutzmantel um sich weben.

»Sonne wusste nicht,
welch Tempel sie besaß,
Mond wusste nicht,
welch Macht er besaß,
Sterne wussten nicht,
welch Orte sie besaßen.«

Ihre Hände zittern trotzdem; die Laken, die sie ungeschickt hervorholt, fallen ihr zu Boden.

Sigridúr hat zu viel *Brennevín* getrunken und schnarcht leise in ihrem Bett, als Rósa ins *Baðstofa* zurückkehrt. Pétur steht am Feuer und wärmt sich die Hände. Er richtet seine außergewöhnlichen Augen auf sie, dunkle Bronze in der sich herabsenkenden Dämmerung. Zunächst glaubt sie, er starre sie finster an, doch dann bemerkt sie, dass er die gläserne Frauenfigur fixiert, die an einem Lederbändchen um ihren Hals baumelt. Ob er die unnützen Kosten missbilligt? Rósa schiebt den Anhänger rasch unter den Stoff ihres Kleides.

Er hebt die Augenbrauen und wendet sich dann wieder dem Feuer zu. »Hast du schon mal das Meer gesehen?«, fragt er.

»Noch nie. Meinst du, ich werde daran Gefallen finden?«

Sein Lächeln wirkt spöttisch, als fände er irgendetwas an ihr belustigend. »Manche mögen es, andere nicht. Aber ich glaube kaum, dass Jón dich aufgrund deiner Fähigkeiten am Ruder auserwählt hat.«

»Ah.« Sie hüstelt und starrt ins Feuer. Sie ist nicht naiv. Sie weiß, was Männer erwarten.

Schweigen breitet sich zwischen ihnen aus. Rósa streicht ihre Röcke aus Leinen und Seide glatt. Auch sie waren ein Geschenk von Jón.

»Wenn du auf Handelsreisen bist, fehlst du deiner Familie bestimmt.« Dann erinnert sie sich an Mammas Worte. Pétur sei als Kind in den Hügeln gefunden worden. Sie spürt, wie sich ihr Hals mit feiner Röte überzieht. »Ich meine …«

»Ich habe keine Familie.«

Sie blickt auf ihren Schoß. Das Leinen kratzt auf der Haut. »Das tut mir leid für dich.«

»Das muss es nicht«, erwidert Pétur. »Jón ist besser, als jede Familie es sein könnte.«

»Du sprichst ihn mit Jón an?«

»Sollte ich ihn besser *Herr* nennen?« Er schaut ihr forschend ins Gesicht, doch sie hält den Blick starr auf ihre Hände gerichtet. »Wenn du dem Meer dein Leben abtrotzt, dann sind die Wellen dein Herr.«

»Glaubst du an … Meeresgeister?«

»Es gibt Dinge, die liegen jenseits unserer Wahrnehmung.« Pétur schenkt ihr ein schmallippiges Lächeln, ehe er mit dem Schüreisen den Torf auf dem Feuer umschichtet. Das orangefarbene Glimmen der Glut huscht über sein Gesicht und lässt ihn für einen Augenblick angsteinflößend und unmenschlich wirken. Er lehnt sich zu ihr vor. »Bestimmt hast du die Gerüchte gehört: Ich gehöre dem *Huldufólk* an.« Mit seinen scharf geschnittenen Wangenknochen und den dunklen Augen sieht er tatsächlich wie die vollkommene Verkörperung eines der grinsenden Bergwesen aus.

Er lacht, und Rósa fährt zusammen.

»Aberglaube ist gottlos«, flüstert sie. Ihre Hände schwitzen. In der Rocktasche spürt sie den Runenstein, den ihr die Mutter gegeben hat, warm auf ihrer Haut.

Pétur hebt eine Augenbraue. »Ach Rósa, welch Frömmigkeit! Du schaffst es womöglich gar, meinen lieben Pabbi für dich einzunehmen.«

»Deinen … lieben Pabbi?« Rósa runzelt die Stirn. Hat er nicht gerade gesagt, er habe keine Familie?

Pétur beugt sich zu ihr herab. Er riecht nach Schweiß, ein durchdringender, animalischer Geruch. »Ich glaube, was jeder Isländer glaubt«, murmelt er. »Einige Antworten finden sich in der Bibel, andere nicht.«

»Und … Jón?« Rósa wagt kaum zu atmen.

»Jón ist Isländer. Aber Blut und Herz erzählen uns manchmal unterschiedliche Wahrheiten.« Er schaut Rósa direkt ins Gesicht, bis sie den Blick abwendet.

Sie schluckt. »Was ist mit dem *Prestur*? Schätzt der Pfarrer meinen Gemahl?«

»Egill? Am besten hältst du dich von ihm fern. Jón wird dir das Gleiche sagen.« Pétur blickt mürrisch ins Feuer.

Nach einem kurzen Schweigen, in dem nur das Knistern des Feuers und Sigridúrs Schnarchen zu hören sind, fragt Rósa: »Werde ich eine Magd haben?« Sie stellt sich ein junges Mädchen mit Haselnussaugen und dunkelblondem Haar vor, ein Mädchen wie sie selbst.

Doch Pétur schüttelt den Kopf. »Das Gehöft ist nicht so groß, dass du Hilfe benötigst.«

Das Bild verblasst, und Rósa überkommt ein Gefühl von Einsamkeit.

Pétur schaut auf, sein Blick plötzlich hart im Schein des Feuers. »Im Übrigen hast du dich von den Leuten aus Stykkishólmur fernzuhalten. Sie verbreiten nichts als bösartigen Klatsch.«

Sie öffnet den Mund, dann sieht sie das Lodern in seinen Augen und klappt ihn wieder zu.

Früh am folgenden Morgen brechen sie auf. Der Himmel ist bereits seit einigen Stunden von blassem Licht erhellt, aber die Bauern schlafen noch, und selbst ihre Tiere, die Rinder und Schafe, dösen auf den Weiden.

Pétur hält Rósas Steigbügel, während sie auf eine wunderschöne Fuchsstute klettert, deren dichtes Winterfell sie lustig aussehen lässt. Rósa ist seit ihrer Kindheit nicht mehr geritten; sie fühlt sich unsicher im Sattel und klammert sich an der Mähne des Tieres fest.

»Keine Sorge.« Pétur lächelt über ihre Unsicherheit. »Sie ist eine ganz Brave. Kräftig, gelassen und mutig. Wart's ab, bis du ihren *Tölt* fühlst.«

Rósas Verwirrung muss ihr anzusehen sein, denn Pétur gluckst, sein Gesicht ist nun hell und lebhaft.

»Schau, ich zeig's dir.« Er schwingt sich in den Sattel seiner eigenen Falbenstute und treibt sie an. Das Pferd geht Schritt, trabt dann an und fällt schließlich in eine hohe Gangart, die so weich ist, dass sich Pétur kaum in seinem Sattel bewegt.

Er zügelt seine Mähre, wendet sie und kehrt grinsend zu Rósa zurück. »Das ist der *Tölt*. Damit kannst du schnell und bequem Strecke machen. Die Pferde können es den ganzen Tag durchhalten. Versuch's mal.«

Rósa presst ihrem Pferd die Fersen in die Flanken, und es geht sofort in die weiche, schnelle Gangart über. Als sie sich jetzt an ihren letzten Ritt als Kind auf dem Pferd eines Händlers erinnert, bei dem sie im Sattel durchgeschüttelt wurde, bis ihre Zähne klapperten, muss sie lachen. »Es fühlt sich an wie Fliegen.«

Pétur gibt ein freudiges Jauchzen von sich, ein seltsames, unmenschliches Geräusch, und treibt sein Pferd an, um sie einzuholen, aber ihres ist schneller. Sie galoppiert den Hügel hinauf, und der Wind weht ihr die Tränen aus den Augenwinkeln.

Vögel flattern aus dem langen Gras auf. Zwei Raben steigen gen Himmel auf, kreisen dann krächzend über ihr. Rósa ist plötzlich kalt. Beim Anblick der aasfressenden Vögel muss sie an Hugin und Munin denken, Odins Zwillingsboten, Gedanken und Erinnerungen, die zugleich die Botschaften der Toten überbringen. Sie schüttelt die Vorstellung ab und treibt ihr Pferd weiter an.

Erst als sie ihre Stute auf der Hügelkuppe zügelt, sieht sie es: Skálholt liegt bereits weit hinter ihr. Sie hat ihre Heimat verlassen, ohne es überhaupt zu merken. Ihr kleines Gehöft ist nur noch ein verwischter brauner Klecks in weitem Grün, nicht größer als ihr Daumennagel. Irgendwo in einem der anderen Gehöfte ist Páll sicher gerade dabei, seinen Tag zu beginnen. Ob er wohl spürt, dass sie fort ist?

Über ihr ziehen die Krähen krächzend ihre Kreise.

Pétur kommt neben ihr zum Stehen. Da sie Spott von ihm erwartet, wischt sie sich verstohlen mit ihrem Ärmel über die Augen und wendet das Gesicht ab.

»Du kannst noch mal kurz zurückkehren, wenn du möchtest«, sagt er sanft. »Ich warte auf dich.«

Sie schüttelt den Kopf. »Mein Lebewohl habe ich schon gesagt.« Sie schiebt den Gedanken an den Anblick von Pálls hängenden Schultern zur Seite. »Lass uns weiterreiten.« Und damit wendet sie Skálholt den Rücken zu und schaut hinauf zu den wolkenumhüllten Bergen, die vor ihnen liegen.

Pétur treibt seine Stute an. »Du bist stärker, als man vermutet, Rósa. *Eigi deilir litr kosti.* Der Schein kann trügen.«

Sie tut das Kompliment, das auch eine Beleidigung sein könnte, mit einem Achselzucken ab und hält den Blick starr auf die grauen Wolken in der Ferne gerichtet. »Wie heißt meine Stute?«

»Hallgerd. Und meine heißt Skalm.«

»Gute, kraftvolle Namen.«

»Ein Name sagt viel aus über uns, Rósa.«

Versucht er jetzt, ihr zu schmeicheln? Sie ist keineswegs wie eine Rose. »Pétur« bedeutet Stein. Zunächst schien ihr der Name passend: hart, kantig und unnachgiebig. Doch nun hat sie auch sein Lachen, seinen verständnisvollen Umgang mit ihrer Trauer kennengelernt und weiß, dass er recht hat: Der Schein kann trügen.

Sie ist so in Gedanken vertieft, dass sie den großen Steinblock vor sich erst bemerkt, als sich ihr Pferd scharf nach links wendet, um ihm auszuweichen. Rósa stürzt vom Sattel. Das Gras ist weich und federt ihren Fall ab. Aber ihr Gesicht fühlt sich heiß an, als sie sich wieder aufrappelt.

»Hast du dich verletzt?« Pétur klopft ihr den Staub von den Röcken.

»Mir geht's gut. Es ist nur …« Tränen brennen ihr in den Augen, und sie muss heftig schlucken.

Pétur klaubt einen Heidezweig aus ihrem Haar. »Das Land will dich nicht ziehen lassen. Dieser mutige Heidezweig hat sich geopfert, um dich zum Bleiben zu überreden.«

Fast gegen ihren Willen muss sie lachen. Sie wischt sich über die Augen.

»Hier, tu ihn in deinen Reisesack und bewahre ihn auf«, sagt er. »Er wird dich immer daran erinnern, auf den Weg zu achten. Aus einem ähnlichen Grund trage ich stets ein Messer bei mir.«

»Damit du auf den Weg achtest?«

»Nein, es soll mich daran erinnern, dass es verschiedene Arten gibt, eine neugierige, schnatternde Frau zum Schweigen zu bringen.«

Ihr Magen macht einen Satz, und sie weicht vor ihm zurück. Er grinst, nimmt dann ihre Hand und hilft ihr zurück in den Sattel. Seine Hand ist stark, sein Griff fest.

»Es heißt, eine Reise, die mit einem Sturz beginnt, wird eine gute Reise«, sagt er.

»Du zitierst aus den Sagas. Ich hätte nicht gedacht, dass … Ich kann mir vorstellen, dass dies einem religiösen Mann wie Jón nicht gefällt.«

Pétur starrt sie mit diesen seltsamen goldenen Augen an. »Jón ist kein Fanatiker.«

»Also billigt Jón die alten Bräuche?«

»Reden ist eine Sache. Hexerei eine andere. Darauf steht der Scheiterhaufen.« Er zieht ruckartig am Zügel, sein Gesicht starr, während er wendet und davontrabt.

Sie beugt sich vor, um noch einen Blick auf den Steinblock zu werfen, der ihren Sturz verursacht hat, und sieht, dass er die Stelle markiert, an der Jón Arason und seine beiden Söhne vor fast einhundertfünfzig Jahren nach dem Bürgerkrieg geköpft worden waren. Arasons Hinrichtung hatte sieben Axthieben bedurft. Rósa betrachtet die dunkle Erde zu ihren Füßen und überlegt, ob die Essenz des Lebensblutes dieses Mannes noch irgendwo tief in der Erde pulsiert.

Sie murmelt einen Segensspruch für ihn und drückt den Runenstein in ihrer Tasche.

Nach seiner Hinrichtung hatten Arasons Gefolgsleute seinen Henker gejagt und ihm, als sie ihn gefangen hatten, geschmolzenes Blei in die Kehle gegossen. *Blut um Blut*.

Über Rósa kreisen weiter die kreischenden Raben, stets auf der Suche nach Toten.

Der restliche Tag ist eine Reihe ineinander verschwimmender Bilder von windgepeitschtem Gras und schneegebeugten Bergen, die mit dem Horizont ringen und deren Gestalt sich mit jedem ihrer Schritte zu verändern scheint.

Als die Sonne ihren höchsten Punkt erreicht, öffnet sich die Landschaft. Sie wird grüner und milder. Die Pferde trotten träge dahin, die Köpfe tief geneigt, hier und da reißen sie ein Grasbüschel ab, Bächlein durchziehen die Ebene. Eine nackte Felsformation entspringt dem Boden, ragt zehnmal so hoch wie ein Mann empor, als hätte die Erde dort mit sich selbst gerungen und sich die Haut vom Leib gerissen.

Pétur bemerkt ihr Staunen. »Die Alten glaubten, die Erde sei an dieser Stelle lebendig. Mit jedem Erdbeben hat sich die Landschaft verändert, und sie tut es noch heute. Einige Teile verschwinden, andere tauchen auf. Das können auch ganze Hügel sein.«

»Ganze *Hügel*? Wie das?«

Er deutet auf die zerklüfteten Felszähne. »Die Erde bewegt sich, dabei bersten die Felsen. Das Land bricht auf, Feuer und geschmolzener Stein brodeln an die Oberfläche, wie Blut. Wenn der Boden wieder zur Ruhe kommt, bleiben Narben wie diese.«

»Wo *sind* wir?«

»In Thingvellir. Hier trifft sich unser Parlament.«

Sie atmet hörbar aus, voller Ehrfurcht. »Das Althing?« Hier also ist der Ort, an dem Gesetze gemacht werden, wo Männer wie Frauen verurteilt und durch den Scheiterhaufen oder die Axt hingerichtet werden, wenn sie für schuldig befunden sind, Zauberbeschwörungen zu sprechen, Runen zu lesen oder Krankheiten zu entfesseln.

In ihrer Tasche pulsiert der Stein wie ein ängstliches Herz.

Rósa sucht die Ebene nach einem Flecken rußschwarzer Erde ab, der zeigt, dass hier Menschen verbrannt wurden, doch die Landschaft aus Gras, Wasser und kleineren Felsen erstreckt sich unversehrt bis zum Horizont, unverschämt strotzend vor Leben.

Sie schließt die Augen und meint für einen Augenblick, in der Ferne einen Schrei aus wundgebrüllter Kehle zu hören. Aber es ist nur ein Rabe, der, wie viele seiner Art, fast jeden beliebigen Ruf nachahmen kann. Er flattert über ihnen und kreischt wie ein Mensch, der in Flammen steht, ehe er ein gurgelndes Kichern ertönen lässt.

Rósa spürt plötzlich, dass sie friert und müde ist. »Halten wir zum Essen an?«

Pétur schüttelt den Kopf und reicht ihr ein wenig getrockneten Fisch aus seiner Reittasche.

Sie würde gerne einwenden, dass sie erschöpft ist und ihr Körper nach den vielen Stunden im Sattel schmerzt. Doch seine verbissene Miene lässt sie schweigen.

Während sie kaut, bemerkt sie in der Ferne die Gestalt eines Mannes auf einem schwarzen Pferd. Pétur beugt sich vor, greift nach Hallgerds Zügeln und zieht die Stute auf eine kleine Gruppe Birkenbäume zu. »Du siehst müde aus. Hier, die Bäume werden uns Schutz bieten.«

»Schutz wovor?«

Pétur antwortet nicht, sondern schaut aus schmalen Augen in die Ferne, die Lippen zusammengepresst.

Rósa fragt nicht weiter. Sie muss versuchen, gehorsam und fügsam zu sein.

Sie essen schweigend, während die Pferde grasen. Voller Staunen schaut Rósa in die vielen verschlungenen Äste, die sie umgeben: lauter Bäume, die kaum größer sind als sie. »Ich habe noch nie so viele Bäume gesehen.«

Er legt einen Finger über seine Lippen. Dann flüstert er: »Jón hat erzählt, dass es in anderen Ländern riesige Baumgruppen gibt, die man Wald nennt. Sie sollen so hoch wie Berge aufragen und das Licht abschirmen, sodass zu ihren Füßen immer Winter herrscht.«

Rósa hört das Knacken eines Astes, als der Reiter vorüberzieht. Pétur wartet einen Augenblick, bis der Hufschlag verklungen ist, dann entspannt sich sein Gesichtsausdruck. »In Stykkishólmur erzählt man sich, dass das Land von dichtem Wald bedeckt war, als die Wikinger hier landeten. Doch die Menschen fällten die Bäume, und die Erde wurde fortgeschwemmt. Das Land hat sich nie wieder erholt und den Menschen nie verziehen. Jetzt muss sich jeder Bauer von morgens bis abends abmühen, um der toten Erde etwas Heu abzuringen. Und wenn er sich nicht dankbar zeigt, wird er von der Erde verschlungen.«

Rósa schaudert. Die Berge ragen schwarz in die Höhe, ihre Hänge sind mit Streifen von breiten Kluften durchzogen, als hätte einer der Riesen aus alter Zeit seine Axt genommen und Kerben in den Fels geschlagen.

Der Hufschlag des schwarzen Pferdes verklingt allmählich. »Wir haben uns versteckt«, murmelt sie.

»Nein. Ich habe Rücksicht genommen auf deine weibliche Schwäche.«

»Du bist … Ich glaube dir kein Wort.«

»Lügen ist eine Todsünde. Du bist mutig. Aber vergiss nicht, wozu ich stets mein Messer bei mir trage.« Seine Augen sind schmale Schlitze, seine Stimme ist ausdruckslos.

Sie greift fest in Hallgerds dichte Mähne, damit der Mut sie nicht verlässt. »Untersteh dich, mir zu drohen! Das sage ich Jón. Und bist du etwa katholisch, dass du von Todsünden sprichst? Es ist verboten …« Sie bricht ab, als sie seinen Gesichtsausdruck bemerkt. »Du machst dich über mich lustig.«

Er hält entschuldigend eine Hand in die Höhe. »Ich lache nicht *über* dich. Aber Jón hat mich nicht darauf vorbereitet, dass du solches Temperament hast.« Er neigt den Kopf zur Seite, den Mund zu einem Lächeln geformt. »Aber vielleicht weiß er das ja gar nicht!«

Dann presst Pétur Skalm die Fersen in die Flanken, und das Pferd trabt davon.

Rósa treibt Hallgerd ebenfalls an, bis ihr Tier Pétur eingeholt hat. Sie wirft ihm einen entrüsteten Blick zu, doch er lacht nur und animiert seine Stute, weiter auszugreifen.

Ihr Unbehagen wächst, als es immer später wird und er keine Anstalten macht, an einer der Siedlungen oder einem der entlegenen Gehöfte, die sie passieren, anzuhalten. Tatsächlich scheint er einen Bogen um jeden Lichtschein zu machen, der im dichter werdenden Grau der hereinbrechenden Nacht aufblitzt.

Rósas Kinn sackt ihr auf die Brust, und die Bewegung lässt sie hochschrecken. Die Erschöpfung wird ihr zu viel, und so verlangt sie zu wissen: »Sollen wir etwa im Sattel schlafen?«

»Wenn es sein muss, können wir auch anhalten.«

»Und bei der Kälte draußen schlafen?«

»Die Pferde werden uns warm halten, und ich habe Decken dabei.«

Bestimmt treibt er nur einen Spaß mit ihr. Doch sein Gesichtsausdruck wirkt im schwindenden Licht todernst.

»Gibt es nicht irgendwo in der Nähe eine Siedlung?«

Er schüttelt den Kopf. »Die nächste liegt einen Tagesritt gen Osten.«

Sie atmet tief ein, um die aufsteigende Hysterie im Zaum zu halten. Sie will nicht draußen schlafen, wo es Füchse und Ratten gibt und die Kälte einem bis ins Mark dringt.

»Ich hätte gern ein Bett.«

»Wir schlafen draußen.«

Ihre Stimme wird lauter, schärfer: »Ich will ein Bett!«

Er knurrt und nickt dann kurz. »Also gut. Auf der anderen Seite dieses Hügels liegt ein Gehöft. Wir können es vor Anbruch der Dunkelheit erreichen.«

»Warum sagst du das erst jetzt?«

Als sie das Gehöft erreichen, heißt er sie in einiger Entfernung, bei einer Gruppe von Birkenschösslingen, zu warten. Er reitet die zehn Pferdelängen weiter zum Haus und klopft an. Ein alter Mann kommt herausgeschlurft. Pétur und er stecken die Köpfe zusammen und besprechen sich, dann nickt der Mann, und Pétur kehrt zu Rósa zurück.

»Wir können in der Scheune schlafen. Die Pferde auch.«

»Bei den *Tieren*?« Rósas Stimme überschlägt sich fast.

»Da sind keine Tiere. Sie sind alle draußen. Wo auch wir bei diesem Wetter sein sollten.«

»Hast du ihn nach einem Bett gefragt?«

»Rósa, wir schlafen in der Scheune. Jetzt komm. Hier entlang.«

Der Mann, der ihren Austausch von der Tür aus verfolgt hat, ruft: »Tómas!«, und Pétur geht noch einmal zu ihm zurück. Rósa starrt ihm mit offenem Mund hinterher. Der Mann deutet in Richtung *Baðstofa*, doch Pétur schüttelt den Kopf und zeigt auf die Scheune mit dem durchhängenden Torfdach. Schließlich nickt der Mann, verschwindet jedoch noch einmal kurz in seiner Kate, um kurz darauf mit zwei Wolldecken wieder aufzutauchen. Pétur marschiert zur Scheune, zieht die wackelige Tür auf und führt die Pferde hinein.

Rósa folgt ihm staksend in die dunkle Modrigkeit. »Er wollte uns in seine Kate einladen. Und er hat dich Tómas genannt …?«

»Die Pferde können neben den Heuballen schlafen, wir legen uns neben sie.«

»Warum hat er dich Tómas genannt?« Sie rümpft die Nase. »In dieser Scheune stinkt es.«

»Manchmal haben die Leute auf entlegenen Gehöften kein Plumpsklo.«

Entsetzt klappt ihr die Kinnlade herunter. »Und dann benutzen sie die *Scheune*?«

»Schlaf doch draußen, wenn's dir lieber ist.« Pétur hat bereits beide Pferde dazu gebracht, sich hinzulegen, und es sich selbst neben Skalm unter einer Decke bequem gemacht. Er dreht Rósa den Rücken zu, und seine Stimme klingt gedämpft durch die Mähne des Pferdes. »Wir brechen morgen beim ersten Licht auf. Du solltest also rasch schlafen, wo auch immer du es zu tun gedenkst.«

Rósa wirft ihm einen wütenden Blick zu, doch Péturs Atem geht bereits ruhig und tief. Sie wickelt sich in die Decken und schmiegt ihren Kopf an Hallgerds warmen Hals. Die Stute malmt zufrieden mit den Zähnen und gibt einen Seufzer von sich.

Rósa liegt steif daneben, blinzelt in die Dunkelheit und hört ihr Blut in den Ohren rauschen. Pétur scheint eingeschlafen zu sein. Sie presst die Arme an ihren Körper und stellt sich vor, sie sei ein Stein oder Teil der Erde. Doch mit jedem Atemzug ist sie sich des weichen Hebens und Senkens ihres Körpers bewusst und der Gebrechlichkeit ihrer Knochen neben dieser knurrenden, trügerischen Kreatur in Menschenform.

Sie erinnert sich, mit welch entspannter Leichtigkeit er den Mann angelogen hat, sein lockeres Lachen.

Als der Schlaf sie endlich hinunterzieht in seine sumpfigen Tiefen, erinnert sie sich noch an etwas anderes: Jóns erste Frau, Anna, stammte aus einer Siedlung in der Nähe von Thingvellir.

In der Nähe von Thingvellir, September 1686

Rósa träumt von Páll. Er streckt die Hand aus und liebkost ihre Wange. Sie lehnt sich ihm entgegen, doch sie erreicht ihn nicht. Zwischen ihnen fühlt sie eine pulsierende Luftschicht, die sie voneinander trennt. Als sie ihm ins Gesicht blickt, ist es nicht mehr Páll, der neben ihr steht, sondern Jón. Er legt ihr die Hand um den Hals, drückt zu, lässt locker, diktiert, wie viel Luft in ihre Lunge dringen soll. Sie kratzt ihn, versucht sich zu befreien, doch da verwandelt sich Jóns breite Gestalt in eine Skulptur aus blauem Eis, wie man es im Inneren eines Gletschers findet. Er taumelt, seine Krallenhände sind frosterstarrt, sein Bart schneegepudert. Seine Stimme klingt wie ein entfesselter Wind, der im Feuer heult und tobt. Als seine Hände auf ihre Schultern fallen, schreit sie auf.

»Sch-sch-scht, Rósa!« Pétur hält sie an den Armen gepackt und schüttelt sie. »Du weckst noch den Bauern auf. Und den Pferden jagst du Angst und Schrecken ein.«

Sie setzt sich auf und reibt sich die Augen. Beide Stuten stehen steifbeinig in einer Ecke der Scheune, mit geblähten Nüstern und bebenden Muskeln unter dem dichten Fell.

Rósa zittert. »Habe ich geschrien?«

»Allerdings. Wie am Spieß. Und um dich geschlagen hast du auch. Du warst so schwer zu halten wie ein Fisch.«

Die Hände, die sie gespürt hat, müssen Péturs gewesen sein. Rósa erschaudert und läuft nach draußen. Die kalte Luft prickelt auf ihren bloßen Händen und auf ihrem Gesicht und wirkt wie ein Vorbote eines beißenden Winters. Hinter der Scheune hockt sie sich hin und erleichtert sich. Der Gedanke, im Gebäude ihre Blase zu entleeren, ekelt sie. Sie lehnt den Kopf ans kalte Holz der Wand, bis sich ihr Atem so weit beruhigt hat, dass sie wieder zu Pétur zurückkehren kann. *Das war kein Omen, Rósa. Nur ein Traum.*

Schweigend setzen sie ihre Reise fort. Das Land ist düster, schroff und wild, mit gelegentlichen Tupfern spröder Sträucher und grobem gelblichem Gras. Die gespenstische Leere verschlägt ihr den Atem. Die Berge in der Ferne sehen aus wie sich auftürmende Gewitterwolken. Dem alten Glauben nach wohnt in jedem Berg ein Geist. Das mag das Kribbeln in Rósas Rücken erklären, als sie die zerklüftete Landschaft durchqueren. Sie spürt tausend Augen auf sich gerichtet, die ihr Schicht um Schicht die Haut abziehen, um bis in die Tiefe ihrer Seele zu blicken. Im Kopf singt sie die alten Schutzlieder, und halblaut murmelt sie das Vaterunser. Pétur wirft ihr einen Blick zu, die dunklen Augen undurchdringlich, und sie errötet.

Sie würde ihn gerne fragen, ob auch er diese Blicke auf seiner Haut spürt, aber als sie zu ihm hinüberschaut, hat ihn das gelbe Licht des langsam schwindenden Tages so eingehüllt, dass seine Wangenknochen hervortreten und seine Augen tiefer in ihren Höhlen zu liegen scheinen. Er sieht dunkel und atemberaubend schön aus, und ihr versagen die Worte.

Während der Abend dämmert, nimmt der Himmel die Farbe stumpfen Stahls an. Hier und da reckt sich eine Birke himmelwärts. In einer der alten Geschichten ist die Rede von einem *Huldufólk*-Wesen, das sich im Wurzelwerk von Birken einnistet und deren Blätter in Gold verwandelt, um gierige Reisende anzulocken. Gerät ein Reisender in Versuchung, verwandelt sich das kostbare Metall alsbald wieder in

Birkenblätter, und das Letzte, was der Verlockte sieht, ist das Elfenwesen, das auf seiner Brust sitzt und seine Seele frisst.

Die Geschichte soll vor Gier warnen. Rósa fragt sich, ob sie irgendetwas fühlen würde, wenn eine Kreatur an ihrer Seele zu nagen begänne. Aber die Ehe mit einem reichen Mann einzugehen, ist doch bestimmt etwas anderes, als aus Gier seine Seele zu verkaufen.

Je weiter sie sich von Skálholt entfernt, desto verschwommener wird alles, als würde das in Dämmerung getauchte Land einen Schleier über ihre Gedanken werfen.

Gegen Abend bemerkt sie, dass sie die Richtung geändert haben und jetzt gen Nordosten reiten, auf eine Reihe schneebedeckter Berge zu.

Das Land umschließt sie wie eine Faust. »Ich dachte, Stykkishólmur liegt im Westen.«

»Wir müssen ein kleines Gehöft zum Übernachten finden.«

»Danke.«

»Das tue ich nicht für dich, sondern für mich. Dein Jammern über die Kälte ist ja kaum zu ertragen.« Er zwinkert ihr zu, und sie errötet. »Außerdem«, fährt er fort, »kommen wir morgen in Stykkishólmur an, weshalb du heute schlafen solltest. Es ist besser, wenn ich dich ausgeruht abliefere. Jóns Zorn möchte man lieber vermeiden. Du musst lernen, es ihm recht zu machen.«

Sie wendet sich von ihm ab, betrachtet die Berge und tastet mit der Hand nach der Glasfrau an ihrem Hals, die ihr kalt auf der Haut liegt. Manchmal hat sie das Gefühl, das Lederband würde ihr die Luft abschneiden.

»Es gibt vier kleinere Gehöfte in dieser Richtung, an einem Ort namens Mundarnes.« Pétur deutet auf eine Stelle jenseits des steinigen Wegs vor ihnen.

»Das wäre … Danke.«

Nach kurzem Schweigen sagt er: »Es wäre … einfacher,

wenn du mich außerhalb von Stykkishólmur mit Tómas anredest. Die Leute hier in der Gegend neigen zu Tratsch.« Sein Gesichtsausdruck ist angespannt und wachsam.

Sie spürt, dass es von ihrer Antwort abhängt, ob sie diese Nacht ein Dach über dem Kopf haben wird oder nicht. »Wie du meinst«, sagt sie steif.

Kurz bevor die Sonne hinter dem Horizont verschwindet, erreichen sie eine Ansammlung von vier Gehöften, die eng wie die Finger einer geballten Faust beieinanderstehen.

Pétur klopft an die Tür der nächstgelegenen Kate, verbeugt sich vor dem jungen Mann, der ihm öffnet, und fragt, ob er für sich und seine junge Ehefrau ein Dach über dem Kopf erbeten dürfe. Sie seien auf dem Weg gen Westen und hätten sich in der Entfernung vertan, erklärt er mit einem Lachen.

Die Lügen fließen ihm über die Lippen wie Wasser. Wieder regt sich nagendes Unbehagen in Rósa. Der junge Mann hat das flache, einfache Gesicht eines Knechts. Er nickt zu allen Erklärungen Péturs, ohne selbst ein Wort zu sagen. Vielleicht ist er etwas einfach gestrickt.

Da fragt der Mann: »Wie heißt du?«

Ohne zu zögern, erwidert Pétur: »Tómas Agnarsson.«

»Ach ja?« Der Mann kneift die Augen zusammen. »Du siehst mir viel mehr nach Jón Eiríkssons Mann aus, nach Pétur. Von dem kursieren hier allerlei Geschichten.«

Rósa gefriert das Blut in den Adern. Der Mann ist bestimmt nicht einfach gestrickt. Ein böses Lächeln umspielt seine Mundwinkel.

Pétur blinzelt nicht einmal. »Es kommt vor, dass Leute einander ähnlich sehen.«

Das Lächeln auf dem Gesicht des Mannes wird zu einem Grinsen. »Nee, dir ähneln nicht so viele. Du siehst fremd aus, noch nicht mal wie ein Däne. Dazu bist du zu dunkel. Du bist einer vom *Huldufólk*, so ist das.«

Péturs Lächeln ist hart. »Pass auf. Aberglaube kann leicht auf dem Scheiterhaufen enden.«

»Du bist ein Findelkind. Egill mag dich wie seinen Sohn aufgenommen haben, aber deinen wahren Pabbi kennst du nicht. Ein Pfarrerssohn bist du jedenfalls nicht. Du siehst wie ein Ausländer aus, ein Wilder. Jeder hier in der Gegend hat von dir gehört, Pétur. Jedenfalls genug, um dich sofort zu erkennen. Warum gibst du einen falschen Namen an?«

»Ich würde dir raten, deine Neugier zu zügeln.« In Péturs Worten schwingt eine gefährliche Schärfe mit.

Der Mann reibt sich die Hände. »Ah, du magst bestimmt nicht über die Sache mit Anna Olafsdóttir reden, oder? Ich habe gehört, dass es schlimm geendet ist. Böse Geschichte, das.« Sein flaches Gesicht nimmt Konturen an, und als er lächelt, entblößt er kleine spitze Zähne, wie die einer Ratte. »Angeblich ist sie von einer *Krankheit* dahingerafft worden, nicht wahr?« Sein höhnisches Lachen prallt von den umliegenden Hügeln zurück.

Rósas Kehle fühlt sich trocken und eng an.

»Wir werden woanders ein Bett finden.« Pétur wendet sich ab.

Doch der flachgesichtige Mann folgt ihm ein paar Schritte, stolziert hinter ihm her. »Ist das die neue Frau? Da schaut mal her, großäugig wie ein Lamm. Sie ahnt nicht, in was sie da eingeheiratet hat.« Er lacht und ruft Rósa zu: »Mach dich vom Acker, solange du noch kannst!«

Pétur packt den Mann am Hals und drückt ihn gegen die Mauer der Kate. Er wehrt sich, doch Pétur zieht ein Messer aus dem Gürtel und hält dem Mann die Spitze der Klinge an seinen auf- und abhüpfenden Adamsapfel.

»Mir will scheinen«, knurrt Pétur, »dass dein Gesicht nach einer Umgestaltung dürstet. Dein Mund ist zu groß, deine Ohren zu klein. Und deine Nase ist so lang, dass es mich nicht wundert, dass du sie in die Angelegenheiten anderer Leute steckst. Aber ich helfe dir gerne.«

Der Mann schluckt nervös.

Péturs Stimme ist nur noch ein Zischen. »Soll ich dir deine Nase verkürzen?« Er hebt das Messer etwas. »Aber vielleicht liegt das eigentliche Problem ja bei deinen Augen.« Er hält die Messerspitze nur eine Haaresbreite von der linken Iris des Mannes entfernt. »Oder macht dir deine Kehle zu schaffen?« Pétur legt die Klinge an die hämmernde Ader am dürren Hals des Mannes. »Mich stört sie jedenfalls. Aus deiner Kehle kommt zu viel Blödsinn.«

»Ich ... Ich hab das nicht so gemeint ...« Der schreckensstarre Blick des Mannes wandert zu Rósa, die vor Entsetzen wie angewurzelt dasteht. »Verzeihen Sie, Herrin, ich bin sicher, dass Sie eine glückliche Ehe führen werden. Ich ...«

»Sei still!« Péturs Stimme ist stählern. »Vergiss nicht: *Engi er allheimskr ef þegja má.*«

Wer zu schweigen weiß, ist niemals dumm.

Der Mann bringt schlotternd eine weitere Bitte um Vergebung vor und taumelt, als Pétur ihn freilässt, hustend und sich den Hals reibend in seine Kate.

Pétur steckt das Messer zurück in die Scheide an seinem Gürtel und packt Rósa am Arm. »Komm. Er hat vielleicht Brüder. Und die Nachbarn haben bestimmt etwas mitbekommen.«

»Aber es dunkelt doch ...«

»Scheiß auf die Dunkelheit! Wir müssen los.« Er reißt sie am Arm herum, weg von der Kate, und hebt sie in den Sattel.

Als sie davongaloppieren, schaut Rósa über die Schulter zurück zum Licht der Feuer, die in den Gehöften leuchten, und dann hinüber zu Pétur, dessen Gesichtsausdruck sich verändert hat und der jetzt ebenso wild und kantig wirkt wie die gewaltigen zerklüfteten Felsformationen in Thingvellir.

Rósa klammert sich an die Mähne ihres Pferdes und blickt blinzelnd nach vorne, ins endlose Nichts der Dunkelheit. Ihr ist, als reite sie über den Rand einer Klippe.

Teil Zwei

Wahr ist, dass kein Mann sein Schicksal selbst bestimmt.

Isländisches Sprichwort aus der
Saga von Grettir dem Starken

RÓSA

Stykkishólmur, September 1686

Am folgenden Morgen erreichen Rósa und Pétur Stykkishólmur.

Pétur hatte sie durch die Nacht getrieben, bis Rósa glaubte, in Erschöpfung zu ertrinken. Er gewährte ihnen keine Rast und verweigerte ihr eine Antwort, wann immer sie ihn fragte, was die Worte des flachgesichtigen Mannes zu bedeuten hatten. Das spöttische Gelächter des Fremden rauschte ihr in den Ohren. *Anna war nicht an einer Krankheit gestorben? Pétur war Egills Sohn?*

Schließlich schmiegte Rósa ihren Kopf an Hallgerds Hals und ließ sich von der Stute in einen unruhigen Halbschlaf wiegen, der ihr Bilder von Blut bescherte, das aus der Wunde am Hals eines augenlosen Mannes rann, und von Lämmern, die sich niederlegten und ihren schmalen weißen Hals auf einen Schlachtblock sinken ließen.

Als sie erwacht, liegt ein intensiver Geruch nach Salz in der Luft.

»Wo sind wir?«

»Zu Hause.«

Sie stehen auf einer Anhöhe und blicken, wie früher die alten Götter, von oben auf die Welt unten hinab. Hinter ihnen erstreckt sich ein Lavafeld: Das einst flüssige rote Gestein sieht aus, als sei es noch während des Brodelns erstarrt und habe sich schwarz verfärbt. Heute ist es von Moos bedeckt, doch das Land wirkt noch immer wie eine köchelnde, sich ständig verschiebende Masse, ein siedendes grünes Meer. In einiger Entfernung gähnt ein Berg den Himmel an, seine Zähne kratzen an den Wolken und aus dem schneebedeckten Schädel dampft kalte Luft. Die weit geöffneten Kiefer stoßen träge eine Rauchwolke aus.

Pétur nickt in Richtung des Berges. »Drápuhlíðarfjall. Keine Sorge, er tut nur so, als wollte er ausbrechen. Manchmal stößt er mehr Rauch aus, manchmal weniger, doch mehr geschieht nicht. Wir befinden uns übrigens auf dem Helgafell, der wird erwähnt in …«

»Der *Laxdæla-Saga*. Also ist Guðrún Ósvífrsdóttir …?«

»Sie liegt am Fuß dieser Anhöhe begraben, ja. Wir werden an ihrer Grabstätte vorbeireiten.«

Rósa durchströmt ein Schauer der Erregung. Als Kind hatte sie die furchtlose Heldin der Saga bewundert, die viermal verheiratet war und die Männer dazu trieb, sich aus Liebe zu ihr gegenseitig niederzumetzeln.

»Man sagt, wer den Helgafell von Guðrúns Grab aus besteigt und dabei weder zurückblickt noch ein Wort spricht, habe drei Wünsche frei.«

»Derartigen Aberglauben lässt der *Prestur* doch gewiss nicht zu?«

Pétur blickt sie mit seinen goldenen Augen an. »Dem *Prestur* gefällt das nicht.« Er verzieht verächtlich den Mund, als er das Wort *Prestur* ausspricht. »Doch die alten Weisheiten enthalten immer ein Körnchen Wahrheit.«

»Ich werde dem *Prestur* nicht verraten, was du gesagt hast.«

»Du solltest gar nicht erst mit ihm sprechen.«

Wie kann er von ihr erwarten, in einer Siedlung, die keine dreißig Seelen zählt, nicht mit dem *Prestur* zu sprechen? »Du magst ihn nicht? Aber der Mann in Mundarnes sagte doch …«

»Dass Egill mein Pabbi ist?« Er presst die Lippen aufeinander. »Ich habe eine Weile unter seinem Dach gewohnt, doch als meinen Pabbi würde ich ihn nicht bezeichnen.«

»Doch wenn du bei ihm aufgewachsen bist, warum …?«

»Du kannst es nicht lassen, oder? Vergiss nicht: Das neugierige Kind verbrennt sich die Finger.«

Sie krallt ihre Finger in Hallgerds Mähne. Frauen sollten sich mit Worten zurückhalten. Die Bibel befiehlt ihnen, sich still, unterwürfig und respektvoll zu verhalten. Sie ist nicht die Heldin einer Saga, keine Guðrún Ósvífrsdóttir.

»Ich … Vergib mir.«

Pétur nickt knapp und treibt sein Pferd vorwärts. »Jón wartet gewiss schon.«

Während die Pferde sich ihren Weg den Helgafell hinunter suchen, blickt Rósa zurück. Die Berge erheben sich wie eine schützende Hand rund um Stykkishólmur, als wollten sie das Dorf vor Unglück und neugierigen Blicken bewahren. Gestein ragt aus dem grünen Land hervor, die Knochen des Bodens, blank gescheuert in Jahren der Überbeanspruchung und Rodung. Das graue Skelett der Erde blitzt auf, nackt und roh.

Das Land erstreckt sich bis hinunter zum Strand, der wie eine schwarze Sandnarbe vor der krausen Oberfläche des Meeres liegt, das Rósa noch gar nicht richtig wahrgenommen hat, so überwältigend ist die wilde Schönheit der übrigen Landschaft. In Ufernähe ist das Meer von verwaschenem Blau, etwas weiter entfernt wirkt es wie ein trüber Spiegel. Im Fjord liegen Tausende von Inseln verteilt, als hätte ein gereizter Troll wahllos Felsbrocken ins Wasser geworfen.

Als sie sich dem Ort nähern, bemerkt Rósa etwas, das ihr bis dahin entgangen war: Einige der kleinen Graskegel in Küstennähe sind in Wirklichkeit die torfbedeckten Dächer von mindestens zehn Gehöften, die so in die Hügel gebaut sind, dass sie ein Teil der Landschaft zu sein scheinen. Aus der Entfernung wirken sie größer als die Häuser in Skálholt, sie sehen geduckt aus, kauernd, und sind alle freistehend. Rósa ist an Katen gewohnt, die sich eng aneinanderdrängen und manchmal, wegen Holzmangels, gar Wände teilen.

»Die Gehöfte stehen sehr weit verteilt.«

Pétur nickt. »Wir graben uns in die Landschaft hinein. Im

Winter schneidet uns der Schnee vollständig von den anderen ab. Jedes Gehöft ist dann wie eine der Inseln da draußen.«

Rósas Magen zieht sich zusammen bei dem Gedanken, mit Jón, einem ihr gänzlich Fremden, und Pétur, der falsche Namen angibt und Leute mit Messern bedroht, eingeschneit zu sein.

Pétur reitet in Richtung des größten Gehöfts, das fünfzig Pferdelängen den Hügel hinauf, etwas oberhalb der übrigen Katen liegt. Etwa einhundert Schritte unterhalb des Haupthauses steht ein geräumiger torfbedeckter Stall, und einen Steinwurf von der Haustür entfernt befinden sich verschiedene kleinere Gebäude. Die Vorderseite des Hauses zeigt Richtung Meer, und auf der Rückseite verläuft ein kleiner Bach, an dem sie die Kleidung waschen und Wasser zum Kochen holen kann. In Skálholt musste sie dafür bis zum Fluss Hvítá oder Tunga laufen.

Als sie den Pfad hinauf zum Hof einschlagen wollen, ertönt hinter ihnen eine laute Stimme. Rósa sieht einen Mann in schwarzer Robe, der mit erhobenen Armen dasteht. Sein hageres Gesicht ist so weiß wie der Bauch eines Fisches. Er schreitet auf sie zu und stößt mit jedem Schritt seinen Stab auf den Boden.

»Rühr dich nicht und sag kein Wort«, murmelt Pétur.

Rósa nickt und senkt den Blick. Die dürre Gestalt hält neben Péturs Stute an und greift mit knochigen Händen nach den Zügeln. An seiner schwarzen Robe erkennt Rósa den *Prestur*.

»Ist das die Neue?« Ein vom Wind ausgetrocknetes Krächzen.

Péturs Stimme klingt messerscharf. »Wie du siehst.«

Der alte Mann starrt Rósa an, die ihren Blick nicht von Hallgerds Hals abwendet und ihre Finger in die warme Mähne des Pferdes krallt.

»Sie ist dünn«, sagt er. »Wird sie den Winter überleben?«

»Vielleicht, wenn wir sie von deinem Gift fernhalten, Egill.«

»Hüte deine Zunge, Junge, oder du wirst es bedauern …«

Pétur lacht bellend auf. »Ich soll meine Zunge hüten? Hältst du dich jetzt schon für den *Bondi*?«

Egill wendet sich an Rósa. Seine Augen sind blutunterlaufen, als hätte er getrunken, doch seine Stimme klingt nüchtern und klar. »Nimm dich in Acht, junge Frau. Dein Mann mag ehrenwert wirken, doch hinter dieser Fassade verbirgt sich der Teufel. Und Anna war …«

Da treibt Pétur seine Stute voran und stößt dabei Egill um, der mit Wucht zu Boden geht. Pétur ergreift Rósas Zügel, und beide Pferde galoppieren davon. Egills Rufe begleiten sie. Seine Worte sind im Wind nicht zu verstehen, doch an seinem Zorn besteht kein Zweifel.

Als sie außer Hörweite sind, zügelt Pétur beide Pferde, bis sie stehen. Sein Atem geht keuchend, als wäre er gerannt. Rósa klopft das Herz bis zum Hals. »Er … er hat von Anna gesprochen. Was …«

Pétur lehnt sich zu ihr hinüber und zieht sie an ihrem Arm nah genug an sich heran, dass sie seinen Schweiß riechen und das wilde Drängen in seinen Augen sehen kann. »Keine Fragen über Anna. Nicht an mich oder irgendjemanden sonst im Dorf, und ganz besonders nicht an Jón. Er ist ein guter Mann. Glaube es mir. Egal, was du vielleicht hören wirst.«

»Ich … ich werde es versuchen.«

Pétur drückt ihre Hand, und sie ringt nach Luft. Dann treibt er sein Pferd wieder an, und sie reiten das letzte Stück zu dem Gehöft, das einsam und ungeschützt auf dem Hügel liegt.

Jón wartet vor dem Haus auf sie, er muss sie bereits in der Ferne gesehen haben. Er trägt saubere Kleidung, und Haare und Bart glänzen, wo er Wasser aufgetragen hat. Er blickt grimmig drein. »Welche Weisheiten spricht der alte Mann?«

Pétur sieht Rósa warnend an und lächelt gezwungen. »Egill wünscht deine Stellung als *Bonði* – und meint, in dir stecke der Teufel.«

Jón grinst. »Nun, meine Stelle als *Bonði* wird frei, sowie er mich auf dem Scheiterhaufen verbrannt hat. Allerdings wird das nicht ganz einfach werden, wenn in mir wirklich der Teufel steckt.«

Rósa ringt nach Luft, doch Jón lacht. »Alberne Dummheiten, Rósa. Egill wird sich selbst die Finger verbrennen, ehe er auch nur ein Haar auf meinem Kopf versengt.«

Jóns Lachen verebbt, während er Egill hinterherblickt. »Dennoch müssen wir vorsichtig sein. Ohne Olaf ist er nicht besonders mutig, doch wer weiß, was er redet, wenn Olaf bei ihm ist?« Er wendet sich Rósa zu. »Vergib mir, Rósa. Willkommen!« Er streckt ihr die Arme entgegen und lehnt sich vor, als wolle er sie aus dem Sattel heben, hält dann jedoch inne und verbeugt sich stattdessen.

Verwirrt senkt sie den Kopf. »Danke.« Wer ist Olaf? Sie wagt es nicht zu fragen.

»Sieh nur, wie demütig sie ist, Pétur. So scheu wie ein Vogel! Sag doch, Rósa, gefällt dir dein neues Zuhause?« Schweiß glänzt auf seinem Hals, wo das Gewand beginnt.

»Es ist sehr … schön.«

»Gut. Du wirst hier glücklich sein, wenn ich auch viele Stunden nicht bei dir sein werde.«

»Ich … Natürlich.«

»So gefügig! Dein Pabbi hat dich gut erzogen. Komm her.«

Rósa steigt vom Pferd, neigt den Kopf und hält Jón ihre Hand entgegen. Er nimmt sie und küsst ihre Finger. Sie bemüht sich, nicht zurückzuschrecken, als seine Pranken über ihre zarte Haut reiben.

»Ich hoffe, deine Reise war nicht allzu ermüdend? Der Pfad kann um diese Jahreszeit recht unwegsam sein, bis der Regen einsetzt.« Er drückt ihre Hand. »Ich bete, dass dieser

Winter besser wird als der letzte – mein Haus hat als einziges keinen Schaden gelitten. Egill hat geschäumt vor Wut! Doch du hast hier nichts zu befürchten.«

Rósa würde Jón gerne erklären, dass sie erschöpft ist und wünschte, sie wäre zu Hause. Sie will ihm erzählen, dass sie wegen Pétur die Nacht durchreiten musste und dass er am Vorabend gedroht hat, einem Mann mit dem Messer die Augen auszustechen.

Doch sie zwingt sich zu lächeln. Ihr Kiefer schmerzt. »Danke.«

Seine Augen leuchten auf, als eine innere Anspannung von ihm abzufallen scheint. In seiner riesigen Pranke schwitzt ihre Hand.

»Und deine Mamma?«, fragt er.

»Besser. Der Moostee, den Pétur ihr gebracht hat, hat ihren Husten gelockert, und in der Kate brennt ein Torffeuer, sodass es dort jetzt weniger feucht ist. Wir sind dir wahrhaftig dankbar.«

Er fährt mit einer Hand durch die Luft, als verscheuche er lästige Fliegen. »Genug. Jetzt wirst du erst einmal essen. Pétur wird heute das *Dagverður* zubereiten.«

Neben ihr hebt Pétur, der die Unterhaltung schweigend mitverfolgt hat, die Augenbrauen. Die beiden Männer sehen sie an, und Rósa kann die Erwartung in ihrem Schweigen hören.

»Nein«, erwidert sie. »Ich erledige das für uns alle.«

Jón drückt ihre Hand. »So fügsam«, sagt er. »Komm.« Pétur bleibt draußen zurück, als Jón sie hineinführt, um ihr zu zeigen, was sie geheiratet hat.

Rósa hatte sich vorher ausgemalt, wie es sein würde, von ihrem Gemahl ins *Baðstofa* geleitet zu werden, um ihre ehelichen Pflichten zu erfüllen. Damit verband sie verschwommene Bilder von nackten Körpern und das Versprechen eines bebenden Schmerzes. Sie verkrampft sich und wartet darauf, dass ihr Ehemann sie küsst. Sie wird nicht zurückzucken, sie muss seinen Kuss erwidern.

Doch Jón hält es nicht lange im *Baðstofa*. Er zeigt ihr die vier Betten – kurz, aber breit genug für zwei Personen. Der Raum verfügt über einen offenen Kamin, und die Luft riecht bitter und verraucht. All dies kennt sie von zu Hause, wenn hier auch alles größer ist als in der engen Kate in Skálholt. Über ihnen, wo sonst Torf und Wurzeln das Dach bedecken, sieht Rósa eine aus eng aneinanderliegenden Holzbalken gezimmerte Decke, zu der eine Leiter hinaufführt. Als sie danach greift und ihre Hand auf einer der Leitersprossen ruhen lässt, befiehlt Jón mit scharfer Stimme: »Lass das! Hier entlang.«

Er führt sie durch einen Türbogen in eine große Küche, wie sie noch nie eine gesehen hat, mit einem niedrigen Tisch, Bänken, einem Hocker und einem erhöhten *Hloðir* aus Stein statt einer offenen Feuerstelle zum Kochen. Jón blickt sie fest an, als warte er auf etwas, dann tritt er näher. Ein Muskel pulsiert in seinem Unterkiefer. Er ragt neben ihr auf, schwitzt.

Sie schluckt. »Das Gehöft ist … sehr schön.«

»Gott belohnt Gehorsam. Ich fand es immer schon angebracht, dass Respekt belohnt und Ungehorsam bestraft wird.«

Rósas Mund ist trocken, aber sie fragt dennoch: »Du hast einen Dachboden?«

»Pétur und ich haben ihn gemeinsam gezimmert. Ich bewundere die fremdländische Art, in die Höhe zu bauen. Als ich auf einem Handelsschiff nach Dänemark reiste, um zwei Gerfalken einzutauschen …«

»Zwei?« Gerfalken sind wertvoller als Gold.

»Die Dänen haben gut gezahlt, in Stoffen und Kühen. Als ich die Häuser dort und auf den schottischen Inseln sah, wusste ich, dass ich einen Dachboden haben wollte. Einen Ort der Ruhe, der nur mir allein gehört.«

»Darf ich ihn sehen? Den Dachboden?«

Er blickt sie an, plötzlich wachsam. »Der Raum ist stets verschlossen.«

»Darf ich nur rasch einen Blick hineinwerfen?«

Sein Gesichtsausdruck verhärtet sich, als habe sie um etwas Unanständiges gebeten. »Dort bewahre ich alle wichtigen Dokumente für das Gehöft auf und andere private Dinge, die für eine Frau von keinerlei Interesse sind.«

»Mein Pabbi hat mich lesen und schreiben gelehrt. Womöglich könnte ich dir zur Hand gehen – und ich habe noch nie einen Dachboden gesehen.« Sie lächelt erwartungsvoll und will zur Leiter gehen.

»Halt!«

Rósa erstarrt.

Jón reibt sich über den dunklen Bart und fährt dann in sanfterem Tonfall fort: »Schon in der Bibel steht, die Frau ist dem Manne untertan.«

»Warum …«

Er hebt warnend eine Hand. »Du sagst, es geht deiner Mamma gut? Ihr schmeckt das Fleisch, das ich ihr gesandt habe? Du brauchst mir nicht noch einmal zu danken. Wer so eine gehorsame Frau hat, der ist gerne großzügig.«

Ihr steht der Mund offen. Er drückt mit den Fingern gegen die Unterseite ihres Kinns, und sie hört ihre Zähne mit einem leisen »Klack« aufeinanderstoßen.

Jón lächelt eisig. »Hier entlang.« Er nimmt ihre Hand und zieht sie zur Vorratskammer, wo Krüge voll *Skyr* dicht gedrängt stehen und sich die Deckensparren unter der Last des trocknenden Kabeljaus biegen.

»Ich werde dich lehren, den Fisch auszunehmen und zu trocknen, Rósa. Im Moment bringen wir das Heu ein. Weißt du mit einer Sense umzugehen?«

Sie nickt und denkt an die Seufzer der Gräser bei der Berührung mit der scharfen Klinge.

»Gut«, sagt er. »Du wirst uns helfen, sobald du das *Dagverður* gebracht hast.«

Sie nickt wieder, ihr Kiefer schmerzt. Beim Gedanken an die vielen Aufgaben wird ihr schwindelig: waschen, kochen, putzen, flicken, Fisch ausnehmen, Heu ernten. Und dieser verschlossene Raum im Dachboden … Erschöpfung droht sie zu übermannen.

Jón fährt fort: »Außerdem haben wir einen Stall und ein Grubenhaus, in dem wir Fischernetze und Arbeitsgeräte aufbewahren. Es ist verschlossen. Halte dich davon fern.« Ihre Augen weiten sich, und er fügt hinzu: »Ich verschließe es wegen der Diebe. Außerdem sind viele der Geräte scharf.« Seine Hand wiegt schwer auf ihrer Schulter, er drückt zu. »Wir befinden uns weit weg von den anderen Gehöften, und niemand würde deine Schreie hören, wenn du blutest.« Sein Gesicht ist so ausdruckslos, als spräche er vom Wetter.

Rósa zwingt sich zu nicken. Sie fühlt sich wie eine der Marionetten, die sie einmal auf dem Wagen eines fahrenden Händlers gesehen hat: ohne eigene Stimme und lediglich in der Lage, sinnlos mit dem Kopf zu nicken oder ihn zu schütteln, je nach Laune ihres Meisters.

Jón lockert seinen Griff und erklärt plötzlich geschäftig: »Du wirst jeden Morgen das Haus fegen und uns später die Mahlzeiten bringen: *Dagverður* mittags und *Nattverður* nach Sonnenuntergang. Pétur und ich essen auf dem Feld oder auf dem Boot.«

Rósas Beine zittern. »Wirst du deine Mahlzeit heute zu Hause einnehmen?«

»Das Heu will geerntet werden, doch wir werden zuerst noch zusammen essen.«

Sie fröstelt und zieht sich das Tuch enger um die Schultern. »Ich bin nicht hungrig.«

»Du wirst jetzt essen. Mit mir.« Ein Muskel pulsiert in seinem Unterkiefer. »Morgen bringst du das *Dagverður* zum

Sommerfeld auf dem Hügel. Du musst einfach den Bach hinter dem Haus überqueren und dem Pfad folgen.«

»Und die anderen Mahlzeiten …?«

»Nimmst du ein, wie es dir gefällt.«

Also allein. Sie atmet zitternd ein und denkt an ihre Mutter. Und an Páll. Sie verschränkt die Finger ineinander, um ihre Hände ruhig zu halten. »Ich will dir … gefällig sein.«

»Dann tu, was ich dir sage.« Einen Moment lang scheint es, als wolle er sich zu ihr hinüberbeugen, um sie zu küssen, doch stattdessen nimmt er ihre Hand und drückt seine Lippen auf ihre Handinnenfläche. Sein Mund fühlt sich heiß und nass an.

Rósa widersteht dem Drang, die Hand wegzuziehen, doch dann wendet sie sich ab, um dicke Scheiben dunklen Roggenbrotes zu schneiden, während er ihr zusieht. Sie hört seinen Atem. Das Herz klopft ihr bis zum Hals.

Sie sitzen und essen schweigend, und Jón beobachtet jeden Bissen, den sie zum Mund führt. Das Brot liegt wie Asche auf Rósas Zunge, sie muss an sich halten, um nicht zu würgen, und zwingt sich zum Schlucken. Jón schlägt seine Zähne ins Brot, kaut rhythmisch und verschlingt drei Scheiben. Während er noch den letzten Bissen zermalmt, steht er auf, wischt sich die Hände an der Hose ab und sagt: »Ich werde spät zurückkommen, warte nicht auf mich. Schlaf, wenn es dunkel ist, du musst gut auf dich achten. Dein Leben ist wichtig, denn du bist jetzt meine Frau.«

Dann dreht er sich um und geht zur Tür hinaus.

Als seine Schritte verklungen sind, legt Rósa ihren Kopf auf den niedrigen Tisch. Das Holz fühlt sich beruhigend fest an. Sie schließt die Augen und beißt die Zähne zusammen, um die Tränen zurückzuhalten. Ihr Gemahl ist ein guter Mann, so sagt man ihr. Und doch nimmt er den Weg zum Stall hinunter, als er die Sense holen will, und geht nicht zum Grubenhaus, wo angeblich die scharfen Arbeitsgeräte aufbewahrt werden.

Einen Moment lang hört sie die Stimme ihrer Mutter so deutlich, als stünde sie neben ihr: *Dummes Mädchen, was hast du denn erwartet?* Was hätte Páll wohl über ihren Ehemann gesagt? Sicher wäre ihm irgendein Scherz eingefallen, doch sie kann sich seine Stimme nicht ins Gedächtnis rufen, weiß kaum mehr, wie sein Gesicht aussieht. Er ist nichts weiter als eine verschwommene Gestalt, ein Mensch aus einem anderen Leben.

Rósa nimmt die perfekt gearbeitete gläserne Frauenfigur aus der Tasche. Wenn sie eine andere Frau mit solch einem kostbaren Anhänger gesehen hätte, wäre Rósa überzeugt gewesen, dass deren Ehemann sie sehr liebt.

Sie seufzt und presst sich das kalte Glas an die Stirn. Ihre Haut brennt.

Sie sitzt in der Küche und sieht den Schatten zu, die sich verändern, während die Sonne immer tiefer sinkt. Ihre Muskeln sind steif, und ihre Beine schmerzen von der ihnen auferlegten Bewegungslosigkeit, doch sie schafft es nicht, sich zu rühren. Sie fühlt sich, als starrten sie tausend Augen an, als läge Jóns Hand noch immer schwer auf ihrer Schulter.

Schließlich sickert körniges graues Dämmerlicht in den Raum. Was, wenn Jón zurückkommt? Was, wenn er ihr Bett teilen will? Sie packt ihren Rock mit beiden Händen und presst ihn sich gegen die Beine, als könnte sie sich so schützen.

Die Schatten kriechen näher. Sie hört Schritte hinter sich, springt auf und wirbelt herum. Doch dort steht niemand, sie ist noch immer allein. Draußen fegt der Wind um die Mauern der Kate, in der Ferne seufzt das Meer. Es ist, als existierte der Rest der Welt nicht mehr. Ihre Augen brennen, so anstrengend ist es, ins Halbdunkel zu spähen, und sie zwingt sich dazu, aufzustehen und eine Kerze anzuzünden. Die helle Flamme treibt die Dunkelheit in die Ecke, wo Rosa plötzlich ein bleiches Gesicht zu erkennen meint, das sie anstarrt. Sie keucht und lässt beinah die Kerze fallen, doch als sie näher hinsieht, verwandelt sich das Gesicht in eine zusammengerollte Decke.

Rósa nimmt sie und legt sie sich über die Schultern. Dennoch zittert sie am ganzen Körper.

Als sie die Decke fester um sich zieht, berühren Rósas Finger etwas Trockenes, Sprödes. Sie hält die Kerze näher und erkennt die vertrocknete Beere des Teufelsauges, deren Stängel an einem Faden hängt und sich im Gewebe der Decke verfangen hat.

Nein, unmöglich … nicht hier. Sie sieht noch einmal genauer hin. Definitiv Teufelsauge. Wenn man die Beere im Dunkeln trocknet, an einem Seidenfaden befestigt und um den Hals trägt, öffnet sie jede verschlossene Tür. Doch allein der Besitz einer solchen Kette reicht aus, um der Hexerei bezichtigt zu werden.

Wieder hört Rósa hinter sich Schritte, wirbelt herum und stopft Decke und Beere unter die Bank. Doch wieder sind da nur die Dunkelheit und der Wind. Sie zieht die Decke wieder heraus und entfernt vorsichtig das darin verfangene Teufelsauge. Sie denkt an den Dachboden und das Grubenhaus, die verschlossenen Räume ihres Ehemannes, und steckt es sich in die Tasche. Doch als ihre Hand dabei das Holzkreuz ihres Vaters streift, besinnt sie sich, nimmt die Beere wieder heraus, reißt die vier Blätter vom Stängel und wirft alles in die glühenden Kohlen des *Hloðir*.

Sie streicht sich das Haar aus der Stirn und spürt, dass ihre Wangen nass sind. Sie weiß nicht, wann sie zu weinen begonnen hat.

Erschöpft sitzt sie am Küchentisch und wartet auf die Rückkehr ihres Mannes.

Als Rósa erwacht, ist es Morgen, im Haus herrscht erdrückende Stille. Sie blinzelt und reibt sich die Augen, dann springt sie auf. War Jón inzwischen zurückgekehrt und hatte sie schlafend vorgefunden? Er würde zornig sein.

Sie eilt durch das Haus nach draußen und sieht, wie Pétur und Jón vom Grubenhaus heraufkommen. Sie senkt den Blick und knickst.

Jón nimmt ihre Hand und zieht sie hoch. »Du siehst erschöpft aus, Rósa. Ich habe dir doch aufgetragen, dich auszuruhen.«

»Das … das habe ich auch getan«, flüstert sie und wagt nicht, ihn zu fragen, wo er die Nacht verbracht hat.

»Bring uns heute unsere Mahlzeit aufs Feld und vernachlässige deine anderen Pflichten nicht.«

Sie nickt und erinnert sich an die endlose Liste ihrer Aufgaben.

»Komm, Pétur«, sagt er und macht kehrt.

Rósa schaut ihnen nach, bis sie verschwunden sind. Dann geht sie zurück ins Haus und lässt ihr aufgesetztes Lächeln schwinden. Ihre Wangen schmerzen.

»Nur Mut, Rósa.« Ihre Worte hängen in der leeren Luft wie Staubpartikel.

Das Haus knarzt im Wind. Sie späht in die dunklen Winkel des *Baðstofa*, schließlich dorthin, wo die Leiter steht, die zu dem Raum über ihr führt. Dann denkt sie an Jóns Hand auf ihrem Nacken, warm und schwer. Sie schüttelt die Erinnerung ab und geht zurück in die Küche.

Dort schneidet Rósa vier dicke Scheiben des schweren, harten Brotes und bestreicht jedes Stück großzügig mit Fett aus der Vorratskammer, das sie erst für ranzige Butter hält, doch als sie es vorsichtig mit der Zunge berührt, schmeckt es nach Fisch.

Waltran.

Sie schüttelt sich und untersucht die übrigen Vorräte in der Vorratskammer: überwiegend getrockneter Fisch und

Streifen getrockneten Hammelfleisches, aber auch zahlreiche Schalen mit *Skyr* und ein Krug Bier. Außerdem findet sie eine geräucherte Hammelkeule. Sie schneidet dicke Scheiben Fleisch vom Knochen und legt sie aufs Brot, ohne das weiße Fett oder die glibberige Sulz zu entfernen.

Rósa legt alles in einen Holzeimer, doch die Menge erscheint ihr kümmerlich für zwei erwachsene Männer. Sie schneidet mehr Brot ab und bestreicht es dick mit *Skyr*.

Das reicht immer noch nicht.

Wenn sie Jón beeindrucken kann, wird er sie vielleicht nicht mehr so finster anblicken. Sie durchstöbert die Vorratskammer, bis sie einen Topf mit etwas Festem, Gelbem findet. Wieder sieht es wie Butter aus, geschmolzen und wieder hart geworden. Sie kratzt mit dem Messer etwas ab und lässt es auf der Zunge zergehen. Es schmeckt wie Sonnenlicht, und sie muss an sich halten, um es nicht löffelweise zu verschlingen. Rósa erinnert sich, irgendwo gelesen zu haben, dass mit Honig illegal gehandelt werde – offiziell dürfen nur die Dänen damit Handel treiben –, probiert hat sie ihn jedoch noch nie. Sie verteilt ihn großzügig auf den letzten beiden Brotscheiben.

Nachdem sie das Brett gesäubert hat, steht sie in der erdrückenden Stille und klopft sich mit dem Messer gegen die Zähne. Die Sonne steht noch niedrig, sie hat also Zeit. Rósa schaut sich um und geht dann langsam ins *Baðstofa* und auf Entdeckungstour.

Die Betten sind zwar größer, doch die Decken sind aus der gleichen dicken Wolle gearbeitet wie jene in Skálholt. Sie hält sich eine davon vors Gesicht und atmet tief ein.

Könnte sie einfach verschwinden? Eines der Pferde nehmen und nach Hause reiten, bevor es zu schneien beginnt? Nein. Dann müsste sie zusehen, wie ihre Mutter hungert, dahinsiecht und schließlich stirbt. Rósa beißt sich auf die Unterlippe, bis sie Blut schmeckt.

Sie setzt sich auf den Rand des größten Bettes, legt sich dann nieder. Ihr Ehebett. Wieder dieser Drang wegzulaufen. Sie schließt die Augen und atmet aus, durchbricht damit die Stille. Sie dreht sich zur Wand und fragt sich, ob Anna dieselben Holzbretter angestarrt hat. War sie genauso verängstigt? Rósa rutscht näher an die Wand heran, zeichnet die Maserung des Holzes mit dem Finger nach, lässt ihn über die Wirbel gleiten. Als sie sich bewegt, hört sie ein Rascheln unter der Matratze, als hätte ihr Gewicht dort etwas verschoben. Sie hebt eine Ecke an und sieht ein Blatt Papier mit einem großen geschwungenen Zeichen darauf. Sie nimmt es hoch und traut ihren Augen nicht, doch was sie da in der Hand hält, schwarz auf weiß, ist die Rune für Beistand. Ein Hilferuf! Rósa betrachtet sie, während ihr tausend Gedanken durch den Kopf schwirren.

Warum?

Plötzlich knarren die Deckenbalken – wie unter der Last eines sich bewegenden Körpers.

Sie springt auf und stopft das Papier zurück unter die Matratze. Ihr Herz hämmert in der Brust. »Wer ist da?«

Wieder ist das Knarren von Holzbrettern zu hören. Rósa eilt zur Leiter. »Hallo?«

Dunkelheit starrt ihr entgegen, ungerührt.

Nichts. Niemand. Stille.

In ihren Ohren pulsiert das Blut, als sie hinaufklettert, dann verschluckt das schwarze Loch sie, und Rósa sieht nur noch Schatten. Sie beugt sich weit nach vorn und erkennt vor sich an der Tür einen massiven Metallriegel, der wie ein Warnzeichen wirkt.

Sie drückt gegen die Tür, doch sie bewegt sich nicht. Sie versucht es mit der Schulter, stemmt sich mit aller Kraft gegen die Tür, doch die bleibt so ungerührt stehen wie ein Felsbrocken. Als sie ihr Ohr gegen das Holz presst, spürt sie, wie warm es ist, als wäre es noch immer Teil des lebendigen, atmenden Lebens in einem fernen Land, wo sich die Bäume im Sommerwind wiegen.

Da hört sie das flüsternde Pfeifen eines Atemzugs, den jemand zu unterdrücken sucht.

Hastig steigt sie die Leiter hinunter, verliert auf den letzten Sprossen den Halt und schlägt sich das Knie auf, reißt sich dabei ein Loch in den Strumpf, doch sie achtet nicht darauf. Sie stürzt durch das *Baðstofa* und taumelt in die warme Küche, wo sie zusammengekrümmt stehen bleibt und nach Luft japst. Als ihr Herzschlag langsamer wird und sie wieder ruhiger atmet, legt sich die Stille erneut um sie wie eine Decke. Von oben ist kein Laut zu hören.

Dummerchen!, schilt sich Rósa und versucht zu lachen, doch ihre Lippen beben und ihr entfährt stattdessen ein Schluchzer.

Da entdeckt sie auf dem Boden, zwischen dem dort liegenden Schmutz und Stroh, ein paar blonde Haarsträhnen, so fein wie die Seidenfäden einer Spinne. Rósa hebt sie auf und wickelt sie um ihre Finger, sie sind lang und glatt. Als sie genauer hinsieht, bemerkt sie eine Art bräunlichen Rost, der die Haare bedeckt und an ihren Fingern kleben bleibt.

Blut.

Rósa schreckt zurück und wirft die Haare in den *Hloðir*, wie am Abend zuvor das Teufelsauge. Als sie sie mit dem Feuerhaken in die Flammen schiebt, hört sie es wieder: ein Atmen oder Flüstern hinter sich. Sie lässt den Schürhaken krachend zu Boden fallen und beachtet ihn nicht weiter.

Stattdessen schnappt sie sich den Holzeimer mit dem Essen für die Männer, stürzt aus dem Haus und rennt in Richtung der Felder, ohne es zu wagen, noch einmal zurückzublicken. In ihrem neuen Zuhause gibt es ein Wesen, das atmet und sich bewegt. Vielleicht eine Ratte. Aber eine Ratte, die so schwer ist, dass die Holzbalken knarzen?

Meeresvögel kreisen und kreischen über ihr am Himmel.

Rósa schüttelt den Kopf. Sie muss sich die Geräusche in ihrer Erschöpfung eingebildet haben, sicher waren die Laute nichts weiter als Hirngespinste.

Zur Beruhigung berührt sie die Frau aus Glas, kalt und blutleer, und umschließt sie fest mit der Hand.

Allmählich beruhigt sich ihr Atem. Sie konzentriert sich auf den welligen Verlauf der Felder, die das Land wie Muskeln durchziehen, die hervorstehenden Knochen der Berge und den ausdruckslosen Blick des Himmels.

Im kleinen Dorf am Fuß des Hügels pulsiert das Leben. Frauen eilen zwischen den Katen hin und her, rufen sich gegenseitig etwas zu. Zwei Männer halten ein Schaf zwischen sich und versuchen, es anzubinden. Das Tier bockt, und beide fallen zu Boden. Ein Kind beobachtet die Szene und brüllt vor Lachen. Als die Männer es zornig anherrschen und ihm wütend mit der Faust drohen, rennt es weg. Doch dann hält das Kind plötzlich inne und zeigt auf etwas. Den Hügel hinauf. Direkt auf Rósa. Und wie Blumen, die sich der Sonne zudrehen, wendet ein Dorfbewohner nach dem anderen das blasse Gesicht nach oben, um sie anzustarren.

Rósa hebt eine Hand zum Gruß.

Als wären sie eine Person, wenden sich alle Dorfbewohner gleichzeitig ab und gehen wieder ihrer Beschäftigung nach. Niemand sieht sich noch mal nach ihr um. Es ist, als hätte sie sich in einen Berggeist verwandelt.

Da hört sie zu ihrer Linken ein Rufen. Rósa fährt zusammen und dreht sich um.

Zwei Frauen stehen auf dem Weg, die Hände zum Gruß erhoben. Die Röcke flattern ihnen im Wind um die Beine. Sie lächeln, und der Knoten in Rósas Magen löst sich. Sie muss sich das seltsame Verhalten der Dorfbewohner eingebildet haben.

Unter der Haube der einen Frau lugt weißes Haar hervor, und sie stützt sich schwer auf den Arm der anderen, die selbst auch nicht mehr jung ist. Rósa erkennt silberne Strähnen in ihrem Haar, doch sie ist groß und kräftig und in ihrem Blick liegt eine lebhafte Intensität.

»Sæl og blessuð!«, ruft sie mit unbeschwerter, melodischer Stimme.

»Sælar og blessaðar«, erwidert Rósa.

»Blessuð«, murmelt die alte Frau, deren Gesicht wie zerknülltes Strickwerk aussieht, ihr Mund wie eine schlecht geflickte Socke, die Öffnung zwischen den Lippen kaum zu erkennen.

Die jüngere Frau strahlt. »Ich bin Katrín Sigúrdsdóttir. Und das ist Gudrun Pétursdóttir. Du bist Rósa?«

Katríns Augen sind von einem sehr hellen Blau, das ihr etwas Hartes, Kaltes verleihen würde, wäre ihr Lächeln nicht so offen und weich.

»Ja, Rósa Magnúsdóttir.« Sie lächelt scheu. »Ich bin erst gestern angekommen.«

»War die Reise sehr beschwerlich?«

»Sie war lang, und ich bin etwas erschöpft.« Rósa weiß, dass sie nicht allzu missmutig wirken sollte, also zeigt sie auf die Berge und das Meer und fügt hinzu: »Es ist wunderschön hier.«

Gudrun brüllt, als befände sie sich ein halbes Feld entfernt: »Du bist sehr jung, Kind, und so dünn.« Sie wendet sich an Katrín. »Das Mädchen sieht aus, als könnte ein kräftiger Windstoß sie umpusten. Doch Anna war genauso dünn. Jón mag sie wohl so, Haut und Knochen …«

»Gudrun!«, warnt Katrín.

Gudrun verzieht misslaunig den Mund und murrt etwas Unverständliches.

Schließlich bricht Rósa das betretene Schweigen. »Ich bin fünfundzwanzig.«

»Fünfundzwanzig und erst jetzt verheiratet? Dabei bist du doch gar nicht besonders hässlich, wenn mich meine trüben Augen nicht täuschen. Ist sie hässlich, Katrín?«

Katrín schnalzt ungehalten mit der Zunge. »Überhaupt nicht. Vergib Gudrun, Rósa. Sie scheint zu glauben, dass ihr jeder Winter, den sie überlebt, das Recht gibt, noch unverschämter zu werden.«

Gudrun grunzt. »Ich sage nur, was sowieso jeder denkt.«

»Vergiss nicht, dass es der Schweigsame ist, dem man Weisheit nachsagt.« An Rósa gewandt murmelt Katrín: »Gudrun ist eine alte Unruhestifterin. Beachte sie einfach nicht, dann verliert sie das Interesse.«

Gudrun schreit: »Hör auf zu flüstern, Katrín!«

»Außerdem ist sie halb taub. Du kannst also über sie sagen, was du willst, solange du leise sprichst.«

Rósa unterdrückt ein Kichern. »Entschuldigt, aber ich muss Jón seine Mahlzeit bringen.«

»Willst du uns denn gar nicht ins Haus bitten?«, schreit Gudrun. An Katrín gewandt murrt sie: »Ich dachte, diese hier wäre vielleicht anders.«

»Still jetzt, Gudrun, um Himmels willen!«, erwidert Katrín. »Vielleicht dürfen wir ja einmal zu Besuch kommen, wenn Jón beim Fischen ist.«

Rósas Brust schnürt sich zusammen. »Mag er denn keine Menschen in seinem Haus?«

Katrín sieht plötzlich besorgt aus, und ihre Augen scheinen eine Warnung auszudrücken. »Er hat sein Zuhause lieber für sich.« Sanft drückt sie Rósas Arm, und Rósa muss an sich halten, um angesichts des Mitgefühls, das in dieser Geste mitschwingt, angesichts des Gefühls, unerwartet verstanden zu werden, nicht in Tränen auszubrechen.

Katrín blickt sie prüfend an, als hätte sie ihre Gedanken gelesen: »Du hast dich noch nie selbst um eine Kate kümmern müssen? Da bleibt keine Zeit für Rast.«

Rósas Kehle ist wie zugeschnürt. Sie nickt.

Katrín lächelt. »Du musst ins Dorf kommen und deine Flickwäsche mitbringen. Wir stricken auch oft zusammen, wenn die Männer auf See oder auf den Feldern sind.«

»Das wird Jón auch nicht gefallen«, brummt Gudrun. »Und solltest du dich diesmal nicht besser von der Ehefrau fernhalten, Katrín?«

Katrín wirft der alten Frau einen Blick zu und raunt dann an Rósa gewandt: »Komm zu mir, wenn dir irgendetwas seltsam vorkommt. Versprich mir das. Ganz allein ist es finster hier.«

Rósa erschaudert bei Katríns Worten, die von einer Bedrohung zu sprechen scheinen.

Plötzlich erstarrt Katrín, ihre Augen fixieren die gläserne Frauenfigur an Rósas Hals. Ihr Mund steht ungläubig offen, als hätte sie jemand geschlagen. Schnell versteckt Rósa den Anhänger unter ihrem Gewand.

Gudruns plötzliches Schnauben durchbricht die Stille. »Na, wenn du lesen und schreiben kannst, wirst du wenigstens nicht auf Steine kritzeln und damit für Aufregung sorgen, wie An...«

»Hat Pétur dich hergebracht?«, unterbricht Katrín sie mit aufgesetzter Unbekümmertheit.

Rósa nickt und umklammert instinktiv den Runenstein in ihrer Tasche.

Gudrun lehnt sich zu Rósa vor. »Egill grämt sich, dass er Pétur nicht bändigen konnte, doch ich habe es ihm viele Male gesagt: Den Teufel kann man nicht zähmen.«

»Ich glaube nicht, dass Rósa das hören muss ...«

»Wir sollten Pétur vors Althing zerren und aufhängen lassen, das sage ich. Er ist ein gewalttätiges Monster. Warum Egill immer noch an ihm hängt, nach allem ...«

»Genug jetzt, Gudrun!« Katrín reibt sich die Schläfen. »Rósa muss Jón seine Mahlzeit bringen und soll nicht unseretwegen zu spät kommen. Es war eine Freude, dich kennenzulernen, Rósa. *Bless.*«

»*Bless.* Auch ich habe mich gefreut.«

Katrín führt die alte Frau weg, die immer noch vor sich hin murmelt, doch die Worte werden vom Winde verweht.

Rósa schlägt den Pfad zu den Feldern ein und zählt ihre Schritte, um ihre Gedanken zu beruhigen.

Stykkishólmur, September 1686

Rósa eilt an der Küste, am grauen Meer entlang und beobachtet, wie sich die Papageitaucher von den Felsen ins Wasser stürzen, um kurz darauf mit unzähligen winzigen Fischen im Schnabel wieder aufzutauchen. Ein Alpenschneehuhn schreckt vor ihr im Gras auf, der Klang seiner durch die Luft flatternden Flügel erinnert sie an das Pochen eines Herzens. Ihr eigenes Herz hämmert in der Brust.

Endlich entdeckt sie die Männer mitten in einem Heufeld. Jón hebt die Hand und winkt sie heran. Sie winkt eifrig zurück. Sie wird ihm erzählen, was die Frauen gesagt haben, ihm von den seltsamen Lauten im Haus berichten. Sie werden darüber lachen, und seine Belustigung wird die wachsende Angst in ihrem Magen vertreiben.

Doch was, wenn er herausfindet, dass sie die Leiter hinaufgeklettert ist? Als Ehemann und *Bonði* könnte er sie für ihren Ungehorsam auspeitschen lassen.

Rósa folgt einem Pfad durch das lange Gras, das den Stoff ihres Rockes streift und dabei ein zischendes Geräusch macht.

Jón legt seine Sense nieder und lächelt breit, als er auf das Feld zeigt. »Eine stolze Ernte, nicht wahr, Rósa?«

Wie er da so steht, mit einem Lächeln im Gesicht und Sonnenschein und Freude in den Augen, wirkt er wie der sanftmütigste Gemahl, den sich eine Frau nur wünschen kann. Fast will Rósa sich an ihn schmiegen, fast sagt sie: *Ich habe seltsame Geräusche gehört. Warum ist der Dachboden verschlossen?*

Doch unter seinem forschenden Blick fühlt sie sich, als hätte man ihr den Mund mit Leinen verstopft. Sie schluckt. »Du arbeitest schwer«, quetscht sie heraus.

Er nickt. »Die meisten Leute säen auf den großen Feldern nichts aus, sondern lassen die Schafe darauf weiden. Im Winter essen sie dann getrockneten Fisch. Doch als Junge war ich immer hungrig, und den getrockneten Fisch fand ich widerlich, er schmeckt wie ein in Meerwasser eingelegter Kittel, man muss endlos kauen!«

Rósa lächelt angesichts des treffenden Vergleichs.

Jóns Augen erstrahlen. »Stykkishólmur war arm, alle kränkelten und lebten von der Hand in den Mund. Ich habe von früh bis spät das Land bearbeitet und war nachts auf See, brachte mehr Fisch ein als alle anderen Boote zusammen. Ich habe den Boden mit Dung angereichert, bis ich Gerste anbauen konnte, und meine Viehherden gehegt, bis es weit und breit keine größeren gab. Und dann noch die Gerfalken, die sind je dreißig Kühe wert, mehr noch, wenn ein König aus einem fremden Land einen der Vögel begehrt.«

»Das ist … wunderbar.« Diesmal ist die Bewunderung in ihrer Stimme echt.

Er winkt ab, errötet angesichts des Kompliments und wirkt plötzlich sehr jungenhaft. »Ich will niemanden hungern sehen. Ich gewähre den Leuten gewisse Freiheiten, wo andere *Bonðis* sie auspeitschen und mit Steuern zugrunde richten. Ich bin kein Tyrann, obwohl es durchaus Menschen gibt, die mich gerne so darstellen.«

»Egill?«, murmelt sie und denkt an die Gestalt in der schwarzen Robe.

Jón blickt düster drein. »Und Olaf, Egills Lakai. Sie nennen mich einen Schurken.«

Pétur knurrt. »Egill ist so voller Scheiße, dass er schon gar nicht mehr richtig aus den Augen schauen kann. Er sieht überall nur noch Mist.«

Rósa muss kichern.

Jón lächelt sie mit echter Herzlichkeit an. »Das Land zu bestellen ist eine unbarmherzige Arbeit. Der Boden besteht überwiegend aus Asche und Sand. Doch der Schweiß auf der Stirn lohnt sich: Wir müssen nicht so viel getrockneten Fisch kauen und bekommen keinen Kieferkrampf.« Er wirft eine Handvoll schwefelhaltiger schwarzer Erde in den Wind. »Schmeckt dir der Fisch?«

»Ich mag ihn ganz gern.«

»Ha! Lügen ist eine Sünde!« Doch er strahlt und sieht um Jahre jünger aus. »Er schmeckt widerlich. Ich bin froh, wenn wir Hammelfleisch haben.« Jón lehnt sich verschwörerisch vor. »Als Junge habe ich Ratten gefangen, um den Fisch nicht essen zu müssen.« Er lacht vergnügt in sich hinein. »Schau dir das Entsetzen in ihren Augen an, Pétur! Du wirst keine Ratten essen müssen, Rósa.«

»Ich war nie vermögend genug, um beim Essen allzu wählerisch zu sein.«

Jón berührt ihre Finger. »Warte, bis du das Heu probiert hast, Rósa. Es schmeckt wie Sonnenlicht. Es gibt weit und breit keine kräftigeren Schafe und Kühe als meine, dafür zahlen dänische Händler den doppelten Preis. Hier.« Er zupft einen goldenen Halm ab und legt ihn ihr in die Hand. »Probier.«

Erwartet er im Ernst, dass sie Heu isst, wie seine Schafe? Sie starrt ihn an, doch er blickt ungerührt zurück. Langsam legt sie sich die Grasähre auf die Zunge. Sie fühlt sich an wie ein stacheliger Käfer mit kratzenden Beinchen, die sich in ihrem Hals bewegen. Jón beobachtet sie, bis sie zu kauen beginnt, dann schluckt.

Er hebt die Augenbrauen. »Und?«

»Es schmeckt nach … Sonne und Meer.« Sie versucht, nicht zu husten.

Jón klatscht in die Hände und lacht wie ein Kind. »Pétur! Pétur, komm her. Sie liebt es, das Heu!«

»Sie wird dich nicht viel kosten, wenn sie Viehfutter frisst.«

Die beiden Männer lachen. Rósas Hals fühlt sich an, als hätte sie eine Klinge verschluckt.

Jón besteht darauf, ihr eine Sense zu geben. Vor ihr steht ein Fremder, der ganz anders ist als der Mann, der sie finster angestarrt und ihr verboten hat, den Dachboden zu betreten. Er legt seine Hände sanft auf die ihren und zeigt ihr, wie man die Sense in weiten Bögen schwingt, rhythmisch vor und zurück, sodass die Klinge die Grashalme durchtrennt wie Butter. Rósa fühlt seinen Körper an ihrem Rücken und ihren Beinen, und eine verwirrende Hitze durchströmt sie.

Pétur folgt ihnen, bindet das geschnittene Gras mit langen Halmen zu Bündeln, die er aneinanderlehnt, damit das Heu trocknen, reifen und von der Sonne mit Nährstoffen angereichert werden kann.

Während sie laufen und gemeinsam die Sense schwingen, legt Jón ihr mal die Hand auf den Arm, mal die Hände um die Hüfte. Wenn er sie berührt, erstarrt sie, ihr Körper bebt wie ein im Wind zitternder Halm. Rósa atmet langsam aus und schließt die Augen. Sie kann sich das Chaos ihrer Gefühle nicht erklären, weiß nicht, was die Aufgewühltheit bedeutet, die sie in ihrem Innersten spürt.

Jón scheint ihre Verwirrung nicht zu bemerken. Er freut sich, als er das *Dagverður* auspackt, bittet sie jedoch, am folgenden Tag etwas sparsamer zu sein.

»Wir dürfen die Vorratskammer nicht jetzt schon plündern, sonst müssen wir uns im Winter mit getrocknetem Fisch begnügen.«

In Rósas Brust löst sich der Knoten der Angst. Jón lächelt sie an und lacht mit Pétur. Doch als ihr Ehemann sie berührt, um ihr das Haar aus der Stirn zu streichen, erstirbt ihr eigenes Lachen und sie wagt kaum zu atmen.

In seinem Kiefer pulsiert ein Muskel, doch er lässt seine Hand fallen und wendet sich ab.

Rósa murmelt eine Entschuldigung, die zwischen ihnen in der Luft hängen bleibt.

Pétur nimmt die Sense auf und fährt mit der Ernte fort, Jón kneift die Augen zusammen und blickt aufs Meer hinaus. Verzweifelt sucht Rósa nach etwas, was sie sagen könnte, um die Düsterheit aus dem Gesicht ihres Mannes zu vertreiben.

Doch stattdessen hört sie sich sagen: »Ich bin heute auf dem Weg zwei Frauen begegnet.«

»Wem?«, fragt Jón scharf.

»Gudrun und Katrín.« Rósa dreht einen Grashalm um einen Finger und zieht ihn fest, bis ihr die Fingerspitze schmerzt.

»Gudrun ist eine Unruhestifterin, und Katrín traue ich nicht über den Weg.« Seine Hände sind zu Fäusten geballt. »Sie sind kein angemessener Umgang für die Frau des *Bonði*. Du solltest nicht mit ihnen sprechen, sie haben dich ganz durcheinandergebracht.«

Rósa zieht den Grashalm enger. Ihre Fingerspitze läuft dunkelrot an.

Jón nimmt ihre Hand und wickelt den Halm ab. Seine Finger sind rau, seine großen Hände zittern im angestrengten Versuch, die in ihnen steckende Kraft zu bändigen. »Was ist los?«

»Sie haben gesagt … sie …«

»*Was* haben sie gesagt?«

Sie zuckt bei der stählernen Härte seiner Stimme zusammen.

Jón seufzt und reibt sich die Augen. »Rósa, ich muss ein ganzes Feld abernten. Was haben sie gesagt?«

»Sie haben gesagt … dass du keine Besucher in der Kate duldest.«

»Ich kann nicht die gesamte Siedlung zu uns einladen.«

Sie beißt sich hart auf die Unterlippe, um das Zittern zu verbergen. Sacht zieht er an ihrer Lippe, bis er sie befreit hat.

Sie wartet reglos, bis er seine Hand zurückzieht.

»Du wirst die Frauen nicht einladen wiederzukommen.« Seine Stimme klingt weich, beinahe zärtlich, während er ihr über die Wange streicht. »Nicht wahr?«

»Aber wie soll ich denn sonst Gesellschaft finden?«

»Sieh mich an, Rósa«, befiehlt Jón jetzt mit stahlharter Stimme.

Sie reißt ihren Blick vom Meer los, das sich endlos in die Ferne erstreckt, und konzentriert sich auf seine schieferfarbenen Augen. »Ich habe gesehen, wie Tratsch einen Menschen zerstören kann. Bitte versteh mich …« Er seufzt. »Anna … Ich habe sie gewarnt. Sie hätte auf mich hören sollen.«

Als Rósa nichts erwidert, beugt er sich zu ihr vor. Sie weicht zurück.

»Rósa, ein Leben in der Kirche hätte ein Dasein in Abgeschiedenheit bedeutet, in Gebet und Bibelstudium. Ich dachte, du könntest hier zufrieden sein.«

»Das bin ich auch. Es ist nur …«

»Was kann es denn sonst noch sein?«

»Nichts, wirklich, nur …«

»Was ist los?«, knurrt er.

»Ich …« Ihre Stimme klingt gepresst und schrill. »Ich glaube, ich … habe etwas gehört.«

»Etwas *gehört*?«

»Es klang wie … nun, wie *etwas*.«

Jón schluckt hörbar. »Wo?«

»Auf dem Dachboden. Aber die Tür war verschlossen, also …«

»Du bist nicht hineingegangen? Ich hatte es dir verboten, Rósa! Du hast mir dein Wort gegeben.«

»Ich bin nicht rein! Aber …«

»Aber?«

Sie zuckt zusammen. »Ich hatte Angst. Ich dachte, vielleicht ist dort ein Tier gefangen.«

Er lacht plötzlich so laut auf, dass sie erschrickt. »Ah, ja, eine Ratte vielleicht! Wenn dir ihr Scharren Angst macht, müssen wir sie eben doch wie früher fangen und essen.« Sein Lachen klingt hohl, sein Blick ist scharf und wachsam. »Du bist doch nicht die Leiter hinaufgeklettert?«

Stumm schüttelt Rósa den Kopf.

Er tätschelt ihre Hand. Seine Haut fühlt sich kalt an. »Ratten!« Sein Kiefer ist starr, und sein Lachen erreicht seine Augen nicht. »Ratten können grausam sein, sie hätten dich verletzen können.«

Unter ihrem Rock zittern Rósas Beine.

Jón nimmt die Sense auf. »Halte dich vom Dachboden fern, Ratten sind gefährlich. Ich werde nach Anbruch der Dunkelheit zurückkehren und wir nehmen das *Nattverður* gemeinsam ein. Das würde dir gefallen, nicht wahr?« Sein Blick fühlt sich an wie eine Berührung.

Rósa hält den Kopf gesenkt, wagt es jedoch, kurz zu ihm aufzublicken: All die kindliche Freude ist aus seinem Gesicht verschwunden. Seine Lippen sind zu einem dünnen, blassen Strich zusammengepresst, und er hält die Sense so fest, dass sich seine Knöchel weiß verfärben, und geht den Heuschnitt grimmig an.

Rósa eilt den Hügel hinunter und füllt den Eimer mit Wasser aus dem Bach. Den restlichen Nachmittag putzt sie das Haus mit lärmender Dringlichkeit, füllt den Raum mit den Geräuschen des Fegens und Schrubbens, mit ihrem eigenen keuchenden Atem. Das Haus ist erst kürzlich gesäubert worden, doch ein dünner Staubfilm hat sich bereits wieder auf den gescheuerten Holztisch gelegt. Als sie die Decken ausschüttelt, fliegen die Heusamen wie Flöhe daraus hervor.

Ihr Mann scheint überall zu sein.

Rósa schlägt den Weg zum Stall ein, weil sie, wie sie sich einredet, die Tiere versorgen will, doch als sie am Grubenhaus vorbeikommt, hält sie inne. Ihr Vater hat sie für ihre

Neugier stets gescholten. Eines Tages würde sie sich damit Ärger einhandeln, hatte er gewarnt.

Die Tür zum Grubenhaus ist verschlossen, und als sie durch eine Lücke zwischen Wand und Fenster späht, sieht sie nichts als Dunkelheit. Sie spürt ein Kribbeln im Nacken, doch als sie sich umdreht, ist niemand da. Nur das Dorf am Fuß des Hügels ist zu sehen, mit den sich dort tummelnden Gestalten. Sie beobachtet die Menschen, die dort ihrer Arbeit nachgehen, und bemerkt, dass sie ab und zu innehalten und den Hügel hinaufblicken, wobei sie die Augen mit der Hand vor der blendenden Sonne abschirmen. So als suchten auch sie etwas. Rósa betrachtet sie eine ganze Weile, doch das Geschnatter und das geschäftige Hin und Her führen ihr ihre eigene Einsamkeit noch deutlicher vor Augen, und so kehrt sie langsam in die Kate zurück, um ihren Pflichten nachzugehen.

So hoch im Norden wird der Himmel früh von Dunkelheit überzogen, die das Licht verdrängt und alles allmählich grau färbt. Rósa bemerkt erst, wie dunkel es geworden ist, als sie im Schrubben innehält und sich beim Aufstehen den Kopf am Tisch stößt. Mit Einbruch der Nacht hat die Kälte ihre eisigen Finger ausgestreckt, und nachdem sie ihren schmerzenden Kopf gerieben und das Scheuertuch niedergelegt hat, entzündet Rósa die Talglichter und wärmt sich die Hände über einer der Flammen. Der Geruch von Fleisch lässt ihr den Magen knurren, denn außer den paar Brotstückchen, die sie stibitzt hat, als sie das *Dagverður* für die Männer zubereitet hat, hat sie kaum etwas zu sich genommen. Sie schneidet eine dünne Scheibe Brot ab, bestreicht sie mit Honig und verspeist sie mit dem Rücken zum *Hloðir*. Die Wärme des Brotes erinnert sie an die Heufelder.

Rósa geht zur Eingangstür und späht hinaus. Kein Zeichen von Jón. Nichts als leere Dunkelheit, die sich schließende Faust der Nacht.

Rasch entzündet sie ein weiteres Licht und eilt durchs Haus zur Leiter. Sie klettert ungeschickt nach oben, hält das flackernde Licht in einer Hand, stets darauf bedacht, es nicht durch eine plötzliche Bewegung zu löschen. Oben angekommen hält sie die Kerze vor das an der Tür angebrachte Schloss, streckt die Hand aus und zieht an der Metallvorrichtung. Ihre Hand zittert, die Flamme bebt, ihr Atem kommt keuchend.

Das Schloss bewegt sich nicht. Sie untersucht die Öffnung für den Schlüssel und drückt mit dem Finger dagegen. Mit einem kaputten Löffel oder einem anderen Metallgegenstand könnte sic vielleicht …

Auf einmal ist da ein Geräusch, ein Rascheln, dann Schritte und das Gemurmel von Stimmen. Rósa erstarrt, und dann bemerkt sie, dass die Laute von unten kommen, von draußen.

Jón!

Sie löscht das Licht und wird von der plötzlichen Dunkelheit verschluckt, ertastet blind ihren Weg die Leiter hinunter, ihr Herz hämmert, das Blut rauscht in ihren Ohren, ihre Hände gleiten auf den Sprossen ab – wo sind die Sprossen? Endlich steht sie im *Baðstofa*, rennt in die Küche. Die Stimmen sind schon sehr nahe, als sie rasch wieder Licht macht, dann Hammelfleisch und *Skyr* auf dem Tisch bereitstellt. Das Brot fällt ihr zu Boden und sie bückt sich eilig, um es aufzuheben und den Schmutz abzuwischen. Als Jón und Pétur die Küche betreten, steht sie atemlos und mit weit aufgerissenen Augen da, das Brot wie einen Schild vor sich.

»Mehr Fleisch ist nicht mehr da, es tut mir leid, ich dachte … Es wird nicht reichen. Morgen laufe ich hinunter ins Dorf und frage, ob eine der Frauen etwas Hammelfleisch gegen Brot oder Fisch eintauschen will.«

Hinter ihren Augenlidern spürt sie ein heißes Hämmern.

Jón schüttelt den Kopf. »Das genügt für den Moment.« Er lässt seinen Blick über Rósas erhitzte Wangen und ihre sich hebende und senkende Brust gleiten. »Geht es dir nicht gut, Rósa? Ist etwas geschehen?«

Sie schüttelt heftig den Kopf. »Morgen besorge ich mehr Fleisch. Vielleicht kann Katrín …«

»Nein!« Die stählerne Schärfe in seiner Stimme lässt sie zusammenfahren. »Nein«, wiederholt er sanfter. »Ich werde es nicht zulassen, dass du an anderer Leute Türen klopfst und mit Lebensmitteln handelst wie ein dänischer Seemann. Pétur wird ein Schaf schlachten.«

»Ich bin es gewohnt, mit anderen Frauen Nahrung zu tauschen. Und so kann ich den Ort …«

»Du wirst ihn noch früh genug kennenlernen. Es gibt dort schon genug Tratsch, da brauchst du nicht auch noch an die Türen der Leute zu klopfen.« Jón lächelt kurz, doch er wirkt angespannt. »Du hast hier alles, was du brauchst. Wenn du Fleisch willst, bekommst du es. Du wirst glücklich sein.«

»Aber …« Sie zupft an ihrem Rock und holt tief Atem. »… ich hätte gern Gesellschaft, nicht um zu tratschen natürlich, ich würde nichts über dich erzählen, nur …«

»Genug!«

Sein Blick ist streng. »Du wirst tun, was ich sage, Rósa.«

Sie nickt. Sie ist so erschöpft. Eine Träne tropft auf ihre Hand, verärgert wischt sie sie ab.

Er drückt ihre Finger. »Kein Grund zu weinen.« Er trinkt einen Schluck *Brennevín*, reißt mit den Zähnen ein großes Stück Brot ab und kaut hörbar, die Augen auf den Teller gerichtet. »Du bist müde, Rósa, und nicht du selbst. Aber ich vergebe dir deine Neugier. Das ist nur normal. Ich verstehe das. Und ich bin dir nicht böse, solange du tust, worum ich dich bitte.«

Da überkommt es sie, es fühlt sich an wie ein Schlag in die Magengrube: der jähe, überwältigende Wunsch, zu Hause in ihrer engen Kate in Skálholt zu sein, mit ihrer Mutter unter einer Decke zu kuscheln. Früher haben sie gegenseitig über ihre eiskalten Zehen gelacht. Hungrig und fröstelnd und zufrieden.

Als könnte er ihre Gedanken lesen, sagt Jón: »Pétur reist morgen ins Inland, Handel treiben. Er kommt auch in Skálholt vorbei und wird deine Mamma besuchen und ihr mehr Lebensmittel vorbeibringen. Du könntest ihr einen Brief schreiben und sie wissen lassen, dass du hier glücklich bist und es dir gut geht. Ich habe Papier und Tinte.«

Ein seltsames Friedensangebot. Rósa fragt nicht, ob sie Pétur begleiten darf, doch sie hätte die mühsame Reise nur allzu gern auf sich genommen, um wieder nach Hause zu kommen, zu ihrer Mutter.

Doch sie muss bleiben, Jón eine gute Gemahlin sein und ihm gehorchen, wenn sie will, dass Sigridúr den Winter überlebt.

Rósa fühlt sich wie die Forelle, die sie Pétur mit dem Speer aus dem Fluss holen sah, als er sie in Skálholt abholte: Sie kann noch so sehr zappeln und um sich schlagen, sie wird doch nicht freikommen.

Steif steht sie auf, räumt den Tisch ab, wäscht die Teller im Eimer mit dem Wasser, das sie vom Bach geholt hatte, dann geht sie auf leisen Füßen ins *Baðstofa*, wo sie sich entkleidet, ihr Nachtgewand überwirft und unter die Decke schlüpft.

Mit der Nacht ist in das Bett auch die Kälte eingezogen. Rósa zittert und wartet darauf, dass Jón sich neben sie legt. Sie zählt ihre schnellen Atemzüge, die klingen, als gehörten sie nicht zu ihr. Sie zwirbelt die Ecke der Decke zwischen ihren Fingern und widersteht dem Drang, daran zu kauen, wie sie es als Kind getan hat. Silbernes Mondlicht fällt durch das winzige, mit Schafshaut überzogene Fenster und füllt den Raum mit scharfkantigen Schatten. Wer weiß, was dort in der Dunkelheit lauert, hinter dem matt schimmernden Licht. Ihre Zähne klappern.

Aus der Küche dringen Geräusche zu ihr herüber. Polterndes Männerlachen, vom Alkohol gelöst.

Sie kneift die Augen zusammen und zieht die Decke so weit hoch, dass ihr Kopf fast völlig bedeckt ist. Dann nimmt sie die winzige Frau aus Glas und rollt sich zusammen, drückt sich den Anhänger an die Brust, als wiegte sie ihre eigene pochende Seele.

Sie gleitet in einen düsteren Halbschlaf, in dem alles aus Schatten besteht und Laute wie Fetzen von Schafswolle zu ihr herüberwehen. Sie ist sie selbst und gleichzeitig Guðrún aus der *Laxdæla-Saga*, zwischen ihren beiden Liebhabern hin- und hergerissen. Jón packt eine Hand, Páll die andere. Sie versucht, sich aus Jóns Griff zu winden, zieht ihn dabei jedoch nur näher an sich heran. Sie will aufschreien, doch aus ihrem geöffneten Mund ertönt kein Laut, und als sie würgt, erbricht sie einen Stein nach dem anderen, jeder mit einer aufgemalten Rune versehen. Sie kniet sich nieder, um sie aufzusammeln und vor Jón zu verbergen, doch er fasst ihr mit der Hand unters Kinn und zwingt sie, ihm ins Gesicht zu schauen, und als ihr Blick dem seinen begegnet, verzieht sich sein Mund zu einem hässlichen Knurren.

»Anna!«

Rósa schrickt hoch, schlagartig hellwach, die Hände am Hals, wo sie noch immer den Druck von Jóns Fingern spürt, und im Ohr den böse geknurrten Namen seiner ersten Frau.

Die andere Bettseite ist kalt und leer, der Streifen Mondlicht verblasst. Die dunkle Nacht hat das Haus eingehüllt, aus der Küche sind keine Geräusche zu hören. Die Männer sind verschwunden, irgendwie, irgendwohin. Vielleicht sind sie draußen, um nach den Tieren zu sehen?

Plötzlich erinnert sie sich an das Stück Papier, das sie gefunden hat, mit der seltsamen Rune darauf. Sie lässt ihre Hand unter die Matratze gleiten, doch ihre Finger greifen ins

Leere. Sie setzt sich auf, hebt die Ecke der Matratze an, späht darunter, betastet die Stelle mit der Hand. Nichts.

Seltsam. Hat sie sich auch das nur eingebildet? Schließlich war sie erschöpft, als sie das Papier entdeckt hat.

Rósa seufzt und sinkt zurück aufs Bett, doch da hört sie von oben ein Geräusch, ein Knarzen, zweifellos, wie unter dem Druck eines weichen Schuhs. Rósa hält den Atem an, wagt nicht, sich zu bewegen oder Luft zu holen. Da ist es wieder, das Knarzen. Sie atmet stockend aus und stopft sich die Decke in den Mund.

Ein Kratzen am Schloss, dann Schritte auf der Leiter.

Rósa kneift die Augen zu und hält erneut den Atem an. Die Person, wer auch immer es sein mag – und ob Mensch oder nicht! –, steht nun im *Baðstofa*. Fünf hämmernde Herzschläge lang herrscht absolute Stille, dann spürt sie einen Lufthauch, als jemand an ihrem Bett vorbeiläuft. Neben ihrem Kopf halten die Schritte inne, und Rósa versucht auszuatmen, gleichmäßig zu atmen, so als schliefe sie. Nach einer Weile geht die Gestalt weiter, hinaus in die Nacht.

Rósa liegt steif da und zählt ihre Atemzüge. Bei fünfzig springt sie aus dem Bett, stürzt in die Küche und erbricht sich in die erkaltende Asche des *Hloðir.*

Sie presst den Kopf gegen den Stein, bis sich ihr Atem beruhigt hat. Dann taumelt sie zurück ins *Baðstofa*, legt sich nieder und wartet auf Jón. Er kommt nicht, und so liegt sie da, die Augen zugekniffen, zitternd, mit rasendem Herzen.

Als Rósa die Augen endlich wieder öffnet, fällt das blasse Licht des Morgens durch den Spalt im Vorhang aus Pferdehaut vor dem schafshautbespannten Fenster. Sie muss doch noch eingeschlafen sein, trotz des Grauens der Nacht, und nun ist es spät geworden. Jón wird zornig sein. Er muss irgendwann während der Nacht hereingekommen sein, doch wann? Mit ausgedörrtem Mund erinnert sie sich an die

Schritte über ihr, die Gestalt, die auf sie herabgeblickt hat, den Windhauch, als jemand – *etwas* – an ihr vorbeiging.

Wie soll sie Jón danach fragen? Sie erinnert sich, wie er seine Hand am Vortag zur Faust ballte, als sie den Dachboden erwähnte. Oder würde er sie mitleidig ansehen, als wäre sie nur ein Kind mit blühender Fantasie?

Sie sitzt auf dem Bett, presst die Handflächen gegen ihre geschlossenen Augen, zwingt sich dann aufzustehen, zu atmen, sich anzuziehen, in die Küche zu gehen.

Jón steht am Eimer und spritzt sich Wasser über Gesicht und Arme. Sein nackter Oberkörper ist dicht mit braunen Haaren bewachsen, die sie an das Fell eines Tieres erinnern.

Rósa errötet und blickt zu Boden. »Vergib mir«, krächzt sie. »Ich muss verschlafen haben. Ich dachte, ich hätte gehört …« Sie hebt den Blick und sucht in seinem Gesicht nach Zeichen dafür, dass die Schritte seine waren. Dass er es war, der sie im Schlaf beobachtet hat.

Er blickt sie ausdruckslos an. »Es ist noch früh.« In seiner Stimme liegt keine Spur des Ärgers vom Vorabend. Doch wo hat er geschlafen? Doch nicht am Tisch? Einerseits erleichtert, dass er sie nicht berührt hat, sorgt sie sich doch, dass er irgendetwas an ihr abstoßend finden könnte.

Um seinen Hals hängt ein Lederband mit einer winzigen Glasfigur. Sie ähnelt der Frau aus Glas, die er ihr geschenkt hat, stellt aber, so glaubt sie, einen der Heiligen dar, wie sie von Menschen katholischen Glaubens früher gerne getragen wurden. Nicht angemessen für einen *Bondi*. Jón bemerkt ihren Blick und hebt herausfordernd die Augenbrauen. Rósa wendet sich ab.

Er nimmt ihre Hand, zieht sie zu sich und drückt ihr einen Kuss auf den Mundwinkel. Sie hält den Atem an und steht regungslos da. Sein Bart kratzt auf ihrer Wange, er riecht nach der Seife aus Hammelfett.

»Ich schneide heute das Heufeld fertig. Bring das *Dag-*

verður zur Mittagszeit, und wir essen zusammen. Das wird dir gefallen, nicht wahr?« Er streicht ihr über die Wange.

Ihre Haut juckt. »Ja«, flüstert sie.

»Für Pétur musst du nichts vorbereiten.«

»Ah?«

»Er ist bereits vor Sonnenaufgang losgeritten. Ich habe ihm Vorräte für deine Mamma mitgegeben. Für den Brief war keine Zeit mehr, doch er wird ihr sagen, dass du hier glücklich bist.«

Seine Worte sind wie ein Schlag in ihre Magengrube, doch sie schafft es, ein »Danke« zu murmeln.

Vielleicht findet sie einen Händler, der nach Süden reist und einen Brief von ihr mitnehmen kann. Wieder übermannt sie die starke Sehnsucht, den Wagen irgendeines Händlers zu besteigen und zurück nach Skálholt zu reisen.

Jón streckt den Arm aus, legt zwei Finger unter ihr Kinn und zwingt sie so, ihm in die Augen zu blicken. Das Gefühl seiner von der harten Arbeit rau gewordenen Finger in der Nähe ihres Halses kommt ihr seltsam vertraut vor. Die Geste hat etwas Besitzergreifendes: Er erforscht ihr Gesicht, lässt seinen Blick über ihren Körper gleiten. Sie bebt wie ein Kaninchen, fühlt sich, als hätte man ihr die Haut abgezogen. Sie wartet darauf, dass seine Hand zu ihrer Brust wandert oder sich um ihren Hals legt. Er seufzt, und seine Finger ziehen einen glühenden Pfad hinunter zu ihrer Halskuhle, wo ihr Puls rast.

Gedanken an Flucht zerstieben unter seiner Berührung. Er würde sie jagen und zurückbringen.

Jón lächelt, seine Zähne sind riesig. »Es muss dir alles noch sehr fremd vorkommen. Ich weiß das. Aber du wirst hier glücklich sein. In der Bibel steht, dass ich dich ehren soll. Und was sollen die Frauen tun, Rósa?«

»Gehorchen«, flüstert sie und denkt: Und wie ist es mit lieben?

»Und du bist gehorsam.«

Sie zwingt sich zu nicken, die Andeutung einer Kopfbewegung, die den Druck seiner Finger unter ihrem Kinn noch erhöht.

»Sag mir, dass du glücklich bist, Rósa.« Sein Blick ist stählern, kein Lächeln in seinem Gesicht.

»Ich bin … glücklich«, stammelt sie.

Er fährt mit dem Daumen über ihre Unterlippe, lässt seine Hand dann sinken. »Du wirst mir eine gute Gemahlin sein.«

Die Tür schlägt hinter ihm zu, als er geht, und im Haus macht sich Schweigen breit.

Rósa steht da und zittert. Es muss Pétur gewesen sein, den sie vergangene Nacht auf dem Dachboden gehört hat. Vielleicht hat er Dokumente für seine Reise gen Süden geholt. Doch warum hätte er sie im Schlaf beobachten sollen? Sie geht zur Leiter, kann sich jedoch nicht dazu durchringen, erneut in die undurchdringliche Finsternis hinaufzuklettern.

Stattdessen sucht sie die Seife aus Hammelfett und schrubbt den Tisch. Sie wischt die Fußböden. Sie trägt so lange Walöl auf die Holztüren und Sparren auf, bis diese glänzen. Sie wäscht und schrubbt und wischt, bis im ganzen Haus kein Staubkörnchen mehr zu sehen ist. Dann macht sie sich auf die Suche nach Roggenmehl und backt daraus Brot. Pétur muss vor seiner Abreise noch ein Lamm geschlachtet haben, die Keulen hängen von den Sparren in der Vorratskammer. Sie sind bereits trocken, doch auf dem Stroh unter ihnen hat das herabtropfende Blut dunkle Lachen gebildet.

Sie wird für Jón *Lifrarpylsa* zubereiten. Rósa zerkleinert die Leber, fügt Haferflocken hinzu und füllt die Mischung in den Magen des Lamms. Anschließend erhitzt sie etwas Wasser, gibt die *Lifrarpylsa* hinein und lässt sie dort bis kurz vor Mittag köcheln. In der Kate verbreitet sich der bittere Geruch gekochter Innereien. Dabei summt sie unaufhörlich vor sich hin, um jeglichen anderen Laut, echt oder eingebildet, zu übertönen.

Als sie die *Lifrarpylsa* zu Jón aufs Feld trägt, tut er seine Begeisterung mit einem freudigen Ausruf kund, verschlingt sein Mahl und wischt sich zum Schluss mit dem Ärmel das Fett vom Bart. Wenn er so wie jetzt lächelt, ist es schwer, sich den Mann vorzustellen, in dessen Gegenwart sie sich wie hinter Gitterstäben gefangen fühlt. Vielleicht hat sie sich seine Drohungen nur eingebildet, vielleicht sind seine Worte ausnahmslos liebevoll gemeint gewesen, und das Bedrohliche hat sie lediglich hineininterpretiert?

Doch ab und zu blickt sie auf und bemerkt, wie ihr Ehemann sie beobachtet, und etwas an seinem Gesichtsausdruck weckt in ihr das Bedürfnis, ihre Arme schützend um ihren Körper zu schlingen.

Noch immer hat er ihr Bett nicht aufgesucht, sie kaum berührt. Nachts verlässt er das Haus und läuft den Weg zum Stall hinunter. Rósa liegt dann allein in der Dunkelheit. Wenn sie die Augen schließt, stellt sie sich vor, sie wäre unsichtbar, so abgenutzt, dass man durch sie hindurchsehen könnte.

Je mehr Zeit sie mit dem riesigen Fremden verbringt, desto unnahbarer wirkt Jón. Wenn er im Haus an ihr vorbeigeht, macht sie sich klein, zuckt vor seiner animalischen Hitze zurück. Eines Morgens bemerkt er ihr Verhalten, nimmt ihre Hand, öffnet ihre geballte Faust und drückt seine Lippen in ihre Handfläche. In der Geste liegt so viel Nähe und Zärtlichkeit, dass ihr der Atem stockt. Er lächelt sie an und verlässt das Haus, um aufs Feld zu gehen, lässt sie dort im Türrahmen stehen, regungslos, den Blick starr auf seine sich entfernende Gestalt gerichtet. Fast ruft sie ihn zurück, doch die Worte kommen ihr nicht über die Lippen.

Am dritten Morgen nach Péturs Abreise wartet Rósa, bis Jón zur Feldarbeit aufgebrochen ist, und eilt dann den Hügel hinunter ins Dorf.

Die Katen sind größer als in Skálholt und so in den Hügel gebaut, dass es aussieht, als wollten sie sich verstecken. Sie hält inne, bevor sie das Dorf betritt, atmet tief ein und setzt ein Lächeln auf. Dies sind die Leute ihres Ehemanns, sie muss einen guten Eindruck machen, dann wird Jón erkennen, dass es nicht nötig ist, sie von ihnen fernzuhalten. Sie wirft einen Blick zurück, den Hügel hinauf zu den Feldern, doch er ist nicht zu sehen, und die Angst, die in ihrer Brust aufgewallt ist, zieht sich wieder etwas zurück.

In der ersten Kate, die sie erreicht, herrscht Stille, die Tür steht offen. Sie späht hinein. In Skálholt ist es durchaus üblich, dass Fremde – reisende Händler oder Wallfahrer, die die Kirche besuchen – an die Katen der Dorfbewohner klopfen, doch Rósa kennt die hiesigen Gepflogenheiten nicht. Sie steht zögernd an der Türschwelle, als hinter ihr ein Ruf ertönt.

»Du!«

Sie wirbelt herum und sieht einen riesigen Mann, größer noch als Jón. Sein Gesicht ist rot und fleischig, die Augen stechend.

»Du bist die Neue«, knurrt er und verschränkt seine Arme, die dick sind wie Hammelkeulen, vor seinem breiten Brustkorb.

»Ich …« Sie tritt einen Schritt zurück. »Wohnen Sie hier? Verzeihung, ich …«

»Du hast geschnüffelt«, unterbricht sie der Mann säuerlich. »Wie die Letzte. Und sieh nur, was aus ihr geworden ist.«

»Ich hatte nichts Böses vor.«

»Das hat *sie* auch gesagt. Dennoch ist sie krank geworden, oder etwa nicht?«

»Olaf! Lass sie in Ruhe.« Plötzlich steht Katrín zwischen ihnen. Sie stemmt die Hände in die Hüften und blickt Olaf düster an, der ebenso finster zurückstarrt.

»Erweist du so der Ehefrau unseres *Bonði* die Ehre?«, fragt

Katrín. »Was wird Jón wohl sagen, wenn er hört, dass du sie bedroht hast?«

»Nicht *bedroht*«, brummt Olaf. »Sie hat in meiner Kate herumgeschnüffelt und …«

»Das werde ich mir merken«, erwidert Katrín scharf. »Für das nächste Mal, wenn du Vogelmiere für deine Blasen brauchst und in *meiner* Kate *herumschnüffelst*. Komm, Rósa.«

Katrín nimmt sie am Arm, und Rósa lehnt sich an sie, als sie Olafs Gehöft zusammen verlassen.

»Danke. Ich …«

»Weiß Jón, dass du hier bist?«, fragt Katrín mit großen Augen.

»Nein, er ist auf dem Feld. Ich …«

»Dann musst du zurück nach Hause gehen. Sofort!«

»Aber du hast doch gesagt, ich könne dich besuchen …«

Katrín legt ihre Hände auf Rósas Schultern. »Komm ein andermal. Jetzt musst du zurück.«

»Aber ich …«

»Schau, Rósa, die Leute reden. Was, wenn sie Jón erzählen, dass du hier warst?«

Rósa blickt über Katríns Schulter und sieht, dass sich bereits ein kleines Grüppchen gebildet hat. Sie tuscheln. Jemand lacht, ein hartes Lachen, wie zersplitterndes Glas.

»Geh jetzt«, drängt Katrín. »Ich spreche mit ihnen, versuche, sie dazu zu bringen, dieses Mal zu schweigen. Aber du musst vorsichtiger sein. Geh jetzt!«

Katrín stößt sie von sich, und Rósa taumelt, beginnt dann den Hügel hinaufzueilen, ihre Brust wie zugeschnürt. Ihre Haut brennt von den Blicken, die ihr hinterherstarren.

Auf halbem Weg hält sie inne und krümmt sich, versucht, nicht zu schluchzen. Sie wagt nicht, sich umzudrehen, um zu schauen, ob die Dorfbewohner sie noch immer beobachten. Sie kann sich ihren unbarmherzigen Blick vorstellen, denselben, mit dem Olaf sie angesehen hat, als er von Annas Krankheit sprach. Doch was sie in all den Gesichtern gelesen hatte, war nicht Hass gewesen, sondern Abscheu und Angst, als wäre sie eine Giftschlange, die man in ihrer Mitte freigelassen hat.

Sie zwingt ihre Beine dazu, weiterzulaufen, überwindet sich, ins dunkle Haus zurückzukehren, wo sie direkt in die Küche eilt und sich neben den *Hloðir* hinkauert und bebend ein- und ausatmet.

Draußen jammert der Wind. Über ihr knarzen und seufzen die Balken. Rósa hält sich die Ohren zu.

Als Jón vom Feld zurückkehrt, hat sie es geschafft, sich aufzuraffen und die Mahlzeit zuzubereiten. Sie wagt es kaum, ihn anzusehen, und wartet darauf, dass er sie wegen ihres Ungehorsams schilt, dass er ihr den Besuch im Dorf vorhält. Doch Katrín muss die Dorfbewohner überzeugt haben, davon zu schweigen, denn Jón redet von nichts weiter als vom Heu und den Schafen.

Nachts atmet die Kate auf, Zeit wird in Schweigen gemessen. Fünf Nächte lang wartet Jón, bis Rósa zu schlafen vorgibt, bevor er ins Bett kommt, die Glieder vom Alkohol entspannt, der Atem sauer. Sie liegt frierend in der Dunkelheit, verwirrt und verängstigt. Wenn sie endlich einschläft, ist ihr Leib zu einem Knäuel zusammengerollt; wenn sie in derselben Position erwacht, schmerzen ihre Muskeln von der langen Regungslosigkeit.

Findet er sie abstoßend? Stimmt etwas nicht mit ihrem Gesicht, ihrem Körper, ihrem Geruch? Sie fürchtet seine Berührung, doch diese seltsame Einsamkeit erträgt sie nicht. Sie fühlt sich wie der harte, gläserne Anhänger, der um ihren Hals baumelt.

Ob er ihretwegen nervös ist? Doch warum, schließlich war er bereits einmal verheiratet. Oder glaubt er, *sie* begehre *ihn* nicht? Wartet er auf ein Zeichen von ihr? Nachts schwirrt ihr der Kopf, während er ruhig neben ihr schläft. In der fünften Nacht dreht sie sich im Bett zu ihm um.

»Mamma kannte eine Frau in Skálholt. Sie war verheiratet, hatte aber keine Kinder.«

»Ach ja?« Seine Zunge ist träge vom Alkohol.

»Nein, sie …« Rósa beißt sich auf die Unterlippe. »Sie glaubte, es sei eine Sünde, bei ihrem Gemahl zu liegen.«

»Tatsächlich?« Jóns Stimme klingt schärfer. Er ist plötzlich wachsam. »In der Bibel heißt es, Wollust sei eine Sünde.«

»Aber …« Sie schluckt. »Bat Adam nicht Gott, Eva als eine … Gefährtin zu erschaffen?«

Zaghaft tastet Rósa nach seiner Hand und legt sie sich auf die Wange. Sein Atem stockt kurz, als er sie berührt. Sie drückt ihre Lippen auf seine Handfläche. Langsam lässt er seine Hand auf ihre Schulter gleiten, dann auf ihre Brust. Innerlich zuckt sie bei seiner vorsichtigen Berührung zusammen, die unangenehm kitzelt. Sie zwingt sich, nicht zurückzuweichen, als er seine Hand auf ihren Bauch führt, dann unter ihr Nachtgewand.

Er küsst sie. Sein Mund ist groß und nass. Seine Lippen wulstig und schlaff. Sein Atem ist vom Alkohol sauer, die Augen hält er fest geschlossen. Sein Kuss wird drängender und er rollt sich auf sie, schiebt ihr das Gewand über die Hüften. Er ist schwer. Rósa drückt gegen seinen Leib, um Luft zu bekommen. Mit seinen Beinen schiebt er ihre auseinander.

Ein stechender Schmerz durchfährt sie, als er in sie eindringt. Sie stöhnt auf und beißt die Zähne zusammen. Er bewegt sich heftig in ihr. Sie schließt die Augen und beginnt, leise zu zählen. Die kalte Glasfigur an dem Band um seinen Hals stößt wieder und wieder an ihr Kinn. Doch nach etwas Zittern, Grunzen und Beben – seine Augen geschlossen, das Gesicht wie im Schmerz verzerrt – ist es vorbei. Er rollt von ihr herunter und schläft fast augenblicklich ein.

Rósa liegt still da und starrt die schwarzen Schatten und den silbernen Streifen Mondlicht an. Zwischen ihren Beinen spürt sie ein wenig Flüssigkeit herauslaufen, ähnlich dem Inhalt eines Taschentuchs. Sie rollt zur Seite, und zwischen ihnen bleibt ein schmieriger Fleck, ein Vertrag, mit ihrem Blut unterzeichnet. Am Morgen wird sie das Bett abziehen und das Laken im Bach einweichen und waschen.

Aber trotz des Schmerzes überkommt sie ein Gefühl des Sieges. Vielleicht wird er jetzt freundlicher zu ihr sein. Vielleicht wird er sie so lieben, wie es ein Ehemann tun sollte, jetzt, wo sie wahrhaftig ihm gehört.

In dieser Nacht träumt Rósa von Páll. Sein Körper liegt auf ihr, doch sie kann ihn nicht spüren. Während er sich auf ihr bewegt, versucht sie, ihn zu küssen, doch auch ihre Lippen sind taub. Sie umschlingt ihn mit ihren Beinen und zieht ihn näher, doch er verblasst, löst sich in Luft auf, und sie bleibt zurück, fühlt sich hohl, wie eine entsorgte Eierschale.

Rósa erwacht zeitig, im perlmuttfarbenen Dämmerlicht. Wie sonst auch ist das Bett neben ihr leer. Sie tapst in die Küche, schlingt ihr Tuch gegen die morgendliche Kühle enger um sich, spürt bei jedem Schritt ein Brennen zwischen den Beinen. Sie bemerkt erst, dass sie den Atem angehalten hat, als sie die Küche leer vorfindet. Jón ist bereits fort. Sie sollte Brot backen. Sie sollte die Wolle vom Schafskopf abbrennen und ihn in Molke einlegen. Sie sollte die Socken stopfen, die er über den Hocker gelegt hat, mit einem riesigen Loch in der Ferse.

Sie sinkt neben dem *Hloðir* nieder und presst sich gegen den warmen Stein. Sie nimmt die vollkommene, reine Frauenfigur vom Hals. Das winzige gläserne Gesicht ist so demütig, so makellos. Ist die Figur das Abbild einer echten Frau, oder hatte sich der Schöpfer diese perfekte Kreatur ausgedacht?

Rósa seufzt und steckt sie sich in die Tasche. Sie hatte gehofft, irgendetwas zu spüren. Liebe? Zufriedenheit? Eine neue Macht über ihren Mann? Stattdessen fühlt sie sich nach dem Akt klein und beschmutzt, wie ein Löffel, den man zum Ausweiden eines toten Tieres benutzt hat.

Andererseits hält Jón ihre Mutter und Páll am Leben. Er schlägt sie nicht, fügt ihr kein Leid zu. Vielleicht ist das genug. Vielleicht bedeutet eine zufriedene Ehe lediglich, sich mit der Art der eigenen Unzufriedenheit abzufinden.

Ihre Abende beginnen einem Muster zu folgen: Jón trinkt gerade so viel, dass sich seine Gesichtszüge entspannen und er zu lächeln anfängt, seine unbekümmerten Worte ein wenig lallt. Wenn sie zu Bett gehen, schläft er manchmal sofort ein und beginnt zu schnarchen. Das sind die besseren Nächte: Im Schlaf sieht sein Gesicht jünger aus, offener. Im gedämpften Halbdunkel meint sie dann sogar, *etwas* für ihn zu empfinden. Eine gewisse Zärtlichkeit, aus Nähe geboren. In diesen Nächten fühlt sie sich sicherer und schläft oft bereits kurz nach ihm ein. Dann lauscht sie nicht nach Geräuschen vom Dachboden.

Doch in den anderen Nächten, wenn er auf sie klettert, wirkt sein Gesicht so ausdruckslos und verschlossen wie der Raum über ihnen. Er spricht kein Wort, drückt ihr, wenn er fertig ist, einen Kuss auf Wange oder Brust, rollt von ihr herunter und geht hinaus in die Nacht. Manchmal kehrt er in den frühen Morgenstunden zurück und legt sich neben sie, seine Haut ist dann kalt und riecht nach Meer, sein Atem sauer vom *Brennevín*. In jenen Nächten, wenn er verschwindet, drückt sich Rósa ihr Kissen auf die Ohren, um die Geräusche vom Dachboden nicht zu hören. Zweimal ist sie schon eingeschlafen und dann vom Lufthauch eines nah an ihr vorbeigleitenden Körpers erwacht, der auf dem Weg aus dem *Baðstofa* war. Einmal meint sie sogar gespürt zu haben, wie jemand über ihr stand und sie beobachtete, als sie erwachte. Mit vor Angst zugeschnürter Kehle und zusammengebissenen Zähnen lag sie reglos da. Sie fühlte die Wärme eines in unmittelbarer Nähe stehenden Körpers. Sie spürte Blicke auf ihrem Gesicht, ihren Händen, ihrem Körper. Sie rührte sich nicht.

Irgendwann musste sie wieder eingeschlafen sein, und als sie das nächste Mal die Augen öffnete, lag die Kate dunkel und still da.

Rósa erzählt Jón nichts davon. Sie weiß nicht, was schlimmer wäre, sein Zorn angesichts ihrer Fragen oder seine Verachtung wegen ihrer kindischen Einbildungen.

Wenn Rósa jetzt zum Meer hinausblickt, sieht es nicht mehr zauberhaft aus, wie ein Fluchtweg in eines der fernen Länder der Sagas, sondern wirkt wie ein Eisenring, der sich immer enger um ihren Hals legt.

Wenn sie am Bach die Wäsche wäscht, sieht Rósa in der Ferne manchmal eine Gestalt, vielleicht Gudrun oder Katrín oder einen anderen Dorfbewohner, der sie von Weitem beobachtet. Gelegentlich kommt jemand näher und spricht mit ihr, doch dann liegt in dessen Bewegungen, im Gesichtsausdruck etwas Ängstliches, die Worte sind sorgfältig gewählt.

Hat Katrín ihr nicht versprochen, einen Weg zu finden, damit Rósa sie besuchen kann? Oder hat sie sich auch das nur eingebildet? Es fällt ihr zunehmend schwer, dem Wirbelsturm ihrer Gedanken zu folgen, sie ist sich nicht mehr sicher, ob sie ihrer eigenen Wahrnehmung trauen kann. Sie erwägt, noch einmal ins Dorf zu gehen, erinnert sich dann jedoch an Olafs wütendes Knurren und steht wie erstarrt am Hang. Den Runenstein hält sie in ihrer Tasche so fest umklammert, dass ihre Hand schmerzt, und sie ist unfähig, eine Entscheidung zu treffen.

Einmal sieht sie, wie Jón sich dort unter den Menschen bewegt. Sie beobachtet, wie er den Hügel hinunter ins Dorf läuft. Irgendjemand bemerkt ihn, und ein Wogen geht durch das Dorf wie ein leichter Wind durchs Getreidefeld. Alle halten gleichzeitig inne und senken den Blick. Selbst die Kinder unterbrechen ihr Spiel und suchen an den Röcken ihrer Mütter Schutz. Dann ist Jón mitten unter ihnen. Auch aus der Ferne nimmt Rósa das aufgeregte Brummen wahr, das von den Menschen ausgeht, an denen er vorübergeht. Gelegentlich hält er inne, um einem Kind die Wange zu tätscheln oder mit einer der Frauen zu sprechen. Er ist riesig. Seine breiten Schultern und massigen Hände lassen die Frauen und Kinder noch kleiner aussehen. Rósa spürt, wie sich in ihr etwas rührt, während sie ihren Ehemann beobachtet. Selbst aus der Ferne kann sie sich vorstellen, dass er ihnen Trost spendet und ein freundliches Wort für sie hat.

Dann steigt Jón den Hügel wieder hinauf, und die Menschen stieben davon, zurück zu ihren Katen, wie Vögel, die erschrocken auffliegen.

Auch Rósa geht zurück ins Haus und spürt, wie die Einsamkeit ihr Inneres mit einer dünnen Eisschicht überzieht.

Nachdem sie eine Woche allein verbracht hat, möchte Rósa am liebsten laut schreien. Sie muss jemanden sehen, mit jemandem sprechen. Wenn die Wäsche gewaschen ist, wird sie einen zweiten Gang ins Dorf wagen. Es ist ihr einerlei, ob Jón ihr zürnen wird, sie kann nicht länger allein sein.

Rósa ist gerade dabei, die Laken in der Nähe des Baches zum Trocknen auf Steinen auszubreiten und die Worte zu üben, die sie Jón sagen wird, falls er sie im Dorf sieht, als sich zwei Frauen nähern. Sie müssen etwa in ihrem Alter sein, beide haben jeweils ein kleines Kind im Schlepptau. Sie flüstern sich gegenseitig etwas zu und kichern. Etwa zehn Pferdelängen entfernt bleiben sie stehen, dann schubst eine die andere vorwärts. Die Frau stolpert und faucht ihre Freundin an, die darüber nur lacht und sie noch einmal anstößt.

Rósa ruft ihnen einen Gruß zu.

Beide Frauen zucken zusammen, und eines der Kinder versteckt sich hinter dem Rock seiner Mutter.

Rósa hebt die Hand. »Ich bin Rósa. Jón Eiríkssons Ehefrau. Seine … neue Frau.«

»Das wissen wir.« Die Frau mit den helleren Haaren rückt ihre Haube zurecht und blinzelt Rósa an. Sie ist auf der Hut. »Ich bin Nóra. Das ist Clara.«

Rósa weiß, dass ihr Lächeln zu breit ist, doch sie kann nicht anders. »Ich war … und Jón … Ich dachte, ihr würdet wieder wegrennen, wie alle anderen auch. Es kommt mir vor, als hätte ich das Schweißfieber.« Ihr Lachen klingt zu schrill.

Sie kann den Blick nicht lesen, den sich die beiden Frauen zuwerfen. Clara, die Frau mit den dunkleren Haaren, fragt: »Du *möchtest* also Gesellschaft?«

»Pst, Clara!«, warnt Nóra. »Denk daran …«

Beide Frauen starren sie mit weit aufgerissenen Augen an und sehen aus, als wollten sie fliehen.

Rósas Lächeln erzittert. »Ich würde mich über Gesellschaft freuen. Ich beiße nicht.«

Auf ihren Versuch, witzig zu sein, reagieren die Frauen mit ungläubigem Blinzeln. »Bleib lieber für dich«, sagt Nóra sanft. »Es ist besser so.«

Clara stößt ihr den Ellbogen in die Seite und fügt rasch hinzu: »Du hast bestimmt genug zu essen und ein schönes warmes Haus. Es wundert mich, dass du überhaupt herauskommst. Schließlich will er ja nicht, dass du herumstreifst wie …«

»Sei still, Clara!«

»Ach, sei doch selbst still, Nóra! Man kann von uns nicht verlangen, dass …«

»Anna?« Rósa bemüht sich, unbeschwert zu klingen. »Sprichst du von Anna?«

Beide Frauen blicken zu Boden, zum Bach, zu ihren darin herumplanschenden Kindern, überallhin, nur nicht zu Rósa.

»Kanntet ihr sie gut?«, drängt Rósa. »Ich habe gehört, in Skálholt … Die Händler haben erzählt, dass Anna vor Einsamkeit wahnsinnig geworden ist?«

Die Frauen wechseln Blicke. Schließlich murmelt Clara: »Katrín weiß …«

»Clara, schweig!«, schilt Nóra sie mit Angst in den Augen.

Clara stößt mit dem Fuß gegen einen Stein. »Sie hat sich verändert. Anna. Sie war … zuerst … frag Katrín.«

»Um *Himmels* willen, Clara, sei endlich still!« Nóra zieht sie am Arm in Richtung Dorf. »Wir müssen gehen«, erklärt sie an Rósa gewandt. »So viel zu tun. Du musst verstehen. Kommt, Kinder.«

Eilig verabschieden sie sich, und Nóra nimmt Claras Hand und zieht sie fort. Die beiden Frauen hasten den Hügel hinunter, die Kinder vor sich hertreibend, während Nóra ununterbrochen mit Clara schimpft.

Aus den Wortfetzen, die zu ihr heraufdringen, schließt Rósa, dass es ums Essen geht.

Vielleicht hatte der alte Mann, Egill, recht, und ihr Mann hat sich das Schweigen der Menschen mit Lebensmitteln erkauft. Doch was kann an Annas Tod so schrecklich gewesen sein? Rósa kommt nicht umhin, an die Geräusche vom Dachboden zu denken, und einen Moment lang fragt sie sich, ob Anna vielleicht noch immer dort oben ist. Vielleicht hat Jón sie dort eingesperrt und lässt sie nur nachts heraus. Rasch verwirft sie solche Gedanken als reinen Irrsinn.

Sie denkt daran, wie Jóns Augen sich verdunkeln und sein Gesichtsausdruck unnahbar wird, wenn Annas Name erwähnt wird.

Rósa presst sich die Handballen auf die Augenlider und zählt, langsam, bis sich ihr Atem beruhigt hat. Sie muss mit Katrín sprechen.

Am folgenden Tag bleibt Rósa länger am Bach als nötig. Da es keine schmutzige Wäsche gab, hat sie Dreck auf einen von Jóns Umhängen gerieben. In der Ferne erkennt sie Katrín, doch die ältere Frau bemerkt sie, hält inne und macht Anstalten umzukehren.

Rasch wirft Rósa die Kapuze von Jóns Umhang über einen Stein und zieht, sodass sie hängen bleibt und einreißt. Jón wird zornig sein, doch das kümmert Rósa in diesem Augenblick nicht. Sie gibt sich in Not, übertreibt ihr Bemühen, zerrt theatralisch am Umhang, flucht leise vor sich hin und zieht noch stärker.

Katrín sieht ihr aus der Ferne zu.

Rósa wirft die Arme in die Luft und watet in den Bach, Rock, Stiefel und Strümpfe nun gänzlich durchnässt, doch der Umhang bleibt, wo er ist. Einen kurzen Moment lang fragt sie sich, ob er ohne Katríns Hilfe noch zu retten ist.

Da ruft die andere Frau zu ihrer Erleichterung: »Schaffst du's?«

»Nein! Er hängt fest.«

Katrín zögert und stapft dann den Hügel hinauf. »Komm, ich helfe dir«, schnauft sie. »Du hebst den Stein an, und ich ziehe.«

Rósa drückt mit aller Kraft gegen den Stein, während Katrín vom Ufer aus versucht, das Gewand zu befreien. Zunächst bewegt es sich nicht, doch dann löst es sich mit einem Mal. Katrín jauchzt und taumelt rückwärts, rudert wild mit den Armen, um das Gleichgewicht zu halten. Dann strauchelt sie und stolpert nach vorne ins Wasser, ihre Stiefel und der Rock sind nun ebenfalls klatschnass. Sie lacht. »Na, meine Stiefel sind dann jetzt sauber.«

»Tut mir leid«, sagt Rósa und berührt Katríns Hand.

Bald sitzen beide auf einem Stein und strecken ihre Zehen ins Wasser, japsen angesichts der eisigen Kälte.

»Wie gefällt dir Stykkishólmur?«, erkundigt sich Katrín.

»Der Empfang war nicht ganz so, wie ich ihn mir vorgestellt hatte.«

»Es muss schwierig sein für dich.« Katrín lächelt sie mitfühlend an. »Und entschuldige, dass ich dich neulich fortgeschickt habe. Aber ich hatte nur dein Wohl im Sinn.« Sie hält inne, als müsse sie über etwas nachdenken. Dann nimmt sie Rósas Hand. »Gudrun und ich würden dich gern um uns haben, und die anderen Frauen auch. Gudrun ist nicht so grimmig, wie sie sich gibt. Es ist schwer, arm zu sein und Jóns Reichtum zu sehen.«

»Aber er sorgt doch für seine Leute.«

Katrín öffnet den Mund, schließt ihn dann wieder und nickt.

Rósa zieht an einem losen Faden im Stoff ihres Rocks. Katrín ist so freundlich zu ihr – sie fühlt sich fast, als säße sie neben ihrer Mutter. »War Anna auch einsam?«

Katríns Lächeln erstirbt. »Anna war … anders als du. Sie war stark, in mehrfacher Hinsicht. Doch das hat eigene Probleme mit sich gebracht.«

»Mit Jón?«

Katrín zittert. »Spürst du den Wind? Bald kommt der Winter.«

Rósa beißt sich auf die Unterlippe und denkt an das Gerücht, er habe Anna allein und sehr schnell nach ihrem Tod begraben.

Katrín drückt ihre Hand. »Es gibt Dinge, die solltest du lieber nicht wissen. Ist ein Samen einmal gepflanzt, wird man das Gewächs nur schwer wieder los.«

Rósa wartet ab, ob Katrín noch mehr dazu sagen wird, doch ihr Tonfall verändert sich. »Du musst uns besuchen kommen, wenn Jón nicht da ist. Und so, dass Olaf dich nicht sieht. Oder Egill. Dann wirst du glücklicher sein, glaube ich. Nóra und Clara sind gute Menschen. Du hast gestern hier mit ihnen gesprochen, nicht wahr?«

»Sie schienen mir sehr nett, und ich … ich würde gern …«

»Natürlich würdest du das. Wir alle wissen, wie einsam es sein kann, wenn die Männer auf dem Feld oder auf See sind. Und Jón ist häufiger unterwegs als die meisten anderen.«

Rósa nickt. Sie spürt eine schwere Last in ihrer Brust beim Gedanken an das Haus, die Stille ihrer Gedanken – und die Geräusche. Doch sie zwingt sich zu lächeln. »Ihr seid also auch alle verheiratet?«

»Ja. Doch mein Mann ist schon seit vielen Jahren tot, genau wie Gudruns.«

»Das tut mir leid.«

»Ein Unfall auf See. Sturm und Felsen. Das kommt hier immer wieder vor. Das Meer verschlingt die Männer einfach. Wir haben ihre Leichen nie gefunden, nur etwas vom Holz ihres Bootes.«

Katrín blickt aufs Meer hinaus, das jetzt ruhig und friedlich daliegt, mit seinen hellen Inseln und dahinschwebenden Vögeln.

Rósa würde der älteren Frau gern tröstend die Hand auf den Arm legen, hält sich jedoch zurück, denn sie ist unsicher, was in dieser Situation von ihr erwartet wird. Sie hat noch nie eine Freundin gehabt. »Du musst damals …«

Katrín legt den Kopf zur Seite. »Ja, mir ist damals schier das Herz zersprungen.« In ihren Augen glitzern Tränen. »Aber ich hatte keine Zeit zu trauern. Das Land duldet kein Nichtstun. Und der Winter damals war hart. Hätte ich mich ins Bett gelegt und geweint, ich wäre gewiss verhungert. Und meine Tochter Dora ebenso.«

»In Skálholt ist es nicht anders. Als mein Pabbi noch am Leben war, hat es uns nie an Essen gefehlt, doch diesen Winter würde Mamma nicht überleben, hätte ich nicht …«

Katrín presst ein Lächeln hervor. »Du hast dich also im Tausch gegen Lebensmittel hergegeben. Du brauchst dich nicht zu schämen, ich hätte dasselbe getan. Auch hier waren die Winter hart, bis Jón die Händler brachte.«

»Wie hast du überlebt?«, fragt Rósa.

»Ich habe Wolle gesammelt. Ich bin im Schnee an den Grenzmauern entlanggelaufen und habe hängen gebliebene Schafswolle zusammengeklaubt. Ich habe den ganzen Winter lang gesponnen und gestrickt und es dadurch geschafft – gerade so.«

»Deine Tochter hat Glück gehabt.«

»Vielleicht. Eine Zeit lang. Jetzt ist auch sie … von mir gegangen. Der Schnee …«

Katríns Gesicht verzieht sich, und einen schrecklichen Moment lang befürchtet Rósa, die ältere Frau würde zu schluchzen beginnen, und sie selbst wüsste darauf nur etwas Dummes oder Herzloses zu sagen. Zögernd legt sie ihr die Hand auf die Schulter.

Katrín wischt sich über die Augen und blinzelt Rósa an. »Als ich dich zum ersten Mal sah, habe ich geglaubt, du seist kein bisschen wie … Doch da ist *etwas* …« Sie neigt den Kopf zur Seite. »Ich frage mich, ob er es auch bemerkt hat.« Bevor Rósa fragen kann, was sie damit meine, steht Katrín auf und streicht sich den Rock glatt.

»Ich würde mich gern länger unterhalten.«

Katrín hebt warnend eine Hand. »Das war bereits zu lang. Du darfst kein Risiko eingehen. Geh jetzt. Aber …« Sie hält inne. »… du bist dünn geworden. Du darfst nicht …« Sie presst die Lippen aufeinander. »Denk dran, meine Kate ist nicht weit von hier. Du musst vorsichtig sein, aber … ich lasse nicht zu, dass du weinst und hungerst, bis nichts mehr von dir übrig ist.«

Rósa presst ein Lächeln hervor. »Ich … weine selten«, lügt sie.

»Gut. Ich dachte schon, er hätte dir bereits den Lebenswillen geraubt.«

Rósa wartet.

Katrín scheint ihre nächsten Worte genau abzuwägen. Schließlich sagt sie: »Du erinnerst mich an … Lass dir Annas Schicksal eine Warnung sein.«

Rósa zittert. »Anna starb doch am Fieber, oder?«

Katrín nimmt ihre Hand. »Tu, was er dir sagt. Oder mach ihn wenigstens glauben, dass du es tust.« Bevor Rósa noch etwas fragen kann, murmelt Katrín: »Ich muss jetzt gehen.« Sie nimmt ihren Korb mit der Wäsche, die noch immer trocken ist, und geht den Hügel hinab. Rósa blickt ihr verunsichert nach.

Wie soll sie noch vorsichtiger sein, als sie es ohnehin schon ist? Als Katrín von Jón sprach, hat sie echte Angst in ihren Augen gesehen. Und noch etwas anderes … etwas Hartes um ihren Mund, das Zorn verriet.

Rósa fühlt sich, als stünde sie am Rand eines Vulkans, als balancierte sie am Abgrund, ohne die Hitze zu beachten, die von der blubbernden Lava unter ihr ausgeht.

Sie sollte ihrem Mann seine Mahlzeit aufs Feld bringen, doch sie erträgt den Gedanken nicht, neben ihm zu sitzen, zu lächeln, über das Heu und das Meer zu sprechen und so zu tun, als gäbe es in der Stille, die sich zwischen ihren Worten ausdehnt, keine drohende Finsternis.

Also nimmt sie ihren Wäschekorb auf und ignoriert den Sonnenstand, der sie mahnt, allmählich Jóns Mahlzeit zu holen und zum Feld zu bringen. Stattdessen läuft sie den Hügel hinauf, bis sie dort im Gras findet, was sie gesucht hat: ein kleines Holzkreuz. Anna sei in einer Sommernacht gestorben, erzählt man sich, und Jón habe sie sofort begraben. Das hatte er bestätigt.

Hat er um sie geweint? Sie hat ihn noch nie nach Anna gefragt. Sie bringt es nicht über sich, die Fragen zu stellen, die ihr im Kopf herumschwirren.

Rósa betrachtet das Kreuz. Dort ist etwas ins Holz geschnitzt. Sie versucht angestrengt, es zu lesen: *Sprüche Salomos 12:4*. Gewiss ein Vers über den Segen einer pflichtbewussten Ehefrau.

Rósa eilt den Hügel hinunter zum Gehöft und findet im *Baðstofa*, neben Jóns Bett, die Bibel. Sie blättert durch die schmuddeligen, oft gelesenen Seiten bis zur angegebenen Stelle und liest, was sie erwartet hat: *Ein tugendsam Weib ist eine Krone ihres Mannes.* Und dann weiter: *Aber eine böse ist wie Eiter in seinem Gebein.*

Sie schlägt die Bibel zu und lässt sie aufs Bett fallen, tigert dann durchs Haus, vom *Baðstofa* in die Küche, in die Vorratskammer und wieder zurück, versucht, ihren Atem zu beruhigen.

Rósa nimmt Feder und Tinte und beginnt einen Brief an ihre Mutter, weiß jedoch nicht, was sie ihr schreiben soll. Noch nie hat sie ihre Mutter angelogen oder ihr etwas vorenthalten, doch jetzt streicht sie Zeile um Zeile wieder durch, faltet dann den Papierbogen, der nun mit Tintenklecksen und ausgestrichenen Vermutungen übersät ist, zu einem winzigen Viereck, das sie in einer Lücke zwischen den Brettern der Wandverkleidung versteckt.

Dann hält sie inne, steht dort in der Stille, lauscht angestrengt nach einem Geräusch von oben. Sie erinnert sich an ihren lächerlichen Verdacht, Anna sei noch am Leben und im Dachboden eingeschlossen. Der reine Wahnsinn. Plötzlich spürt sie eine heiße Wut in sich aufwallen, auf ihren Ehemann, auf diesen Ort, auf diese erdrückende Stille.

Rósa eilt mit großen Schritten zur Leiter und erklimmt sie, Sprosse um Sprosse. Sie schlägt mit der Hand gegen die verschlossene Dachbodentür, die davon widerklingt, als sängen die toten Bäume.

»Ist da wer?« Ihre Stimme hallt durchs Halbdunkel.

Alles in deinem Kopf. Dumme Gans, du!

Rósa will eben die Leiter wieder hinunterklettern, da hört

sie es: ein Ausatmen, halb unterdrückt, als atmete das Haus selbst. Ein Frösteln überzieht Rósas Haut wie kleine Nadelstiche, die Haare auf ihren Armen stellen sich auf. Ein uralter animalischer Instinkt befiehlt ihr, die Flucht zu ergreifen.

Sie kümmert sich nicht um ihre zitternden Beine und rüttelt am Türgriff, stemmt sich mit ihrem gesamten Gewicht gegen das massive Holz. Nichts. Keine Bewegung ist zu hören. Und als sie den Kopf gegen die Tür presst, ist da kein Laut außer dem Keuchen ihres eigenen panischen Atems und dem Pulsieren des Blutes in ihren Ohren.

Rósa sackt in sich zusammen und bedeckt ihr Gesicht mit den Händen. Da ist niemand. Nichts und niemand. Selbst ein Geist wäre ihr jetzt als Gesellschaft recht gewesen. Schnell verdrängt sie den Gedanken – ihr Vater würde sich im Grab umdrehen.

Plötzlich ein jähes Geräusch – wie das Peitschen von Laken im Wind.

Rósa springt auf und klettert hastig die Leiter hinunter, eilt hinaus ins Freie. Die kalte Luft brennt auf ihrem Gesicht. Sie lehnt sich an die Mauer und drückt sich so fest an den Stein, dass dieser seine spitzen Zähne in ihre Haut stößt. Der Schmerz bringt ihr Erleichterung. Der Schmerz ist echt.

Sie reibt sich die Augen. Ihre Hände zittern. Sie ist erschöpft, so unendlich erschöpft. Darum denkt sich ihr Kopf wohl diese Geräusche aus. Und doch … sie hört sie wirklich. Sie könnte schwören, dass sie sie hört.

Sie blickt in das runzelige Gesicht des Meeres, das jetzt winddüster und mürrisch scheint.

Rósa bezweifelt, dass sie sich jemals an seine schiere *Größe* gewöhnen wird, an das überwältigende Gefühl, dass das Meer, auch wenn es sie einerseits mit eisiger Faust gefangen hält, sich andererseits endlos in die Weite erstreckt, hin zu unzähligen Ländern mit zahllosen anderen Leben, jedes mit seinen eigenen Sorgen.

Doch es gibt kein Entkommen. Es fühlt sich an, als würde mit jedem Herzschlag ein Seil fester gezogen, das sie an diesen Körper bindet, an diesen Ort.

Nicht einmal ihrer Mutter kann sie schreiben – was soll sie ihr auch erzählen? Dass ihr Gemahl kalt ist, ein Fremder? Dass sie Angst hat, im Haus könnte es spuken? Dass sie zugleich hofft, es würde spuken, denn wenn nicht, dann ist sie gerade dabei, den Verstand zu verlieren?

Als sie Jón das *Dagverður* bringt, würde sie ihm am liebsten die Arme um den Hals werfen und sich an ihn schmiegen. Er ist massiv, er schwitzt, er ist echt. Sie widersteht diesem Drang. Wenn er sie wegstoßen würde, wäre sie wahrhaftig allein.

»Glaubst du an Geister?«, fragt Rósa ihn.

Jóns Gesicht verdüstert sich. »Warum?«

»Ich las vorhin eine Bibelstelle und ...«

»Der Teufel kann uns in die Irre führen, wenn es darum geht, Gottes Wort zu verstehen. Welche Stelle war es?«

»Das weiß ich nicht mehr.«

»Vielleicht war es die Passage, in der die Jünger Moses und Elias sehen, lange nach deren Tod. Doch dabei handelte es sich um die *Verklärung des Herrn*, eine Vision, die Jesus den Jüngern gewährte. Das waren keine Geister. Sei nicht dumm, Rósa.«

Rósa starrt auf die in ihrem Schoß ruhenden Hände. »Aber die Seele fährt doch erst nach dem Jüngsten Gericht zum Himmel auf. Vielleicht gibt es dann ja Seelen, die noch ... bei uns sind? Wenn sie unglücklich sind vielleicht?«

»Wer hat dir nur den Kopf mit derartigem Unsinn gefüllt?« Jóns Augen funkeln jetzt wild. »Katrín? Ich habe dir gesagt, du sollst dich von ihr fernhalten. Die Frau ist Gift.«

»Nein! Nicht Katrín. Ich ... ich dachte nur an ...« Die Welt verschwimmt vor ihren Augen.

»Ah.« Seine Gesichtszüge werden weicher. »An deinen

Pabbi? Was bin ich nur für ein ungehobelter Klotz. Hier, weine nicht.« Er tupft ihr mit einem Leinentuch die feuchten Wangen ab und wirkt so zerknirscht, dass sie glaubt, sie müsse sich seinen Zorn nur eingebildet haben.

Er trocknet ihre Tränen. »Sprich nicht von Geistern, Rósa. Deinem Pabbi würde das nicht gefallen. Du klingst wie ein Kind! Ich kann kein Kind zur Frau haben.« Sein Lächeln wirkt streng.

Sie blickt hinaus aufs Meer und blinzelt gegen das Brennen in ihren Augen an.

Er wendet sich von ihr ab und beginnt wieder, Heuballen zu schleppen. Sein Gesicht gleicht einem öden Felsen.

Mit aufwallender Übelkeit erinnert sich Rósa an das Frösteln, das sie verspürte, als sie über Annas Grab lief. Als wäre etwas auf sie *übergesprungen*. Sie presst sich die Finger gegen den Hals und zählt das Leben, das in ihr pocht. Da durchläuft sie ein Zittern.

»Dir ist kalt«, sagt Jón. »Du solltest nach Hause zurückkehren, bevor du dir den Tod holst.«

Sie fährt zusammen. Er drückt ihr einen Kuss auf die Wange, ihr läuft es kalt den Rücken hinunter.

Als Rósa im peitschenden Wind den Hügel hinab zum Gehöft läuft, das wie ein zusammengekauerter Bettler dem trostlosen Wetter trotzt, weiß sie: Wenn es keine Geister gibt, ist sie dabei, den Verstand zu verlieren.

Das Gefühl, dass ihr Leben aus den Fugen gerät, wird in Rósa immer stärker. Mit jedem Atemzug spürt sie, wie aufkeimende Hysterie ihre Brust verengt. Sie konzentriert sich auf kleine Aufgaben, sammelt Wollsträhnen, die an den Balken im Stall hängen geblieben sind, kardiert sie und spinnt. Sie trägt die Spindel ins Freie, als könnte das Sonnenlicht sie vor dem finsteren, keuchenden Wesen im Haus schützen – oder ist es nur in ihrem Kopf? Sie weiß es selbst nicht mehr.

Rósa beginnt, einen Brief nach dem anderen an ihre Mutter aufzusetzen, doch mehr als ein oder zwei Zeilen schafft sie nie: *Alles ist hier so fremd. Ich wünschte, ich könnte zu dir zurückkehren. Ich denke oft an dich. Manchmal höre ich Geräusche, und dann erinnere ich mich an die Geschichten, die du mir früher von den* Draugar *erzählt hast, den Geistern der Toten, die die Lebenden in den Wahnsinn treiben und dann ihr Blut trinken …*

Jedes Mal zerknüllt sie das Papier oder faltet es zu einem winzigen Viereck zusammen, das sie unter dem Bett oder in den Holzritzen versteckt, wo Jón es nie finden wird. Eines Tages wird sie die Briefe vollenden und mit einem Händler gen Süden schicken. Sie muss nur erst die richtigen Worte finden.

In den unpassendsten Momenten muss Rósa bitterlich weinen, ihre Hand zittert, während sie schreibt. Vielleicht würde es ihr besser gehen, wenn sie mit jemandem sprechen könnte, wenn sie Katrín treffen könnte …

Nach sieben Tagen erklärt sie Jón: »Ich hätte gerne Hilfe im Haus.«

Er ist gerade von einem Tag auf See zurückgekommen, sein Gesicht grau vor Kälte und Erschöpfung, wie aus Stein gemeißelt sieht es aus. Eben noch hatte er sich die Augen gerieben und gegähnt, doch nach Rósas Worten setzt er sich auf und sieht auf einmal hellwach aus.

»Warum? Du machst das wunderbar. Die Kate ist sauber, die Kleidung gewaschen und geflickt. Du bereitest die Mahlzeiten sehr gekonnt zu.«

Sie reibt ihre rissigen Hände. »Dennoch hätte ich gern Gesellschaft.«

Er fährt ihr mit Daumen und Zeigefinger um die Handgelenke und drückt zu, seine Hände sind riesig im Vergleich zu ihren. Rósa denkt an die Stärke, die in ihnen stecken muss, in diesen Händen, die mit Rudern und Sense so mühelos umgehen, in den Händen, die das Grab seiner ersten Frau ausgehoben haben.

Sie schluckt nervös, befreit sich und steckt ihre Hand in die Tasche, wo sie die Glasfigur umklammert, als könnte sie ihr Mut einflößen. »Du bist so viel weg.«

»Ich bin weniger häufig weg, als ich eigentlich sein müsste«, knurrt er. »Ich *sollte* nach Dänemark reisen, um Handel zu treiben. Rósa, ich bleibe diesen Winter hier, deinetwegen.«

Sie blickt auf ihre Fußspitzen. »Du kannst mich ruhig hier zurücklassen«, wispert sie. Der Gedanke, im Winter allein auf dem Gehöft zu bleiben, ist grauenhaft, doch vielleicht könnte sie leichter atmen, wenn sie sich nicht mehr von ihm beobachtet fühlt. Vielleicht würde sie dann diese Geräusche nicht mehr hören. »Fahr nach Dänemark.«

»Ich *kann* nicht«, bellt er, und sie zuckt zusammen.

Er atmet tief ein. Seine zu Fäusten geballten Hände zittern. »Sei vernünftig, Rósa. Ich lasse dich ungern hier allein, doch ich muss für uns alle sorgen. Das siehst du doch sicher ein. Du warst als Kind viel allein. Ich dachte, die Einsamkeit würde dir nichts ausmachen.«

Sie denkt an die langen Sommertage, die sie mit Páll verbracht hat.

»Ich habe deine Haltung bewundert, als wir uns zum ersten Mal gesehen haben. Du schienst so glücklich, so selbstbeherrscht. Ich habe dich gewählt, weil ich von dir mehr erwartet habe als leeres Geschwätz.«

Schweigend blickt er sie an, bis sie nickt.

Er rückt näher und nimmt ihre Hand in die seine. »Und selbstverständlich darfst du in der Bibel lesen. Ich weiß, dass du deine Pflichten nicht vernachlässigen wirst.«

Sie denkt an das endlose Stricken und Fegen, Kochen und Flicken. Und an die Saga, die sie in einem anderen Leben in Skálholt zu schreiben begonnen hatte. Doch in ihrem derzeitigen Zustand ist an Schreiben nicht zu denken. In ihrer geschrumpften Welt zählt nur noch ihr Atmen, das Klopfen ihres Herzens.

»Die Einsamkeit wird deinen Glauben stärken. Diese Zeit mit Gott ist ein Geschenk. Du musst dankbar sein.« Seine Stimme hat den strengen Ton des *Bonði* angenommen.

Sie möchte ihn daran erinnern, dass schon in der Bibel steht, es sei nicht gut für den Menschen, allein zu sein, doch Jón zu widersprechen ist, als wollte man gegen einen Schneesturm anschreien, so viel hat sie begriffen.

Den Tag des Herrn begehen Rósa und Jón mit den Bewohnern von Stykkishólmur. Rósa bleibt abseits und beobachtet die Dörfler, wie sie beten und den Gottesdienst feiern. Die Geräusche ihrer Stimmen rauschen über sie hinweg. Rósa fühlt sich wie das Gras: Es ist da und wird dennoch nicht bemerkt. Die Dorfbewohner vermeiden es, sie anzusehen, halten ihren Blick lieber auf Egill gerichtet, der auf der Kanzel steht, dann auf Jón, der nach ihm spricht.

Rósa denkt an Egills Warnung bei ihrer Ankunft: In Jón stecke der Teufel, und die Leute fühlten keine Liebe für ihn. Sie hat bereits erwogen, Egill zu besuchen und ihn dazu zu befragen, doch dieses Raubtierhafte im Blick des alten Mannes hält sie zurück.

Egill predigt mit Donnerstimme über das immer Gleiche: das geöffnete Maul der Hölle, das auf dem Vulkan Hekla auf die Seelen der Sündigen warte. Als Jón sich anschließend in weltlichen Angelegenheiten an die Gemeinde wendet, ihnen erklärt, welche Lebensmittel sie von ihm erwarten können oder wo es derzeit die meisten Fische zu fangen gibt, hält Egill sich abseits. Seine Wangen sind eingefallen, seine Augen erinnern an den starren, gierigen Blick eines Aasvogels. Neben ihm steht Olaf, die fleischigen Arme vor seiner breiten Brust verschränkt. Sie blicken Jón düster an, während er die

Gläubigen durch ein letztes Gebet für eine gute Ernte und trockenes Wetter leitet.

Nach dem Gottesdienst zwingt sich Rósa dazu, dicht an Egill und Olaf vorbeizugehen. Sie holt tief Luft, findet jedoch keine Worte. Die beiden Männer starren sie mit kaltem Blick an.

»Du siehst noch immer dünn aus, Kind«, sagt Egill. »Und unglücklich.« Er lächelt.

Sie öffnet den Mund, um zu antworten, doch eine starke Hand fasst sie am Ellbogen. Jón steht neben ihr.

»Komm, Rósa.« Er sieht angespannt aus. »Du bist erschöpft. Du solltest dich ausruhen.« Er legt ihr den Arm um die Schulter und zieht sie an sich, wie in einer Umarmung. Es fühlt sich an, als wäre sie in einen Felssturz geraten, in dem sie sich kaum mehr rühren kann.

Rósa lässt sich widerstrebend wegführen. Als sie sich umwendet, zeigt sich ein hämisches Grinsen auf Egills Gesicht, wie ein Riss im Eis.

Zurück im Haus führt Jón sie an der Hand zum Bett.

»Leg dich nieder. Wenn dich der Gottesdienst ermüdet, solltest du zu Hause bleiben.«

»Er ermüdet mich nicht.« Sie versucht, sich aufzusetzen, doch er drückt sie an den Schultern zurück auf die Matratze.

»Nun, wenn du dennoch mit zum Gottesdienst kommen willst, wirst du in Zukunft in meiner Nähe bleiben. Ein guter Gemahl sollte für seine Ehefrau sorgen. Ich werde nicht zulassen, dass du dich Egills wegen aufregst.«

»Ich …«

»Ruh dich jetzt aus, Rósa. Schließ die Augen.« Er sieht sie an, bis sie seinen Worten Folge leistet. »Rósa, du weißt, dass du dich glücklich schätzen solltest mit diesem Leben, dem Reichtum. Nicht wahr?«

Jón nimmt ihre Hand und drückt sie. Sie beißt die Zähne zusammen und nickt.

»Gut«, sagt Jón. »Dann solltest du deiner Mamma einen Brief schreiben und ihr von deinem guten Leben hier erzählen, ihr mitteilen, wie glücklich du mit mir bist. Darüber wird sie sich freuen.«

Rósas Magen zieht sich zusammen, sie reißt die Augen auf. Er lächelt sie an und sagt mit seidiger Stimme: »Und du möchtest doch sicher, dass deine Mamma glücklich ist?«

Rósas Mund ist wie ausgetrocknet, sie schluckt. Jón drückt ihre Hand immer fester. Ihre Knochen knacken. »Ich werde … schreiben«, flüstert sie.

»Gut.« Er lächelt, und sein Gesicht hellt sich auf. »Gib mir den Brief, und ich werde ihn mit einem Händler nach Süden schicken.« Er lässt ihre Hand los und tätschelt ihr die Wange, dann dreht er sich um und verlässt mit großen Schritten den Raum. Als er fort ist, streckt sie ihre Hand aus. Sie ist bleich und blutleer, wie der schlaffe Leib einer erdrosselten Kreatur.

Eines Morgens, nachdem Jón in aller Frühe mit dem Boot zur See gefahren ist, steht Rósa auf und beschließt, dass sie es nicht einen Augenblick länger allein im Haus aushält.

Sie wird ins Dorf hinuntergehen, sie wird Katrín besuchen.

Rósa bricht früh auf und läuft den Hügel hinab, zu den in der Ferne kauernden Katen. Vor Sonnenuntergang wird sie zurück sein, und Jón wird niemals erfahren, dass sie seinen Willen missachtet hat.

Während sie den Pfad hinuntereilt, blickt sie über die Schulter zurück. Das Gehöft sieht so friedlich aus, so schön, dass ihr der Atem stockt. Vor der Haustür wirbelt der Wind Birkenblätter durch die Luft, die in der Herbstsonne wie Gold schimmern. Doch dann fällt ihr ein, dass das Licht verblassen wird, die Blätter verrotten. Und dann wird das Gehöft ihres Mannes dem gleichen, was es ist: einem ruhelosen Grabhügel.

Man sagt, die Gräber von Toten, die keine Ruhe finden,

wirken von außen oft besonders friedlich. Die *Draugar* suchen Orte heim, die sie im Leben liebten oder an denen sie noch etwas zu Ende bringen müssen. So kommt der Geist von Thorgunna in der *Eyrbyggja-Saga* immer wieder zurück, weil man nach ihrem Tod ihr Bettlaken nicht verbrannt hat. Wer weiß, was Anna noch erledigen muss, bevor ihre Seele Ruhe finden kann.

Rósa schüttelt den Kopf, dreht sich um und läuft eilig weiter, fort von Jón und einer Version ihrer selbst, die sie nicht wiedererkennt.

Die hoch aufragenden Berge und der scharfe Geruch nach schwarzer und roter Erde erfüllen sie mit einer fröhlichen Leichtigkeit, die die Ängste der vergangenen Wochen lächerlich erscheinen lässt. Es gibt keine Geister. Sie wird Katrín erzählen, dass sie glaubte, auf dem Dachboden Geräusche zu hören: Atmen und Schritte. Und Katrín wird erwidern, dass nur Narren an *Draugar* glauben, dass es keine Geister gibt, die Menschen in den Wahnsinn treiben und sie anschließend auffressen.

Katrín muss Rósa bereits von Weitem entdeckt haben, denn sie kommt ihr aus der Kate entgegen, noch ehe Rósa den Fuß des Hügels erreicht hat.

»Rósa!« Katrín umarmt sie kurz fest, und Rósa fühlt sich schlagartig wieder wie ein Mensch.

In ihr war das Gefühl entstanden, sie würde langsam verblassen, als wäre sie dabei, sich in einen *Draugr* zu verwandeln. Jetzt lächelt sie zum ersten Mal seit Tagen. »Ich hoffe, ich störe nicht?«

»Ich freue mich, dich zu sehen. Aber was ist mit Jón?«

»Er … weiß nicht, dass ich hier bin. Er ist auf See. Bitte …«

»Ich bin doch keine Närrin.« Katrín drückt Rósas Schulter. »Ich werde kein Wort verraten. Und um die anderen brauchst du dir auch keine Sorgen zu machen, zumindest nicht in dieser Hinsicht.«

Rósa spürt eine Welle der Erleichterung, doch wird sie sogleich wieder unruhig. »Die anderen?«

»Sie werden sich freuen, dich zu sehen. Achte einfach nicht auf Gudruns scharfe Zunge.«

Bevor Rósa sich noch wehren kann, führt Katrín sie in die stickige Düsternis ihrer Kate, wo vier Frauen um eine offene Feuerstelle sitzen und stricken. Drei von ihnen kennt Rósa bereits: die alte Gudrun, mit ihren leeren Augen und dem runzeligen Gesicht, und Nóra und Clara mit ihren Kindern, denen sie am Bach begegnet ist. Die Kleinen spielen und balgen sich auf dem Boden wie Welpen. Ihre Mütter sprechen ab und zu ein scharfes Wort der Warnung vor dem Feuer oder schimpfen, wenn die Kinder die Wolle durcheinanderbringen.

Die vierte Frau ist jünger, etwa so alt wie sie selbst, schätzt Rósa. Ihre Haut hat die Farbe von *Skyr* und ihr Haar ist so hell, dass es beinah weiß wirkt. Ihre Augen sind hellblau, fast milchig. Sie sieht atemberaubend aus, und Rósa muss unwillkürlich lächeln. Die Frau blickt sie mürrisch an. Rósa errötet, wendet sich von ihr ab und sieht sich in der Kate um.

Sie ist klein, etwa so groß wie die ihrer Mutter, doch die Wände sind, wie Jóns auch, mit Holz verkleidet. Es gibt keine separate Küche, lediglich ein enges *Baðstofa*, das zum Kochen und Schlafen genutzt wird und als Aufenthaltsraum dient. Ein Türbogen führt in eine Vorratskammer, in der Fässer auf dem Boden stehen und getrockneter Fisch von den Sparren hängt. Trotz der Düsternis und der Enge erscheint die Kate heller und weniger beklemmend als Jóns Haus.

Katrín hält Rósas Hand, während sie sie den Frauen vorstellt, und ihre Berührung ist warm und beruhigend. »Gudrun hast du ja schon kennengelernt. Und Clara und Nóra.«

»Ja, das stimmt. *Bless.*« Rósa knickst und die Frauen kichern leise.

Katrín schnalzt mit der Zunge. »Rósa, deine guten Umgangsformen lassen sie wohl alle wieder zu Kindern werden.«

Clara und Nóra unterdrücken ein Lachen und erwidern Rósas Gruß.

»Und das«, Katrín zeigt auf die helle Schönheit mit dem kalten Blick. »Das ist Audur.«

Wieder knickst Rósa und sagt: *»Komdu sæl og blessuð.«* Aus irgendeinem Grund scheint die förmlichere Begrüßung ihr hier angemessen. »Du bist so schön wie Guðrún aus der *Laxdæla-Saga.«*

Audurs Augen bleiben ausdruckslos und ernst. »Weiß dein Mann, dass du die Sagas liest?« Sie erwidert Rósas höflichen Gruß nicht.

Katrín wirft ihr einen zornigen Blick zu, bedeutet Rósa, sich zu setzen, und reicht ihr einen Haufen Wolle. »Entwirr das bitte für mich«, flüstert sie. »So haben deine Hände etwas zu tun.«

Rósa bemerkt, dass ihre Finger zittern. Dankbar beginnt sie, einen geschmeidigen Wollstrang aus dem Knoten in ihrer Hand zu lösen.

In der Kate herrscht Schweigen, während jede der Frauen ihren Gedanken nachhängt.

Schließlich sagt Katrín: »Dieses Jahr wird der Schnee früh kommen.«

»Unsinn!«, ruft Gudrun aus. »Die Luft ist noch mild. Sieh nur aufs Meer, nichts Dunkles auf dem Wasser.«

»Du siehst doch nicht weiter als bis zu deiner eigenen Nasenspitze«, schnaubt Katrín.

»Unverschämte Göre! Ich kann schlechtes Wetter riechen, und dieses Jahr rieche ich nichts.«

»Und wer sagt, dass deine Nase nicht ebenso schlecht geworden ist wie deine Augen und Ohren?«

Rósa erwartet, dass Gudrun beleidigt ist, doch beide Frauen lächeln. Vielleicht gibt es solche Sticheleien zwischen ihnen häufiger.

»Ich werde dir ein Tuch stricken, Gudrun, damit du es

diesen Winter warm hast«, sagt Katrín. »Damit du nicht frierst, selbst wenn sich deine Wetternase getäuscht hat.«

»Mach dir keine Mühe«, schnaubt Gudrun. »Es kann gut sein, dass ich tot bin, bevor der Frühling kommt. Verhungert.« Sie blinzelt Rósa aus ihren trüben Augen an. »Wenn Jón einer alten Frau nur mehr Fleisch gewähren würde …«

»Nun, dann stricke ich dir eben ein Leichentuch«, gibt Katrín zurück, »und du musst Rósa nicht mit Dingen in den Ohren liegen, mit denen sie nichts zu tun hat.«

»Was bist du für eine herzlose Frau!«, ereifert sich Gudrun. »Rósa könnte mir Fleisch geben, wenn sie wollte. Anna hat es häufig getan.«

»Einmal!«, mischt sich Clara ein. »Sie hat dir *einmal* Fleisch gegeben, als es mit ihr schon zu Ende ging, und wahrscheinlich hat sie es erst noch mit einem Fluch belegt.«

Katrín versteift sich, und in dem Blick, den sie Clara jetzt zuwirft, liegt echter Zorn. Clara senkt den Kopf und schimpft mit ihrem Kind, nimmt ihm einen Hühnerknochen aus der Hand, den es sich ins Ohr geschoben hat. Das Kind heult, und während Katrín Clara hilft, es zu beruhigen, zischt sie ihr etwas ins Ohr. Clara sieht ehrlich zerknirscht aus.

Nun ruft Audur über das lärmende Kind hinweg: »Ich hoffe, du bist glücklich in deiner Ehe, Rósa.« Sie lächelt matt.

Rósa neigt den Kopf. »Das bin ich.«

»Warum flüstert sie so?«, beschwert sich Gudrun.

Audurs Stimme klingt spöttisch. »Sie ist so still, weil sie eigentlich mit ihrem Pabbi in der Kirche bleiben wollte.«

»Ich habe immer gerne allein dagesessen und gelesen«, murmelt Rósa.

Audur kichert schrill. »Na, allein bist du ja jetzt.«

»Audur!« Katríns Stimme klingt scharf.

Rósa hebt das Kinn. »Ich habe Glück, dass ich lesen kann, das weiß ich.« Dann fügt sie hinzu: »Die meisten Frauen können es nicht.«

Audur errötet. »Und wünschst du dir Kinder? Die sind nur selten still.« Sie zeigt auf die rotgesichtigen Kleinen am Feuer, die sich um den Hühnerknochen streiten und jetzt beide lautstark heulen.

»Gott wird uns ein Kind schenken, wenn die Zeit gekommen ist«, erwidert Rósa und umklammert die Wolle in ihren Händen. In Skálholt würde es niemand wagen, die Frau des *Bonði* derart mit Fragen zu quälen. Eine heiße Wut überkommt sie. »Wenn du deine Bibel lesen würdest, wüsstest du das.«

Auf Audurs Wangen haben sich vor Zorn rote Flecken gebildet. »Anna hat sich ebenfalls nach einem Kind gesehnt. Zwei Jahre lang, doch nichts geschah. Kein Wunder, dass sie anfing …«

»Audur! Genug jetzt!«, fährt Katrín sie an.

Rósa beißt sich auf die Unterlippe und steht auf, bereit zu gehen, doch Katrín drückt sie zurück auf die Bank. »Bleib bitte. Das Haus erscheint mir auf einmal schrecklich klein. Nóra, Clara, die Kinder müssen sich bitte im Freien austoben, weg vom Feuer.« Dann wendet sie sich an Audur. »Gudrun muss austreten, bring sie bitte nach draußen.«

Audur verzieht das Gesicht und hilft Gudrun aus der Kate.

Als sie allein sind, lächelt Katrín Rósa freundlich an. »Audur hat eine scharfe Zunge, und für ihre Unverschämtheit werde ich sie schelten. Aber du darfst dich nicht grämen.«

Rósa blinzelt und wartet, bis sie sprechen kann, ohne dass ihre Stimme zittert. »Was habe ich ihr denn getan? Und wie kann sie es wagen, mir solche Fragen zu stellen?«

»Es ist ein offenes Geheimnis, dass Audur Jóns Reichtum für sich haben wollte.« Katrín grinst. »Aber er hat wohl befürchtet, dass sie ihm mit ihrer Bitterkeit die Milch sauer macht.«

Rósa bringt ein schwaches Lächeln zustande. »Danke.«

Katrín hält ihr einen Teller mit Essen hin. »Iss. Wenn du vor Hunger ohnmächtig wirst, wird Jón mich zur Verantwortung ziehen.«

»Jón erzählt mir so wenig vom Dorf, sagt mir nur immer wieder, ich habe mich fernzuhalten.«

»Es fällt ihm schwer, anderen zu vertrauen«, erklärt Katrín vorsichtig. »Menschen, denen Schlimmes wiederfahren ist, tragen das Dunkle immer in sich. Pétur ist genauso.«

»Ja, ich habe gesehen, wie Egill … Ich kann mir nicht vorstellen …«

»Dass sie Vater und Sohn sind?« Katrín gluckst spöttisch. »Das Dorf konnte sich das ebenso wenig vorstellen. Egill hat geglaubt, etwas Gutes zu tun, doch es gibt eine Liebe, die den anderen erdrückt. Pétur hat ihn erst ins Gerede gebracht und ihn dann gemieden. Heute ist ihr Verhältnis vergiftet.«

Rósa fährt mit dem Finger über den Teller. »Und Anna war unglücklich?«

Katrín presst die Lippen zusammen. »Zuerst nicht. Sie war … Am Anfang war sie der reinste Sonnenschein.«

»Und am Ende nicht mehr?«

»Manche Menschen brauchen Liebe mehr als andere. Anna war … so jung. So warmherzig. Und so glücklich, nicht mehr in Thingvellir zu leben. Sie saß oft bei mir und erzählte, während ich strickte. Sie hat mich an meine Dora erinnert.«

Rósa denkt an die Geschichten der Händler von der Frau, die nachts über die Hügel lief und Flüche in den Wind schrie. »Jón hat sie verändert?«

Katrín nickt und blinzelt gegen die Tränen an. Rósa beschließt, sie nicht weiter zu bedrängen, obwohl sie ihr gern von den Geräuschen auf dem Dachboden erzählt hätte, von dem Stöhnen und Seufzen in der Dunkelheit, davon, dass sie sich dann am liebsten den Schädel mit dem Hammer einschlagen würde, wenn dann nur Ruhe wäre.

Katrín reicht Rósa ein weiteres Stück Brot. »Aber Anna

hat auch Jón verändert. Er ist nicht mehr derselbe. Es ist besser, ihm zu gehorchen – oder jedenfalls den Anschein zu erwecken. Er ist nicht gewalttätig, aber …« Sie berührt Rósas Hand. »Du solltest tun, was er sagt. Bitte, Rósa.«

Rósa schluckt, ihre Brust fühlt sich eng an, wie zugeschnürt.

Als sie aufsteht, um zu gehen, umarmt Katrín sie und drückt ihr einen Kuss auf die Wange. »Du bist vernünftig und wirst dich nicht in Gefahr bringen. Das weiß ich.«

Während Rósa dem Pfad hinauf zum Gehöft folgt, wird der Druck auf ihrer Brust fast unerträglich stark – es ist, als stiege sie ins eiskalte Meer, wohl wissend, dass Dunkelheit und Kälte ihr die Luft aus den Lungen pressen werden, dass sie den Mund öffnen muss, um Atem zu holen. Das Wasser wird ihr in Ohren, Nase und Mund laufen, doch niemand wird kommen, um sie zu retten, selbst wenn irgendjemand ihren letzten gurgelnden Schrei hört.

Stykkishólmur, Oktober 1686

Pétur kehrt an einem frischen sonnigen Nachmittag zurück. Er ist beinahe zwei Wochen fort gewesen, und Rósa konnte beobachten, wie Jón zunehmend gereizter wurde, den Horizont mit den Augen absuchte und dabei etwas von Ernte und Fischen brummte.

Und dann taucht Pétur eines Tages auf – so leise, als wäre er der Erde entstiegen. Rósa beobachtet gerade die Wolken, die über den Himmel huschen, als sie hinter sich eine Stimme vernimmt.

»Du wirst erblinden, wenn du derart in die Sonne stierst.«

Sie wirbelt herum. Pétur steht keine drei Armlängen von ihr entfernt und grinst sie an. Wie ist es möglich, dass sie ihn nicht gehört hat?

Sie rückt ihre Haube zurecht – sie muss wie ein vom Wind zerzaustes Fischerweib aussehen. »Du hast mich erschreckt.«

»Vergib mir. Ich habe ein Leben lang versucht, nicht gesehen zu werden, und nie etwas anderes gelernt, als mich anzuschleichen.« Er blickt aufs Meer. Es glitzert an diesem Tag silbrig und kündigt bereits das kommende Wintereis an.

»Geht es meiner Mamma gut?«, fragt Rósa.

»Ihr Husten ist weg, und sie bat mich, dir dies hier zu geben.«

Pétur drückt ihr einen Kuss auf die Wange. Sein Gesicht ist rau und riecht nach Gras. Rósa schreit auf und stößt ihn von sich. Er lacht und hebt abwehrend die Hände. »Ich übergebe dir lediglich ein Geschenk deiner Mamma. Sie sagte, du würdest es zornig empfangen, empört aufschreien und mich ohrfeigen. Doch ich habe erwidert, dafür seist du zu kultiviert. Mir scheint, ich hatte recht.«

Rósa spürt eine leise Belustigung, die sie milder stimmt: Sie kann sich das gackernde Lachen ihrer Mutter vorstellen, während sie Pétur dazu überredete, Rósa den Kuss zu geben – es war ein Zeichen dafür, dass Sigridúr wohlauf war.

Pétur verbeugt sich. »Es tut mir wahrhaftig leid, Rósa. Bitte berichte Jón von meiner Unverschämtheit. Er wird mir ein paar ordentliche Ohrfeigen verpassen.«

Sie kann nicht anders, als zu lächeln. »Meine Lippen sind versiegelt.«

»Kluge Frau.« Er zwinkert ihr zu und gibt vor, ihre Missbilligung nicht zu bemerken. »Ist Jón mit dem Boot rausgefahren?«, fragt er.

»Nein, er pflügt den Acker.«

»Ich bringe ihm das *Dagverður*, aber ich benötige deine Hilfe, Rósa. Wirst du zum Feld laufen, ihm zuwinken und mir ein Zeichen geben, wenn er mir mit dem Pflug den Rücken zukehrt? So wird er dich erwarten, und ich kann ihn überraschen.«

Rósa muss lachen: Seine fröhliche, kindliche Begeisterung wirkt ansteckend.

Pétur versteckt sich hinter der Kate, während Rósa den Hügel hinauf zu den Feldern läuft. Sie sieht Jón in der Ferne, ruft ihm etwas zu und winkt. Er wischt sich mit dem Ärmel über die Stirn, winkt zurück und fährt mit seiner Arbeit fort. Pétur kennt ihren Mann so gut. In Rósa regt sich ein Gefühl, das sie als Eifersucht erkennt und ob seiner Unsinnigkeit sogleich unterdrückt.

Als Jón ihnen den Rücken zukehrt, gibt Rósa Pétur ein Zeichen. Er eilt den Hügel hinauf und tätschelt ihr im Vorbeilaufen die Schulter. Einen Moment lang stockt ihr der Atem.

Auf leisen Sohlen, wie eine Katze auf der Jagd, erklimmt er den Hügel, folgt Jón zehn Schritte lang übers Feld, bevor er ihn johlend anspringt. Doch statt ihn unwirsch anzuknurren und abzuwerfen, lacht Jón laut auf, ein volles, tiefes Lachen, wie Rósa es in den vergangenen zwei Wochen nicht gehört hat. Er stößt Pétur ausgelassen zu Boden, zieht ihn dann wieder auf die Füße und klopft ihm auf den Rücken. Selbst aus der Ferne erkennt sie die schiere Freude auf dem Gesicht ihres Mannes.

Rósa denkt an die Momente, in denen sie mit ihrer Mutter so gelacht hat, dem Menschen, der sie wohl besser kannte als irgendjemand sonst – außer Páll vielleicht. Wieder überkommt sie die Sehnsucht nach Skálholt. Sobald es zu schneien beginnt, wird eine Reise nicht mehr möglich sein.

Sie drückt die kalte Glasfigur in ihrer Tasche, bis ihre Hand schmerzt. Plötzlich weiß sie, was sie will, und sie rennt den Hügel hinunter ins Dorf.

Keuchend kommt sie an Katríns Kate an und will gerade klopfen, als sich die Tür öffnet. Katrín blickt auf Rósas erhobene Faust. »Ich hoffe, du wolltest mich nicht beleidigen, indem du bei mir anklopfst? Komm, komm herein.«

Die beiden Frauen setzen sich, und Katrín schiebt eine

Schüssel mit irgendwelchen grünen Blättern zu Rósa hinüber. Sie versucht abzulehnen, doch Katrín drückt ihr die Schale entschlossen in die Hand. »Du bist ja nur noch Haut und Knochen, das wird dich stärken. Ich bin zu alt, um dich den Hügel hinaufzutragen. Iss!«

»Ich war in letzter Zeit nicht hungrig«, erklärt Rósa wenig überzeugend und steckt sich ein paar der Blätter in den Mund. Sie schmecken bitter, aber köstlich und scheinen sie innerlich zu wärmen, obwohl sie nicht gekocht sind. Sobald sie zu essen begonnen hat, kann sie nicht mehr aufhören. Katrín geht noch zweimal hinaus, um mehr Blätter zu pflücken, beobachtet zufrieden lächelnd Rósa beim Kauen, als wäre sie ihre eigene hungrige Tochter.

»Anna hat diese Blätter ebenfalls geliebt.« Katrín lehnt sich vor und nimmt Rósas Hand. »Du musst es mir sagen, wenn du dich unwohl fühlst. Versprichst du mir das?«

Rósa erschrickt: »Die Blätter sind doch …«

»Natürlich sind die Blätter gut. Aber du bist so bleich. Ich meine Jóns Kate … Geht dort irgendetwas Merkwürdiges vor sich, fühlst du dich dort unwohl?«

Rósa schluckt und denkt an die *Draugar*. »Was meinst du damit?«

»Was hast du dort gesehen?« Katríns Stimme klingt scharf.

»Nichts. Ich …«

»Erzähl es mir, Rósa, bitte. Wenn dort etwas Gefährliches …«

»Es ist nichts, nur meine Fantasie. Ich habe Geräusche gehört.«

»Wann? Wo?«, drängt Katrín und lehnt sich vor, die Augen weit geöffnet.

»Meistens nachts, im verschlossenen Raum. Doch das habe ich mir gewiss nur eingebildet.«

»Ein verschlossener Raum?« Katrín umklammert die Schüssel.

»Ja, der Dachboden. Ich darf … Er hat mir verboten, dort hinaufzugehen.«

Katrín lehnt sich zurück, ihr Gesicht wirkt angespannt. »Der Dachboden war nie verschlossen.« Sie schweigen, dann erhebt sich Katrín. »Ich werde jetzt gleich zu Jóns Kate hinaufgehen und mir das ansehen.«

»Nein!«, stößt Rósa hervor. »Nein, das darfst du nicht. Dann weiß er, dass ich dir davon erzählt habe!«

Katrín setzt sich wieder, doch ihre Lippen sind zusammengepresst, der Unterkiefer angespannt.

Leise fragt Rósa: »Was glaubst du …?«

»Ich weiß es nicht.« Katríns Gesicht wirkt blutleer. »Iss, bitte. Jetzt.«

Rósa zwingt sich, noch etwas zu essen. Während sie kaut, strömt eiskalter Wind zwischen den Holzbrettern herein. Die Blätter werden zu einer faden Masse, die ihr am Gaumen klebt. Behutsam stellt sie die Schüssel ab. »Pétur ist zurückgekehrt. Er scheint guter Dinge zu sein.«

Katrín regt sich, als sei sie eben erwacht. »Das sind erfreuliche Nachrichten. Die Geschäfte müssen gut gelaufen sein – viele dänische Händler. Die meisten Isländer wollen mit Pétur nichts zu tun haben.«

»Weil er ein Findelkind war?«

Katrín nickt. »Manche glauben, er sei ein Dämon, andere meinen, einer seiner Vorfahren sei ein Pirat gewesen, der Frauen vergewaltigt und Kinder ermordet habe. Die Menschen sehen Pétur und denken, Gewalt müsse ihm im Blut liegen.«

»Gewiss nicht!«, protestiert Rósa, doch dann denkt sie daran, wie sich ihr der Magen zusammenzieht, wenn sie in Péturs bronzefarbene Augen blickt, die von innen zu leuchten scheinen, wenn er wütend ist oder sich freut. Ihm scheint eine Wildheit innezuwohnen, die ihr Angst macht.

»Pétur ist einmal von zu Hause fortgelaufen«, erzählt

Katrín. »Egill hat Jón ausgesandt, ihn zurückzubringen, doch Pétur entschied sich, bei Jón zu bleiben.«

»Egill *wollte*, dass Pétur zurückkommt? Aber Pétur hat mir erzählt, Egill sei gewalttätig gewesen …«

»Egill meint noch immer, dass Pétur ihm gehört, trotz des bösen Blutes, das zwischen ihnen herrscht.«

»Was ist geschehen?«

Katrín zuckt mit den Schultern und blickt ins Feuer. Rósa hat den Eindruck, dass sie nur die halbe Wahrheit erzählt bekommt, genauso wie wenn sie nach Jón fragt.

»Gudrun hält Pétur für ein Monster«, murmelt Katrín. »Sie fürchtet sich vor ihm.«

Rósa spürt, wie sich die Härchen auf ihren Armen aufstellen. »Und du? Hast du Angst vor ihm?«

»Natürlich nicht.« Sie weicht ihrem Blick aus.

»Und Anna? Hat er Anna je ein Leid zugefügt?«

»Ich … Nein.« Katrín presst ihre Lippen aufeinander und ein kleiner Muskel in ihrem Unterkiefer zuckt.

Rósa betrachtet die neuen Schwielen auf ihren nun rauen Händen. Sie wirken wie die Hände einer Fremden, einer Frau, die viel stärker ist als sie selbst. Sie sehen aus wie die Hände einer Frau, die es wagt, ihre Gedanken auszusprechen.

Katrín legt eine ihrer eigenen schwieligen Hände auf Rósas. »Wir leben nicht in einer Saga.«

Rósa lächelt. »Ich weiß, ich habe zu viele Geschichten gelesen.«

»Ich auch. Und jetzt hör nur, wie wir reden! Kein Wunder, dass die Männer nicht wollen, dass wir lesen – wenn mehr Frauen es täten, würden sie jetzt unsere Kleidung waschen, während wir uns am Althing die Bäuche vollschlagen. Denk nur an Freydís aus der *Eriks-Saga*, die die Eingeborenen verjagte, indem sie damit drohte, ihre eigenen Brüste abzuschneiden.«

Rósa versucht zu lachen, und allmählich verzieht sich die Düsternis aus der Kate. Doch die Zeit verrinnt, und schon bald muss sie in ihr einsames Haus auf dem Hügel zurückkehren, um ihren Ehemann zu empfangen.

Rósa hastet den Hügel hinauf, doch sie kommt zu spät: Ein Streifen orangefarbenes Licht scheint durch den Vorhang aus Pferdefell, und leises Stimmengemurmel verrät ihr, dass Jón und Pétur bereits zurück sind.

Ihr Gemahl wird zornig sein, dass sie nicht zu Hause war, um die Mahlzeit zuzubereiten, und sie will schnell in die Kate eintreten, als sie innehält und lauscht. Jóns Stimme klingt wie ein leises, missmutiges Knurren. Sie presst ihr Ohr an die Tür.

»Du hättest dich mehr anstrengen sollen«, sagt er. »Nichts? Nicht mal Gerüchte?«

Pétur antwortet kleinlaut: »Ich habe nicht direkt gefragt, ich wollte ja keinen Argwohn erregen. Wäre es dir lieber gewesen, wenn ich …«

»Nein, nein, natürlich nicht. Du hast gute Arbeit geleistet. Vergib mir, ich …«

»Ich weiß. Doch du hast nichts zu fürchten.«

»Außer …«, erwidert Jón düster. »Das Land ist voller Schlupflöcher. Was, wenn …«

»Mach dich nicht lächerlich!« Péturs Stimme klingt hart. »Es ist weitaus wahrscheinlicher, dass dänische Händler …«

»Du sprichst gern von Dänemark. Und ich habe dir bereits erklärt, dass nicht immer das eintritt, was unseren Wünschen entspricht.«

Es wird still, als warteten beide Männer darauf, dass der andere das Wort ergreift.

Rósa hält den Atem an, doch weder Jón noch Pétur brechen das Schweigen. Da sie sich nicht von den Männern beim Lauschen an der Tür ertappen lassen will, beschließt Rósa einzutreten. Im warmen *Baðstofa* stehen Jón und Pétur.

Bevor Jón sie über ihre Abwesenheit befragen und sie schelten kann, platzt Rósa heraus: »Ich habe nach Wollfetzen gesucht, im Stall. Ich werde jetzt rasch das *Nattverður* zubereiten.«

»Nicht nötig«, erwidert Jón, ohne seinen Blick von Pétur abzuwenden. »Du wirst allein essen, wir müssen mit dem Boot ausfahren und werden erst morgen früh zurück sein.«

»Aufs Meer hinaus, jetzt?«

»Pétur hat von einem Kabeljauschwarm gehört.«

»Aber es ist dunkel!«

»Wir kennen die See.« Jón umarmt Rósa kurz und fest, sodass sie das Hämmern seines Herzens spürt. Sein Atem geht schwer. »Komm, Pétur.«

Als die Tür hinter ihnen zuschlägt, bleibt eine warme leere Stille zurück. Rósa geht in die Küche, lehnt sich an den *Hloðir* und denkt über die Worte der Männer nach. Was hat Jón zu befürchten? Und warum haben sie von Gerüchten und dänischen Händlern gesprochen? Pétur hat gesagt, er habe nichts in Erfahrung bringen können. Doch Rósa hätte ihnen mit einiger Gewissheit sagen können, dass niemand vor Pétur wiederholen würde, was auch immer man sich im Süden über Jón erzählt.

Rósa blickt seufzend auf den Laib Brot auf dem Tisch und bringt es nicht über sich, etwas davon zu essen. Stattdessen fegt sie den Boden. Sie ist keine Närrin und glaubt keine Sekunde lang, dass Jón und Pétur um diese Zeit mit dem Boot ausfahren wollen. Sie wollen sie nicht in der Nähe haben. Sie wollen ungestört sprechen. Doch warum mussten sie sie deshalb allein hier zurücklassen? Warum konnten sie sich nicht ins *Baðstofa* setzen oder auf den Dachboden?

Sie hält den Atem an, lauscht dem Rascheln und Seufzen von oben. Es heißt, Anna sei vor ihrem Tod verrückt geworden. Hatte auch sie Geräusche gehört? Ist das, was Rósa spürt, ihr eigener Wahn?

Rósa kneift sich fest in den Arm und beißt sich auf die Unterlippe, bis sie Blut schmeckt. Dann geht sie ins *Baðstofa* und holt Papier, Federkiel und Tinte.

Liebste Mamma,
ich bin froh, dass es dir gut geht. Hier ist alles sehr merkwürdig. Ich höre seltsame Geräusche und spüre, dass ich irgendwie in Gefahr bin. Doch vielleicht geht auch einfach die Fantasie mit mir durch. Jón ist

Rósa seufzt und streicht bis auf *Ich bin froh, dass es dir gut geht* alles wieder durch. Dann faltet sie das Blatt Papier zu einem winzigen Viereck, kniet sich nieder und steckt es zwischen die Bodenbretter unter ihrem Bett, wo sie auch schon andere Briefe verstaut hat.

Dabei berührt ihre Hand etwas Kaltes, Spitzes. Sie zuckt zurück, lässt ihre Finger dann vorsichtig noch einmal unters Bett gleiten. Sie ergreift den Gegenstand und zieht ihn ans Licht.

Ein *Messer*. Das Metall sieht stumpf aus, als sei das Messer monatelang nicht mehr benutzt worden, und als sie es näher betrachtet, erkennt sie bräunliche Flecken an der Spitze der Klinge. Wie Rost, nur etwas kräftiger. Sie kratzt mit dem Fingernagel über einen der Flecken, der sich mühelos abreiben lässt. Rósa spürt einen metallischen Geschmack im Mund und bemerkt, dass sie sich wieder auf die Lippe gebissen hat.

Ihr Mund ist wie ausgedörrt, ihr Herz hämmert in der Brust. Sie presst den Kopf gegen die Bodendielen und nimmt die kleine Frau aus Glas aus ihrer Tasche. Kalt. Sie ist immer kalt. Sie scheint Rósas Wärme einfach nie anzunehmen.

Teil Drei

In den Nächten des Blutes ist die Ungeduld am größten.

Isländisches Sprichwort aus der
Víga-Glúms-Saga

JÓN

Südlich von Mundarnes, Dezember 1686

Die Vergangenheit lässt sich nicht unter einer Eisdecke im Meer begraben. Lange ehe die bleiche Hand mir aus dem Wasser zuwinkte, wurde ich zu dem Mann, der ich heute bin. Manchmal stelle ich mir die Zeit wie eine Angelleine vor, an der ich mich entlangtaste, um den Augenblick zu finden, als mich eine falsche Entscheidung an den Stein fesselte, der mich eines Tages in die Tiefe ziehen würde. Und doch, sosehr ich mich auch bemühe, ich kann den Moment nicht finden, da das Seil, das mich oben hält, brüchig zu werden begann.

Manchmal frage ich mich, ob Gott meinen Kummer hört. Gebete fallen wie Kieselsteine von meinen Lippen, und doch schweigt der Allmächtige.

Selbst unser Schöpfer kann die Vergangenheit nicht ungeschehen machen.

Ich kauere in einem Graben, sieben harte Tagesmärsche von Stykkishólmur entfernt. Meine Stiefel aus Robbenfell sind durchweicht, und der saure Gestank von Mist und Angst brennt mir im Hals. Keine fünfzig Schritte von mir entfernt ist ein Gehöft, doch ich darf den Graben erst nach Einbruch der Dunkelheit verlassen. Dann werde ich zum Stall kriechen, in der Hoffnung, dass ich bei den Schafen etwas Wasser und Futter finde. Ich werde mich an die warmen Leiber der Tiere schmiegen und hoffen, dass der Schlaf mich alles vergessen lässt.

Doch ich darf nicht zu lange rasten. Ich weiß, dass die Männer mittlerweile mit der Jagd auf mich begonnen haben. Wenn ich die Augen schließe, sehe ich sie vor mir: Wölfe, die mit dampfendem Atem meine Spur verfolgen. Drei Tage muss ich noch überleben. Danach können sie mich fassen und töten, es wäre mir egal.

Ich hocke auf den Fersen. Unter meinem Gewicht saugt und matscht der Schlamm und gibt einen beißenden Geruch ab. Meine Augen tränen. Bevor ich mit dem Kopf auf der Brust einschlafe, murmle ich ein Gebet, erkenne jedoch meine eigene Stimme nicht wieder.

Die Nächte sind lang, qualvoll und kalt. Ich falle in einen dämmrigen Halbschlaf. Eisige Kälte kriecht mir in den Leib, bis auf die Knochen. Ich wage es nicht, zu tief einzuschlafen, aus Angst, mit einem Messer an der Kehle zu erwachen – oder gar nicht mehr.

Als ich meine Augen öffne, wird der Horizont bereits von blassem Winterlicht erhellt. Ich darf nicht gesehen werden. Wieder kauere ich im Graben nieder. Mein Schicksal wartet im Süden auf mich, doch wenn ich bei Tage reise, spüre ich ein nervöses Jucken zwischen den Schulterblättern. Nachts lauern andere Gefahren: Die Erde in Island ist rastlos, niemals still, immer bereit, arglose Reisende zu verschlingen.

Die Sonne geht auf wie Gottes allsehendes Auge. Ich schlinge mir die Arme um den Leib und versuche, »Amen« zu sagen.

Stattdessen höre ich ein raues Wispern: »Anna. Anna. Anna.«

Schließlich hieve ich mich aus dem Graben und zwinge mich, weiterzugehen.

Über mir segelt ein Gerfalke, ein scharfäugiger Jäger, der auf den Winden reitet. Ich erinnere mich daran, wie ich zum ersten Mal zwei Jungvögel fing, um sie an dänische Händler zu verkaufen. Ich hatte das Weibchen wochenlang beobachtet, während es im Nest saß und seine Eier wärmte. Anfangs beäugte sie mich noch misstrauisch, doch bald gewöhnte sie sich an mich, und ich konnte jeden Tag ein kleines Stückchen näher an das Nest heranrücken.

Als die Küken schlüpften, sah ich zu, wie sie ihnen Fisch in die weit geöffneten Schnäbel füllte. Ich sah, wie die Jungen fetter wurden und Federn bekamen. An einem bewölkten Tag, als die Mutter am bleigrauen Himmel kreiste, kletterte ich den Felsen hinauf zum Nest.

Die Jungen flatterten mit ihren kleinen Flügeln und kreischten, als ich erst eines, dann das zweite mit meiner Hand umschloss und in den Beutel steckte, den ich über der Schulter trug. Sie fühlten sich weich und warm an, und als ich sie hochhob, kämpften sie gegen die Finger, die sie gefangen hielten, stießen wild mit ihren Klauen und hackten mir mit ihren scharfen Schnäbelchen in die Haut. Ich achtete darauf, nicht zu fest zuzudrücken.

Selbst der wildeste Geist kann gezähmt werden, doch aus dem Tod führt kein Weg zurück.

Ich laufe weiter, irgendwie gen Süden, obwohl ich allmählich die Orientierung verliere und nicht mehr weiß, wo ich bin und wie weit ich noch gehen muss, bevor meine Aufgabe erfüllt ist. Ich habe mich immer an der Sonne und den Sternen orientiert, doch selbst der Himmel scheint aus den Fugen geraten zu sein. Die Sonne zieht ihre Bahn dicht am Horizont entlang, und das Land ist oft in wolkige Dunkelheit gehüllt oder in stilles, düsteres Halblicht. Die nässende Wunde in meinem Bauch pulsiert. Meine Haut brennt in der eisigen Luft, und meine Beine fühlen sich an wie lose Segel, die im Wind schlackern.

Doch aus dem Augenwinkel sehe ich stets die winkende Hand, die mich hinabziehen will, die mir verspricht, dass ich unter der Eisdecke Stille und Frieden finden werde.

RÓSA

Stykkishólmur, Oktober 1686

In den kommenden fünf Tagen sieht Rósa ihren Mann und Pétur kaum. Sie fahren zur See und fischen, sagen sie, und tatsächlich füllt sich die Vorratskammer mit Kabeljau, den Rósa säubert und zum Trocknen in den Wind hängt. Nicht einmal zum Schlafen kehren die Männer ins Haus zurück.

»Wir schlafen auf dem Boot«, erklärt Jón. Er weicht ihrem Blick aus und wendet sich ab.

»Die Nächte sind lang«, erwidert Rósa. Ihr graut beim Gedanken an den Wind, der an der stöhnenden Kate rüttelt. Manchmal klettert sie nachts die Leiter hinauf, ertastet in der Dunkelheit Sprosse um Sprosse, bis ihre Hand gegen die verschlossene Tür drückt. Sie hat versucht, das Schloss mit einem Messer zu entriegeln, hat die Klinge in die Schlüsselöffnung gestoßen, bis ihr das kreischende Geräusch von Metall auf Metall unerträglich wurde. Noch immer erwacht sie zum Klang von Schritten neben ihrem Bett. Dann rollt sie sich wie ein Säugling zusammen und kneift die Augen fest zu.

Wenn sie einen Blick auf ihr Spiegelbild im Bach erhascht, erkennt sie das dünne, bleiche Mädchen kaum wieder, das ihr aus geschwollenen Augenlidern entgegenstarrt. Doch wie soll sie ihrem Mann erklären, dass sie sich vor der Dunkelheit fürchtet wie ein Kind?

»Ich hätte dich gern … bei mir.« Sie greift nach Jóns Hand.

Er schüttelt sie ab. »Ich kann nicht zulassen, dass das Dorf hungert, damit du deinen Willen bekommst, Rósa.«

In manchen Nächten liegt Rósa hellwach da und denkt an das Messer unter dem Bett. Ihre Hand wird davon angezogen wie von einem Magneten. Im Dunkeln tastet sie danach und lässt ihre Finger über die Klinge gleiten. Ein Messer ist ein so einfaches Werkzeug, es dient allein einem Zweck.

Manchmal holt sie tief Luft und beschließt, Jón danach zu fragen. Sie will es ganz nebenbei erwähnen. *Ich habe ein Messer gefunden. Du musst es verloren haben*, will sie sagen. Doch was wird er dann tun? Was wird er sie fragen? Was wird mit dieser scharfen Klinge geschehen?

Wenn ihr Gemahl sie ansieht, verzieht sie ihren Mund zu einem steifen Lächeln.

Eines Tages beginnt ein starker Wind zu wehen. Das Wasser sieht metallisch aus, bitter und griesgrämig. Wolken verdunkeln den Horizont.

In jener Nacht kehrt Jón spät nach Hause zurück; seine Haut sieht grau aus und er friert. Er blickt sie kaum an und schaufelt sich schweigend Essen in den Mund.

Rósa holt Luft und sagt: »Es wird ein Sturm kommen.«

»Ich kann das Wetter lesen.«

»Dann wirst du also morgen zu Hause sein? Und heute Nacht hierbleiben?« Trotz seiner Kälte macht ihr Herz einen Sprung.

Doch er schüttelt den Kopf. »Wir müssen die Schafe und Kühe in den Stall bringen und früh aufstehen, um das letzte Heu einzuholen, bevor der Regen kommt. Ich werde im Stall schlafen.«

Sie atmet scharf ein, und er blickt auf. Er streckt seinen Arm nach ihr aus, legt ihr seine Hand in den Nacken und drückt sanft zu. Doch sie fühlt, welche Stärke sich dahinter verbirgt.

»Du hast doch nichts dagegen?«, murmelt er.

Sie schüttelt den Kopf.

»Gut.« Er zieht seine Hand zurück und isst weiter. Als er fertig ist, reibt er seine Wange an ihrer und geht hinaus, um Pétur zu suchen.

Als Jón das Haus verlassen hat, wird es dort still. Rósa spürt, wie das Blut in ihrem Kopf pulsiert. Was, wenn sie wieder Geräusche hört? Sie hält es keine Nacht länger so aus, das Gesicht im Laken verborgen, mit den Gedanken bei dem kalten Metall unter ihrem Bett.

Sie fegt das *Baðstofa* und lässt den Besen gegen die Betten knallen, als könnte der Lärm dieser banalen Tätigkeit alles Böse vertreiben. Sie fragt sich, in welchem Bett Anna gestorben ist. Es gibt den Brauch, in die Wand neben der Leiche ein Loch zu schneiden, durch das sie hinausgebracht wird, damit ihr Geist nicht weiß, wo sich die Eingangstür befindet und später nicht als *Draugr* die Kate heimsuchen kann. Rósa sieht nirgends ein Loch. Die Holzbretter sind alle intakt.

Vom Dachboden ist ein Scharren zu hören.

Rósa erschrickt und ruft hinauf, bekommt jedoch keine Antwort. Ihre Ohren rauschen, und sie hält sie sich mit den Händen zu. Der Gedanke, dass Anna auf dem Dachboden sein könnte, schnürt ihr die Luft ab. Rósa wirft den Besen nieder und eilt hinaus in die Kälte.

Heute sind keine Sterne zu sehen. Die Berge im Hintergrund halten Himmel und Erde zusammen und verschlucken die am Boden kauernden Katen.

Rósas Zähne klappern, doch sie friert lieber, als die Geräusche im Haus noch länger hören zu müssen.

Eine Erinnerung flackert in ihr auf, an eine Nacht, in der sie mit Páll in Skálholt die Nordlichter beobachtete. Der Boden war mit Frost bedeckt, und gegen die Kälte schlangen sie die Arme umeinander und kauerten sich an die warmen Körper der Schafe. Rósa fragt sich, warum ihr dieser Gedanke nicht schon früher gekommen ist, und rennt zitternd die einhundert Schritte zum Stall. Sie wird hier bei den Pferden warten. Wenn die Männer die Schafe und Kühe bringen, kann sie behaupten, dass sie mit den Tieren helfen wollte.

Es ist zugig im Stall, doch die Pferde geben Wärme ab.

Rósa hört, wie sie in der zunehmenden Dunkelheit zufrieden Heu zermalmen, rastlos mit den Hufen scharren und schnauben, um ihre Nüstern vom Staub zu befreien. Freundliche, altbekannte Geräusche, keine Wahnvorstellungen.

Rósa schlingt ihre Arme um Hallgerds Hals und krault die fettige Mähne der Stute knapp über dem Widerrist. Hallgerd knirscht mit den Zähnen, lässt ihren Kopf auf Rósas Schulter ruhen und versucht, mit der Oberlippe liebevoll an ihrem Rücken zu knabbern. Rósa grinst. So schließen Pferde Freundschaften. Sie presst ihr Gesicht an Hallgerds warmen Hals und atmet den Geruch nach Gras und Pferdeschweiß ein.

Aber plötzlich spürt sie, wie der Hals des Pferdes verkrampft. Jeder Muskel ist angespannt, die Ohren sind nach vorne aufgestellt. Hallgerd konzentriert sich auf etwas vor dem Stall.

Vom Pfad dringt das Geräusch von Schritten zu ihr.

Pétur und Jón!

Doch die Männer müssten Schafe und Kühe bei sich haben, und Rósa hört keine Tiere. Außerdem hat sich Hallgerd noch nicht wieder entspannt, sich nicht wieder dem Heu zugewandt, wie sie es tun würde, wenn ihr die Laute bekannt wären. Stattdessen drängen sie und Skalm nach vorne und stoßen Rósa dabei zur Seite, sodass sie auf ihr Handgelenk fällt. Trotz des Schmerzes springt sie sogleich wieder auf, hellwach. Beide Tiere stehen jetzt stockstill am anderen Ende des Stalles und starren auf die Tür, die Ohren aufgestellt, die Nüstern gebläht.

Instinktiv will Rósa sich verstecken, sich hinter die Pferde kauern und abwarten, bis die Gefahr vorüber ist, doch sie zwingt sich, zum Ausgang zu schleichen. Alles ist ruhig. Sie hält den Atem an und öffnet eine der Türen. Ein kalter Wind schlägt ihr ins Gesicht, und eine Schneeflocke – die erste, die sie in Stykkishólmur sieht – schmilzt auf ihrer Nase.

Keine Schritte. Keine Schatten.

Rósa schließt die Augen. Genug der Torheiten. Sie muss ins Haus zurückkehren. Jón hat ihr klar zu verstehen gegeben, dass er ihre Hilfe mit den Tieren weder wünscht noch braucht. Stattdessen wird sie einen weiteren Brief an ihre Mutter schreiben und ihn diesmal tatsächlich nach Süden schicken.

Während Rósa den Pfad entlang zum Haus läuft, beginnt der Schnee in dicken Flocken zu fallen, und der Wind seufzt und zerrt an ihren Kleidern.

Als sie am Grubenhaus vorbeikommt, hört sie abermals ein Geräusch, diesmal keine Schritte, sondern das Murmeln einer Stimme. Sie bleibt wie angewurzelt stehen.

Das Grubenhaus hat sie fast vollkommen vergessen, so unwichtig ist es in ihrem Leben. Es steht einfach dort, dunkel und kalt, fünfzig Schritte vom Haus entfernt. Noch nie hat sie Jón von dort irgendetwas holen sehen. Es scheint nichts weiter zu sein als ein leeres Gebäude, unfreundlich und mit durchhängendem Dach, das wahrscheinlich über ihr zusammenbrechen würde, sollte sie jemals die Tür öffnen.

Doch in dieser Nacht ist ein schwacher Lichtschein im Inneren auszumachen. Und flüsternde Stimmen.

Wer würde es wagen, ins Grubenhaus ihres Ehemannes einzubrechen? Vagabunden, die von den Hügeln kamen? Jeder ehrliche Mensch würde das Haus aufsuchen und sich nicht im Grubenhaus verstecken wie ein Bandit. Noch mehr Laute, die sie sich nur ausgedacht hat. Sie unterdrückt ein Schluchzen. Sie muss Jón finden.

Rósa wirbelt herum und will den Hügel hinaufrennen Richtung Feld, als sie mit voller Wucht in jemanden hineinkracht und zu Boden geht.

»Vergib mir.« Die Stimme ist dunkel, männlich. Die Hände, die ihre Handgelenke fassen und ihr aufhelfen, fühlen sich stark an.

»Lass mich los!«, kreischt sie.

»Rósa!«, ruft der Mann aus.

Rósa schreit und tritt nach ihrem Angreifer, der ihre Handgelenke nicht freigibt und aus irgendeinem Grund ihren Namen kennt und ihn immer wieder sagt: »Rósa! Rósa, so beruhig dich doch!«

Die Tür des Grubenhauses fliegt auf, und zwei weitere männliche Stimmen sind zu hören: »Rósa! Was ist los? Was ist passiert?«

Immer intensiver wird ihr Albtraum, nun sind auch noch Jón und Pétur hier. Die Welt zieht sich immer enger um sie zusammen, und sie fühlt sich wie eines der erschrockenen Pferde: alle Muskeln angespannt, bereit zu fliehen.

Jón und Pétur zerren den anderen Mann von ihr weg. Es gibt ein Handgemenge, sie hört das dumpfe Schlagen von Fäusten auf Fleisch. Pétur heult auf und fasst sich an den Arm. Jón flucht. Er entzündet eine Fackel. Im flackernden orangefarbenen Licht ziehen sie den Fremden auf die Füße, und Rósa erkennt sein Gesicht, fassungslos, denn er ist es wirklich.

Páll!

Selbst in der Dunkelheit erkennt sie sein spöttisches Grinsen, als er sich das Blut von der Lippe wischt.

»Eine nette Begrüßung, Rósa.« Er stöhnt vor Schmerz auf und massiert sich die Rippen. »Der Gehilfe deines Gemahls schlägt hart zu. Es wird mir eine Woche schwerfallen zu atmen.«

Pétur steht vornübergebeugt da, hält sich den Arm und stöhnt.

Rósa faucht Páll an, der sich den Kiefer reibt und versucht, mit einem Ärmel die Blutung an seiner Lippe zu stillen. »Was machst du hier?« Sie will ihn umarmen, doch sie fürchtet, dann könnte er wieder verschwinden und sie zurücklassen, wie sie zitternd die Luft umklammert. »Wie hast du …?«

»Du *kennst* ihn?«, unterbricht Jón sie mit stählerner Stimme.

»Ja, Páll war … ist …« Sie reibt sich die Augen. »Wir sind zusammen aufgewachsen«, ist schließlich ihre dürftige Erklärung.

»Wir waren praktisch wie Geschwister, nicht wahr, Rósa?« Er legt ihr einen Arm um die Schulter, und sofort erwacht ihr ganzer Körper zum Leben.

Sie nickt stumm. *Geschwister.*

Pétur richtet sich auf, das Gesicht schmerzverzerrt, der verletzte Arm leblos. Mit der Hand des gesunden Arms hält er die flackernde Fackel vor Pálls Gesicht. »*Du!* Ich habe dich vor einer Woche gesehen. In Skálholt. Du hast dich nach Rósa erkundigt. Und mich ausgefragt.«

»Ausgefragt?«, fährt Jón Pétur an, der betreten mit den Füßen scharrt.

»Nur über das Gehöft. Er ist kaum mehr als ein Junge.«

»Ein Junge, der dir hierher *gefolgt* ist«, erwidert Jón. »Ein Junge, der über eine Woche unterwegs war, zu Fuß und mit Händlern, wegen dem, was *du* ihm erzählt hast.«

»Ich habe ihm *nichts* erzählt!« Péturs Stimme ist rau, sein verletzter Arm zittert.

»Du hast zweifellos *etwas* gesagt«, knurrt Jón durch zusammengebissene Zähne. Er wendet sich an Páll. »Wir bereiten uns auf einen bitterkalten Winter vor, und ich habe keine Zeit, für einen Gast zu sorgen, vergib mir. Du wirst morgen nach Skálholt zurückkehren. Vielleicht fährt sogar ein Händler mit seinem Wagen dorthin.«

Páll blickt enttäuscht drein, und Rósa kann nicht umhin, sich einzumischen. »Ich kümmere mich um ihn, Jón. Du wirst keinerlei Arbeit mit ihm haben. Ich werde …«

»*Du* wirst still sein!« Jóns Worte schmerzen wie eine Ohrfeige.

Rósa zuckt zusammen, Páll atmet scharf ein. Sie spürt, wie sich sein Körper anspannt.

Bitte nicht! Bitte. Sie schaut ihm fest in die Augen, er erwidert ihren Blick und nickt dann knapp.

»Was ich sagen wollte«, fährt Jón mit weicher Stimme fort, »ist, dass du viele Pflichten hast. Du wirst erschöpft sein, *Elskan.*« Das Kosewort klingt wie eine Drohung.

Rósa will gerade widersprechen, als Páll sich mit gespielter Heiterkeit einmischt: »Mit mir werdet ihr keinen Ärger haben. Ich repariere Dächer, aber in Skálholt gibt es kaum etwas zu tun. Ich bin gekommen, um für dich zu arbeiten, zu lernen, wie man fischt und Handel treibt.« Er lügt, das weiß sie, doch er lächelt Jón mit demselben charmanten Lächeln an, mit dem er schon in Skálholt die Frauen davon überzeugte, dass nicht er sich in ihrem Hühnerhaus bedient hatte, obwohl sich seine Ärmel von den darin versteckten Eiern verdächtig ausbeulten.

Jón sieht ihn finster an.

»Ich lerne schnell«, fährt Páll ruhig fort. »Und meine Hände sind geschickt, egal was zu tun ist.«

»Ich habe Pétur, der mir hilft.«

»Doch du musst für so viele Menschen sorgen, jetzt wo du auch noch Essen nach Skálholt schickst. Und dort gibt es kaum genug für alle. Auch wenn meine Nachbarn Snorri und Margrét zu zweit genug Brot für fünf Leute essen. Sie futtern sich fett für den Winter, während ich Hunger leide.« Er schlägt sich mit der Hand auf seinen flachen Bauch.

Warum lügst du? Einen Moment lang wagt Rósa zu hoffen, dass Páll gekommen ist, um sie zu retten. Doch dann runzelt sie die Stirn. Auch wenn er ihr hierher gefolgt ist, kann er sie doch nicht einfach von ihrem Mann wegholen. Das ist nichts weiter als ein kindischer Traum, Stoff für eine Saga.

»Also bist du hierhergekommen, um zu betteln?«, fragt Jón. »Ich sende genug nach Skálholt.«

»Ich bin kein Bettler. Ich würde gern ein Handwerk lernen. Und du bist der fähigste und mächtigste Mann, den ich kenne.«

Fast muss Rósa lächeln.

Pétur blickt ihn finster an. »Lern dein Handwerk in Skálholt.«

Páll lächelt unbekümmert weiter. »Auch von deinen Fähigkeiten habe ich gehört, Pétur. Kommt, lasst mich hierbleiben. Zusammen bringen wir doppelt so viele Vorräte für den Winter ein, und ihr werdet kaum merken, dass ich da bin. Ich werde euer Schatten sein, aber ein Schatten, der Fische fängt.«

Jón und Pétur müssen lächeln, wenn auch zögerlich, und Rósa erlaubt sich zu atmen. *Bitte. Bitte!*

Doch dann seufzt Jón und reibt sich den Bart. »Ich kann nicht …«

Zitternd tritt Rósa einen Schritt vor und berührt Jóns Arm. Er erstarrt. »Er ist weit gereist, Jón.«

Er blickt auf ihre Hand.

Sie drückt sanft zu. »Wir *können* ihn nicht wegschicken.«

»Ich muss.«

»Aber …« Rósa packt sein Hemd. »Würdest du mein eigenes Fleisch und Blut in die Kälte schicken? Was, wenn der Schnee …?« Sie blinzelt gegen die Tränen an.

Jón schließt die Augen und reibt sich die Schläfen. »Ich …«

»Jón!«, knurrt Pétur warnend.

Rósa holt tief Luft und schmiegt sich eng an Jóns Leib. Das Klopfen seines Herzens lässt seine Muskeln wie im Zorn erbeben. »Bitte, Jón. Ich bitte dich um so wenig.«

Jón seufzt und wendet sich an Páll. »Vielleicht kann ich deine Hilfe gebrauchen. Péturs Arm scheint zu schmerzen.«

»Das ist gar nichts.«

»Du darfst zwei Tage lang bleiben. Du schläfst im Stall bei den Pferden.«

»Jón!«, ruft Rósa. »Er muss im Haus schlafen.«

»Treibe es nicht zu weit, Rósa«, erwidert Jón.

»Jón!«, sagt Pétur scharf, seine Lippen zu einem dünnen

Strich zusammengepresst. Noch immer hält er seinen verletzten Arm, als wäre er ein verwundetes Tier.

Jón lässt sich von Pétur zur Seite ziehen. Das zornige Raunen der Männer klingt durch die Nacht. Rósa hört *Verletzung, dumm, verrückt.*

Páll blickt sie prüfend an. »Geht es dir gut, Rósa? Du siehst dünn aus.«

»Und *du* siehst dreckig aus.«

Er schmunzelt. »Skálholt ist nicht derselbe Ort ohne deine Beleidigungen.«

Ich habe dich auch vermisst, denkt sie. Ihr war gar nicht bewusst, wie sehr. Es ist, als hätte sie das Gefühl in einem Körperteil verloren und sich an die seltsame Taubheit gewöhnt, doch jetzt ist das Gefühl zurück, und sie sprudelt über vor Freude über ihre Unversehrtheit. Sie späht zu Jón hinüber. Vor seinen Augen darf sie Páll nicht so glücklich anlächeln.

»Wie geht es deinem Pabbi?«, fragt sie ihn leichthin.

»Es geht ihm gut.«

»Ich bin überrascht, dass er auf dich verzichten wollte.«

Selbst in der Dunkelheit bemerkt sie, wie Páll den Blick abwendet. Also hat er es seinem Vater nicht erzählt oder Skálholt gegen Bjarturs Wunsch verlassen. Rósa weiß nicht, ob sie sich darüber freuen soll.

Die Männer streiten noch immer, Pétur gestikuliert heftig.

Páll fährt sich mit den Händen durchs Haar. »Also muss ich nach Skálholt zurück.«

»Mein Mann lebt sehr zurückgezogen …« Sie verstummt. Wie soll sie Jóns seltsames Verhalten erklären?

Ein beißender Wind fährt über sie hinweg. Rósa fröstelt und zieht ihren Umhang enger.

»Hier, nimm meinen.« Páll beginnt bereits, ihn zu öffnen, doch Rósa schüttelt den Kopf. Unter Jóns finsterem Blick prüft sie jede ihrer Handlungen.

Páll blickt ihr unverwandt ins Gesicht. Sie weiß, was er denkt: Vor nicht allzu langer Zeit hätte er sie in die Arme genommen, um sie zu wärmen. Und sie hätte sich an ihn geschmiegt, bis das Zittern nachgelassen hätte.

Er geht einen Schritt auf sie zu, doch sie schüttelt nur einmal kurz den Kopf. Er hält inne, und Rósa atmet erleichtert aus. Der Schmerz, den sie empfindet, weil sie ihn so auf Abstand halten muss, ist weniger stark als die jubelnde Freude darüber, dass er auf sie gehört hat. So sehr hat sie sich bereits daran gewöhnt, unsichtbar und stumm zu sein.

Jón gestikuliert wild, während Pétur versucht, seinen Arm zu bewegen, dabei jedoch jedes Mal scharf den Atem einzieht.

Jón knurrt böse und marschiert dann zu Páll zurück, klopft ihm auf die Schulter und verzieht den Mund zu einem verbissenen Lächeln. »Pétur ist außer Gefecht gesetzt, ich brauche also Hilfe. Kannst du im Stall schlafen?«

Páll lächelt und klopft Jón im Gegenzug ebenfalls auf den Rücken. »Ein Stall ist wahrer Luxus nach so vielen Nächten in kalten Höhlen.«

Pétur bleibt abseits, presst die Lippen zusammen und hält sich den schmerzenden Arm vor die Brust.

Jón bedeutet Pétur, Páll den Stall zu zeigen. Er nickt. »Folge mir.«

Páll wirft Rósa ein schnelles Lächeln zu und verschwindet in der Dunkelheit.

»Geh zurück ins Haus, Rósa«, befiehlt Jón. »Dir ist kalt.« Er legt ihr eine Hand auf die Schulter und schubst sie in Richtung der Kate, die ein kleines Stück den Hügel hinauf einsam daliegt.

»Ich würde gern …«, beginnt sie.

Doch Jón ist bereits weg.

Sie schleppt sich zurück in die erdrückende Wärme des leeren Hauses und rollt sich auf ihrem Bett zusammen.

Páll ist hier. Páll! Sie kann es kaum glauben, zwickt sich ins Bein, um sicherzugehen, dass sie das alles nicht nur geträumt hat. Sie zieht die kalte Frau aus Glas hervor und den Runenstein, den Mamma ihr gegeben hatte. Sie umklammert den Stein, bis er ihre Körperwärme aufzunehmen scheint und sich wie ein Herz anfühlt, in dem Leben pulsiert.

Doch trotz des Hochgefühls, das sie bei dem Gedanken an Pálls Anwesenheit erfasst, beschleicht sie eine Ahnung, dass sie nun noch vorsichtiger sein muss als zuvor. Jón wird sie beide genau im Blick behalten.

Am Tag nach Pálls Ankunft stellt Rósa fest, dass die Männer bereits früh mit dem Boot hinausgefahren sind – selbst Pétur, trotz seiner Verletzung. Sie denkt an sein schmerzerfülltes Aufstöhnen, wann immer er versuchte, die Finger an seinem verwundeten Arm zu bewegen. Als er den Ärmel zurückgeschoben hatte, waren seltsam verkrampfte und verdrehte Muskeln zum Vorschein gekommen. Eine derartige Verletzung konnte kaum nur durch den kurzen Kampf mit Páll entstanden sein. Pétur hatte voll Hass und Abscheu auf seinen Arm geblickt und böse geknurrt, als er ihren Blick bemerkte.

Sie sieht aufs Meer hinaus. Pálls Anwesenheit ist wie ein plötzlicher Sonnenstrahl am Horizont. Nicht einmal das Knarzen und Stöhnen des Dachbodens kann ihr jetzt etwas anhaben. Sie klettert die Leiter hinauf in die Düsternis, und das Rascheln, das sie hinter der Tür hört, erscheint ihr einen Moment lang beruhigend, wie eine alte Wunde, die ihr nicht mehr wehtut, sie jedoch daran erinnert, dass sie lebt.

Wieder versucht Rósa, einen Brief zu schreiben, bringt jedoch lediglich ein *Liebe Mamma* zustande. Was soll sie ihrer Mutter erzählen? Dass Páll hier ist und ihr Blut in den Adern zu singen beginnt, wenn sie ihn nur ansieht? Dass sie in der vergangenen Nacht geträumt hat, sie würde mit ihm nach Skálholt zurückkehren? Dass die schlurfenden Geräusche vom Dachboden zu einer vertrauten Wahnvorstellung geworden sind? Dass sie das Gefühl hat, sich in einen anderen Menschen zu verwandeln, als dringe mit jedem Atemzug ein weiteres Stückchen von Annas Geist in ihre Lunge?

Rósa geht die fünfzig Schritte bis zum Grubenhaus, doch es ist – wie der Dachboden – verschlossen, ein klobiges Schloss hängt an der Tür, ein massiver Eisenriegel mit einem komplizierten Mechanismus darunter. Außer an der Truhe mit den Reliquien in der Kirche in Skálholt hat sie so etwas noch nie gesehen. Pabbi hatte das Schloss von einem dänischen Händler erstanden.

Sie blickt sich kurz um, nimmt den Runenstein aus der Tasche und stößt ihn mit aller Kraft gegen das Schloss. Nichts.

Rósa stapft ein Stückchen weiter den Hügel hinunter und späht aufs Meer hinaus. Zwischen den verstreut liegenden Inseln und den zerklüfteten Felsen tanzt ein kleines Boot.

Páll. Sein Lächeln. Seine Wärme. Doch in zwei Tagen wird er nach Hause zurückkehren.

Die Luft ist metallisch und schwer vom drohenden Schneefall. Sie blickt zu den grauen Wolken auf und fleht sie im Stillen an, sich über den Hügeln zu entleeren, damit Páll seine Rückreise nicht antreten kann. Doch die Wolken erhören sie nicht.

Kabeljau- und Heringsschwärme durchqueren den Fjord, und die Männer rudern zwei Tage nacheinander mit Jóns Boot hinaus. Pétur arbeitet einhändig. Sie kehren nach Einbruch der Dunkelheit zurück, blaugefroren, nach Salz und Fisch riechend, aber glücklich über ihren Erfolg. Sie schleppen die Netze in die Vorratskammer und schütten ihren Fang aus, als handle es sich bei den glitzernden Leibern um wertvolle Schätze.

Rósa hat bislang noch keine Möglichkeit gefunden, mit

Páll allein zu sprechen. Sobald sie es versucht, rufen Jón oder Pétur nach ihm. Páll lächelt sie dann entschuldigend an und tut, wie ihm geheißen.

Jón muss mit Páll zufrieden sein, denn die zwei Tage vergehen, und trotzdem darf er bleiben. Rósa wagt nicht nachzufragen, welche Pläne ihr Mann verfolgt und wie lange er Páll dazubehalten gedenkt.

In die Kate lädt Jón ihn nicht ein, und Rósa geht immer häufiger zum Strand hinunter und sucht das Meer nach ihrem Boot ab.

Als sie den Männern am sechsten Tag nachblickt, wie sie aufs Meer hinausrudern, kommt Katrín durch den Sand gestapft. Sie stellt sich in einigem Abstand neben Rósa.

»Schau nach vorne, Jón beobachtet dich sicher. Die Leute fragen sich, wer euer Gast ist.«

Rósa sieht Páll an, wie er dort draußen im Boot sitzt. Er lächelt ihr zu. Jón runzelt die Stirn, und Rósa fleht Páll in Gedanken an, sich abzuwenden. »Sein Name ist Páll«, murmelt sie. »Er ist der Sohn des Cousins meiner Mutter. Jón erlaubt ihm, hier auszuhelfen.«

»Seltsam«, flüstert Katrín. »So eine Veränderung in Jón … Die Dorfbewohner werden von Hexerei sprechen.«

»Jón wird ihnen niemals Glauben schenken! Und ich würde erwidern …«

»Ach, Rósa, ich scherze doch nur.« Katrín verschränkt die Arme und sieht Rósa prüfend von der Seite an. »Aber Männer sind eifersüchtige Wesen, und dein Gesicht spricht Bände. Pass nur auf, dass Jón diesen Blick nicht zu sehen bekommt.«

»Oh.« Rósa errötet, während sie weiter aufs Meer blickt. Das Boot ist jetzt nur noch als Punkt in der Ferne erkennbar. Darüber kreisen kreischend Vögel, die auf leichte Beute warten.

Auf Katríns Stirn liegen Sorgenfalten. »Du siehst dünn und erschöpft aus. Müde Menschen machen Fehler.«

Rósa würde sich Páll gerne anvertrauen, doch sie denkt an Katríns mahnende Worte. Also meidet sie Pálls Blick und antwortet einsilbig, wenn er sie anspricht.

Er runzelt die Stirn, zunächst aus Verwirrung, dann aus Wut.

Am siebten Abend bringt Jón Páll mit in die Küche und bittet Rósa, ihnen allen ihre Mahlzeit zu servieren. Páll verhält sich wie ein Unbekannter. Er lacht mit den beiden Männern, imitiert in seiner Ungezwungenheit die Schroffheit der anderen.

Jón bemerkt Rósas Blick und lächelt. »Er ist ein guter junger Mann. Erinnert mich an mich selbst vor zehn Jahren. Er wird es weit bringen.«

Darf er *deshalb* bleiben? Als eine Art Lehrling?

In jener Nacht gehen die Männer zum Schlafen wieder raus in den Stall, und Rósa sitzt in der Küche und starrt auf den Tisch.

Plötzlich steht jemand im Türrahmen. Rósa springt auf, dann erkennt sie Páll.

»Soll ich nach Skálholt zurückkehren?«

»Ich … Warum solltest du?«

Er betritt die Küche und stellt sich vor den *Hloðir*. »Du willst nicht, dass ich hier bin. Und ich möchte dich nicht unglücklich machen. Ich werde gehen.« Er wendet sich zum Gehen.

»Nein!« Sie springt zu ihm und ergreift, ohne weiter nachzudenken, seine Hand. Er dreht sich zu ihr um, und sein Gesicht ist nur noch eine Handbreit von ihrem entfernt. »Bitte bleib«, wispert sie.

»Dann musst du aufhören, mich so böse anzustarren.«

Sie seufzt. »Ich will nicht, dass Jón … Verdacht schöpft.«

Sein Gesicht wird weich. »Verdacht schöpft weshalb?« Er rückt noch etwas näher an sie heran. »Wir haben doch nichts getan.«

Sie nickt. Sie wagt nicht, ihm in die Augen zu blicken, denkt wieder an Katríns Warnung. Doch Páll lässt seine Hand ihren Arm hinaufgleiten, über ihre Schulter und um ihren Nacken, und sie kann nicht anders, als den Druck zu erwidern. Sein Gesicht ist so nah, dass sie seinen heißen Atem spürt …

Vor dem Haus ist ein Poltern zu hören, und Rósa springt zurück, als hätte sie sich an einer heißen Pfanne verbrannt.

Pálls Augen sind vor Schreck weit aufgerissen. Er will etwas sagen, doch Rósa legt warnend einen Finger an ihre Lippen und schnappt sich ein Scheuertuch. Da kommt Jón herein.

»Ah, Páll«, sagt er und blickt von Páll zu Rósa und wieder zurück. »Du musst mit den Schafen helfen. Péturs Arm schmerzt ihn zu sehr.«

»Natürlich«, erwidert Páll.

Jón wartet, beobachtet ihn, und als Páll sich nicht rührt, knurrt er: »Na los!«

Páll geht in die Nacht hinaus und lässt Jón und Rósa allein in der Kate zurück. Jón baut sich vor ihr auf, und sie erstarrt. Sein massiger Leib erinnert sie an die Geschichten von Eisbären.

»Du bist eine vernünftige Frau, nicht wahr? Eine gute Gemahlin.«

»Das hoffe ich.«

»Und gute Ehefrauen wissen, wann sie zu schweigen haben.«

Sie nickt. Ihr Hals ist wie ausgedörrt.

Er nimmt ihre Hand und küsst eine Fingerspitze nach der anderen. »Ich schätze mich glücklich, eine Frau gefunden zu haben, der ich so absolut vertrauen kann.«

Sie schweigt. Seine Hände sind rau. Da sind Schwielen von den Fischernetzen, von der Sense. Schwielen vom Umgang mit dem Messer.

Jón tritt noch näher an sie heran und presst seinen Körper gegen den ihren, schlingt beide Arme um sie. Eine liebevolle Geste, würde er ihr die Arme dabei nicht derart in die Seiten drücken, dass sie sich nicht mehr bewegen kann. Ihr Herz rast in ihrer Brust.

»Sieh mich an«, murmelt er.

Sie blickt zu ihm auf.

»Worüber hast du mit Páll gesprochen?«

Ihre Gedanken rasen. »Nur über unsere Kindheit.« Sie schluckt. »Wir sind damals von Kate zu Kate gelaufen und haben um *Skyr* gebettelt.«

»Wart ihr hungrig?«

Sie nickt.

»Wie gut, dass du jetzt nicht mehr Hunger leiden musst. Denn ich gebe dir alles, was du brauchst, nicht wahr?«

Er küsst sie auf die Stirn. Sie steht regungslos da und wartet, dass er sie freigibt.

Nachdem Jón gegangen ist, sitzt Rósa in der dunklen Kate und denkt an das Gefühl von Pálls Hand auf ihrem Nacken, durchlebt den Augenblick noch einmal, um die Geräusche zu ersticken, die von oben kommen, und auch die Stimmen in ihrem Kopf.

Die Männer verbringen mehr und mehr Zeit damit, Vorkehrungen für den harten Winter zu treffen, der ihnen bevorsteht, und Rósa sieht Páll immer seltener. Er schläft mit Jón und Pétur im Stall bei Schafen, Kühen und Pferden, die sich vor dem Winter an die Enge des Stalls gewöhnen müssen. Jón und Páll wechseln sich darin ab, Schafe zu trennen, die missmutig aufeinander losgegangen sind, und nach sieben weiteren Tagen bietet Jón Páll an, den Winter bei ihnen zu verbringen. Rósas Herz springt vor Freude, und sie lächelt Páll an, bis sie Jóns argwöhnischen Blick auf sich spürt. Sie schlägt die Augen nieder und beginnt wieder damit, vereinzelte Wollsträhnen aufzulesen.

Später, als Dunkelheit das Haus umgibt und Rósa allein im *Baðstofa* sitzt und auf den Schlaf wartet, hört sie ein Geräusch, das Kratzen von Metall auf Holz. Mit hämmerndem Herzen springt sie auf und bemerkt dann, dass das Geräusch von draußen kommt.

Sie wickelt sich ein Tuch um die Schultern und tritt hinaus in die Dunkelheit, versucht, die Gedanken an einen dem Meer entstiegenen Geist zu verdrängen. Sie stolpert in der Finsternis, knickt mit dem Fuß um und stöhnt auf. Der Schmerz ist echt, alles andere nichts als Märchen.

Da hört sie es wieder, das Kratzen, und erkennt die Umrisse einer Gestalt, die neben dem Fenster kauert.

»Wer ist da?«, faucht sie.

Das Wesen dreht sich um und steht auf. Es ist größer als eine Frau, und breiter. Es ragt über ihr auf, und Rósa öffnet den Mund zum Schrei.

»Rósa!« Es ist Páll.

Sie sackt in sich zusammen und unterdrückt ein Schluchzen. Páll streckt die Hände nach ihr aus und hält sie, damit sie nicht fällt, presst sie gegen seine Brust. »Vergib mir, ich wollte dich nicht erschrecken.« Sein Mund ist in ihrem Haar verborgen, und seine Stimme klingt gedämpft. Sie spürt, wie er ihr einen Kuss auf die Stirn drückt.

»Ich …« Sie kann nicht weitersprechen. Er lässt seinen Finger vorsichtig über ihre Wange gleiten, als berühre er etwas besonders Zerbrechliches.

Sie stößt ihn von sich. »Jón …?«

»Im Stall. Pétur ist bei ihm.«

»Du musst zurückgehen. Es ist zu gefährlich.«

»Mit dir zu sprechen? Dich zu trösten? Wie sollte Jón dagegen etwas einwenden können? Er ist doch kein Ungeheuer.« Er nimmt ihre Hand in die seinen.

Sie schließt die Augen. Sie kann Páll nicht erzählen, dass jeder finstere Blick ihres Mannes ihr Schauer der Angst über den Rücken jagt. Páll wird sie fragen, was Jón ihr Fürchterliches angetan hat, und sie würde erwidern müssen, dass er nichts getan hat, gar nichts. Dass es ihr beim Blick in seine Augen jedoch manchmal so vorkomme, als starrte sie in die Tiefen der Hvítá, die die Menschen mit willkürlicher Grausamkeit ertrinken lässt: Frauen und Kinder verschwinden darin, und der Fluss fließt unerbittlich weiter, das Wasser brodelt unverändert.

Stattdessen sagt sie zu Páll: »Die Leute im Dorf tratschen, und Jón achtet auf seinen Ruf. Ich will nicht, dass er dich zurück nach Skálholt schickt.«

Er seufzt und lässt ihre Hand los. »Dann musst du einen Weg finden, mich am Tag zu sehen. Draußen.«

Sie nickt und weiß, dass sie sich soeben bereit erklärt hat, ihre Zehen in das wilde Wasser des gefürchteten Flusses zu tauchen.

Páll lehnt sich vor und küsst ihre Wange. Sie ringt nach Luft, doch bevor sie etwas sagen kann, hat er sich abgewendet und läuft den Hügel hinunter zum Stall. An seinen bebenden Schultern erkennt sie, dass er lacht. Ihm hat es schon immer gefallen, sich in Gefahr zu bringen.

Als Páll fast zwei Wochen bei ihnen ist, stellt Jón ihn den Dorfbewohnern vor. Er spricht nach dem Gottesdienst zu ihnen, und die Menschen recken die Hälse, als er sie mit Páll bekannt macht: »Mein neuer Gehilfe, Blutsverwandter meiner Ehefrau.«

Páll lächelt, als Jón ihm auf den Rücken klopft. Pétur wartet mit angespanntem Kiefer im Hintergrund.

Jón steht aufrecht da und blickt den Dorfbewohnern fest in die Augen: »Denkt daran, die Bibel sagt uns, dass wir gehorsam sein müssen. Wir müssen unserem Gott gehorchen und jenen, die über uns stehen. Trägheit ist eine Sünde. Völlerei ist eine Sünde. Wollust ist eine Sünde. Müßiger Tratsch ist eine Sünde. Gott befiehlt uns: Gehet hin und sündigt hinfort nicht mehr. Denn der, der sich versündigt, wird bis in alle Ewigkeit im Höllenfeuer brennen.«

Durch die Menge geht ein Raunen und Rascheln, wie von Vögeln, die ihre Federn aufplustern, bevor sie sich niederlassen, um der Kälte zu trotzen.

Nach Jóns Ansprache läuft Katrín wie zufällig ganz nah an Rósa vorbei und murmelt: »Das war eine Warnung.«

»An mich?«

»Eine Warnung an uns alle, gehorsam zu sein und Abstand zu wahren.«

Aus dem Augenwinkel bemerkt Rósa etwas Schwarzes, das im Wind flattert. Sie blickt auf und sieht, wie Egill, einem Raben gleich, mit Schattenfedern und funkelnden Augen, in einiger Entfernung auf einem Stein sitzt, den Blick fest auf sie gerichtet. Olaf, sein Lakai, steht hinter ihm. Er ist so breit, wie er groß ist, sein Gesicht hat die braunrote Farbe von Leberwurst, seine Arme, die klobig sind wie Hammelkeulen, hält er vor seiner massigen Brust verschränkt.

Olaf beugt sich zu Egill hinunter und raunt ihm etwas zu. Egill nickt. Immer noch starren beide Männer sie unverwandt an.

Wenn die Männer nicht auf See sind, verbringen Jón und Pétur ihre Tage damit, Páll in andere Tätigkeiten einzuweisen. Es gibt eine Menge zu tun: Die Äcker müssen gepflügt werden und die Schafe brauchen Aufmerksamkeit – die Lämmer müssen abgestillt werden, die Mutterschafe gebadet und die Wolle um den Schwanz wird in Vorbereitung auf die Paarung gestutzt. Jón und Pétur zeigen Páll einmal, wie man die Schafe schert, dann lassen sie ihn mit der Aufgabe allein. Rósa vermutet, dass es eine Art Test sein soll, doch immerhin bekommt sie auf diese Weise die Möglichkeit, Páll außerhalb der Kate zu sehen. Sie saugt seinen Anblick in sich auf und kann sich einen Moment lang vorstellen, wie ein anderes Leben hätte aussehen können.

Páll kämpft mit den Auen. Er umschlingt ihre bebenden Leiber mit beiden Armen, aber schafft es kaum, einen Finger breit Wolle zu scheren, bevor sie ihm durchgehen.

Nachdem seine beiden Hemden gerissen sind, knurrt Páll: »Das ist unmöglich.«

Rósa ist schon dabei, einen Flicken über einen der Risse zu nähen, den ein Horn in Pálls Wollhemd hinterlassen hat. »Lass mich dir helfen.«

»Unsinn. Es muss doch irgendjemand anders geben, den Jón dafür finden kann. Manche Männer scheren ein ganzes Schaf in drei Atemzügen.« Er greift nach einer Aue. Sie weicht ihm aus, stürmt an ihm vorbei und wirft ihn dabei wieder einmal zu Boden.

Rósa zieht fester an ihrem Faden. »Jón mag keine Fremden.«

Páll grinst. »Kein Isländer mag Fremde. Allerdings habe ich hier in der Gegend keine illegalen englischen Händler gesehen oder gestrandete Walfänger aus dem Baskenland, die er massakrieren müsste.«

»Wie kannst du darüber lachen?« Rósa denkt an das Dorf, wo die fremden Walfänger gestrandet waren. Auf Anweisung des *Bonði* hatten die Dorfbewohner jedem Mann die Kehle durchgeschnitten oder den Bauch aufgeschlitzt und die blutigen Leiber dann weit aufs Meer hinausgefahren. Über Wochen hinweg wurden an der Westküste Islands die Leichen der Walfänger angeschwemmt. »Jón ist kein Unmensch, wie es dieser *Bonði* war.«

»Natürlich nicht.« Páll lächelt unsicher. »Das sollte nur ein Scherz sein. Jón ist ein guter Mann. Und die Anführer einer Dorfgemeinschaft misstrauen Fremden häufig.«

Rósa verzieht verächtlich den Mund und hält in ihrer Arbeit kurz inne, um über die Schulter einen Blick durch die

Stalltür zu werfen. Die Männer sind außer Hörweite, ein Stück weiter unten am Hügel. »Jón misstraut so gut wie jedem.«

Páll steht auf und klopft sich die Hose ab. »Und warum hat er dann *dich* geheiratet, Rósa aus Skálholt? Und seine erste Frau war doch auch nicht von hier, oder?«

»Sie kam aus der Nähe von Thingvellir.«

»Und ich bin doch sicher eher ein Fremder für ihn als einer der Dorfbewohner. Aber er lässt *mich* hier wohnen.«

»Wegen Péturs Arm. Du arbeitest hart und …« Rósa sticht sich in den Finger und zuckt zusammen. Jón scheint die Gesellschaft Fremder vorzuziehen, ihnen eher zu vertrauen als den Dörflern.

»Kommt denn niemand aus dem Dorf ab und zu hier herauf?«, fragt Páll.

»Er geht jede Woche zu ihnen hinunter, betet mit ihnen und bietet ihnen seinen Rat an. Aber er lässt nicht zu, dass sie ihn in seinem Haus besuchen.« Sie steckt sich ihren blutenden Finger in den Mund.

»Warum?«

Sie spürt einen Anflug von Ärger. Weiß er denn nicht, wie gefährlich es sein kann, diese Fragen zu stellen? »Sie haben ja auch noch den *Prestur*. Jón ist ihr *Bonði*, nicht ihr Kindermädchen.«

Páll lächelt. »Und wundert es dich nicht, dass dein Gemahl als *Bonði* gewählt wurde, wenn er seine Zeit lieber alleine verbringt?«

Sie legt ihr Flickzeug nieder und blickt wieder zur Tür, wo ein perfekt eingerahmtes Stück Meer zu sehen ist, wie die Verheißung einer besseren Welt, weit weg von hier. Doch für Rósa könnte es ebenso gut nur ein Gemälde an der Wand sein.

Páll stößt mit seinem Fuß gegen ihren Stiefel. »Wie dumm von Jón, ausgerechnet dem gewieftesten Eierdieb von Skálholt zu vertrauen! Ach, komm schon, Rósa, ich dachte, das bringt dich vielleicht zum Lachen.«

»Ich versuche, dein Hemd zu flicken, ohne die Ärmel aneinanderzunähen.«

Sein Grinsen erlischt, und seine Augen wandern zu Rósas Händen, der fleckigen Haut, den geschwollenen Knöcheln. Sie widersteht dem Drang, sich auf ihre Hände zu setzen, um sie zu verbergen.

Er lehnt sich zu ihr vor. »Du arbeitest hart.«

»Es gibt viel zu tun«, erwidert sie knapp, ohne von ihrem Flickzeug aufzusehen.

Er nickt. »Und hast du hier Freunde?«

»Es gibt da eine Frau, Katrín. Sie ist … nett. Aber ich habe wenig Zeit.«

Er blickt ihr mit seinen warmen Augen ins Gesicht. »Du hast dich immer gern hinter Büchern versteckt. Denkst du manchmal daran? Oder an deine eigene Geschichte?«

Sie lächelt dünn. »Hier habe ich keine Zeit für Bücher, Páll.« Sie denkt an ihre Saga, die sie in Skálholt aufgeschrieben und mit hierhergebracht hat. Doch Menschen sind schon als Hexen verbrannt worden, weil sie Gedichte schrieben, und sie malt sich Jóns Zorn aus, wenn er sie fände. Einmal hat sie ihr Werk über den *Hloðir* gehalten, brachte es dann jedoch nicht übers Herz, ihre Geschichte in die Flammen zu werfen. Stattdessen hat sie sie wie die Briefe an ihre Mutter zwischen den Brettern des Holzbodens versteckt.

»Vermisst du es, Bücher zu lesen?«, fragt Páll jetzt.

Sie beißt die Zähne zusammen. Sie vermisst alles aus ihrem alten Leben: Lesen und Schreiben, die langen Tage in Freiheit. »Am meisten vermisse ich Mamma.« Wieder spürt sie die Sehnsucht, zu ihr zurückzukehren oder ihr wenigstens zu schreiben. Doch dann müsste sie ihr Lüge um Lüge schicken, um zu vermeiden, dass ihre Mutter über die eisigen Berge stapft und in ihrem Zorn ihr eigenes Leben in Gefahr bringt.

»Sigridúr ging es gut, als ich sie zum letzten Mal gesehen habe«, erzählt Páll. »Der Moostee hat Wunder gewirkt. Und sie kann jeden Tag Fleisch essen. Und hat warme Kleidung.«

Daran denkt Rósa jedes Mal, wenn sie aus Jóns Haus fortlaufen und sich in den Hügeln verstecken will.

Páll sitzt neben ihr auf einem Heuballen. Er riecht nach Schafen und Schweiß. »Es heißt, Jóns erste Ehefrau sei an Einsamkeit gestorben.«

Sie kämpft mit einem losen Faden und näht ihn fest. Sie kann ihm nicht ins Gesicht blicken. »An Einsamkeit *stirbt* man doch nicht, Páll.«

Er sieht sie drei Atemzüge lang an, dann steht er auf und versucht, eine weitere Aue zu fangen.

Rósa hält die gläserne Frauenfigur in ihrer Tasche und lässt die Finger über die perfekte, glatte Oberfläche gleiten.

An diesem Nachmittag scheint sich die Zeit auszudehnen, und Rósa vergisst alles, außer dem Stall, den Tieren und Páll. Er dreht sich zu ihr um und lächelt sie an, wann immer er eines der geschorenen Schafe wieder freilässt, und sie lächelt glücklich zurück. Fast fühlt es sich an, als wären sie wieder zu Hause in Skálholt.

Immer wieder hilft Rósa Páll, hält mal einen Huf oder streichelt eine Flanke, bis sie bei der Arbeit in einen gemeinsamen Rhythmus fallen: Sie spüren das Gewicht der Auen zwischen sich, fühlen, wie die warme, fettige Wolle unter der scharfen Klinge nachgibt, merken, wie das Schaf kämpft, um sich aus der Umklammerung zu winden, bevor sie es schließlich freilassen.

Rósa betrachtet sein Gesicht, bis ihre Augen brennen. Sie lacht über seine Scherze und lehnt sich an ihn, wenn er eine Hand auf ihrem Arm ruhen lässt.

Erst als ein dunkler Schatten in der Tür erscheint und ihnen das Licht nimmt, das durch den Rahmen hereinfiel, bemerkt Rósa, dass Jón sie beobachtet, die Arme vor der Brust verschränkt. Sie hat keine Ahnung, wie lange er schon dort steht, doch etwas in ihrem Magen verknotet sich, und sie zieht sich von Páll zurück.

»Die Schafe sind fast alle geschoren«, erklärt sie.

Jón betritt den Stall betont langsam und sagt, als er dicht vor ihr steht: »Du solltest nicht hier sein, Rósa. Wie leicht könntest du dich verletzen.«

Rósa sieht panisch zu Páll hinüber, der gerade den Mund öffnet, um zu sprechen. Doch als sich ihre Blicke treffen, nickt er knapp und schließt den Mund. Rósa atmet auf.

Jón sieht sich die Schafe prüfend an und klopft Páll anerkennend auf die Schulter. »Gute Arbeit. Wir sind froh, dass du uns diesen Winter hilfst.«

Rósa wendet sich ab und nimmt, noch immer zitternd, ihr Nähzeug. Wenn sie die Augen schließt, kann sie die Momente mit Páll noch spüren, seine Hand auf der ihren, seinen Arm an ihrem, sein glucksendes Lachen in ihrem Ohr. Wieder und wieder bewegt sie die Erinnerungen in ihrem Geist, als spielte sie mit perfekten Perlen, die an einem sehr dünnen Faden hängen.

Am folgenden Morgen hat sie zum ersten Mal seit Wochen das Gefühl, atmen zu können. Páll wird den ganzen Winter lang hier sein. Der Gedanke ist wie ein Lichtschein in der Finsternis.

Daher trifft es sie unvorbereitet, dass Jón in der Küche erscheint, als sie gerade den Tisch schrubbt. Eigentlich sollte er auf dem Feld sein, doch stattdessen setzt er sich auf die Bank, beobachtet sie und klopft sich mit dem Zeigefinger an die Lippe.

Unter seinem Blick beginnen ihre Wangen zu brennen. Sie lächelt ihn zaghaft an, doch seine Augen wirken kalt wie Stahl. Schließlich fragt er: »Hast du die Zehn Gebote im Kopf, Rósa?«

Sie hält in ihrer Arbeit nicht inne. »Alle Christen kennen sie auswendig.«

»Und du hältst dich daran?«

Ein Schweißtropfen rollt langsam ihren Rücken hinunter. »Das hoffe ich.«

Jón lehnt sich vor. »Wie heißen sie, Rósa?«

Sie wischt sich mit dem Handgelenk das Haar aus der Stirn und beginnt: »Du sollst den Namen des Herrn, deines Gottes, nicht missbrauchen; du sollst den Feiertag heiligen; du sollst deinen Vater und deine Mutter ehren; du sollst nicht begehren deines Nächsten Haus; du sollst nicht stehlen; du sollst nicht töten; du sollst nicht … ehebrechen …« Ihr Blick huscht zu seinem Gesicht, doch er wirkt teilnahmslos.

»Und?«, murmelt er.

Sie denkt nach. »Du sollst nicht falsch Zeugnis reden wider deinen Nächsten.«

»Ja.« Er erhebt sich und geht langsam zu ihr hinüber. »Du sollst andere nicht täuschen, Rósa. Also frage ich dich noch einmal: Hältst du dich an die Zehn Gebote?«

»Ich …« Ihr Mund ist trocken. Jón ist so massig. Sein Leib strahlt große Hitze aus, und sie weicht immer weiter zurück, bis sie die Wand hart im Rücken spürt.

»Täuschung kann viele Formen haben, Rósa. Man kann seine wahren Gedanken verbergen, beispielsweise, oder sein Hab und Gut.« Sie blinzelt ihn an und denkt an gestern, als er gesehen haben muss, wie nah sie Páll gewesen war. Oder wusste er von ihren Gesprächen mit Katrín? Dass sie gegen seinen Willen ins Dorf gelaufen war? In Skálholt hatte einmal ein Mann seine Ehefrau zu Tode geprügelt, weil er sie verdächtigt hatte, ihm nicht zu gehorchen. Obwohl alle ihre Schreie hörten, ging niemand dazwischen.

»Ich verberge nichts.« Sie kann ihm nicht in die Augen sehen.

Er nickt langsam, beugt sich dann vor und flüstert ihr ins Ohr: »Du wirst deiner Mamma schreiben. Ihr erzählen, dass es dir gut geht. Ich werde den Brief abschicken.«

Ihr will sich der Magen umdrehen. Er hebt die Augenbrauen, und sie wispert: »Danke.«

Er lächelt und tätschelt ihre Hand. Dann ist er weg. Ihre Hände zittern noch, als sie in der Tür steht und ihm nachblickt, wie er mit großen Schritten den Hügel hinaufsteigt. Sowie er außer Sichtweite ist, rennt sie hinein und kniet sich vor ihrem Bett nieder.

Keine Briefe. Sie sind alle verschwunden. Ebenso wie ihre Geschichten. Die Sagas, für die man sie der Hexerei bezichtigen und auf dem Scheiterhaufen verbrennen könnte.

Und dann verwandelt sich ihr Unbehagen in nackte Angst.

Das Messer ist weg.

JÓN

In der Nähe von Thingvellir, Dezember 1686

Als Kind dachte ich, das Böse wäre eine dunkle Macht, eine Bestie mit Hörnern und Klumpfuß, die den Menschen nur zu gern in Versuchung führt. Ich stellte mir eine Gestalt wie meinen Vater vor, wenn er wieder zu tief in den Becher geschaut hatte: mit aufgedunsenem Gesicht, Flüche lallend und Schläge verteilend.

Aber das Leben hat mich gelehrt, dass im Herzen eines jeden Menschen Dunkelheit wohnt, dass selbst auf der reinsten Seele ein kleiner Rußfleck liegt. Auch ich bin, wie ich zugeben muss, nicht frei von solchen Verunreinigungen, nicht frei von menschlicher Fehlbarkeit. Niemand ist es.

Mit jedem Atemzug habe ich gegen diesen giftigen Samen der Finsternis angekämpft, der in meiner Seele wohnt und mit jedem Gedanken wächst.

So sitze ich jetzt, nach allem, was vorgefallen ist, alleine und zusammengekrümmt in einer Höhle in der Nähe von Thingvellir und erinnere mich voller Schaudern.

Ich habe mein ganzes Leben auf dem gleichen Gehöft gewohnt. In meiner Kindheit war die Kate beengt und zugig. Die Wände waren schadhaft, das Torfdach wirkte immer, als würde es gleich einbrechen, Wurzeln krochen aus den Soden und brachten das verrottende Skelett der brüchigen Balken darunter zum Vorschein.

Mein Vater nahm die Lebensmittel, die unsere Mägen hätten füllen sollen, und tauschte sie gegen Bier, das er den lieben langen Tag in sich hineinkippte, bis er zu *Brennevín* überging, kaum dass es zu dämmern begann. Er war ein Fischer, besaß aber auch ein bisschen Land. Sein Boot lag unbeachtet vor sich hin rottend am Strand, und das Wenige, das er auf seinem Feld anbaute, ging an Wassermangel ein oder erstickte in einem Unkrautdickicht, das nie gelichtet wurde.

Wir waren dürr und dreckig. Ein gieriger *Bonði* presste uns auf das bisschen, das wir hatten, noch Steuern ab. Die Menschen aus Stykkishólmur machten einen Bogen um uns, so als wäre Armut eine ansteckende Krankheit. Wir waren immer kurz davor, das Schicksal der Vagabunden und Verbannten zu teilen, die ihr Dasein als Bettler fristen mussten, bis die Kälte sie umbrachte und der Schnee sie begrub.

Brennende Scham erfüllte mich, wenn ich in das schwammige Gesicht meines Vaters schaute, seine schlaffen Wangen sah, seine glasigen Augen, sein unkontrolliertes betrunkenes Zucken. Vor allem hasste ich die Schreie, die aus der Kate drangen, wenn er meine Mutter schlug: dumpfe, hoffnungslose Laute, ohne Worte, frei von jeder Erwartung, gehört zu werden. Sie verstummten stets abrupt, wenn er sie irgendwann aufs Bett warf, ihr die Hand auf den Mund presste und sie mit seinem massigen Körper niederdrückte, während er ihre Röcke hochzerrte. Hilflos beobachtete ich ihn dabei durch die Ritzen in der Torfwand.

Außer ihrem Atem, der im Rhythmus seiner Stöße ging, war von ihr kein Ton zu hören. Ihr Blick war ausdruckslos und leer. Wenn er endlich aufstöhnte wie ein schmerzgepeinigter Bulle und dann auf ihr niedersackte, blieb sie noch eine Weile liegen, still und starren Blicks, ehe sie sich unter ihm hervorschob, ihre Röcke glattstrich und sich wieder daran machte, seine Kleidung zu flicken.

Ich verbrachte viel Zeit damit, mir auszumalen, ich wäre nicht sein Kind. Tagelang starrte ich hinaus aufs Meer und wartete auf die Rückkehr meines wahren Vaters, eines starken dänischen Händlers, der den besoffenen Betrüger, der sich als mein Vater ausgab, ertränken würde.

Meine Mamma und mein Vater wurden beide krank und

starben, als ich vierzehn Sommer zählte. Es war seine Schuld. Er hatte schlechten Fisch aus den Netzen eines anderen Mannes gestohlen. Der Gestank hatte mir den Magen umgedreht, und ich hatte mich, zusammen mit meiner Mutter, geweigert, ihn zu essen. Mein Vater schlug uns beiden ins Gesicht, nannte uns »undankbare Hunde« und warf mich dann aus der Kate. Nachdem ich fort war, zwang er meine Mutter, den verdorbenen Fisch zu essen, und betrunken, wie er war, aß er selbst auch davon. Als ich mich spät in der Nacht, im Schutz der Dunkelheit, zurück in die Kate schlich, lagen sie beide stöhnend im *Baðstofa*, und der Raum stank wie eine Kloake.

Mein Vater lag in seiner eigenen Scheiße und Kotze auf dem Boden. Ich beachtete sein Stöhnen nicht und widerstand dem Impuls, ihm einen Tritt zu versetzen, machte einen großen Schritt über seinen sich windenden Körper und ging zu meiner Mutter, die bewegungslos auf dem Bett lag.

Ihr Atem ging flach, in ihren Mundwinkeln klebten die sauren Überreste von Erbrochenem. Als ich ans Bett trat, krümmte sie sich zusammen, beugte sich über den Bettrand und erbrach eine grüne, übelriechende Gallenmasse. Ich versuchte, ihr etwas Flüssigkeit einzuflößen, doch alles, was sie zu sich nahm, erbrach sie sogleich wieder.

Sie sah mich aus großen angsterfüllten Augen an. Ihr ganzes Leben lang war sie herumgeschubst und von einem Tyrannen drangsaliert worden. Nichts und niemand hatte sie je retten können. Diesmal sollte es nicht anders sein.

Ich hielt ihre Hand, bis ihr letzter Atemzug auf meiner Wange erkaltet war. Ich fühlte mich zu leer, um zu weinen, strich ihr die Augen zu und küsste ihre kalten Lippen.

»Jón.« Die Stimme meines Vaters war ein gequälter Schluchzer. Er streckte die Hand nach einem Wasserkrug aus, der knapp außer seiner Reichweite stand.

Ich beobachtete, wie er keuchend versuchte, zu ihm zu kriechen.

Als er es fast geschafft hatte und die Hand bereits ausstreckte, um den Krug zu packen, stand ich auf und stieß ihn mit dem Fuß um. Das Wasser ergoss sich über den Boden. Mein Vater gab ein Wimmern von sich und versuchte, ein wenig der versickernden Flüssigkeit von der nackten Erde aufzulecken, aber er bekam nichts als Dreck in den Mund und musste würgen.

Mit brennenden Augen schaute er zu mir auf. »Wasser.«

Ich beobachtete ihn, wie gelähmt vor Entsetzen über meinen eigenen Mangel an Mitgefühl.

Sein Gesichtsausdruck verzerrte sich. »Ich schlag dich wund … bis du blutest … du mieses Dreckstück. Gib mir *Wasser*!«

Mit klopfendem Herzen schüttelte ich den Kopf. Neben kalter Angst spürte ich ein wachsendes Hochgefühl. Er konnte mir nichts mehr anhaben.

Seine Lippen entblößten gebleckte Zähne. »Hätte ich dich doch nur ertränkt … gleich zu Anfang … du unnützer Dreckskӧter …« Ein Hustenanfall hinderte ihn am Weitersprechen, und er erbrach sich erneut, ehe er in seinem eigenen Dreck zusammensackte.

Unversehens musste ich lächeln. Meine arme tote Mamma hätte sich bei diesem Anblick endlich einmal in Sicherheit fühlen können. Vielleicht hätte sie auch gelächelt, wenn sie gesehen hätte, dass der Mann, der sie jahrelang gequält hatte, nichts weiter war als ein fauliger, Flüche ausstoßender Fleischkloß.

Ich holte seinen *Brennevín* aus der Vorratskammer und setzte mich hin. Als er die Flasche sah, leuchteten seine Augen auf und er leckte sich über die Lippen. Ich nahm einen Schluck. Während die klare säuerliche Flüssigkeit meine Gedanken entspannte, spürte ich, wie mich noch etwas Berauschenderes als Alkohol durchströmte.

Mein Vater weinte. Sehr lange wurde er von trockenen

Schluchzern geschüttelt, während er sich mühte, zu mir und zum Schnaps zu kriechen. Dann verstummte er. Das einzige Lebenszeichen, das er von sich gab, war das Röcheln seines Atems gegen den nackten Boden.

Als die Nacht wieder wie ein Stein vom Himmel fiel, versiegte auch dieses Geräusch.

Ich beugte mich über ihn und flüsterte ihm ins Ohr: »Ich wünsche dir alle Qual der Welt.«

RÓSA

Stykkishólmur, Oktober 1686

Nachdem die Briefe und das Messer verschwunden sind, schleicht Rósa durch die Kate und kann Jón nicht in die Augen sehen. Wenn sich ihre Blicke doch einmal treffen, zuckt sie zusammen. Mit jedem Atemzug spürt sie den Druck ihrer eigenen wirren Gedanken. Wieder versucht sie, ihrer Mutter zu schreiben, zerreißt den Brief jedoch in kleine Stücke, die sie im *Hloðir* verbrennt. Als sie ihre eigenen Worte noch einmal las, schien es ihr, als blickte sie in den Kopf einer Wahnsinnigen.

Die langen einsamen Stunden, wenn die Männer auf See sind, werden hier und da von einem Knarzen oder Flattern vom Dachboden unterbrochen. Wenn Jón, Pétur und Páll zu Hause sind, übertönen sie wenigstens die Laute.

Am Tag, nachdem Messer und Briefe verschwunden sind, steht Rósa gerade an der Eingangstür, als sie sieht, wie Páll auf sie zugelaufen kommt. Jón und Pétur sind im Stall, aber sie schüttelt dennoch den Kopf und bedeutet ihm mit der Hand, umzukehren. Doch Páll hält erst an, als er das Haus erreicht hat. Er zeigt ihr einen Zipfel seines Hemdes, in dem ein großes Loch klafft.

Sie schnalzt mit der Zunge. »Das warst *du!* Mit einem Messer, absichtlich.«

»Das ist Verleumdung! Ich habe kein Messer verwendet.«

»Aber …«

»Sondern einen Nagel!« Er tritt näher an sie heran.

Sie stößt so langsam die Luft aus, als bereite ihr das Atmen Schmerzen. »Jón wird …«

Pálls Grinsen verblasst. »Du fürchtest ihn.« Seine Stimme klingt plötzlich hart.

»Ich …« Sie schafft es nicht, es abzustreiten.

»Als er gestern in den Stall kam, bist du *zusammengezuckt*, Rósa.«

»Ich …«

»Hat er dir wehgetan?«

»Nein, nie, es ist nur …«

Páll verengt seine Augen zu Schlitzen. »Er hat dich bedroht?«

»Er …«

»Wenn er dich bedroht hat, bringe ich ihn um.«

Rósa presst sich die Hände vor den Mund. »Nein! Nein, das darfst du nicht!« Sie stellt sich vor, wie Páll auf Jón losgeht, der ihn mit Leichtigkeit abwehren würde, wie ein Bär, der einem Wolf mit der Tatze einen Klaps auf den Hinterkopf versetzt. Dann würde Pétur Páll zu Boden drücken, während Jón das Messer zöge und …

»Nein! Ich … würdest du …?«

Páll sieht sie abwartend an.

»Wenn ich von hier wegginge, würdest du … würdest du mit mir kommen?«

»Weggehen? Aber …«

»Nicht, weil ich mich vor Jón fürchte, sondern weil ich Mamma vermisse und …« Ihr versagt die Stimme, und sie hofft hilflos, dass er sie verstanden hat.

Er nickt langsam. »Ich würde tun, was auch immer du willst.« Er lehnt sich vor und drückt seine Stirn zwei bebende Atemzüge lang gegen die ihre, dann wendet er sich um und geht.

Rósa blickt ihm nach und starrt dann in die Leere, die er eben noch gefüllt hat. Der Wind peitscht ihr die Haare ins Gesicht. Die eisige Luft verbeißt sich in ihrer Haut und spricht von Frost und Schnee, einem Winter, der sie hier einschließen wird, wenn sie nicht bald fortgeht.

Irgendwo hinter ihr krächzt ein Rabe. Ein einzelner Rabe ist ein böses Omen, sagt man.

Als sie Gudrun am folgenden Morgen am Bach sieht, hätte Rósa vor Dankbarkeit beinah geweint. Die alte Frau ist unhöflich, doch selbst Katrín gibt zu, dass sie das Wetter mit verblüffender Genauigkeit vorhersagen kann.

Rósa ruft ihr einen Gruß zu und hilft Gudrun, einen Eimer mit Wasser zu füllen. »Wird der Schnee dieses Jahr früh kommen?«

Gudrun blinzelt sie an. »Die Winde spielen mit uns, wer kann es schon sagen? Ich kann einen heraufziehenden Sturm riechen – kein gutes Reisewetter.«

Rósa bemüht sich, ruhig zu bleiben, nimmt den Eimer und bietet der alten Frau an, ihn für sie nach Hause zu tragen. Gudrun lächelt und umfasst Rósas Arm mit ihren knochigen Fingern, dann gehen sie gemeinsam den Hügel hinab. »Schön zu erleben, dass eine von Jóns Frauen gute Umgangsformen hat«, keucht sie. »Anna hätte mich eher angespuckt, als mir zu helfen.«

»Katrín mochte sie, glaube ich«, wagt Rósa sich vor.

»Ha! Und Katrín nennt *mich* blind! Selbst als Anna schon den Verstand verloren hatte und Torheiten brabbelnd in den Hügeln umherwanderte, behauptete Katrín noch, es sei das Fieber.«

Rósa spürt, wir ihr ein Schauer über den Rücken läuft. »Was hat Anna denn gesagt?«

Gudruns Augen verengen sich zu Schlitzen. »Hirngespinste. Es ist besser, das Gegeifer einer Irren gar nicht zu beachten. Wahnsinn ist eine Krankheit.«

Rósa nickt mit trockenem Mund, und als sie in die leere Kate zurückkehrt, meint sie, Anna flüstern zu hören. Oder ist es ein Geräusch vom Dachboden? Oder eine ihrer Einbildungen? Sie legt sich ins Bett, presst die Hände gegen den Schädel und rollt sich mit dem Rücken zur Wand zusammen. Als das Pochen in ihrem Kopf nachgelassen hat, steht sie auf, klettert die Leiter nach oben und legt die Lippen an die Tür.

»Wer ist da?«, zischt sie. »Anna?« Doch sie hört keine Bewegung, nichts als das Rauschen des Blutes in ihrem Kopf.

Selbst die Geister haben sie jetzt verlassen.

An jenem Abend legt Jón seinen Löffel nieder und fragt Rósa, ob sie den Brief an die Mutter bereits geschrieben habe.

Sie errötet und schüttelt den Kopf.

»Tu es. Erzähl ihr, wie gut es dir geht.«

»Ich schreibe ihr bald«, flüstert Rósa.

»Bist du sicher, dass du ihr noch nicht geschrieben hast?« Jón sieht sie einen Moment zu lange an, und ihr läuft ein Schauer den Rücken hinunter. Als er eine Hand in die Tasche seiner Hose gleiten lässt, weiß sie, was er herausholen wird. Dennoch erschrickt sie, als er sie auf dem Tisch ausbreitet, einen Brief nach dem anderen, fünfzehn insgesamt. Allesamt voller Kleckse und Gekritzel und verschwommener Tinte, wo eine Träne auf das Papier getropft war. Einen nach dem anderen entfaltet er und lässt seine breiten Finger über ihre Worte gleiten: *Zweifel … Gefahr … etwas Grässliches … Ich misstraue ihm …*

Sie spürt, wie ihr Herzschlag in ihren Ohren hämmert.

Jón legt seine Hand auf die ihre. »Es ist schwer zu entscheiden, was man schreiben soll, wenn es so viel zu erzählen gibt.« Seine Stimme klingt sanft, seidig. »Doch deine Mamma braucht nicht jede Einzelheit zu kennen, nur um dann den Nachbarn davon zu berichten, meinst du nicht auch?«

Rósa nickt stumm.

Er zeigt auf die Saga-Schnipsel. »Du solltest dich nicht in … *Gefahr* bringen.« Jón tritt einen Schritt auf sie zu und verschränkt seine Finger mit ihren. Ihre Hand wirkt winzig in seiner. Ihre Haut ist so dünn und bleich, darunter leuchten bläulich die Venen.

Jón drückt ihre Hand. »Deine Mamma muss nur wissen, dass du glücklich bist – du *bist* doch glücklich, nicht wahr, Rósa?«

Wieder nickt sie.

»Gut. Ich habe mir erlaubt, ihr an deiner statt zu schreiben, da es dir schwerzufallen scheint, die richtigen Worte zu finden.«

Der Schweiß läuft ihr eiskalt den Rücken herunter.

»Ich habe den Brief heute Morgen mit einem Händler gen Süden geschickt. Es wird wohl für einige Zeit der letzte Händler gewesen sein, denn ich glaube, es wird heftige Schneefälle geben. Einen Schneesturm. Doch ich werde dafür sorgen, dass dir hier nichts geschieht.« Er umarmt sie und drückt ihr einen Kuss auf den Kopf. »Jetzt musst du dir keine Gedanken mehr darüber machen, was du deiner Mamma erzählen könntest. Und sie kann ihren Nachbarn berichten, wie glücklich du bist, *Elskan*.«

Als er sie an sich drückt, spürt sie, wie ihr der Griff des Messers, das in seinem Gürtel steckt, in den Bauch drückt. Sie späht nach unten. Es ist zweifellos das Messer, das unter ihrem Bett gelegen hat.

Zwei Abende später, als Pétur und Páll noch auf See sind, durchbricht ein einsames Heulen die Stille.

Jón hört es zuerst. Er schleicht vom Stall in die Kate und weckt Rósa auf, drückt ihr die Hand über den Mund. »Pst!«, zischt er, die Augen wild und weit aufgerissen.

»Was?«

»Es klingt wie ein Fuchs, aber …«

Es ist ein unheimliches Geräusch, wie das verzweifelte Brüllen eines Kindes, dem die Luft aus den Lungen gepresst wird.

Er bedeutet ihr mitzukommen, und sie steht auf und zieht sich ihr Tuch eng um die Schultern.

Wieder ertönt das Heulen in der Finsternis, als würde der Erde der Bauch aufgeschlitzt werden. Rósa schnappt sich eine Stricknadel, bevor sie das Haus verlässt, ein Schwert in der Vorstellung des Kindes.

Jón umklammert sein Messer, dessen Schneide jetzt sauber ist und glänzt, seine Knöchel sind weiß, das Gesicht grimmig. Rósa verspürt einen nahezu überwältigenden Drang zu fliehen. Sie wünschte, Páll wäre hier. Selbst Péturs harscher Spott würde ihr jetzt ein Gefühl von Sicherheit geben. Doch die Männer sind weit weg, und so findet sich Rósa in der Finsternis wieder, allein mit ihrem bewaffneten Ehemann. Er lässt sie vorgehen, und sie stellt sich die Klinge in seiner Hand vor. Sie befinden sich jetzt in der Nähe von Annas Grab, und Rósa malt sich aus, wie Jón die Leiche seiner Frau des Nachts hier hinausgetragen und ihre letzte Ruhestätte geschaufelt hat. Wie er sie der Erde übergeben und sie mit Erdreich bedeckt hat.

Er hat allen erzählt, sie sei am Fieber gestorben.

Rósa unterdrückt ein Schluchzen und zwingt sich, einen Fuß vor den anderen zu setzen.

Sie folgen dem Gejaule. Je näher sie kommen, desto mehr klingt es nach einem Kind, das misshandelt wird. Rósa hält ihre Stricknadel so fest umklammert, dass sie in ihrer Handfläche noch Tage später den Abdruck wird sehen können, den das Holz dort hinterlässt.

In der anderen Hand trägt sie die Öllampe, hält sie hoch über ihren Kopf, so wie Jón es sie geheißen hat. Das Licht flackert, egal wie sehr sie sich auch bemüht, ihre Hand ruhig zu halten.

Hinter sich hört sie Jóns schnaubenden Atem. Wenn sie jetzt losrennt, wie schnell würde er sie wohl einfangen? Sie müsste die Öllampe fallen lassen, dann würden sie beide durch die dunkle Nacht hetzen. Wenn sie fiele, hätte er sie.

Als sie sich der Grenzmauer nähern, hören sie rasselnde Atemzüge – ein Dämon? Ein Geist, der sie fortlocken will? Rósa versucht, nicht ans *Huldufólk* zu denken, das vor den Augen seiner Opfer deren Herz verspeist. Das sind Geschichten, die ausgewachsene Männer zittern lassen.

Das stöhnende Heulen ist jetzt laut und schrill.

Rósa hält inne.

»Komm schon, Rósa«, drängt Jón. »Mehr Licht.«

Sie hält die Öllampe höher, und im flackernden Licht erscheinen plötzlich zwei runde Spiegel aus poliertem Glasachat.

Augen.

Ein *Ghul*, ein aufheulender Geist. Rósa bleibt beinahe das Herz stehen. Aber nein! Jetzt hört sie das wilde Scharren winziger Pfoten auf dem Boden, spürt die verzweifelte keuchende Panik eines Tieres.

»Ruhig.« Jón spricht in demselben Singsang, den er benutzt, um die Pferde zu beruhigen, wenn sie nervös sind.

Im Licht der Lampe ist graubraunes Fell zu sehen, das in ein winterliches Weiß übergeht, ein zartes Fuchsgesicht und scharfe weiße Zähne in einem Maul, das jederzeit zum Zubeißen bereit scheint. Ein junger Polarfuchs, vielleicht drei Monate alt. Er hat versucht, über die Mauer zu klettern, doch ein loser Stein ist auf die Hinterläufe des Tieres gefallen und hat es eingeklemmt. Das Junge blinzelt Rósa an, die sich in diesem Augenblick mit dem panischen Tier auf merkwürdige Weise verbunden fühlt. Plötzlich ist sie sich sicher, dass ihr Schicksal an dem des Fuchses hängt: Kann sie ihn befreien, wird auch sie überleben.

Da wirft das Junge den Kopf zurück und schreit, wie Rósa es noch nie zuvor bei einem Tier erlebt hat. Der Schmerz durch den Stein, der auf seine Hinterläufe drückt, lässt den Schrei so schrill erklingen, als käme er von einem gefolterten Menschen. Rósa gefriert das Blut in den Adern.

»Das Tier ist wunderschön«, stößt Jón aus.

»Hast du eine Angelschnur?«, wispert Rósa. »Ich kann sie ihm ums Maul binden, damit es dich nicht beißt, wenn du es befreist.«

»Dieser Pelz ist ein Vermögen wert.« Jón hebt sein Messer.

»Nein!« Sie streckt instinktiv die Hände aus, abwehrend, als wollte sie ihre eigene Haut, ihre eigenen Knochen retten.

Jón knurrt: »Geh mir aus dem Weg, Rósa. Das Fuchsjunge leidet. Und mit dem Pelz können wir eine ganze Schafherde kaufen.« Er hebt das Messer noch etwas höher. Seine Muskeln in Arm und Rücken sind angespannt. Rósa dreht sich fast der Magen um, als sie ihm die Hand auf die Schulter legt.

»Aber Jón …« Sie schluckt. »Du könntest … Wir sollten es befreien.«

Er schüttelt ihre Hand ab. »Es wird sich hier wegschleppen und dann von den Raben zerrissen werden. Wir tun ihm einen Gefallen.«

»Aber …« Rósa stellt sich die Freiheit in der offenen Wildnis vor. Sie malt sich aus, wie das Tier losrennt, um sich in Sicherheit zu bringen, um zu seinem Rudel zurückzukehren.

»Seine Hinterbeine sind gebrochen und der Brustkorb ist gequetscht«, erwidert er. »Ein schneller Tod ist besser für das Tier.«

Das Fuchsjunge knurrt, rudert wild mit den Vorderbeinen, klopft mit den Pfoten panisch, hilflos im Takt.

Jón bringt das Messer in Position und holt tief Luft.

Da tritt Rósa vor ihren Mann, vor die Klinge. Das Metall fühlt sich kalt an ihrem Hals an. Sie schluckt.

»Weg!«, knurrt Jón. Bildet sie es sich ein, oder verstärkt er den Druck des Messers auf ihrer Haut?

Rósa schüttelt den Kopf. Sie spürt ihren Herzschlag in der Brust, das Pulsieren in den Schläfen, in den Fingerspitzen. Eine Frau, die ihrem Ehemann die Stirn bietet, darf bestraft werden. Die leiseste Bewegung seiner Hand könnte ihr Ende sein, er würde ihr den Hals aufschneiden, als würde er ein Stück Wolle durchtrennen. Sie stellt sich vor, wie es sich anfühlen würde, wenn das eiskalte Metall durch ihren Hals führe, wie sie nach Atem ringen, wie das Blut sprudeln würde.

»Bei Gott, Rósa! *Aus dem Weg!*«

»Nein«, erwidert Rósa, ihre Stimme ausdruckslos und ruhig, als wüsste sie, was sie tut, als hätte sie keine Angst. »Nein.« Dann hebt sie die Hand, berührt das kalte Messer und schiebt es zur Seite. Während Jón sie ungläubig anstarrt, nähert sie sich vorsichtig dem Fuchsjungen, die zitternde Hand ausgestreckt. Jubel und Angst wallen in ihr auf.

Das Tier blickt sie wild an. Es knurrt, und in der Luft hängt ein beißender Geruch von Schweiß, Blut und Exkrementen, der sie stark an Kloake und gebrauchte Menstruationstücher erinnert.

Rósa lässt ihre Finger in das dichte Fell gleiten. Es ist weich und so kalt wie Schmelzwasser. Mit seinen dunklen Augen blickt das Fuchsjunge sie an. Sie wird es befreien, sie werden beide entkommen.

Einen Augenblick lang malt sich Rósa aus, wie sie sich blitzschnell umdreht, dem überraschten Jón das Messer aus der Hand reißt und es ihm an den Hals drückt. Sie stellt sich vor, wie sich seine Augen erstaunt weiten, wie sein Gesicht in sich zusammenfällt, wie er fleht und bettelt …

Da stößt Jón sie plötzlich zu Boden. Er setzt sich rittlings auf den Fuchs, Stahl blitzt im Licht der Öllampe auf, und er schneidet dem Tier die Kehle durch. Warmes Blut spritzt auf Rósas Wangen, auf ihre Kleider und ihr Tuch. Sie schreit auf, versucht, ihre Hand auf die klaffende Wunde am Hals des Fuchsjungen zu pressen, doch Jón hält sie zurück, mit einer Hand. Sie kämpft, doch es ist, als versuchte sie, eine Lawine abzuwehren. Sie bricht keuchend zusammen. Jón gibt sie frei und lässt das Messer fallen. Es liegt nur eine Armeslänge von ihr entfernt auf dem Boden. Sie könnte es in Sekundenschnelle packen. Aber nein. Nein. Eine Lawine kann man nicht mit dem Messer bekämpfen.

Als sie endlich wieder aufblickt, liegt das Fuchsjunge regungslos am Boden, das Maul zu einem angstvollen Knurren erstarrt, die Augen noch hell, aber ohne Lebenslicht.

Jón keucht vor Anstrengung, als er den Stein von den Beinen des Fuchses hebt und das Tier darunter hervorzieht. Er sieht sie nicht an. »Hilf mir, den Bauch aufzuschneiden. Wir behalten Herz und Leber. Die Eingeweide lassen wir für die Aasfresser hier. So wird nichts verschwendet.«

Rósa gehorcht schweigend. Sie staunt über die Blässe ihrer Hände neben dem dunklen Blut und den Innereien. Gehörten sie einer anderen Frau? Sie färben sich blutrot, bewegen sich geschickt und sicher. Sie hilft Jón, die Wunde aufzuhalten und die langen Stränge der Gedärme und den Magen herauszuziehen. Es ist eine harte, glitschige Arbeit, nicht wie bei den winzigen Innereien der Fische, die wie perfekte kleine Geleestückchen herausgleiten.

Als sie fertig sind und die Eingeweide in einiger Entfernung zur Grenzmauer verstreut haben, stapfen sie zum Gehöft zurück, in Richtung der fahlen Morgendämmerung, die sich als dünner Streifen in der Dunkelheit andeutet.

Jón wirft sich den Fuchs über die Schulter, als sei er ein Sack Hafermehl oder ein sperriger Torfbrocken für das Feuer. Das Fell des Tieres glänzt, der wunderschöne, seltene Pelz, für den dänische Händler ein Vermögen bezahlen. Münzen, für die sie mehr Lebensmittel einkaufen können. Münzen, die Jón in seiner Position als *Bonði* bestätigen werden. Münzen, die das Getuschel der Menschen zum Verstummen bringen werden.

Rósa schleppt sich hinter Jón her. Die Öllampe liegt ihr schwer in der einen Hand, die andere umklammert das Messer, und sie versucht, dem Fuchsjungen nicht in die Augen zu blicken, die halb geöffnet sind, glasig und trüb. Versucht, sich die geballte Faust seines Herzens nicht vorzustellen, die sich in seiner Brust befindet, immer noch warm.

Jón nimmt das tote Tier mit in den Stall und zieht ihm dort mit zärtlicher Konzentration die Haut ab, hält hier und da inne, um das weiche Fell zu streicheln.

Rósa schwankt und sackt beinah zusammen, als sie sich ausmalt, wie Jón mit dem kalten Stahl ihr eigenes Fleisch von den Knochen schneidet.

Jón grunzt, als er die Beine vom Körper abtrennt. »Geh zu Bett, Rósa. Du siehst krank aus.« Die Klinge blitzt in seiner Hand auf.

Rósas Hals schmerzt so sehr, dass sie keinen Ton hervorbringt. Erst als Jón sie nicht mehr hören kann, lässt sie das Schluchzen zu. Sie presst die Hände vor den Mund, um den Laut zu ersticken, doch er entkommt ins Halbdunkel. Sie kauert sich an die Mauer des Hauses und lehnt die Stirn an den kalten Stein.

Rósa sieht immer wieder diesen Moment vor sich, wie sie mit Jóns Messer am Hals dastand, wie sie gegen ihren Gemahl aufbegehrte. Sie hat gespürt, welche Kraft in ihrem Körper ruht, hat gefühlt, wie hart ihre angespannten Muskeln sind, als sie dort stand und Jón fest in die Augen blickte. Wie viel Kraft würde sie brauchen, um die Klinge in den Hals ihres Mannes zu stoßen? Rósa schüttelt den Kopf, um das Bild loszuwerden, doch die Szene spielt sich vor ihrem inneren Auge wieder und wieder ab. Doch jedes Mal, wenn das Messer kurz davor ist, Jóns Haut zu verletzen, streckt er eine Hand aus, drückt sie damit zu Boden, und sie ist das Fuchsjunge, dem er mit der eisigen Klinge die Kehle aufschlitzt.

JÓN

In der Nähe von Thingvellir, Dezember 1686

Der Wind pfeift kalt über die Ebene, dringt selbst in meine Höhle vor. Ich habe seit Tagen nichts mehr gegessen. Doch all das berührt mich kaum, solange ich noch genug Kraft habe, um mein Messer zu heben. Zudem hat die Erfahrung mich gelehrt, dass es Wut ist, nicht Kraft, die ein Messer ins Fleisch dringen lässt. Und ich habe genug Wut in mir für zehn Männer.

Ich wickele den Umhang fester um mich und beobachte das wächserne Sonnenlicht, das über die Gräser wandert. Bald wird die Nacht kommen.

Nach dem Tod meines Vaters zerrte ich ihn aus der Hütte, grub ein flaches Grab am Hügel und rollte seine Leiche hinein. Sein Kopf fiel auf einen Stein und die Schädeldecke brach entzwei wie ein Ei. Das war das einzige Mal, dass ich mir wünschte, er würde noch leben. Dann hätte er den Schmerz des Aufpralls gefühlt.

Ich begrub ihn unter so wenig Erde wie möglich und ließ seine Finger unbedeckt. In den folgenden Wochen waren die Nächte erfüllt vom Japsen und Schnappen fressender Füchse.

In jener ersten Nacht lief ich zurück zum Gehöft und wischte jede Spur des Drecks, den mein Vater hinterlassen hatte, fort. Dann legte ich mich neben meine Mutter aufs Bett. Ich umarmte sie von hinten, und ihr kalter Körper kühlte meine Haut. Ich wollte weinen, aber ich hatte keine Tränen, sondern brachte nur ein trockenes würgendes Geräusch hervor, das so klang, als würde ich mich erbrechen.

Das Mondlicht fiel durch die löchrigen Wände wie Gottes

allsehender Blick, und ich bat um Vergebung. Weil ich zu jung, zu schwach, zu verängstigt gewesen war.

Als der Morgen dämmerte, waren Haare und Haut meiner Mutter von Frost überzogen. Ich versuchte, mich aufzurichten, doch meine Glieder waren so kalt wie der eisige Boden. Meine Gelenke knirschten.

Ich zwang mich aufzustehen, etwas Wasser und einen Lappen zu holen, um Mammas Gesicht zu säubern und ihre blauen Finger zu waschen, und dabei betete ich in einem fort.

Dann hob ich sie hoch und trug ihre leere knöcherne Hülle nach draußen zum Fluss, wo ich sie niederlegte und zu graben begann. Es war Schwerstarbeit, und nach kürzester Zeit geriet ich ins Schwitzen und begann, vor Anstrengung zu zittern. Doch ich war entschlossen, das Loch so tief zu graben, dass die Füchse ihr nichts anhaben konnten.

Eine Stimme in meinem Rücken ließ mich zusammenfahren. »Mein Beileid.«

Ich wirbelte herum. Es war eine Frau aus dem Dorf, die mit ernstem Gesicht auf Mammas Leiche blickte. Ihr Name war Katrín, fiel mir ein. Sie gehörte nicht zu jenen Dörflern, die über uns tuschelten und lachten, sondern hatte mich öfter freundlich angelächelt, wenn mein Vater es nicht sah. Meine Mutter hatte mir einmal erzählt, dass mich Katrín früher, als ich noch ein Baby war, öfter betreut hatte, bis mein Vater beschlossen hatte, niemanden mehr auf den Hof zu lassen.

»Sie war eine gute Frau.«

Ich nickte, unfähig etwas zu sagen, und machte mich wieder daran, ihr Grab auszuheben.

»Du solltest sie nicht so nah am Fluss begraben.« Die Stimme der Frau war klar, ihr Lächeln so freundlich wie immer.

Ich schüttelte den Kopf. »Sie hat das Wasser geliebt und dem Fluss immer gerne zugeschaut.«

»Aber der Boden hier ist voller Steine«, wandte Katrín ein.

»Das macht nichts.« Mein Blick war entschlossen. »Ich werde sie hier beerdigen.«

»Es sind nicht nur die Steine. Sie wird … so nah am Fluss wird ihr Körper … es ist unrein …« Katrín presste ihre Finger gegen ihre Augenlider. Ihre Worte kamen hastig und leise. »Der Fluss. Wenn du sie hier beerdigst, wird ihre Leiche uns alle vergiften.«

Ich kam mir wild, schwerelos und kalt vor. »Ja, und?«

Katríns Augen verengten sich. Dann nahm sie einen großen Stein und begann, mir beim Graben zu helfen.

Wir arbeiteten schweigend, während mir die Gedanken im Kopf umherschwirrten. War Katrín das Leben der Dorfbewohner so gleichgültig, dass sie ihr Sterben in Kauf nahm? Und ich, wie dachte ich darüber?

Wir gruben und schaufelten. Schließlich warf ich meinen Spaten nieder und wandte mich an Katrín. »Warum hilfst du mir?«

Sie legte ihren Stein zur Seite, wischte sich die Hände an ihrer Bluse ab und schaute mich ruhig an. »Du siehst aus, als könnte dich der Wind davonblasen. Ein Grab zu schaufeln ist harte Arbeit.«

»Aber du hast doch gesagt, dass Mammas Leiche … dass ihr Körper …« Meine Kehle fühlte sich wund an. Ich biss die Zähne zusammen, dann verbarg ich mein Gesicht in den Händen.

Katrín setzte sich neben mich und legte mir ihre Hand auf die Schulter, während ich weinte.

Danach saß ich da und schaute mit leerem Blick auf das Meer vor uns.

»Du bist wütend. Und deine Wut tut dir weh, nicht wahr?«, fragte sie.

Schweigend nickte ich.

»Du willst, dass die anderen den gleichen Schmerz spüren.«

Wieder nickte ich, dieses Mal langsamer.

»Dann«, meinte sie, »müssen wir sie hier begraben. So wird jeder deine Trauer zu spüren bekommen.«

Dann nahm sie den Stein wieder zur Hand und fuhr fort, den Boden damit aufzuhacken.

Ich packte ihr Handgelenk. »Wir müssen sie woanders begraben, weiter fort vom Fluss.«

Katrín legte den Kopf schief. »Der Hügel dort ist wunderschön. Ich helfe dir.«

Der Boden am Hügel war lockerer, sodass das Grab rasch geschaufelt war. Trotzdem waren wir beide schweißgebadet. Gemeinsam ließen wir Mammas Leiche sanft in die Grube gleiten.

Ehe ich das Grab zuschaufeln konnte, rief Katrín mir zu: »Warte! Schau aufs Meer.«

Ich wischte mir über die Stirn und blickte auf zum Horizont, wo Meer und Himmel so ineinanderflossen, dass sie nicht mehr zu unterscheiden waren. Beide waren sie endlos und so alt wie die Erde selbst. Das Meer lag rauschend vor uns, silbrig, wild und kalt.

»Sie wird immer in der Nähe des Wassers sein«, sagte Katrín.

»Danke«, murmelte ich leise. Dann wiederholte ich meine Frage: »Warum hilfst du mir?«

Die Spiegelung des Meeres in ihren Augen ließ Katríns Blick unergründlich wirken, als könnte sie eine andere, geheime Welt sehen, jenseits der unseren.

»Deine Mamma war eine gute Frau. Und du wirst ein guter Mann werden. Das weiß ich.«

Nachdem ich meine Eltern beerdigt hatte, putzte ich die Kate und wusch meine Kleidung. Ich ging täglich hinunter ins Dorf, doch die Leute starrten mich nur an, mit angewidert verzogenen Mündern.

Ganz allein machte ich mich an die Arbeit und reparierte das Fischerboot meines Vaters. Es dauerte Wochen, bis ich am Strand genug Treibholz gefunden hatte, um es auszubessern, obwohl das Boot klein war und nur zwei Ruder besaß.

Abends saß ich über der Bibel und brachte mir das Lesen und Schreiben bei, indem ich mit einem Stöckchen die Verse aus der Bibel in den Sand schrieb, die ich aus der Kirche kannte. Ich übte mich auch im Zahlenschreiben, ging erst zu Bett, wenn das Fischöl in der Lampe niedergebrannt war, und war beim ersten Licht wieder auf den Beinen, um weiter am Boot zu arbeiten.

Ich wäre gewiss verhungert, wenn Katrín mir nicht jeden Tag Fisch und *Skyr* gebracht hätte. Als ich mich weigerte, das Essen anzunehmen, stieß sie mich in die Rippen und sagte: »Ich werde nicht zusehen, wie du dich über all der Arbeit in ein Skelett verwandelst. Wenn ich dich so sehe, nichts als Haut und Knochen, habe ich selbst keinen Appetit mehr.«

Ihre raue Herzlichkeit ließ meine Augen brennen.

Die anderen Dörfler sprachen kein Wort mit mir, sondern beobachteten mich nur von Weitem, mit scheelem Blick und säuerlicher Miene.

Eines Tages, als Katrín mir wieder einmal Essen brachte, deutete ich auf die glotzenden Menschen. »Glauben sie, dass ich dir etwas antun könnte?«

»Vielleicht.« Sie warf mir ein schelmisches Grinsen zu. »Aber keiner von ihnen würde auch nur einen Finger rühren, um dich davon abzuhalten, selbst wenn du dich auf mich stürzen würdest, um mir die Kehle durchzuschneiden.«

Ich schaute sie verwirrt an. »Hassen sie dich denn auch?«

»Nein, ich bin wohlgelitten. Aber diese Menschen wärmen sich in den dunklen Wintern an ihrem Getuschel. Sie würden auch tatenlos zuschauen, wenn ihre Großmütter von einem Meermann ertränkt würden, solange sie danach etwas zu erzählen haben.«

»Also finden sie mein Elend unterhaltsam?«

»Dein Elend ist nichts Ungewöhnliches. Zeig mir eine Familie, in der nicht ein Pabbi ertrunken oder ein Säugling gestorben ist.«

Mir fiel ein, dass Katrín selbst einen Ehemann ans Meer verloren hatte und eine Tochter ans Land. Fast hätte ich meine Hand ausgestreckt, um ihre zu nehmen, doch ich hielt mich zurück.

»Wenn ich nichts Ungewöhnliches bin«, erwiderte ich, »warum starren sie mich dann so an?«

»Dieses Land bringt dich um, wenn es nur kann. Wir Isländer sind aus anderem Holz geschnitzt als die weichen Ausländer. Selbst die barbarischen Piraten sind nicht lange geblieben. Und hast du jemals von einem dänischen Händler gehört, der hier freiwillig einen Winter verbringt?«

Ich zuckte mit den Achseln. Was hatte das mit mir oder der morbiden Neugier der Menschen zu tun?

»Wir wirken stark, Jón, wir alle. Aber wir sind wie das Gras. Wir beugen uns mit dem Wind, damit er uns nicht zerstört. Du dagegen bist wie das Meer: Du kommst immer wieder herangerollt. Schau dich doch an: Deine Eltern sind tot, deine Kate steht kurz vor dem Einsturz, dein Boot ist voller Löcher, und doch gibst du nicht auf.«

Ich hob meine Hände. »Ich will nicht sterben.«

»Du willst *leben*. Und du willst ein besseres Leben als das, was dir gegeben wurde.«

Am Strand unter uns verstummte das Meer.

»Du bringst Hoffnung, Jón. Du zeigst ihnen, dass es im Leben mehr geben kann als das reine Überleben.«

In den folgenden drei Monaten teilte Katrín ihr Essen mit mir, während ich die hellen Sommernächte dazu nutzte, auf dem Boot zu arbeiten, und die Tage, um auf dem Feld zu schuften. In jenem Herbst fing ich genug Fisch, um damit handeln zu können. Auf dem Land, das mein Vater so vernachlässigt hatte, säte ich Gras aus und hoffte, im nächsten Jahr anstelle von Disteln Heu ernten zu können.

Ein Jahr später war ich bereits in der Lage, die vielen Dorffrauen, deren Männer ertrunken oder in den Bergen verschwunden waren, mit Essen zu versorgen. Stykkishólmur war ein Ort, der überwiegend von Frauen, Kindern und gebrechlichen Alten bevölkert wurde. Das Dorf konnte einen Anführer gebrauchen, denn der alte *Bonði* hatte die Menschen mit seiner Gier ausgesaugt und dann zurückgelassen. Nach und nach entwickelten die Dorfbewohner mir gegenüber ein Gefühl der Loyalität, das mit jeder Essensgabe stärker wurde.

Auch mein Ansehen wuchs. Als Gegenleistung für meinen Fisch verlangte ich nur, dass man mir alles Treibholz überließ, das am Strand gefunden wurde. So konnte ich die Wände meiner Kate mit Holz verkleiden und schließlich sogar einen Dachboden über dem *Baðstofa* errichten.

Annas Verhalten sollte mich später dazu zwingen, auch noch Türen und Schlösser einzubauen. Das war ein teures, aber notwendiges Unterfangen.

In den Handel stieg ich ganz allmählich ein. Ich begnügte mich anfänglich damit, meine Waren mit Bauern in benachbarten Orten zu tauschen. Nach drei Jahren harter Arbeit konnte ich eine kleine Schafherde kaufen, die mich und die Dörfler mit Milch, *Skyr* und Wolle versorgte. Mit dem Verkauf der Gerfalken kam ich zu Wohlstand und gelangte auch unter den dänischen Händlern zu Ansehen, die fortan häufig nach Stykkishólmur reisten. Ich konnte immer besser für die Leute im Dorf sorgen, für *meine* Leute, wie mir allmählich schien.

Katrín fand es seltsam, dass ich nicht mehr von den Dörflern verlangte, aber ich erwiderte: »Dazu besteht gar keine Notwendigkeit.« Und damals war dem auch so.

All mein Lebtag hatten die Menschen hinter vorgehaltener Hand über mich getuschelt oder mich offen abfällig behandelt. Jetzt verbeugten sie sich vor mir oder knicksten und nannten mich »Herr«. Ich hielt sie auf Abstand und verlangte, dass sie mich um Erlaubnis ersuchten, ehe sie mein Gehöft betraten. Manchmal sah ich, wie sie zusammenschreckten, wenn ich vorüberging, und das ließ mich noch aufrechter gehen. Vielleicht hätte ich sie anlächeln sollen. Doch das tat ich nicht.

Als der alte übelriechende Stammesführer verstarb, war sich das Dorf einig: Sie wählten mich zum neuen *Bonði*, zu dem Mann, dem sie Steuern zahlen würden – obwohl ich nie welche verlangte – und dem sie ihr Schicksal anvertrauten. Ich galt als großzügiger *Bonði* und als angesehener Kaufmann, und mein Name war in weiten Teilen Islands bekannt.

Und wenn ich mich nachts schlafen legte, gab ich mir Mühe, nicht an das Verborgene in mir zu denken, das ich vor den Menschen geheim halten musste, um überleben zu können.

In meiner Höhle macht sich Dunkelheit breit. Am Horizont werden gerade die letzten dünnen Fäden Sonnenlicht abgespult, während am Himmelszelt die Sterne bereits lebhaft funkeln. Ich hebe meine Hand vor die Augen und beuge und strecke meine Finger, ehe ich den Griff des Messers packe und so fest zudrücke, als wollte ich die letzten Atemzüge aus einem bereits verstorbenen Wesen herausquetschen.

Noch geht es. Noch habe ich genug Kraft.

Teil Vier

Wenn der Sturm nachlässt, tosen die Wellen.

Isländisches Sprichwort

RÓSA

Stykkishólmur, November 1686

Eine immer dickere Frostschicht bedeckt den Boden, und Rósa muss mehr und mehr Zeit im Haus verbringen, mal mit den Männern, mal ohne sie. Doch selbst wenn sie allein ist, fühlt sie sich beobachtet. Sie träumt, dass Jón über sie gebeugt dasteht, vermummt und mit einem Messer in der erhobenen Hand. Wenn sie ihn tagsüber dann mit Pétur und Páll sprechen und lachen sieht, verspürt sie einen hämmernden Druck in der Brust und an den Schläfen.

Es wird noch kälter. Unter den aufgeblähten Bäuchen der Wolken ächzt der Boden.

Eines Nachts fällt der Schnee in dichten weißen Bahnen. Die Luft ist so trübe, dass sie fast greifbar scheint, gleich einer eisigen Wand. Als Rósa am folgenden Morgen in den Schneesturm hinaustritt, kann sie kaum atmen. Der Schnee kommt aus allen Richtungen. Er fällt wie üblich von oben, scheint jedoch gleichzeitig auch von unten aufzusteigen, sodass seine Kälte ihr Nase und Mund vereist. Sie keucht. Der eisige Schnee brennt auf ihrer Haut.

Sie wirft die Tür zu und sucht in der Küche Zuflucht. Sie ist allein. Die Männer sind im Stall, und sie ist durch den Schnee von ihnen abgeschnitten. Sie hält den Atem an und lauscht der gedämpften Stille des Schneesturms. Das Dach stöhnt unter der Last des Schnees, und nur wenig Licht fällt durch die mit dünner Schafshaut bespannten Fenster. Die schwache Flamme ihrer Lampe flackert.

Plötzlich fährt Rósa zusammen. Die Männer sind mit den Tieren im Stall eingeschlossen. Sie stellt sich die warmen Leiber der Kühe und Schafe vor, die in plötzlicher Dunkelheit dicht an dicht gefangen sind, über ihnen das

Ächzen des durchhängenden Daches. Sie sind sicher ganz panisch.

Páll!

Sie läuft zur Tür, atmet tief ein und wirft sich in den Schneesturm, wo sie glaubt, ersticken zu müssen: Eisige Luft dringt ihr in die Nase, Windböen entreißen ihr die Luft zum Atmen, Kälte windet sich in ihr Fleisch und durchbohrt ihre Knochen. Sie weiß, was ihre Mutter sagen würde: »Der Schneegott Ullr hat einen Wutanfall.« Rósa schüttelt den Kopf, um den Gedanken zu vertreiben. Nur der eine wahre Gott entscheidet über das Wetter.

Doch wenn das stimmt, dann ist mit ihm wohl gerade auch nicht zu spaßen.

Sie taumelt durch die Schneewehen, sinkt bis zur Hüfte ein. Sie stolpert, fällt, rappelt sich wieder auf, die Röcke schwer vom Schnee, und kämpft sich vorwärts. Der Stall ist durch das eisige Weiß kaum zu erkennen.

Da hört sie eine Stimme, die brüllt: *»Rósa! Rósa!«*

Sie müht sich weiter. Riesige Schneewehen türmen sich vor dem Stall auf. Sie erkennt einen winzigen dunklen Streifen, wo die Männer vergeblich versucht haben, die Tür gegen die sich davor auftürmenden Schneemassen aufzudrücken. Rósa beginnt, den Schneeberg mit Händen und Füßen fortzuschaufeln, den Schnee zur Seite zu werfen.

»Ich bin hier!«, keucht sie.

»Beeil dich!« Die Stimme klingt angstverzerrt.

Als Rósa einen Teil des Schnees geräumt hat, sieht sie zu ihrem Schrecken ein blutrotes Band unter der Stalltür hervorsickern. Es vermischt sich mit dem Weiß des Schnees zu einem widerlichen rosafarbenen Matsch.

Rósa beginnt schneller und konzentrierter zu graben, bis sie die Tür endlich weit genug aufziehen kann, um sich durch den Spalt in die stickige Finsternis des Stalls zu quetschen.

Eine einzelne Öllampe erzeugt einen flackernden Lichtkegel. In der Luft hängt ein schwerer metallischer Geruch. Rósa hört abgehacktes Keuchen und ein schmerzerfülltes Aufstöhnen. Pétur und Páll beugen sich über Jón, der dort im Stroh liegt, zusammengerollt und blutend.

Pétur presst seine Hand auf Jóns Seite, wo aus einer klaffenden Wunde die Eingeweide herausquellen. Entsetzt schlägt sich Rósa die Hand vor den Mund und erinnert sich an ihren Wunsch, Jón das Messer in den Leib zu stoßen. Es ist, als wäre ihr geheimer Wunsch dafür verantwortlich, als hätten ihre Gedanken dafür gesorgt, dass er nun so hier liegt.

Jón ist immer noch bei Bewusstsein. »Deinem Gesicht nach zu urteilen, bin ich praktisch ein toter Mann.«

Pétur sieht Rósa flehentlich an, als erhoffte er sich von ihr eine Wunderheilung. »Es war ein Schaf«, stößt er mit rauer Stimme hervor. »Es ist in Panik geraten. Jón hat versucht, es festzuhalten. Ich habe ihm gesagt, dass er loslassen soll.«

Rósa starrt auf den ausgefransten Riss in Jóns Fleisch.

Das Blut strömt ihm aus dem Leib, und sein Blick wird glasig. Wieder denkt sie an das Fuchsjunge. Ob wohl ein Jäger zu dem Schluss käme, es wäre besser für Jón, wenn man sein Leid beendet?

Péturs Stimme durchbricht ihre Gedanken. »Rósa. *Rósa!* Die Wunde. Schnell!«

Natürlich! Sie wirft sich wieder in den Schneesturm, stakst den Pfad zurück zur Kate und kramt im *Baðstofa*, bis sie ihr Nähetui findet. Wie dick muss wohl eine Nadel sein, wie dick der Faden, um einen Mann zusammenzunähen?

Einen Moment lang malt sie sich aus, wie sie in der Küche sitzt und sich einschneien lässt, während Jón draußen im Stall langsam verblutet.

Lieber Herr Jesus, was ist nur aus mir geworden?

Rósa stolpert zurück zum Stall, hält sich ihr Tuch über Nase und Mund, um atmen zu können. Ihre Tränen vermischen sich mit Schnee.

Als sie den Stall endlich erreicht, rechnet sie schon damit zu hören, dass Jón bereits gestorben sei. Einen Augenblick lang hofft sie vielleicht sogar darauf. Aber nein: Dort liegt er und keucht. Sie sieht mehr Blut, und die anderen Männer sind bleich und zittern.

Sie arbeitet schnell, führt den Faden durchs Nadelöhr und presst die Haut um die Wunde zusammen. Jón stöhnt auf, doch sie hält nicht inne. Mit ihren Fingern erschafft sie das Bild eines vollkommenen, unversehrten männlichen Oberkörpers. Ihre Stiche sind groß und unsauber, doch sie stoppen die Blutung, bis auf ein kleines Rinnsal, das sie mit ihrem Rocksaum fortwischt.

»Gute Arbeit«, murmelt Pétur.

Jón ist jetzt bewusstlos, seine Mundwinkel schlaff. Seine Haut gleicht dem durchscheinenden Weiß frostbedeckter Blüten, darunter sind, wie Eisblumen, die blauen Adern zu sehen. Sie legt ihren Kopf auf seine Brust und lauscht dem wilden Hämmern seines Herzens. Sie ist erleichtert – oder glaubt, es zu sein.

Draußen fällt der Schnee in dichten Schleiern, die Welt ist stumm wie ein Grab. Gemeinsam heben sie Jón hoch – Rósa stützt seinen schlaff herunterhängenden Kopf – und kämpfen sich durch den Schnee zum Haus. Zwar ist er nicht bei Sinnen, doch er bebt und stöhnt unter der eisigen Berührung der kalten Flocken.

»Ganz ruhig«, murmelt Rósa, wie sie es bei einem fiebernden Kind täte. »Ruhig.«

In jener Nacht wachen sie abwechselnd an seiner Seite. Die langen Stunden werden von seinem Gewimmer durchbrochen. Draußen bedeckt der Schnee ihre Spuren, vernichtet den Pfad zum Stall, den sie geschaffen hatten, und begräbt Jóns vereiste Blutstropfen.

Am folgenden Morgen sind sie alle grau im Gesicht. Jóns

Haut ist glitschig von Schweiß, sein Atem geht schnell und flach. Rósa untersucht die Wunde, sie ist rot und entzündet.

Er stöhnt, und Speichel rinnt ihm aus einem Mundwinkel. Pétur wischt ihn mit einem Zipfel seines Hemdes ab. Eine kurze, zärtliche Geste, wie Rósa sie zwischen Müttern und ihren schmuddeligen Kindern beobachtet hat.

Pétur bemerkt ihren Blick und hebt eine Augenbraue, kräuselt die Lippen. So sieht er mehr denn je aus wie ein Monster.

Sie schluckt. »Katrín hat Engelwurz.«

»Er hat keinen *Husten*, Rósa.« Péturs Blick wirkt jetzt noch düsterer. »Katríns Unkraut wird ihm nicht helfen.«

»Er kann nicht im *Baðstofa* bleiben, die Luft ist zu schlecht – sieh dir nur den Rauch an, der aus der Küche kommt.« Sie zeigt auf den aufsteigenden Ruß, das genaue Gegenteil zum weißen Schnee draußen.

»Wohin soll er dann?«, will Pétur wissen.

»Auf den Dachboden?«

Pétur schüttelt den Kopf. »Der muss verschlossen bleiben.«

Páll runzelt die Stirn. »Was ist ein *Dachboden*? Und warum ist er verschlossen?«

»Er bleibt hier«, befiehlt Pétur.

Rósa seufzt und legt mehr Torf aufs Feuer, um etwas gegen das wilde Zittern zu tun, das Jóns Körper durchläuft. Jetzt wird der Rauch noch stärker. Ruß und Asche segeln durch die Luft.

Als Jón zum ersten Mal hustet, heult er auf, und ein dunkler Fleck breitet sich auf seinem Hemd aus. Pétur eilt an seine Seite und presst ihm die Hand auf die Wunde. Jón stöhnt und hustet angesichts des wabernden Rauches noch einmal, brüllt vor Schmerz auf.

Rósa blickt Pétur unverwandt ins Gesicht. »Der Rauch wird ihn umbringen.«

Pétur schließt kurz die Augen. Als er sie wieder öffnet, erwidert er: »Der Dachboden, aber … er wird fuchsteufelswild sein.«

»Was ist dir lieber, dass er lebt und tobt oder dass er stirbt?«

Pétur stößt ein heiseres Lachen aus und blickt sie fest an. Sie kann den Ausdruck in seinen goldenen Augen nicht deuten. »Und er hat gedacht, er heiratet ein Mäuschen, Rósa. Helft mir, ihn zu tragen.«

Gemeinsam gelingt es ihnen, Jón die Leiter hinaufzuhieven, wo sie ihn auf dem kleinen Absatz vor der Tür ablegen, in sich zusammengesackt wie abgemähtes Gras. Sein Atem geht flach, doch Rósas grobe Stiche halten seinen Leib zusammen. Wie eine ausgestopfte Puppe sieht er aus, mit einer wulstigen Naht in der Mitte.

So beiläufig, als zöge er ein Messer hervor, nimmt Pétur einen Schlüssel aus dem Beutel an seiner Hüfte. Rósa blickt ihn ungläubig an. Dann wendet er sich an Rósa und Páll: »Ich übernehme ihn jetzt.«

Rósa schüttelt den Kopf. »Nein, du musst …«

»*Du* musst jetzt diese Leiter wieder hinuntergehen.«

»Das ist mein Haus …«

»Nein, es gehört Jón, deinem Ehemann, der dich angewiesen hat, dem Dachboden fernzubleiben.«

Páll tritt vor, die Andeutung eines Lächelns im Gesicht. »Was soll das, Pétur? Warum …?«

»Du solltest keine Fragen stellen. Es ist besser, für alle.«

Páll streckt die Hand aus. »Aber warte …«

»Es ist sicherer«, erklärt Pétur. »Glaub mir. Manches sollte man besser nicht wissen.«

Páll sieht aus, als wolle er etwas erwidern, doch Rósa bemerkt, wie sich Péturs Körper anspannt. Sie denkt an Mundarnes und den Mann, der sich ihm entgegengestellt hat. Sie erinnert sich an das Messer an dessen Hals.

»Páll, komm, wir gehen«, murmelt Rósa.

Er reagiert nicht. Sein Blick, hart und kalt, ist noch immer fest auf Pétur gerichtet.

Rósa legt ihre Hand auf Pálls Arm. »Komm mit mir. Bitte.«

Er nickt knapp, und sie steigen die Leiter hinunter, während Pétur dasteht und wartet.

Als sie im *Baðstofa* stehen, sehen sie sich an und lauschen, wie sich die Tür oben fast geräuschlos öffnet, die Scharniere gut geölt, und wie Pétur Jón über den Boden zieht, genau über ihnen.

Páll hebt fragend die Hände. »Ich verstehe nicht …«

»Ich weiß«, flüstert Rósa und presst sich einen Finger an die Lippen. Sie lauschen den schlurfenden Schritten, dem Ächzen der Bodenbretter und einem gedämpft klingenden Raunen. Sie erkennt die Geräusche aus ihren Albträumen wieder und muss an sich halten, um sich nicht die Hände über die Ohren zu pressen.

Schließlich klettert Pétur die Leiter herunter. Er geht geradewegs an ihnen vorbei in die Küche, gießt etwas Wasser in einen Topf und stellt ihn auf den *Hloðir*.

Dann wendet er sich an Rósa: »Die Wunde muss gewaschen werden. Du hast sicher Moos. Wo ist es?« Er spricht, als wäre nichts Besonderes passiert, als gäbe es über ihren Köpfen keinen geheimen Raum, als hätte er sie nicht eben noch drohend angeknurrt.

Rósa blinzelt ungläubig, dann reicht sie ihm eine Schale hellgrünen Mooses, die er in den Topf mit Wasser leert. Fast will sie ihn daran erinnern, dass Katrín mehr davon und auch weitere Kräuter hat, doch beim Anblick seiner zusammengepressten Kiefer schweigt sie lieber.

Den Rest des Tages sorgt Pétur dafür, dass Páll und Rósa nie unter sich sind. Wann immer er die Leiter hinaufklettert, weist er Páll an, ihm zu folgen und vor dem Dachboden auf dem Absatz zu sitzen, während er sich um Jón kümmert. Rósa sagt er, sie solle in der Küche bleiben.

Während Pétur auf dem Dachboden beschäftigt ist, lauscht Rósa den Geräuschen. Sie hört ein Wispern, kann jedoch keine Stimmen ausmachen. Einen Moment lang stellt sie sich vor, Anna befände sich tatsächlich dort oben, wäre die ganze Zeit dort gewesen. Was würde das für Rósa bedeuten? Was tut man mit einer überflüssigen zweiten Ehefrau, wenn die erste wieder auftaucht?

Am späten Nachmittag steigt Pétur die Leiter wieder hinab.

»Die Tiere müssen versorgt werden«, weist er Páll knapp an. »Du kommst mit mir. Rósa, wir werden etwas zu essen brauchen, wenn wir zurückkehren.«

Sie blickt auf ihre Hände hinunter und nickt gehorsam. Páll seufzt und steht auf. Aus dem Augenwinkel beobachtet sie, wie sich die beiden mehrere Lagen Umhänge und Decken überwerfen. Wann immer Pétur die Arme bewegt, hört sie das Klimpern des Schlüssels in seiner Tasche, bis das Geräusch schließlich von den vielen Kleiderlagen erstickt wird.

Als er die Tür öffnet, bricht der Sturm brüllend ins Haus ein. Der Wind ist wie ein Faustschlag, und die kalte Luft nimmt Rósa den Atem. In der kurzen Zeit, die die Männer brauchen, um nach draußen zu gehen und die Tür hinter sich zu schließen, hat sie unkontrolliert zu zittern begonnen.

Sie kauert sich an den *Hloðir* und zählt sechzig Herzschläge, dann läuft sie zur Leiter und klettert eilig hinauf. Die Tür zum Dachboden sieht genauso aus wie immer und ist selbstverständlich verschlossen. Pétur ist schließlich sehr gewissenhaft. Als Rósa ihr Ohr ans Holz presst, hört sie Jóns rasselnden Atem, weiter nichts. Sie wartet auf ein Flüstern, auf Schritte, doch es bleibt still.

Sie seufzt und steigt die Leiter wieder hinab. Als sie gerade wieder in die Küche gehen will, um sich am *Hloðir* zu wärmen, fällt ihr Blick auf etwas, das vor ihr im Stroh glitzert.

Sie hebt es auf und meint einen Moment lang, nun gänzlich den Verstand verloren zu haben … Denn das kann doch nicht sein. Und doch …

Der Schlüssel! Sie hebt ihn auf, schließt ihre Hand fest um ihn und macht die Augen zu. Sie wagt es noch nicht zu hoffen. Eilig dreht sie sich zur Leiter um und klettert die Sprossen hinauf. Sie steckt den Schlüssel ins Schloss – er passt! –, dreht ihn um und drückt gegen die Tür, während ihr die ganze Kate zusieht. Sie hält den Atem an, als sich die Tür öffnet und ihr mit dem kalten Luftzug ein überwältigender übler Gestank entgegenschlägt.

Rósa zögert. Vor sich sieht sie nichts als Finsternis, sie hört nur Jóns keuchenden Atem. Es fällt ihr schwer, den Gedanken, er würde sie mit Blicken verfolgen, beiseitezuschieben. Wie eine Schlafwandlerin rückt sie in den Raum vor, schlurft durch die Dunkelheit, die Arme ausgestreckt, das Herz wild pochend.

Jón liegt an einer Wand, die Hände auf dem Bauch gefaltet, dort, wo ihn das Horn des Schafes durchbohrt hat. Seine Haut ist wächsern, sein Atem geht schnell, sein ganzer Körper scheint geschrumpft zu sein. Seine muskulösen Arme und Beine sind mit einer Decke bedeckt, und sein Gesicht wirkt im Schlaf weich und kindlich. Sie kniet neben ihm nieder. Er rührt sich und stöhnt, und Rósa springt auf, bereit zu fliehen, sollten sich seine Augen öffnen. Doch obwohl Jóns Augenlider zucken, sieht er sie nicht. Stattdessen öffnet er den Mund, als wollte er sprechen. Er hustet, und Rósa bemerkt, dass seine Zunge trocken ist, die Lippen aufgesprungen. Rasch tunkt sie eine Ecke des Tuchs in den Moostee und drückt sie ihm an den Mund. Er saugt am Stoff wie ein Neugeborenes an der Brust. Wieder und wieder taucht Rósa das Tuch in den Tee, und er öffnet den Mund, doch seine Augen bleiben geschlossen. Langsam streckt sie den Arm aus und streicht ihm das Haar aus der Stirn.

Endlich wird sein Atem ruhiger, tiefer. Sein Mund schließt sich. Rósa stellt den Krug zurück auf den Boden und wischt sich über die nassen Wangen. Sie hat gar nicht bemerkt, dass sie zu weinen begonnen hat.

Mit wackeligen Beinen steht sie auf und sieht sich im düsteren Dachbodenraum um. Sie hat alte Fässer oder verhedderte und gerissene Fischernetze erwartet. Doch stattdessen sieht sie Jóns Matratze, einen kleinen Tisch, einen Nachttopf. Alles recht sauber, recht leer, als warteten die Gegenstände darauf, benutzt zu werden. Sie versucht, in den finsteren Ecken des Bodens ein Anzeichen dafür zu finden, dass jemand anders hier war.

Der Dachboden erstreckt sich über die gesamte Länge des Hauses, und Rósa kann von ihrer Position in der Nähe der Tür die gegenüberliegende Wand nicht sehen. Vielleicht wartet Anna in der Dunkelheit auf sie? Was, wenn der Geist, der *Draugr*, sich irgendwo an die Wand gepresst hat und Rósa in diesem Augenblick beobachtet? Sie holt tief Luft und geht weiter in den Raum.

Ihre Schritte klingen in der Finsternis wider, und sie hört ein Wispern vor sich im Dunkeln. Wie angewurzelt bleibt sie stehen, befindet sich jetzt etwa in der Mitte des Raumes. Das helle Rechteck der Tür scheint sehr weit entfernt zu sein. In der Zeit, die sie bräuchte, um dorthin zu rennen, könnte sich jemand aus der Dunkelheit auf sie stürzen und seine Hände um ihre Kehle schließen. Sie fasst sich an ihren ungeschützten Hals. Unter ihren Fingern spürt sie ihren flatternden Puls.

Fast will sie umkehren. Fast. Doch dann geht sie weiter.

Dunkelheit. Stille. Jetzt ist sie beinahe am Ende des Raumes angekommen. Zitternd atmet sie ein. Dort ist nichts. Sie streckt die Arme vor sich aus und holt noch einmal tief Luft. Sie muss es sich wohl eingebildet haben, alles, jedes einzelne Geräusch.

Da hört sie plötzlich aus der finstersten Ecke des Dachbodens das Rascheln von Stoff. Rósa fährt zusammen und schreit auf.

Etwas Lebendiges! Jemand …

Da hört sie es wieder, das Rascheln. Etwas Weißes blitzt auf. Panisch um sich tastend weicht sie an die Wand zurück, weg von dem Geist, der sich dort im Finstern bewegt.

»Anna!«, zischt sie.

Ein Flattern. Das Geräusch erinnert Rósa so sehr an die Atemzüge, die sie zu hören meinte, wann immer sie ihr Ohr von außen an die Tür des Dachbodens presste. Sie macht sich klein, kauert am Boden, unfähig, sich zu rühren. Das muss der *Draugr* sein, vor dem sie sich so gefürchtet hat. *Das* ist die Kreatur, die ihr die Luft zum Atmen nehmen will, in ihren Leib eindringen und sich ihrer Seele bemächtigen, bis sie sich selbst nicht mehr wiedererkennen wird, bis sie heulend und Unsinn brabbelnd die Hügel durchstreift.

Sie will fliehen, doch sie ist unfähig, sich zu rühren, hält die Augen starr auf die flirrende weiße Gestalt gerichtet.

Als ihr Atem wieder ruhiger geht, bemerkt sie, dass der *Draugr* nicht auf sie zukommt, sich ihr gar nicht nähert, um sie anzufallen und zu ersticken. Vielmehr scheint das Wesen dort festzusitzen, und seine ungestümen Bewegungen sind Befreiungsversuche.

Rósas Augen verengen sich zu Schlitzen, und sie späht in die Düsternis. Dann keucht sie erstaunt auf.

Da ist kein Geist, kein *Draugr*.

Ein Vogel!

»Ein Gerfalke«, flüstert sie. Ihre Gedanken rasen. Die vielen Geräusche …

Der Vogel bewegt sich, breitet seine weißen Schwingen weit aus. Rósa erkennt die entsetzliche Krümmung des gelben Schnabels, als der Kopf des Tieres von einer Seite zur anderen zuckt. Sie steht auf und schleicht auf Zehenspitzen näher, langsam, um den Vogel nicht zu erschrecken. Noch nie ist sie einem Gerfalken so nahegekommen, hat sie bisher immer nur hoch oben am Himmel ihre Kreise ziehen sehen, diese wilden, herrlichen, mörderischen Geschöpfe. Der Vogel beobachtet sie mit einem seiner scharfen Augen, peitscht mit den Flügeln durch die Luft, hebt kurz ab und wird dann von dem Lederband um seine schuppigen Beine wieder auf seine Stange zurückgezogen.

Eine Armeslänge entfernt bleibt Rósa stehen. Das Tier reckt seinen Kopf in ihre Richtung. Seine tückischen Augen verraten ihr, dass es nur ein Ziel kennt, eins allein: zu töten. Der Vogel öffnet und schließt seine Fänge, umklammert mit seinen gekrümmten Krallen die Stange.

Gerfalken sind ein Vermögen wert, besonders bei dänischen Händlern sind sie begehrt. Sie hat gehört, dass Edelleute in Dänemark bereit seien, das Gewicht des Vogels in Gold zu bezahlen.

Doch während sie das Tier betrachtet, fällt Rósa noch etwas anderes ein, die alten Geschichten, die sich um diesen Eisjäger, den König der Vögel, ranken.

Es heißt, dass ein Gerfalke, der für einen sterbenden Menschen gefangen und in dessen Nähe gebracht wird, mit dessen letztem Atemzug die Seele des Sterbenden in sich aufnimmt.

Da entdeckt Rósa hinter der Stange, zwischen Vogelkot und den verstreut herumliegenden Knochen winziger Tiere, die wie ein Spitzenmuster aussehen, einen kleinen Haufen Stoff.

Kleidung, durchfährt es Rósa, und ihr läuft ein Schauer über den Rücken. Und daneben ein Bündel Papiere und Steine. Sie kniet nieder und späht angestrengt ins Halbdunkel. Wenn sie doch nur an dem Vogel vorbeikäme, um es sich genauer anzusehen. Sie ist sich sicher, dass es sich bei einigen der Papiere um die Briefe handelt, die sie selbst geschrieben hat. Daneben sieht sie eine große krakelige Handschrift, die ihr nicht bekannt vorkommt.

Sie lehnt sich vor und streckt den Arm aus.

Der Gerfalke blickt sie mit seinen kalten gelben Augen an und lässt seinen Schnabel zuklappen. Sie tritt einen Schritt zurück und presst ihren Rücken gegen die Wand. Der Vogel legt den Kopf zur Seite, um ihre Bewegungen zu verfolgen, und fliegt dann von seiner Stange auf, direkt auf ihr Gesicht zu.

Rósa schreit auf und fällt hin, landet auf ihrem Handgelenk, doch den Schmerz spürt sie kaum. Zu sehr ist sie damit beschäftigt, von dem Vogel fortzukommen, seinem gnadenlosen, eindringlichen Blick zu entfliehen.

Sie weicht zurück, bis die scharfen gelben Augen des Gerfalken in der Düsternis verschwinden, lehnt ihren Kopf gegen die Mauer der Kate und konzentriert sich auf das Heben und Senken ihres Brustkorbs. Als sie es endlich auf ihre wackeligen Beine schafft, stolpert sie fast über etwas Großes, Hölzernes.

Rósa lässt ihre Finger darübergleiten. Es kann nicht sein … und doch ist das, was dort steht … eine Wiege.

Sie wirft einen Blick zurück, dorthin, wo der Vogel in der Dunkelheit sitzt, schaut dann wieder nach vorn auf die Wiege. Sie ist aus Treibholz gefertigt, vom Meer sorgfältig blank gescheuert und von geschickten Händen glatt gehobelt. Die Schnittkanten des Holzes wurden mit einem rauen Stein rund geschmirgelt. Vor ihr steht ein Werk, in dem viel Geduld und Liebe steckt.

Wieder denkt sie an die Geräusche, die vom Dachboden kamen. Sie blickt zum Gerfalken hinüber, der nur als Umriss erkennbar ist. Geschichten von Kindern, die sich in Tiere verwandeln, gehen ihr durch den Kopf. Der Vogel erwidert ihren Blick, starrt sie ohne zu blinzeln an – sie kann seine gelben Augen in der Düsternis gerade so erkennen –, dann krümmt er seinen Leib, als wolle er einen erneuten Angriff starten. Doch sie ist weit genug entfernt, dass er sie nicht erreichen, sie nicht berühren kann. Er klappert mit dem Schnabel. Sie blickt zur Seite. Es ist ein Vogel, nur ein Vogel. Die alten Legenden sind nichts weiter als Geschichten, mit denen man Kinder erschreckt …

Und dennoch … Wieder blickt sie auf die Wiege. Hatte es ein Kind gegeben? Bei all dem Tratsch war nie von einem Baby die Rede gewesen, ja nicht einmal von einer Schwangerschaft, jedenfalls nicht in den Gerüchten, die bis in den Süden nach Skálholt gedrungen waren. Andererseits war Jón gut darin, die Leute zum Schweigen zu bringen. Sie denkt an die Dorfbewohner mit ihren ausdruckslosen Gesichtern und den zusammengepressten Lippen, die in den gebeugten Schultern und den zu Schlitzen verengten Augen Geheimnisse trugen.

Vielleicht hatte es ein Kind gegeben, das gestorben war. Vielleicht … vielleicht war Anna schwanger gewesen, und Jón hatte sie hier im Dachboden eingesperrt, nachdem sie etwas herausgefunden hatte, irgendetwas, was Jón unbedingt verbergen wollte? Sie betrachtet die Wiege näher, sieht sich das Holz ganz genau an. Kein Kratzer ist zu finden, kein Anzeichen dafür, dass sie jemals verwendet wurde.

Hinter ihr rührt sich Jón und murmelt vor sich hin. Rósa zuckt zusammen. Seine Augen öffnen sich kurz, und er blickt ihr geradewegs ins Gesicht.

»Anna!«, faucht er. Dann schließen sich seine Augen wieder, und er liegt still da. Sie beobachtet ihn mit pochendem Herzen, doch da ist nur das Heben und Senken seines Brustkorbes, ansonsten bewegt er sich nicht.

Plötzlich hört sie von unten ein Knirschen, dann draußen das Gemurmel von Stimmen. Entsetzt erinnert sie sich, dass Pétur zurückkommen wollte.

Sie springt auf, huscht durch den Raum und zur Tür hinaus, ihre feuchte Hand gleitet über die Türklinke. Panisch tastet sie nach dem Schlüssel, lässt ihn beinahe fallen, die

Stimmen von draußen werden lauter. Sie schluchzt auf, als sie versucht, den Schlüssel im Schloss zu drehen, und er klemmt, sich nicht bewegen lässt.

Pétur wird die Tür unverschlossen vorfinden. Sie malt sich den Zorn in seinem Gesicht aus.

Rósa keucht panisch, versucht es noch ein letztes Mal. Das Schloss kreischt, der Schlüssel dreht sich. Er schneidet ihr in die Handfläche und hinterlässt dort einen perfekten halbkreisförmigen Abdruck.

Sie flucht, als ihr Blut das Handgelenk hinunterrinnt, und stolpert einhändig die Leiter hinunter. Sie hastet durch das *Baðstofa*, strauchelt, presst sich ein Stück Stoff auf die Wunde, schnappt sich ihr Strickzeug und setzt sich aufs Bett. Im letzten Moment fällt ihr der Schlüssel in ihrer Tasche ein, und sie wirft ihn zurück ins Stroh, dahin, wo sie ihn gefunden hatte. Als er landet, bemerkt sie, dass das Metall blutverschmiert ist, zu spät.

Pétur und Páll betreten das Haus, und sie bemüht sich zu lächeln. Die Wunde in ihrer Hand pulsiert.

In den Gesichtern der Männer hängt Eis. Pétur geht mit großen Schritten an ihr vorbei und klettert die Leiter hinauf. Sie hört, wie er in seiner Tasche nach dem Schlüssel sucht, hört sein scharfes Einatmen, als er bemerkt, dass er weg ist. Sie sitzt stocksteif da und wartet darauf, dass er wieder herunterkommt. Páll sieht sie mit hochgezogenen Augenbrauen an, doch sie kann ihm nicht in die Augen blicken, aus Angst, er würde erraten, was hinter ihrem merkwürdigen Verhalten steckt.

Pétur kehrt zu ihnen zurück und schnalzt mit der Zunge. »Der Schlüssel?«

Sie blickt ihn ruhig an, obwohl es in ihrem Inneren rumort. Ihre Kehle fühlt sich trocken an, ihr Mund ist wie ausgedörrt, doch ihrer Stimme merkt man nichts an, als ihr die Lüge wie Wasser über die Lippen fließt: »Ich habe ihn nicht gesehen.«

Sie sieht zu, wie Pétur seine Taschen erneut abklopft und vor sich hin brummt. Ihr Hals fühlt sich seltsam eng an, und sie muss ein hysterisches Lachen unterdrücken. Die Wunde in ihrer Hand pulsiert. Jeden Augenblick wird er sie bemerken.

»Vielleicht hast du ihn draußen verloren?«

Er flucht und geht zur Tür. Sie sieht ihm nach, sieht, wie er die Tür öffnet und hinaus in den Schneesturm tritt, der ihn verschlingen wird, während er einen Schlüssel sucht, den sie erst kurz zuvor auf den Boden geworfen hat. Sie stellt sich seinen Körper vor, wie er starr und blau vor Kälte unter dem Gewicht des unbarmherzigen Schneegottes zermalmt wird.

»Pétur!«, ruft Páll und zeigt auf den Boden.

Dort funkelt der Schlüssel im Licht des Feuers, als Pétur zurückkehrt und ihn aufhebt. Er klopft Páll auf die Schulter. »Gut gemacht. Ich wäre dort draußen beim Suchen erfroren.« Pétur grinst, während er seinen kalten Tod beschreibt, und Rósa zwingt sich, mit ihm zu lächeln, obwohl sie sich gleichzeitig seine Leiche vorstellt.

Da schaut Pétur den Schlüssel an und entdeckt das Blut. Er beißt die Zähne zusammen, und Rósa fühlt, wie ihr Hals immer enger wird, während sie auf seine Reaktion wartet. Endlich wischt Pétur den Schlüssel an seinem Ärmel sauber, ohne ein Wort zu sagen.

Langsam atmet Rósa aus.

JÓN

In der Nähe von Thingvellir, Dezember 1686

Ich habe nie leichtfertig ein Menschenleben genommen. Töten sollte man nur, wenn es keinen anderen Ausweg mehr gibt und ohne dabei die Ehrfurcht vor dem Leben zu verlieren. Jenseits des Meeres soll es Länder geben, in denen Männer mit Freuden ans Morden denken und sich am Anblick des brechenden Blicks ihrer Opfer, am Verklingen ihres letzten Herzschlags ergötzen.

Ich habe immer nur getötet, wenn mir keine andere Wahl blieb. Und doch schleiche ich jetzt durch die Dunkelheit mit zwei Messern im Gürtel, einem geschliffenen Stein in der Faust und genug Zorn in mir, um mit diesem Stein Schädel zu spalten.

Ehe ich Pétur kennenlernte, hatte ich noch nie einen Menschen getötet – zumindest nicht vorsätzlich. Doch mit Pétur änderte sich alles. Plötzlich war ich fähig zu morden.

Pétur wurde Egills und Birgits Sohn, als er etwa zwölf Sommer alt war, wobei er sein Alter nicht genau kannte. Ein Händler hatte ihn am Fuß der Hekla über das Vulkangestein wandern sehen, offenbar auf der Suche nach Blättern und Beeren. Mit einem Brotkanten hatte er den Jungen, der so dürr wie ein Ruderblatt und so dreckig wie die Erde selbst war, zu seinem Karren gelockt, ihn dann überwältigt, gefesselt und verschleppt, um ihn als Sklaven zu verkaufen. Doch niemand wollte ihn haben. Pétur fletschte die Zähne und knurrte und schnappte nach jedem, der ihm zu nahe kam. Der Händler brachte ihn nach Stykkishólmur, um ihn einem der Dänen anzubieten, in der Hoffnung, dass diese den Jungen als wilde Attraktion mit nach Dänemark nehmen würden.

Doch Birgit verliebte sich in ihn. Egill und sie hatten keine eigenen Kinder, und so setzte sie es sich in den Kopf, sich des Jungen anzunehmen. Egill war dagegen, doch Birgit bettelte so lange, bis er nachgab und die beiden Pétur bei sich aufnahmen. Die Leute im Ort waren darüber ebenso schockiert wie entzückt.

Ich befand mich zu dem Zeitpunkt im Ausland und nahm den kleinen Jungen mit den wilden Augen, der kaum sprechen konnte, nach meiner Rückkehr kaum wahr. Er rannte barfuß und in zerrissener Kleidung umher, während die Dorfbewohner über Birgit lachten, die ihm Schuhe hinterhertrug und ihn abküsste, wenn sie ihn erwischte.

Katrín erzählte mir, dass der Junge in den folgenden fünf Jahren ruhiger wurde und Birgit ins Herz schloss, wenngleich er immer wieder mit Egill aneinandergeriet. Oft hörte man aus ihrem Haus wütendes Gebrüll, gefolgt von Schmerzensschreien, wenn Egill Pétur Gehorsam einzuprügeln versuchte.

Mit den Jahren wurde der Junge folgsamer, und mit achtzehn Sommern hätte er als Egills leiblicher Sohn durchgehen können, wären da nicht seine dunklen Augen und sein dunkles Haar gewesen. Doch in jenem Sommer gerieten Pétur und Egill eines Tages so laut und heftig aneinander, dass auch Birgits Schreie zu hören waren.

Und dann folgte Stille. Lange Stille.

Ich ignorierte den Dorfklatsch, doch von Katrín erfuhr ich, dass Pétur danach tagelang nicht gesehen wurde. Die Leute rieben sich schadenfroh die Hände und meinten, Egill hätte ihn umgebracht. Doch der Pfarrer kam eines Tages ganz blass zu mir und erzählte, Pétur sei ausgerissen. Er glaubte, der Junge sei auf einem der Handelsschiffe gen Süden geflohen. Ob ich ihn finden könne, fragte er mich.

»Warum ich?«, entgegnete ich. »Meinst du nicht, du solltest dich selbst auf die Suche nach deinem Sohn begeben?«

»Auf mich wird er nicht hören. Aber du bist ein angesehener Mann. Und du weißt, wie man …«, und dabei verzog er angewidert den Mund, »… wie man Menschen überzeugt.«

Ich lachte. »Hier geht es doch nicht um ein Geschäft, Egill. Pétur ist nicht irgendein Däne, den ich mit einer Elle Wolle oder einem guten Stück Hammelfleisch für mich einnehmen kann. Schick doch einen seiner Freunde auf die Suche nach ihm.«

»Er hat keine Freunde. Die Dorfbewohner mögen ihn nicht, und er mag sie nicht. Ich … ich bitte dich, Jón. Tu mir den Gefallen.«

Egill flehte mich an und machte Versprechungen. Er würde beim Althing ein Loblied auf mich singen. Und wenn er mich dort erst einmal als weisen und fähigen *Bonði* angepriesen hätte, würde man mir bestimmt weiteres Land auf der Snæfelles-Halbinsel zugestehen.

»Vielleicht erlauben sie dir sogar, in den nördlichen Gebieten Handel zu treiben, Jón.«

Ich nickte. »Das klingt überzeugend, Egill, aber ich kann Pétur nicht zur Rückkehr zwingen. Außerdem habe ich gehört, dass es zwischen euch schon länger nicht mehr … friedlich zugeht.«

Egills Mund verzog sich. »Ich habe versucht, ihn zu ändern, ihn zu retten, vor dem Teufel, der ihm innewohnt. Aber jetzt vermisst Birgit ihn.« Egills Blick glitt zur Seite, doch ich sah noch, wie etwas wie Schmerz in seinen Augen aufblitzte, als würde ihm die Abwesenheit des Jungen echten Kummer bereiten.

Ich seufzte. »Ich werde es versuchen.«

Es war nicht schwer, Pétur ausfindig zu machen. Gerüchte über einen halbwilden dunklen Isländer führten mich die Küste entlang nach Norden. Ich war gerade dabei, mein Boot am Strand mit Steinen zu beschweren, damit es nicht abtreiben konnte, als ich Pétur vorbeirennen sah. Er war größer, als ich ihn in Erinnerung hatte, und von so schlanker Statur, dass er mich an ein Fohlen erinnerte, das zu rasch gewachsen war.

Dann sah ich, dass er von zwei kräftigen Männern verfolgt wurde, die lachten und johlten. Im ersten Moment hielt ich es für ein Spiel, doch Péturs Gesichtsausdruck war angespannt, seine Augen weit aufgerissen. Er hat die ungewöhnlichsten Augen, die ich je gesehen habe: bronzefarben wie gehämmertes Kupfer, umrahmt von dichten, langen Wimpern. Aber an jenem Tag waren sie angsterfüllt.

»Halt!«, rief ich und trat den Männern in den Weg. »Lasst den Jungen in Ruhe. Er ist vollkommen verängstigt, das sieht doch jeder Schwachkopf.«

»Pass auf, wen du hier einen Schwachkopf nennst«, knurrte einer der Männer.

»Dem gehört seine unverschämte Zunge rausgeschnitten«, rief der andere drohend, die Hand schon am Gürtel.

Auch meine Hand glitt an meine Seite, wo mein Messer griffbereit steckte.

»Wartet!«, rief der erste Mann und streckte die Hände aus. »Du bist doch Jón Eiríksson aus Stykkishólmur.« Er schwankte ein wenig und war eindeutig betrunken.

Ich nickte kurz. »Der bin ich.«

Der Mann wandte sich an seinen Kumpanen. »Jón handelt mit gutem Fleisch und Getreide, bringt uns auch Holz und Leinen von den Dänen.« Er hickste. »Lass das Messer stecken, Bolli.«

Bolli grunzte und ließ die Hand sinken. »Aber der entkommt uns jetzt«, beschwerte er sich mit Blick auf Pétur, der sich immer weiter entfernte.

»Was hat er denn getan?«, fragte ich. »Er ist doch kaum mehr als ein Junge.«

»Er ist ein Fremdling. Kennt noch nicht mal seine eigenen Eltern. Alle hier oben wissen, dass er ein Findelkind ist«, sagte Bolli.

»Er ist der Sohn von Egill und Birgit aus Stykkishólmur.«

»Egill!« Der Mann spuckte den Namen förmlich aus. »Das ist ja noch schlimmer.«

»Du kannst doch nicht einen Jungen für die Vergehen seines Vaters verprügeln.«

»Wir wollen ihn gar nicht verprügeln«, widersprach der erste Mann kichernd. »Und wir geben ihm danach sogar etwas zu essen.«

»Nicht, Thorolf!«, ermahnte Bolli seinen Freund.

»Ach was, Bolli«, gab Thorolf zurück, und ein verschlagenes Grinsen breitete sich auf seinem Gesicht aus. »Jón hat bestimmt Brot dabei. Dort in seinem Boot.« Er kniff die Augen zusammen. »Wenn du uns etwas Brot gibst, haben wir auch etwas Schönes für dich.«

»Thorolf!«, jammerte Bolli.

»Halt's Maul!« Dann wandte sich Thorolf grinsend an mich. »Jón mag den Heiligen spielen, aber er ist ein Mann wie jeder andere.« Etwas unsicher auf den Beinen beugte er sich zu mir vor. »Und er soll sogar noch unverheiratet sein, stimmt's?«

»Was soll das denn jetzt?«

»Und hast du nicht die letzten Wochen auf See verbracht?«

»Warum fragst du das?«

»So alt und noch nicht verheiratet, Jón, da entstehen natürlich Gerüchte über dich und deine Vorlieben.«

Ich war wie vor den Kopf geschlagen und wich zurück.

»Keine Sorge. Wir erzählen's niemandem, solange du uns hilfst, den Jungen zu fangen. Wir locken ihn mit deinem Brot an. Außerdem ist es einfacher, wenn zwei ihn halten. Der dritte kann dann ganz in Ruhe machen.«

Mir klappte der Unterkiefer herunter. »Ihr … Ich …«

»Heb dir deinen Dank ruhig für später auf. Und, wie gesagt, niemand wird je ein Wort erfahren. Dahinten ist eine

Erdspalte, in die wir die Leiche werfen können, wenn wir mit ihm fertig sind.«

Ich trat zurück und schüttelte den Kopf. »Ich bin *Bonði* …«

Es sollte wie eine Drohung klingen, doch Thorolf missverstand mich.

»Mann, jetzt tu doch nicht so scheinheilig. Außerdem ist es auch nicht sündiger, als es dir mit der Hand zu besorgen, und es ist immer noch besser, als sich von irgendeinem Bauernmädel eine Krankheit zu holen, nicht wahr?«

Sie lachten. In diesem Moment hätte ich ihnen die Kehle aufschlitzen können.

Ich zog mein Messer. »Macht, dass ihr fortkommt, ihr Dreckschweine. Ihr seid des Teufels!« Ich fuhr mit dem Messer durch die Luft und erwischte Bolli um ein Haar im Gesicht. Sie drehten sich auf dem Absatz um und rannten davon. Ich blieb auf zittrigen Beinen stehen und konnte das furchtbare Bild nicht abschütteln, wie Pétur von diesen Barbaren festgehalten und vergewaltigt wird.

Ich suchte den ganzen Tag nach ihm.

Als ich ihn fand, war die Sonne bereits hinter dem Horizont versunken, und die Schatten der Nacht hatten begonnen, sich auszubreiten. Ich hörte die Geräusche, ehe ich ihn sah.

Grunzen, gefolgt von einem Schrei. Dann ein langgezogenes Stöhnen.

Ich wusste, was geschehen sein musste, doch ich war trotzdem nicht auf das Grauen vorbereitet, das sich mir bot.

Sie hatten ihn an einer Stelle in die Enge getrieben, wo einige Felsen auf eine Erdspalte zuliefen. Pétur musste versucht haben, sich in den Spalt zu quetschen, war dabei jedoch stecken geblieben und so den Männern in die Hände gefallen.

Bolli hielt Pétur ein Messer an die Kehle und hatte seine Arme gepackt, während Thorolf hinter ihm stand und sein Becken von hinten gegen ihn rammte.

Ich war wie gelähmt vor Entsetzen. Thorolf stöhnte laut auf und sank keuchend auf Péturs Gestalt nieder, ehe er von ihm abließ. Beide Männer lachten. Pétur war zu Boden gegangen, wo er lag wie tot, sein Blick leer.

Nun stellte sich Bolli hinter Pétur, öffnete seinen Hosenlatz und spuckte sich in die Hand.

Ich brüllte auf, rannte los und stieß mein Messer in Thorolfs Oberschenkel. Er schrie auf und ging zu Boden, die Hände auf sein Bein gepresst. Auch Bolli schrie und sprang zurück, fummelte nach seinem Messer, war jedoch nicht schnell genug. Ich stach brutal zu, und Bollis Gebrüll verwandelte sich in ein nasses Röcheln.

»Du hast ihm die Kehle aufgeschlitzt!« Thorolf hinkte zu Bolli, der blubbernd am Boden lag und seinen Hals umklammerte. Blut quoll zwischen seinen Fingern hervor.

Mein eigenes Blut war plötzlich kalt wie Eis. Bollis Laute verloren bereits an Kraft. Ich trat auf Thorolf zu, der vor Angst heulte und nach einem Stein tastete.

»Ich schlag dir den Schädel ein!«, drohte er. Aus der Schnittwunde an seinem Bein strömte Blut.

Ich riss mich zusammen. Es wäre mir ein Leichtes gewesen, dem geschwächten Thorolf die Kehle durchzuschneiden und ihn ebenfalls verbluten zu lassen. Stattdessen ließ ich, immer noch bebend, das Messer sinken.

Dann ging ich neben Thorolf in die Hocke. »Wenn du das überlebst«, knurrte ich, »wirst du niemals ein Wort über meine Rolle in dieser Sache verlieren. Es wird dir ohnehin keiner glauben. Ich werde herumerzählen, dass du ein Sodomit bist und dass ich gesehen habe, wie du Bolli ermordet hast. Also sieh besser zu, dass du verschwindest. Und lass dich hier nie wieder blicken.«

Thorolf nickte stumm, doch sein Atem ging bereits schnell und flach, als er davonzukriechen versuchte. Ich hatte Tiere verbluten sehen. Weitere Drohungen waren überflüssig.

Ich ging hinüber zu Pétur, der mich mit schreckgeweiteten Augen fixierte. Als ich ihm eine Hand hinhielt, um ihm aufzuhelfen, knurrte er und schnappte danach wie ein wildes Tier. Ich zuckte zurück. Vielleicht war er wirklich mehr Tier als Mensch.

Langsam streckte ich ihm erneut meine Hand entgegen und sprach beruhigend auf ihn ein: »Ruhig, ganz ruhig.«

Pétur starrte mich an. »Ich kenne dich. Du bist Jón Eiríksson«, sagte er mit tiefer, melodischer Stimme und perfekter Aussprache.

»Der bin ich.«

Er nickte müde, kniete sich dann wieder auf den Felsen. »Mach schnell. Ich will Brot und Fleisch. Und leg dein Messer zur Seite, damit ich weiß, dass du mich danach nicht erstichst.«

Die Kinnlade fiel mir herunter. »Ich würde nie …« Ich fuhr mir mit den Fingern durchs Haar. »Steh auf.« Ich wandte mich ab, während er aufstand und sein Hemd herunterzog.

Hinter uns tat Thorolf seinen letzten Atemzug und sackte in sich zusammen. Von dem Felsen, auf dem er lag, tropfte das Blut. Mein Herz verkrampfte sich in meiner Brust. Ich hatte einen Menschen ermordet. Zwei.

Ich schluckte, doch mein Mund war trocken, und mein Herz lag schwer wie Blei in meiner Brust. Ich schloss die Augen und versuchte, ein Gebet zu sprechen, aber meine Kehle war wie zugeschnürt, und ich brachte kein Wort heraus.

Eine Hand packte mich am Arm. Péturs Gesicht war dem meinen ganz nahe. »Danke«, flüsterte er.

RÓSA

Stykkishólmur, November 1686

Nachdem Pétur den Schlüssel aufgehoben und das Blut abgewischt hat, wendet er sich an Rósa und Páll: »Ich muss Jón Wasser geben, bleibt hier.«

Rósa sorgt sich, ob sie dort oben irgendwelche Spuren hinterlassen hat, doch sie kann ihm nicht folgen, ohne sein Misstrauen zu erregen.

Er steigt die Leiter hinauf, und sie stellt sich vor, wie er in dem dunklen Raum über ihnen neben Jón kniet, dann zum Gerfalken hinübergeht, ihm vielleicht einen jungen Vogel oder eine Ratte zu fressen gibt.

Sie sieht die unheimlichen Augen des Tieres wieder vor sich, erinnert sich daran, wie sie sie angestarrt haben, und erzittert.

Páll setzt sich neben sie aufs Bett. »Pétur hat mir erzählt, was auf dem Dachboden ist.«

Rósa erschrickt, versucht sich ihre Unruhe jedoch nicht anmerken zu lassen. »Ach ja?«

»Jón bewahrt dort Papiere auf, die das Gehöft und die Menschen hier betreffen. Es ist ihm wichtig, dass niemand sonst Zugang hat, und Pétur möchte seinen Willen respektieren.«

Sie öffnet den Mund, um etwas zu erwidern, doch da stolpert Pétur die Leiter herunter, sein Gesicht ist leichenblass. Bevor sie ihn fragen können, was passiert sei, presst er hervor: »Jón geht es schlechter. Viel schlechter. Die Wunde …« Er schreit in seinem Kummer laut auf und schlägt mit der Faust so fest gegen die Wand, dass eines der Holzbretter zerbirst.

»Ich will ihn sehen.« Rósa erhebt sich und geht zur Leiter.

Pétur verstellt ihr den Weg. »Nein, das ist unmöglich.«

»Ich will ihn sehen. Er ist mein Gemahl. Oder willst du ihn sterben lassen?« Sie blickt in Péturs seltsame Augen und spürt, dass Páll direkt hinter ihr steht, kann seinen Atem in ihrem Nacken fühlen.

»Jetzt!«, knurrt sie. »Wenn dir etwas an seinem Leben liegt.«

Er schließt die Augen, holt tief Luft und steigt die Leiter hinauf.

Rósa folgt ihm, ihre Beine zittern. Páll ist hinter ihr.

Die Tür zum Dachboden steht offen, und der Raum ist so dunkel wie zuvor. Pétur entzündet eine Kerze, und die flackernde Flamme wirft Schatten an die Wand. Es ist unmöglich, das andere Ende des Raumes zu erkennen, wo sich die Wiege und der Gerfalke befinden.

Jóns rasselndes Keuchen erfüllt den Raum. Seine Haut ist jetzt noch blasser und spannt über seinen Knochen.

Doch bevor Rósa zu ihm gehen kann, murmelt Pétur: »Warte hier.« Dann nimmt er eine Wolldecke und lässt sie in der düsteren Ecke jenseits des Kerzenscheins fallen, in der Nähe des Bettchens und des Vogels. Sein Verhalten erscheint ihr zu merkwürdig, um ohne Grund zu sein. Sie späht in die Dunkelheit. Im Boden, nun halb verdeckt, sind tiefe Einkerbungen zu erkennen, als habe dort jemand etwas ins Holz geritzt.

Pétur schaut sie herausfordernd an, dann sagt er: »Bleib in diesem Teil des Raumes, keine Fragen.« Er winkt sie zu sich und kniet neben Jón nieder. Ihr Ehemann ist schweißgebadet. Seine Augen rollen in ihre Höhlen zurück, und er wimmert leise.

Rósa kniet sich neben Pétur. Aus der Wunde, die bei jedem Atemzug grausam anschwillt, rinnt eine rosafarbene Flüssigkeit. Páll bringt frischen Moostee und Tücher, doch sie können alle nur hilflos zusehen, wie Jóns Atemzüge flacher und schneller werden, und Rósa wird klar, dass sie sich den Zugang zu Jóns Dachboden erkämpft hat, um ihren Ehemann sterben zu sehen.

Etwas Weißes blitzt in der Dunkelheit auf.

Páll schnellt mit weit aufgerissenen Augen hoch. »Was war das?«

»Nichts«, erwidert Pétur und blickt Rósa misstrauisch an. Sie weiß, sie hätte ebenfalls aufspringen, hätte irgendwie reagieren sollen, doch dafür ist es jetzt zu spät.

»*Etwas* ist dahinten«, flüstert Páll. Der Gerfalke schlägt wieder mit den Flügeln. »Da, schau!« Páll geht weiter in den Raum hinein.

»Bleib stehen!«, fährt Pétur ihn an. »Rósa?« Sein Blick ist hart.

Sie schluckt, schließt dann die Augen und flüstert: »Es hört sich an wie ein ... wie ein Vogel.«

Pétur beugt sich zu ihr vor, sie spürt seinen heißen Atem in ihrem Gesicht. Schnell und so leise, dass Páll ihn nicht hören kann, fragt er sie: »Was hast du gesehen?«

Rósas Herz schlägt wie wild in ihrer Brust, als sie an die Kleidung, die Briefe, die Steine, die Wiege denkt. Dann wendet sie sich an Páll und erklärt mit ruhiger Stimme: »Da ist ein Vogel, ein Gerfalke, er ist sehr schreckhaft, du solltest lieber nicht hingehen.«

»Ein Gerfalke?«, fragt Páll erstaunt. »Den würde ich gern sehen.«

Péturs gesamter Körper ist angespannt.

»Nein, du wirst ihn nur erschrecken«, erwidert Rósa. »Und jetzt komm her und hilf mir mit Jóns Wunde.«

Páll zögert, dann setzt er sich neben Rósa und wirft einen bedauernden Blick hinüber zu der dunklen Ecke, wo der Vogel sitzt.

Pétur entspannt sich und lacht leise auf, als er sich erhebt. »Sehr vernünftig, Páll. Der Gerfalke ist ein gefährlicher Vogel, er kratzt gerne mal jemandem die Augen aus. Aber wertvoll. Ich würde nicht wollen, dass er dich angreift. Uns sind seine Flügel wichtiger als dein Gesicht.« Er lacht noch einmal, doch Pálls Blick ist hart.

Pétur verzieht den Mund, sechs Herzschläge lang rührt sich niemand.

Dann legt Rósa Páll eine Hand auf den Arm und zeigt auf ein Stück Stoff. Er nimmt es, doch seine Hände zittern vor Zorn.

Pétur wendet sich um und verschwindet in der Dunkelheit am anderen Ende des Dachbodens.

Rósa und Páll sehen sich an und hören zu, wie Pétur beruhigend auf den Vogel einredet, während er sich ihm nähert. Dann werden Gegenstände bewegt, Leinen knistert, Papier raschelt, Steine poltern.

Pálls Augen sind weit geöffnet, doch Rósa kann ihm seine stummen Fragen nicht beantworten, jedenfalls nicht, ohne dass er anschließend mit Fäusten auf Pétur losginge oder sie für eine Wahnsinnige hielte.

Die Zeit vergeht schleppend. Sie beobachten die flackernden Schatten an der Wand, lauschen dem Klappern von Jóns Zähnen und sehen seine Muskeln zittern. Sie meiden den Blick des jeweils anderen. Irgendwann schläft Rósa ein, das Kinn auf der Brust ruhend, schreckt dann plötzlich wieder auf.

Pétur steht mit grimmigem Gesicht über ihr. Seine Hand liegt an seinem Gürtel, und einen Moment lang glaubt sie in seinen Augen eine Kreatur zu erkennen, die sie zerfleischen wird. Sein Blick ist unversöhnlich, brutal, wie der des Gerfalken, der nichts kennt, als den Drang zu töten. Sie schüttelt flehend den Kopf. *Nein, bitte nicht!* Sie öffnet den Mund, hat jedoch nicht genug Luft in der Lunge, um zu sprechen. Er blickt sie drei zittrige Atemzüge lang an, bis sie sich abwendet, dann macht er sich wieder daran, Jón mit einem feuchten Tuch die Stirn abzutupfen.

Páll rührt sich, späht zu Pétur hinüber und wirft Rósa ein kurzes Lächeln zu, das sie nicht erwidern kann. Ihr Gesicht ist zu einer reglosen Maske erstarrt.

Pétur reibt sich mit den Händen übers Gesicht und steht auf. »Die Tiere ... Und der Pfad muss geräumt werden. Komm, Páll.«

»Ich bleibe bei Rósa.«

»Du kommst mit mir.« Péturs Stimme klingt monoton und hart. An Rósa gewandt sagt er: »Wenn sich Jóns Zustand verschlimmert, rufst du mich.«

Beinah will Rósa fragen: »Und was wirst du dann tun?« Doch Pétur sieht so trostlos aus, wie er da steht und Jón ansieht, dass sie nur kurz nickt.

Alle drei klettern nacheinander die Leiter hinab. Pétur stürzt sich in den Schneesturm, und Páll folgt ihm, nachdem er Rósa einen letzten verzweifelten Blick zugeworfen hat. Die Welt draußen ist nur unscharf zu erkennen, besteht lediglich aus aufgetürmten Schneeverwehungen und weißen Buckeln, nur aus Eis und Luft, nichts weiter. Es existiert nur noch, was nicht mehr als eine Armeslänge entfernt ist, als gäbe es abseits der Kate kein Leben mehr. Rósa blickt den Männern nach, vor Kälte zitternd: Nach zwei Schritten sind sie nur noch undeutlich zu erkennen, nach vieren hat der Schnee sie verschluckt.

Rósa strickt und hofft, mit dem Klappern der Nadeln Jóns Keuchen zu übertönen, doch sie ertappt sich dabei, wie sie auf jeden neuen Atemzug wartet. Sie möchte wieder zu dem Vogel auf seiner Stange hinübergehen und sich die Gegenstände ansehen, die dort liegen, diese merkwürdige Sammlung, doch ihre Beine sind schwer wie Blei.

Jóns rasselnder Atem vermischt sich mit dem Stöhnen des Windes, und er krümmt sich wie ein Kind, das an Bauchkrämpfen leidet. Sie legt ihm eine Hand auf die Schulter. Seine

Haut brennt. Sie drückt ihm ein feuchtes Tuch auf die Stirn, wischt ihm damit über die Wangen, das Kinn, die Brust.

In ihrer Bewegung liegt etwas seltsam Intimes. Das ist der Mann, der auf ihr gelegen und sie sich genommen hat. Und dennoch fühlt es sich an, als berührte sie ihn zum ersten Mal, seine heiße Haut. Sie betrachtet die knotigen Narben auf seinem Brustkorb und dem Rücken. Was für Wunden müssen das gewesen sein, dass die Haut nie verheilt ist, sondern diese schwieligen Verwerfungen gebildet hat?

Sie streicht ihm das Haar aus der Stirn. Er sieht klein und eingefallen aus.

Langsam presst sie ihren Mund auf eine der Narben auf seiner Brust. Unter ihren Lippen spürt sie das mühsame Schlagen seines Herzens, fühlt, wie sich die Lungen in seinem Brustkorb füllen.

Er zuckt. Sie schnellt hoch, doch er wacht nicht auf.

Weit hinten in der Dunkelheit schüttelt sich der Gerfalke, dann kreischt er, und Rósa erschauert, denkt an die anderen Geschichten, die man über diese Vögel erzählt: Vor langer Zeit seien das plumpe Alpenschneehuhn und der jagende Gerfalke Geschwister gewesen, doch eines Tages habe den Gerfalken eine blinde Wut überkommen und er habe seine flugunfähige Schwester getötet und sie verschlungen. Anschließend habe er einen durchdringenden Schrei ausgestoßen, der im ganzen Land zu hören gewesen sei. Seitdem jage der Gerfalke Alpenschneehühner. Und sein Schrei sei voller Verzweiflung, weil er zum Mörder wurde, der dem Drang zu töten nicht widerstehen kann.

Rósas Beine sind steif, und ein leises Grauen erfüllt sie, doch sie nimmt die Kerze und geht auf den Vogel zu, als werde sie von einem unsichtbaren Faden zu ihm hingezogen.

Mit jedem Schritt wird ihre Angst größer. Als sie noch vier Schritte von dem Tier entfernt ist, hält sie inne und sucht den Boden nach den Gegenständen ab, die sie dort gesehen hatte.

Nichts. Der Boden ist leer.

Ihre Gedanken schwirren, sie geht die Ereignisse des Tages durch. Wann hatte Pétur Gelegenheit, alles fortzuschaffen? Sie erinnert sich, dass sie einmal kurz eingenickt ist. Doch wo mag er die Briefe versteckt haben? Ihre Sagas? Und die anderen Papiere mit der ungelenken Handschrift? Sie presst ihren Kopf auf den Boden und schließt die Augen, möchte vor Erschöpfung weinen. Das Holz fühlt sich warm an von der Hitze des *Hloðir* unter ihr in der Küche.

Als Rósa die Augen öffnet, sieht sie es: Tief in die dunkelsten Teile des Holzbodens waren Dutzende eckiger Symbole geritzt worden.

Runen.

Ihre Gedanken rasen. Jetzt weiß sie, warum der Dachboden stets verschlossen war, warum ihr Gemahl niemandem Zugang zur Kate gewährt, warum er ihr verboten hat, den Raum zu betreten. Doch wer hat die Runen in den Boden geritzt? Nicht Jón.

Pétur? Die Leute nennen ihn einen Heiden.

Und sie erzählen, Anna habe sich der Hexerei zugewendet, bevor das Fieber sie tötete. Hexen und jene, die ihnen ein Versteck bieten, werden nach ihrer Verurteilung in Thingvellir verbrannt. Was könnte Jón wohl einer Ehefrau angetan haben, die durch das Kritzeln von Runen sein Ansehen gefährdete?

Rósa lässt ihre Finger über den Runenstein in ihrer Tasche gleiten und wirft einen Blick zurück auf den schlafenden Jón. Er sieht schwach und hilflos aus, doch auch die Worte eines kranken *Bonði* hätten noch genug Gewicht, um sie zu verurteilen.

Sie durchquert den Dachboden, klettert die Leiter hinunter, läuft durch das *Baðstofa* und reißt die Tür auf. Der Schneesturm bläst ins Haus, krallt sich in Rósas Haut und presst ihr die Luft aus den Lungen. Sie japst, schließt die

Augen und schleudert den Runenstein hinaus in den Wind. Wenn man ihn nach der Schneeschmelze entdeckt, kann sie behaupten, ihn noch nie gesehen zu haben.

Ihre Tasche ist plötzlich zu leicht, und Rósa fühlt sich nackt. Dennoch knallt sie die Tür zu, sperrt Schnee und Kälte aus, geht in die Küche und kauert neben dem *Hloðir* nieder. Ihre Hand sehnt sich nach einem Talisman, nach etwas, das ihr Trost spendet, doch außer dem Kreuz findet sie nur die Frau aus Glas. Sie umklammert die Figur, drückt sie ganz fest und wartet darauf, dass sie bricht, dass sie zersplittert. Doch die winzige, vollkommene Frau aus Glas ist stärker, als sie aussieht. Noch lange, nachdem Rósa zu zittern aufgehört hat, fühlt sich das Glas kalt auf ihrer Haut an.

In der Nacht hört es zu schneien auf, doch der Schnee liegt wie ein Leichentuch auf Gehöften und Hügeln. Das Land ist von einer Eisdecke überzogen, und niemand weiß, wie viele Tote der Schnee unter sich begraben hat.

Nachdem Pétur und Páll einen halben Tag lang Schnee geschaufelt haben, kehren sie erschöpft und missmutig zum Haus zurück. Jeder von ihnen hält eine Ratte für den Gerfalken in der Hand, sonst nichts.

Pétur nimmt Pálls Ratte und lässt beide Tiere an ihren Schwänzen baumeln. »Sollen wir die wirklich an den Vogel verfüttern, oder heben wir sie lieber für uns auf? Vielleicht brauchen wir sie, wenn wir kein Schaf schlachten wollen – oder einen von uns.« Er grinst. »Keine Sorge, Rósa, zuerst ist Páll dran. Er ist schön muskulös, das würde einen leckeren Eintopf abgeben.«

Sie starrt ihn an.

»Aber du musst mir nicht danken, weil ich dich am Leben lasse«, fährt er fort. »Ich wäre dumm, dich zu verfüttern, schließlich werden mir die Dänen im Frühling einen guten Preis für dich bezahlen. Wenn ich dich und den Vogel am

Leben halte, bin ich ein vermögender Mann. Und fett, wenn ich erst Páll aufgegessen habe.«

Pétur johlt vergnügt, und nach einer Weile lacht Páll unsicher mit. Rósa zwingt sich zu lächeln, obwohl sie sich am liebsten in einer Ecke zusammenrollen würde, um ihren entblößten Hals zu schützen.

Dann sitzen sie da, schweigen beklommen, lauschen Jóns rasselnden Atemzügen. Rósa strickt, und sie alle versuchen, die Schatten nicht zu beachten, die langsam in den Raum kriechen.

Sie halten Jóns Hand und tröpfeln ihm selbst gebrannten *Brennevín* auf die Zunge. Mit jedem Atemzug scheint das Fleisch von seinen Knochen zu schmelzen. Sein Gesicht wird kantiger, die Schädelknochen treten hervor.

Rósa kocht Eintopf und hält Jón dann den Löffel an die Lippen: »Iss ein wenig, *Elskan*.« Doch er kann nicht schlucken, redet wirr daher, schlägt im Halbschlaf wild mit den Armen um sich, als müsse er einen imaginären Gegner abwehren. Wieder kommt er ihr wie ein Kind vor. Seinen Zorn und seine drohenden Blicke kann sie sich kaum mehr vorstellen.

Als sie ihm einmal mit einem feuchten Tuch den Schweiß von der Stirn tupft, flattern seine Augenlider und er blickt sie unverwandt an, sieht ihr direkt in die Augen. Er hebt die Hand, greift jedoch ins Leere. Sie weicht zurück, und er lässt seinen Arm wieder auf die Matratze fallen.

»Er will deine Hand halten«, murmelt Pétur.

Sie sieht ihn fragend an, und Pétur nickt ihr zu. Langsam streckt sie den Arm aus und nimmt Jóns Hand in die ihre. Seine Lippen zucken, und er versucht zu lächeln. Ihr Herz verkrampft sich. Sie blickt zu Pétur auf. Er beobachtet sie, den Mund seltsam verzogen, doch als er ihren Blick bemerkt, nickt er ihr wieder ermutigend zu.

Rósa streichelt Jóns eingefallene Wange, und sie und Pétur

waschen abwechselnd seine Wunde, die immer röter wird und stark geschwollen ist.

Als sie unten im *Baðstofa* stehen, wendet sich Rósa an Pétur. »Jón braucht Hilfe«, sagt sie. »Katrín …«

»Katrín zu holen wäre Wahnsinn.«

»*Das* ist Wahnsinn«, erwidert Rósa bestimmt. »Ist es dir egal, ob er stirbt?«

»Natürlich nicht. Aber es könnte Tage dauern, bis wir uns durch den Schnee gegraben haben, und es kann gut sein, dass wir dabei die Orientierung verlieren. Dann stirbt Jón, und wir sterben auch. Also nein, Rósa, nein, es ist mir nicht egal, ob er stirbt. Aber ich will auch nicht, dass wir es ihm alle gleichtun.« Er stapft die Leiter wieder hinauf, und Rósa hört etwas, das sich wie ein unterdrücktes Schluchzen anhört.

Draußen heult der Wind. Die Kerzen flackern, die Schatten regen sich und werden dann wieder still.

Rósa hat geglaubt, Páll schliefe, so wie er da zusammengerollt auf ein paar Decken lag, doch nun setzt er sich auf und murmelt: »Pétur ist auch verzweifelt, das musst du doch sehen.« Er nimmt ihre Hand, und sie sitzen schweigend da, jeder mit seinen eigenen Gedanken beschäftigt.

Plötzlich hören sie über sich eine Bewegung, und Pétur kommt die Leiter herabgestürzt. Rósa springt auf und entzieht Páll ihre Hand.

»Ich habe eine Idee!« Seine Stimme überschlägt sich vor Begeisterung, und er rennt durchs Haus zur Vorratskammer. Nach nur zehn Atemzügen ist er zurück und grinst.

»Folgt mir!« Er steigt die Leiter wieder hinauf, und als sie oben angekommen sind, zieht er mit überschwänglicher Geste einen kleinen Beutel mit Blättern hervor, die wie getrockneter Kohl aussehen.

»Seetang. Wir legen ihn verletzten Tieren auf.« Er drückt Rósa den Beutel in die Hand. »Warum habe ich nicht früher daran gedacht?« Er sieht auf einmal sehr jung aus. »Man kann auch Tee daraus machen. Hol eine Schale und Tücher, Rósa. Und koch etwas Wasser.«

Sie tut, wie ihr geheißen, und bringt alles auf den Dachboden. Pétur kniet neben Jón nieder und schlägt die Decke zurück. Beim Anblick der Wunde keuchen sie entsetzt auf.

Sie ist geschwollen und nässt. Dort, wo Rósa genäht hat, haben sich Wülste gebildet. Die Wunde sieht aus wie ein gieriges Maul, das sich öffnen und vor Wut laut schreien will.

Pétur zuckt zusammen. »Wir müssen sie reinigen und den Seetang darauflegen. Haltet ihn fest.« Er wischt über die Wunde.

Jón stöhnt auf.

»Du tust ihm weh!«, protestiert Rósa.

»Besser wir tun ihm weh, als dass wir ihn sterben lassen.« Pétur beißt die Zähne zusammen und drückt kräftig auf die Wunde, während Páll Jóns Arme festhält. Ein übler Geruch erfüllt den Raum, wie von den Eingeweiden eines verwesenden Tieres. Alle drei würgen und kämpfen gegen den Brechreiz an.

Jón brüllt auf, schlägt um sich, heult erbärmlich, wie ein Tier mit unerträglichen Schmerzen. Pétur steht der Schweiß auf der Stirn und er zittert.

Sie waschen die Wunde immer wieder und tröpfeln Jón den ganzen Tag und bis in die Nacht hinein einen aus Seetang zubereiteten Tee in den Mund. Zwischendurch tupfen sie ihm mit einem feuchten Tuch den Schweiß von der Stirn. Als Rósa die Decken wechselt und ihm über die Wange streichelt – eine Geste, die sie nie gewagt hätte, wäre er bei Bewusstsein gewesen –, fühlt sie eine intensive Zärtlichkeit für diesen Mann in sich aufwallen.

Später, als Pétur und Páll im *Baðstofa* schlafen, schleicht Rósa sich noch einmal auf den Dachboden, um im hinteren Teil des Raumes erneut nach den Papieren und der Kleidung zu suchen, die Pétur genommen haben muss, und um sich die Runen anzusehen, die in die Bodenbretter geritzt wurden. Plötzlich entdeckt sie etwas: Ein einzelnes Stück Papier steckt zwischen den Dielen. Rósa glaubt, es könnte sich um einen ihrer Briefe handeln, und greift erwartungsvoll danach, doch als sie das Papier entfaltet, sieht sie eine geschwungene Handschrift, die weder ihr noch Jón gehört.

Angestrengt kneift sie die Augen in der Düsternis zusammen und hält die Kerze näher an das Blatt: ein Stück eines Briefes, den jemand zerrissen und zusammengeknüllt haben muss.

… die verstörenden Gerüchte um Ihre Ehefrau. Wenn ich die Sache nach Kopenhagen weiterleite, werden Sie sich verantworten müssen, vor allem nach Birgits Tod. Ich bin sicher, ich muss den Ernst der Lage nicht weiter betonen oder die tödliche Gefahr für …

Rósa versucht, noch weitere Wörter zu entziffern, doch die nächste Zeile ist beim Zerreißen des Papieres in der Mitte durchtrennt worden, und sie kann die Buchstaben nicht mehr erkennen.

Birgit war Egills Ehefrau, und Rósa weiß, dass sie einige Zeit vor Annas Tod selbst an einer Krankheit gestorben ist. Doch was soll Anna mit Birgits Ableben zu tun gehabt haben?

Als sie das Papier wieder zusammenfalten und zurückstecken will, fällt ihr auf, dass das Wort *tödliche* verschmiert ist. War das schon vorher so gewesen? Sie kann sich nicht erinnern. Mit wachsendem Grauen blickt sie auf ihre Hand hinunter und erkennt einen bräunlichen Fleck auf ihrem Zeigefinger – ihr Angstschweiß hat die Tinte verwischt.

Mit ausgedörrtem Mund faltet sie das Papier und steckt es so tief zwischen die Bodenbretter, wie sie nur kann. Doch der

Tintenfleck an ihrem Finger bleibt, auch als sie versucht, ihn an ihrem Rock abzuwischen.

Spätabends kommen Pétur und Páll auf den Dachboden und schicken Rósa nach unten, um sich auszuruhen.

Ihre Glieder sind bleischwer vor Erschöpfung. Sie versucht, über den Inhalt des Briefes nachzudenken, kann jedoch ihre Augen nicht länger offen halten und fällt in einen tiefen, traumlosen Schlaf.

Ein plötzliches Geräusch lässt sie mit wild hämmerndem Herzen aufwachen. Sie setzt sich auf und lauscht.

Schritte.

»Wer ist da?«, zischt sie.

Das Knarzen von Holz, das Rascheln von Stroh, das Knacken von Gelenken. Sie spürt die Angst wie einen Knoten in ihrem Magen. Sie versucht, in ihrem Bett noch weiter nach hinten zu rutschen, doch ihr Rücken ist bereits gegen die Wand gepresst.

Dann kracht es in der Küche. Pétur und Páll kommen die Leiter herabgestürzt.

»Was ist los?«

»Was ist passiert?«

Rósa kauert auf ihrem Bett und flüstert: »Da ist jemand in der Küche.«

Auf leisen Sohlen schleichen alle drei dorthin, die Muskeln angespannt, der Atem flach.

Auf dem Boden vor dem *Hloðir* liegt wie ein achtlos fallengelassener Haufen Lumpen ein Körper. Die Männer stürzen sich auf ihn und ziehen die Gestalt auf die Beine. Sie sackt gleich wieder zusammen, der Kopf rollt nach vorn, Haare fallen über das Gesicht.

Gleichzeitig rufen Pétur und Rósa: *»Katrín!«*

Katrín antwortet nicht, und Rósa bekommt Angst, doch da bemerkt sie, dass sich ihr Brustkorb noch hebt und senkt.

»Wie ist sie nur hierhergekommen?«, will Rósa wissen.

Die beiden Männer schütteln ratlos den Kopf.

»Wickelt sie in Decken und bringt sie näher ans Feuer«, sagt Rósa. Sie erhitzt den Eintopf, der Dampf hüllt sie ein. Allmählich kommt Katrín zu sich. Sie blinzelt benommen und lächelt Rósa schwach an, als sie diese erkennt. »Du lebst. Ich dachte schon, ich hätte mir ganz umsonst fast die Nase abgefroren.«

»Wie ...?«

Katrín hebt ihre Hände, die in dicken Fäustlingen stecken. »Wie ein Fuchs, der seinen Bau gräbt.« Sie wird von einem unkontrollierbaren Zittern geschüttelt, und ihre Augen werden glasig.

»Sprich nicht zu viel, Katrín«, rät Pétur.

Katrín murmelt: »Pass gut auf das Mädchen auf ... ich will nicht ... wie Anna ...« Der Kopf sackt ihr auf die Brust.

»Was meint sie mit Anna?«, fragt Rósa. »Katrín. *Katrín?*«

»Sie redet wirres Zeug«, erwidert Pétur. »Lass sie.«

Katrín zuckt zusammen und öffnet die Augen, trinkt von dem Tee, den ihr Rósa an die Lippen hält. Sie legen ihr mehr Decken um und beobachten sie.

Nach einer Weile gähnt Katrín, als wäre sie soeben aus einem tiefen Schlaf erwacht. »Wo ist Jón? Er wird es gar nicht erwarten können, mich wieder hinaus in den Schnee zu werfen, auf dass ich erfriere.«

Niemand lacht.

Katrín setzt sich mühsam auf. »Wo ist er? Was ist geschehen? Ist er verletzt?«

»Ein Schaf hat ihn erwischt«, sagt Rósa. »Das Horn ist tief eingedrungen und ...«

»Zeig mir die Wunde.« Sie klingt angespannt und angsterfüllt.

Pétur blickt sie kalt an. »Du solltest dich ausruhen. Und dann nach Hause zurückkehren.« Er wirft Rósa einen warnenden Blick zu.

»Wo ist er?«, fragt Katrín.

Rósa sieht Pétur flehentlich an. »Sie könnte ihm helfen.«

»Nein!«

»Er wird sterben.«

»Ich habe Nein gesagt!«

Katrín und Páll beobachten schweigend den Wortwechsel der beiden.

Rósa steht auf und drückt den Rücken durch. »Ich werde es nicht zulassen, dass er hier liegt und stirbt.«

Pétur sieht sie gequält an. »Jón würde nicht wollen, dass hier jemand herumschnüffelt.«

»Sei doch kein Narr, Pétur.« Sie bereut ihre Worte, sowie sie ausgesprochen sind, erwartet seinen heißen Zorn, macht sich auf einen Wutausbruch gefasst.

Doch er blickt sie nur ungläubig an, als sähe er sie zum ersten Mal.

»Er ist auf dem Dachboden«, knurrt er.

Die Spannung im Raum löst sich, es ist, als hätte man den Deckel von einem Topf kochenden Wassers genommen.

Sie klettern hinauf. Jón hat die Decken abgeworfen, seine Glieder sind seltsam verrenkt, wie die einer achtlos hingeworfenen Puppe. Ohne seine Kleider scheint er nur noch aus Schatten zu bestehen. Rósa kann den Blick nicht von der tiefen Höhlung seines eingefallenen Brustkorbs abwenden, von seinem nach innen gesunkenen Magen, von der gewölbten Krypta, die seine Rippen bilden. Und von den wulstigen Narben, die seine Haut bedecken. Er wirkt geschlagen und hilflos.

Rósa versucht, ihn mit einer Decke vor den Blicken der anderen zu schützen, doch Katrín schiebt sie zur Seite.

»Nicht, wenn er Fieber hat. Er sollte nicht zugedeckt werden.«

»Er wird toben«, knurrt Pétur.

»Du wiederholst dich.« Katrín sieht sich im Raum um. Ihr Blick huscht über die Matratze, dann späht sie in die

Dunkelheit, wo der Gerfalke, wie Rósa weiß, auf seiner Stange sitzt, als wäre er aus Stein gemeißelt. Als würde er über die Runen wachen.

Pétur beobachtet Katríns Gesicht. Seine Hand wandert zu seinem Gürtel, wo das Messer steckt.

»Was ist denn das für ein Murks!«, ruft Katrín aus und deutet auf Jón. »Wolltet ihr ihn umbringen?«

Pétur entspannt sich. Er lässt das Messer stecken, und Rósa atmet erleichtert auf.

Katrín kniet sich nieder und betastet die Stellen um Jóns Wunde mit sanften, geschickten Händen.

Pétur warnt: »Fass ihn nicht an, das würde ihm nicht gefallen.«

»Tot zu sein würde ihm weit weniger gefallen«, erwidert Katrín unbeeindruckt.

»Kannst du ihn retten?«, fragt Rósa.

»Nun, er atmet noch, trotz eurer Bemühungen, aber in seinem Inneren verwest er.« Sie wendet sich an Rósa. »Ein Messer und Wasser. Und mehr von eurem Seetang.«

»Pétur?«, sagt Rósa. »Du hast Katrín gehört.«

Pétur rührt sich nicht. Hinter ihm steht Páll mit angespanntem Gesichtsausdruck.

Rósa seufzt. »Páll, hol Katrín, was sie braucht.«

Er zögert, schaut Pétur an. Rósa hebt die Augenbrauen. Da nickt er, klettert die Leiter hinunter und kehrt nur wenige Augenblicke später mit den Dingen zurück, um die Katrín gebeten hat.

Sie lächelt ihn an. »Wir hatten noch nicht die Gelegenheit, miteinander zu sprechen, aber ich bin sicher, wir kennen uns bereits durch den Tratsch anderer Leute. So läuft das hier üblicherweise.« Vorsichtig trennt sie Rósas stümperhafte Naht auf und drückt seitlich gegen die Wunde. Ein Schwall übelriechenden Eiters quillt heraus. Rósa wendet sich ab, um sich nicht zu übergeben.

Katrín verzieht das Gesicht. »Wasser.«

Rósa reicht ihr die Schale, und Katrín träufelt Wasser über die Wunde und wischt die gelbliche Flüssigkeit ab. Jón ist immer noch bewusstlos. Lediglich das Heben und Senken seines Brustkorbes verrät Rósa, dass er noch am Leben ist.

Katrín wäscht die Wunde mit Wasser aus, in dem Seetang schwimmt. »Es sieht schlimm aus und riecht übel, doch das ist nur das Gift in seinem Körper. Wenn er dagegen ankämpft, wird er vielleicht überleben.«

Sie wendet sich an Pétur: »So, jetzt muss ich wohl in meine Kate zurückkehren, was?«

Pétur blickt auf seine Fußspitzen. »Du solltest … bleiben.«

Katrín nickt. »Ein Gast ist doch immer lieber gesehen, wenn er sich nützlich zeigt.«

Niemand erwidert etwas.

»Ich werde im Stall schlafen.«

Rósa will protestieren, doch Katrín hebt die Hand. »So kann ich mich um die Tiere kümmern, und Pétur muss sich nicht an sein Messer klammern.«

Pétur blickt finster drein, und Katrín gluckst leise. Jón stöhnt auf, und Rósa legt ihm eine Hand auf die Wange. Da streckt Pétur plötzlich seinen Arm aus und packt sie so heftig am Handgelenk, dass sie vor Schmerz zusammenzuckt. Langsam dreht er ihre Hand um und sie sieht den Tintenfleck auf ihrem Finger. Pétur betrachtet ihn eine Weile und starrt Rósa dann ins Gesicht. Sie befreit ihre Hand aus seiner Umklammerung und reibt sich das schmerzende Gelenk, während Pétur zähneknirschend den Blick abwendet. Er nickt Páll zu, und sie steigen die Leiter hinunter, um einen Pfad durch den Schnee zum Stall zu graben.

Auch Rósas Einwand, Katrín könnte eingeschneit werden, wenn sie während des Schneesturms im Stall übernachte, kann Pétur nicht umstimmen: Er werde den Pfad zweimal täglich räumen, aber er werde es nicht zulassen, dass Katrín im Haus schlafe. Rósa will sich noch nicht geschlagen geben, doch Katrín schüttelt den Kopf.

»Er wird den Pfad freiräumen. Er weiß, dass ich Jón helfen kann.«

Pétur nickt knapp.

Katrín hilft Rósa, aus dem Seetang mehr Tee zuzubereiten. Sie brennen die Wolle von einem Schafskopf ab – der beißende Geruch lässt ihre Augen tränen –, und Katrín zeigt Rósa, wie man diesen kocht und dann mit einem Stein beschwert, damit er im Molkefass zu Boden sinkt. Auf diese Weise bleibt das Fleisch monatelang haltbar. Sie backen Roggenbrot, und während sie den Teig kneten, berichtet Katrín, was sich im Dorf in der Zwischenzeit zugetragen hat.

»Als es mit dem Schnee losging, sind die Leute hinauf in die Hügel gelaufen, um ihre Herden zu holen. Doch sie sind von dem schrecklichen Schneesturm überrascht worden – einem echten *Moldbylur*, der riesige Schneewehen brachte und Schnee aus allen Richtungen, sodass man kaum mehr die eigene Hand vor den Augen erkennen konnte. Die Männer kamen nicht zurück, der Schneegott hat sie sich geholt.«

»Die Männer sind immer noch dort draußen?« Rósa krallt die Hände ineinander.

Katrín nickt. »Und wenn sie keine Höhle gefunden haben, dann sind sie erfroren.« Sie erschaudert und fährt dann fort: »Der Schnee fiel immer dichter, selbst Gudrun kann sich nicht erinnern, dass es je zuvor so starke Schneefälle gab. Die Leute im Dorf fingen an, hinter vorgehaltener Hand von einem Fluch zu sprechen, da brachen die ersten Dächer ein. Manche entkamen. Andere waren zu langsam und wurden bei lebendigem Leibe begraben.«

Rósa schüttelt ungläubig den Kopf. »Ich kann mir gar nicht vorstellen …«

»Sie waren da, schrien um Hilfe, und im nächsten Moment waren sie einfach weg … Wir haben gegraben und gerufen. Nichts. Sechs Menschen hat's erwischt: vier auf den Hügeln und zwei unter den Trümmern der Katen. Es gibt keine Leichen.«

»Sie müssen dort noch irgendwo unter dem Schnee sein«, erwidert Rósa.

Katrín blickt sie durchdringend an. »Sie haben nicht die geringste Spur hinterlassen.«

»Die Männer, die die Schafe holen wollten – ihr könnt sie doch nicht einfach aufgeben.«

Katríns Mundwinkel zucken. »Sollen wir noch mehr Männer hinaus in den Tod schicken? Deshalb bin ich hierhergekommen. Wir wissen nicht, was wir tun sollen.«

»Du hast Glück, dass du nicht erfroren bist.«

»Ich bin an Kälte gewöhnt. Ich weiß, dass ich immer in Bewegung bleiben muss und wo es Höhlen gibt, in denen ich Schutz suchen kann. Ich gehe oft raus, wenn es schneit …« Sie bricht ab und lächelt gequält. »Ich dachte, Jón … Er ist der *Bonði*.«

Rósa legt ihr eine Hand auf den Arm. »Hast du dir Rat erhofft? Oder ein Gebet? Du hättest zu Egill gehen sollen. Oder ist auch seine Kate eingestürzt?«

»Nein, Egill geht es gut, er kräht von Verdammnis und Gottes gerechter Strafe. Ich bin gekommen, weil ich um Essen für uns bitten wollte. Unsere Vorräte sind unter den Trümmern begraben oder verdorben. Ich weiß, es ist dreist zu fragen, aber …«

Rósa hebt ihre Hände. »Selbstverständlich. Wir helfen euch gern, wir teilen, was wir haben.« Sie bemerkt Katríns Gesichtsausdruck. »Warum lachst du?«

»Wenn du jetzt die Rolle des *Bonði* übernimmst, solltest du dich für deine Güte entlohnen lassen. Jón wird sich wünschen, er hätte es dich besser gelehrt.«

Rósa errötet. »Manchmal glaube ich … er verabscheut mich.«

»Er verabscheut jeden.« Katrín lächelt spöttisch. »Am allermeisten sich selbst.«

Rósa wartet.

Katrín stößt ihre Fingerknöchel tief in den Teig und streicht sich dann eine Haarsträhne aus dem Gesicht. Ein dünner Streifen Mehlstaub bleibt auf ihrer Wange zurück: Sie könnte kaum harmloser wirken. »Wenn ich wollte, könnte ich Jón vernichten.«

Rósa hält den Atem an und wartet weiter ab.

Katrín zuckt mit den Schultern. »Und er glaubt, ich wäre schuld gewesen an Annas Zustand.«

Rósa starrt sie mit offenem Mund an, und Katrín grinst. »Angeblich habe ich eine Hexe aus ihr gemacht.«

Rósa wählt ihre nächsten Worte sorgfältig. »Ich habe gehört, sie wurde von … Wahnvorstellungen heimgesucht.«

»Natürlich meinetwegen. Jón schiebt gern anderen die Schuld in die Schuhe und will einfach nicht verstehen, dass Tratsch dazugehört, wenn man *Bonði* ist.«

Rósa knetet geistesabwesend ein Stück Teig zwischen ihren Fingern. »Was ist denn wirklich geschehen?«

Katrín reibt sich mit der Hand über die Augen. »Anna hat sich verzweifelt ein Kind gewünscht. Sie hat Steine gesammelt und ist zur Mitternachtsstunde singend ums Haus gelaufen. Die Leute fingen an, hinter vorgehaltener Hand über sie zu reden, und Jón … Jón bekam es mit der Angst zu tun.«

Rósa denkt an den Brief, den sie auf dem Dachboden gefunden hat und in dem etwas von *tödlicher Gefahr* stand.

Katrín ist bleich im Gesicht. »Dann kam Pétur und hat mir erzählt, dass Anna krank sei.«

»Nachdem die Leute zu tratschen begonnen hatten«, murmelt Rósa. Ihr ist plötzlich kalt.

»Genau. Ein Fieber, sagte Jón. Innerhalb weniger Tage war sie tot und begraben. Ich habe ihre Leiche nie gesehen.« Katrín wischt sich mit dem Ärmel über die Augen.

Rósa greift nach ihrer Hand. »Du glaubst doch nicht …«

»Ich war halb verrückt vor Kummer und beschuldigte Jón … vieler Dinge. Er nannte mich eine Hexe und warnte mich, mit niemandem auch nur ein Wort über Anna zu sprechen.«

»Er hat dir *gedroht*?«, fragt Rósa ungläubig.

Katrín lehnt sich vor. »Er hat mich daran *erinnert*, dass er uns mit Nahrung versorgt. Und dass Hexen verbrannt werden. Anna hat häufig erwähnt, dass sie Angst vor ihm hatte. Ich konnte nie verstehen, warum, aber plötzlich …«

»Du glaubst …«

»Nein. Nein, das hätte er nicht … Nein, das glaube ich nicht …« Ihr Lächeln ist dünn und wenig überzeugend. »Doch die Dörfler sprachen mit reisenden Händlern und, na ja, du weißt ja, wie eine Geschichte immer größer wird, je häufiger sie erzählt wird. Zwischen den Bergen im Norden und den Inseln im Süden kann ein Mann von einem Engel zum Ungeheuer werden.«

Rósa nickt. Ihre Hände zittern.

»Du bist ja leichenblass. Lass uns über etwas anderes sprechen«, schlägt Katrín betont munter vor.

»Bist du …?« Rósas Hals ist wie zugeschnürt. Sie hustet. »Hast du keine Angst vor dem Schnee?«

Katrín blickt ins Leere, ein schwaches Lächeln auf den Lippen. »Ich habe dir doch von meiner Tochter erzählt, von Dora. Sie war eine Träumerin. Ein wunderbares Mädchen. Blonde Haare, wie feinste Wolle. Welliges Haar, woher sie das wohl hatte? Ich habe es immer gern um meine Finger gewickelt.« Sie hebt ihre Hand und lässt sie wieder fallen.

Die Ausdruckslosigkeit in Katríns Gesicht erfüllt Rósa mit Grauen. Sie weiß, wie diese Geschichte enden wird.

Katrín fährt fort: »Dann kam die Sache mit ihrem Pabbi … sein Boot – übrig blieb nur zerbrochenes Holz, keine Leichen. Ægir ist ein gieriger Gott. Er gibt nur wenig zurück, außer Fisch. Dora wurde kalt in ihrer Trauer. Sie war wohl in diesem Alter, denke ich. Aber ich wollte sie nicht bedrängen, nicht mit meiner Liebe ersticken, wie es Eltern manchmal tun, die ihre Kinder tätscheln, als wären es Hunde.«

Rósa nickt.

Katrín befasst sich wieder mit ihrem Teig, streut etwas Mehl darauf. »Dora wanderte durch die Gegend, Tag und Nacht. Ich habe sie nicht daran gehindert. Und dann schneite es, und sie kam nicht zurück. Das ganze Dorf ist losgezogen in die Hügel. Wir haben nach ihr gerufen, bis unsere Lungen aufgaben. Doch es war, als hätte sie sich in Luft aufgelöst. Ich glaube …« Katríns Augen glänzen. »Vielleicht hat das *Huldufólk* sie behalten. Ich stelle sie mir gern vor, warm eingepackt in irgendeinem Loch auf dem Helgafell.«

Rósa berührt ihren Arm.

Katrín schnieft. »Heute versetzt es mir einen Stich, ein junges Mädchen zu sehen, das durch die Wildnis wandert, durch diese fremde Landschaft, die es mit Haut und Haar verschlingen könnte.«

JÓN

In der Nähe von Thingvellir, Dezember 1686

Ohne Feuer ist es kalt in meiner Höhle. Doch ich habe gelernt, auf den perfekten Moment zu warten, um zuzuschlagen. Immer wieder prüfe ich die Schärfe meiner Klingen. Helle Blutstropfen quellen aus den Schnitten in meinem Daumen.

Ich darf nicht gesehen werden. Wenn meine Geschichte durch Händler in den Süden vorgedrungen ist, wird jeder, der mein Gesicht erkennt, versuchen, mich gefangen zu nehmen oder gar mir Schlimmeres anzutun. Und jene, die mir Schutz gewähren, riskieren die Verbannung, die einer Todesstrafe gleichkommt.

Bald wird der Winterschnee meine Knochen bedecken.

Ich sitze da und beobachte und warte.

Ich habe mir diese Tat schon hundertmal ausgemalt, aber ich merke, dass mir noch der nötige Mut fehlt. Es wird vielleicht mein letzter Akt des Zorns sein, mein letzter Akt der Liebe, und ich fürchte mich vor Gottes Urteil. Verbrecher und Mörder sind dazu verdammt, auf ewig in der Hölle zu schmoren. Dass auch mir dieses Schicksal bevorsteht, weiß ich bereits, seit ich damals auf Pétur traf.

Nachdem wir Bollis und Thorolfs Leichen den Raben und Füchsen überlassen hatten, überredete ich Pétur, mit mir in mein Boot zu steigen und davonzurudern. Zuerst sprach er nur sehr wenig. Als wir später in einer kleinen Bucht an Land gingen, bot ich ihm Fisch, Hammelfleisch und Bier an. Er aß und trank, als sei er am Verhungern.

Beim Essen erzählte er von seiner Vergangenheit. Über Egill sagte er nur: »Er ist ein kleiner Mann, der sich größer macht, indem er andere unter seinem Stiefel zerquetscht. Er tut mitfühlend, doch seine Liebe ist wie Unkraut, das einem die Luft zum Atmen nimmt.«

Er erzählte mir, dass er seinen leiblichen Vater zwar nie gekannt hatte, seine Mutter sich jedoch sehr liebevoll um ihn gekümmert hatte. Mutter und Sohn waren durchs Land gezogen, hatten jedoch nie einen Ort gefunden, an dem sie sich niederlassen durften. Vielleicht lag es an ihren dunklen Augen und Haaren, vielleicht aber auch einfach daran, dass sie Fremde waren. Ich hatte es selbst oft genug erlebt: Reisende waren fremd und wurden ausgegrenzt. Sie mussten immer weiterziehen, bis von ihnen nichts weiter übrig blieb als ein Haufen verrottender Knochen am Wegesrand.

»Ist deine Mutter an einer Krankheit gestorben?«, fragte ich.

»Sie haben sie als Hexe verbrannt«, antwortete er mit tonloser Stimme. »In Ísafjördur. Als ich zwölf war.«

»Oh. Ich …« Ich schüttelte den Kopf.

Pétur verzog den Mund. »Als sie schrie, haben sie gelacht. Und angeboten, das Feuer zu löschen, indem sie draufpissen.«

Das Bild hing in der Stille zwischen uns. Fast hätte ich Pétur eine tröstende Hand auf den Arm gelegt, doch ich hielt mich zurück, weil ich das zarte Band des Vertrauens, das zwischen uns entstanden war, nicht zerstören wollte.

Ich machte mich nützlich, indem ich aus Schafsdung und Wollresten ein Feuer errichtete, das vom Funken meines Flintsteins und Eisens in Flammen aufging. »Du zitterst und deine Wunden müssen gereinigt werden. Zieh mal dein Hemd hoch.«

Sein Blick flog zu mir hinüber, und ich erkannte meinen Fehler. »Ich will dir nichts Böses.« Ich hob abwehrend die Hände. »Ich bleibe hier stehen und du reinigst sie selbst. Hier sind Wasser und Wolle.«

Pétur blieb regungslos sitzen. Also ging ich hinunter zum

Meer und wandte ihm den Rücken zu. Das Wasser sah eisern aus im grauen Abendlicht. Ich schloss die Augen und atmete den frischen Salzgeruch ein. Wenn man einmal in seiner Nahe gelebt hat, trägt man das Meer immer in seiner Seele.

Die Nacht kündigte bereits die kommende Kälte an. Wenn ich die Luft anhielt, bildete ich mir ein, das Summen des sich formenden Eises zu hören, die ersten langsamen Silben, ehe sie sich zu einem ausgewachsenen Brüllen auswuchsen. Der Winter in Island tötet, ohne zu zögern.

Ein Aufschrei riss mich aus meinen Gedanken. Ich wirbelte herum. Pétur hielt sich die Seite, ein dünner Streifen roten Blutes rann unter seinen Fingern hervor. »Bollis Messer«, stöhnte er.

Ich streckte die Hand aus, hielt inne. Er nickte. Vorsichtig wusch ich die Wunde aus. Er zuckte zusammen, blieb jedoch stehen.

»Ich habe nichts zum Verbinden«, murmelte ich. »Warte.« Und damit riss ich einen Stoffstreifen von meinem Umhang und wickelte ihn um seinen Oberkörper.

Während ich ihn versorgte, wanderte mein Blick über die schlecht verheilten Schnitte und wulstigen Narben, die seine Haut überzogen. Die Landkarte einer Kindheit: die unbekannten Jahre, ehe er zu Egill gekommen war. Oder vielleicht hatte Egill die Narben zu verantworten.

Pétur wand sich unter meinem Blick, als wäre er eine unwillkommene Berührung, und entzog sich mir schließlich.

Später ließ er mich regelmäßig seine Wunden versorgen. Ich durfte auch seinen versehrten linken Arm verbinden, wenn die Narbe dort wieder einmal aufbrach. Wie es zu dieser Verletzung gekommen war, verriet er mir nie. Doch er schaute auf die Narbe hinab, als erfülle ihn der ganze Arm mit Ekel. Und wenn ich sah, wie sich seine Augen mit Abscheu füllten, hatte ich das Gefühl, mein eigenes Spiegelbild auf der Meeresoberfläche zu sehen.

Die Reise zurück nach Stykkishólmur dauerte drei Tage. Jede Nacht legten wir in irgendeiner verlassenen Bucht an, jeden Morgen machte ich mich darauf gefasst, dass Pétur sich verabschieden würde. Und ich hätte ihn gehen lassen. Auch wenn Egill mich niemals vor dem Althing unterstützt hätte, wenn ich alleine zurückgekehrt wäre.

Die Tage vergingen, und Pétur zog sich immer mehr in sich zurück. Ich konzentrierte mich aufs Rudern und verbot mir, an seinen Schmerz zu denken. Pétur war ein Mittel zum Zweck, mehr nicht.

Dennoch spürte ich, wie leicht mir jeden Morgen ums Herz war, wenn ich sah, dass er noch bei mir war. Und jeden Abend, wenn ich mir vorstellte, er würde sich fortstehlen, lastete der Gedanke schwarz auf mir.

Vielleicht waren es seine Narben, vielleicht war es auch nur die Tatsache, dass er der erste wahre Gefährte war, den ich je gehabt hatte. Er schien Teil der strengen Landschaft zu sein, die ich so liebte, mit ihrem inneren Feuer und dem kalten Wind und den eisigen Stürmen, die über sie hinwegfegten.

Jeden Morgen machte er das Boot los und half mir, es ins kalte Wasser zu schieben. Ich kletterte zuerst hinein, packte dann seine Hand und zog ihn hinterher. Von Anfang an konnten wir entspannt miteinander schweigen, selbst in jenen ersten Tagen.

Auch schien er mich sofort auf eine Weise zu verstehen, die keiner Worte bedurfte. Als ich ihn einmal anschaute und dabei an Thorolf und Bolli dachte und an das Tauschgeschäft mit Pétur, das sie angedeutet hatten, sagte er: »Ich habe gesündigt, ich weiß.«

Das Meer um uns wurde ganz still. Ich blickte hinab auf seine vernarbten Hände.

»Dein Gesichtsausdruck.« Er lächelte. »Plötzlich hast du so … angeekelt geschaut.«

»Nein«, sagte ich. »Ich wundere mich nur. Warum du zulässt, dass sie …«

»Es ist nur ein Körper.« Er zuckte mit den Achseln. »Irgendwie muss er ja sein Essen verdienen.«

Er sah, dass ich schockiert war, und lächelte wieder. »Er bedeutet mir nicht viel. Aber das verstehst du nicht.«

Doch ich verstand sehr wohl. Ich kannte diesen Ekel vor der eigenen Haut. Ich dachte an die Narben auf meinem eigenen Körper, die mich mit Abscheu erfüllten. Doch Péturs Narben schienen mir anders: Sie erzählten eine Geschichte, und so schmerzerfüllt sie auch sein mochte, es war eine Geschichte von Überleben und Stärke.

Manchmal wünschte ich, ich hätte ihn in einer jener kalten Buchten zurückgelassen. Denn Pétur war das Messer, das meinem alten Leben das Herz herausschnitt, und auch ich zerstörte seines. Ich möchte die Zeit zurückdrehen zu jenem Moment, als ich ihn am Strand vorüberjagen sah. Ich würde zusehen, wie er panisch vorbeirennt. Ich würde zusehen, wie die johlenden Männer ihn verfolgen. Und dann würde ich mich wieder in mein Boot setzen und aufs Meer hinausfahren. Ich würde Egill erzählen, dass ich Pétur nicht finden konnte. Und meine Zukunft würde weiterhin hell und freundlich vor mir liegen wie die spiegelglatte See.

Doch stattdessen bat ich Pétur am Morgen des dritten Tages, als mein Gehilfe mit mir nach Stykkishólmur zurückzukehren und auf meinem Gehöft zu leben statt auf Egills. Ohne zu zögern, willigte er ein.

Doch Péturs Rückkehr nach Stykkishólmur löste mehr Unruhe aus, als ich erwartet hätte. Die Dörfler sahen nur, dass er seine einsame Wanderschaft durch das Land überlebt hatte, wie einer vom *Huldufólk*. Gerüchte, die schon in seiner Kindheit kursiert hatten, wurden wieder laut, die Leute meinten, in ihm stecke etwas Unmenschliches. Sie lachten mich aus, weil ich ein Monster bei mir beherbergte.

Egill war außer sich vor Zorn. Er tobte vor meinem Haus und verlangte, dass ich ihm seinen Sohn zurückgebe.

»Er ist kein Umhang, den ich geliehen habe und dir jetzt wieder zurückgeben kann, Egill.«

»Du weißt nicht, was Ehre ist, Jón.« Egills Mund war ein dünner Strich. »Du sollst ihn dazu bringen, zu mir zurückzukehren.«

Ich breitete die Hände aus. »Wie soll das gehen? Er ist sein eigener Herr, und er will hierbleiben.«

»Glaubst du wirklich, dass ich dich vor dem Althing unterstütze, wenn du mir mein Kind stiehlst?«

Plötzlich stand Pétur neben mir. »Ich bin kein *Kind* mehr, Egill, und ich gehöre dir nicht. Also nimm deine Drohungen und verschwinde. Du kannst mir nichts mehr anhaben.«

Egills Gesichtsausdruck wurde weich, und er streckte die Hand aus, um Péturs Wange zärtlich zu berühren. Doch Pétur zuckte zusammen und wich zurück. Egills Gesicht verwandelte sich in eine Maske aus Zorn. Abrupt drehte er sich um und marschierte mit flatterndem schwarzem Umhang davon.

Pétur seufzte. Ich spürte, wie die Anspannung von ihm abfiel.

»Du fürchtest dich vor ihm?«

Er nickte, die Lippen zusammengepresst.

Ich dachte an die Narben auf seiner Haut, und mein Herz zog sich zusammen.

»Er wird sich an dir rächen wollen«, sagte Pétur.

»Das soll er mal versuchen.«

»Ich sollte fortgehen. Irgendwohin.«

Ich musste an Thorolf und Bolli denken. »Du bleibst hier.«

Mit der Zeit gewöhnten sich die Leute daran, dass Pétur bei mir lebte. Sie glaubten, ich hätte ihn gezähmt. Pétur arbeitete hart und half mir, die Essensrationen für die Menschen im Dorf zu verdoppeln. Zweifellos tratschten die Menschen noch über Pétur, doch solange er ihre Mägen mit Fisch und Korn füllte, blieb ihr Flüstern diskret.

Manchmal sah ich, wie Egill Pétur mit hängenden Mundwinkeln kummervoll anstarrte. Doch schon im nächsten Moment drohte er uns mit Hölle und ewiger Verdammnis, und ich verstand, warum Pétur ihn so verabscheute: Sosehr Egill sich auch auf Gott berief, im Grunde war er ein kleiner Mann, von Natur aus engherzig und gierig.

Meine Hochzeit mit Anna sollte das Gerede über mich und meine seltsame Art, darüber, dass ich niemanden außer Pétur an mich heranließe, zum Verstummen bringen. Und eine Zeit lang funktionierte das auch. Aber als sie begann, durch die Gegend zu irren, ging das Getuschel wieder los. Dieses Mal war der Zungenschlag ein anderer: *Seine Frau ist unglücklich. Sie ist verhext.* Die Leute sahen mich misstrauisch an, ich wusste, dass sie sich fragten, warum Anna so übellaunig und so unzufrieden mit mir war.

Oft irrte sie am Meeresufer entlang, und wenn die Menschen sie ansprachen und grüßten, blickte sie ausdruckslos auf, um sich gleich wieder den Steinen zuzuwenden, an denen sie herumkratzte, bis ihre Fingernägel brachen, was sie gar nicht zu merken schien.

Katrín kümmerte sich um sie und verband ihre blutenden Finger, doch überrascht schien sie nicht zu sein.

»*Du* hast Anna auf die Idee gebracht«, warf ich ihr vor.

»Oh nein, das habe ich nicht.« Katríns Gesichtsausdruck war angespannt, während sie Annas Wunden versorgte.

»Sie kratzt Moos von den Steinen, und du willst behaupten, dass du nichts damit zu tun hast? Für wie dumm hältst du mich? Sie hat *Beschwörungen* vor sich hin gemurmelt. So wird man sie der Hexerei anklagen. Du weißt, dass Egill …«

»Das sind keine Beschwörungen«, fuhr Katrín mich an. »Jetzt reg dich nicht weiter auf und hör mal richtig hin.«

Ich beugte mich vor zu Annas Lippen, die sich bewegten, als würde sie eine Beschwörungsformel aufsagen, während sie unbeteiligt dasaß. Ihr leerer Blick ließ mich im tiefsten Inneren frösteln. Annas Stimme klang wie das leise Prasseln des Feuers im *Hloðir*, doch ihre Worte waren klar zu verstehen: »Ein Kind. Lieber Gott, schenk mir ein Kind. Bitte. Bitte.«

Ich fuhr zurück.

Katríns Blick war messerscharf. »Sie kann so viel beten, wie sie will, aber sie bittet um ein Wunder, denn schließlich ist sie keine Maria, die vom Heiligen Geist aufgesucht wird.«

»Hüte deine Zunge, Frau! Ich könnte dich wegen Gotteslästerung belangen.«

»Das könntest du«, nickte Katrín. »Oder du könntest deiner Frau ein Kind machen.«

Ich versuchte es. Immer wieder. Aber ihr Gesicht, ihre Augen, ihr Körper ließen mich bei jedem Versuch erschlaffen. Und dann weinte sie und sagte, ich sei kein richtiger Mann. Sie hatte recht, und ich hasste sie dafür.

Ich sammelte Treibholz am Strand, baute daraus eine Wiege und betete, die Hoffnung, die in diesem Bettchen lag, möge sie beruhigen. Doch sie hielt die Wiege für einen grausamen Scherz und versuchte, sie in Stücke zu schlagen.

Sieben Tage später wurde sie gesehen, wie sie versuchte, den Helgafell zu erklimmen, nachdem sie am Grab der Guðrún Ósvífrsdóttir gewesen war, um ihre drei Wünsche vorzubringen. Danach begann sie, Egill aufzusuchen. Er hatte sie seit Birgits Tod gemieden, doch nachdem er Anna einmal nach Hause gebracht hatte, fing er an, mich schadenfreudig mit stechendem Blick zu beobachten. Ich wusste, was zu tun war. Ich schickte Katrín fort und warf ihr vor, Annas Gedanken verdorben zu haben. Ich brachte ein Schloss an der Tür zum Dachboden an und erzählte allen, Anna hätte Fieber.

Ich wollte ihr keine Gewalt antun. Doch jedes Mal, wenn ich an unseren letzten heftigen Streit denke, wird mir übel. Wenn ich meine Augen schließe, sehe ich ihr schreiendes Gesicht und Blut. Ganz viel Blut.

Danach grub ich meiner Frau im Halblicht der Sommernacht ein Grab.

Teil Fünf

Am heißesten brennt die Liebe im Geheimen.

Isländisches Sprichwort

RÓSA

Stykkishólmur, November 1686

Katrín hält Wort. Sie schläft im Stall und kämpft sich jeden Morgen und jeden Abend durch den Schnee zum Haus, um Jóns Wunde zu waschen. Nachdem diese einen Tag lang unbedeckt geblieben war, verbindet Katrín sie mit Leinentüchern, die sie bei jeder Reinigung der Wunde austauscht. Als die Entzündung zurückgeht, kehrt das Leben allmählich in Jón zurück. Er wimmert. Nach zwei Tagen wird jeder Wechsel des Verbandes von Jóns Brüllen begleitet.

Rósa kann nicht zusehen. Sie sitzt im *Baðstofa*, strickt und wünscht sich, taub zu sein. Pétur kauert auf dem gegenüberliegenden Bett, die Kiefer fest zusammengepresst, die zitternden Hände zu Fäusten geballt. Páll ist es, der Jón festhält und Katrín Wasser, Seetang und Kräuter reicht, die sie in die Wunde legt: Vogelmiere, Engelwurz und Moos.

Nach einer besonders qualvollen Behandlung kniet sich Katrín neben Rósa, die diesmal zu helfen versucht, sich dann jedoch in eine Ecke des Dachbodens gekauert und nur entsetzt zugesehen hat.

Katrín legt ihr eine Hand auf die Schulter. »Seine Schreie sind ein gutes Zeichen, Rósa.«

»Aber dieser *Geruch*. Wie verwestes Fleisch.«

Katrín nickt. »Es ist schrecklich, einen geliebten Menschen leiden zu sehen.«

Liebe? Darüber hat Rósa noch nie nachgedacht. Er ist ihr Ehemann, und sie muss ihn ehren und ihm gehorchen. So steht es in der Bibel. Und sie will ihm eine gute Gemahlin sein, schließlich hängt ihr Überleben und das ihrer Mamma davon ab. Aber *Liebe*? Sie geht zu ihm hinüber und betrachtet sein Gesicht. Sie kennt jede Linie, jeden Gesichtszug. Sie streckt ihre Hand aus und berührt seine Wange, lässt ihren Daumen über seine Lippen gleiten. Seine Mundwinkel ziehen sich leicht nach oben, und in den Augenwinkeln erkennt sie Lachfältchen. Er muss einmal glücklich gewesen sein.

Als sie aufblickt, steht Páll in der Tür, der ein Stück Trockenfisch isst und sie anstarrt. Sie errötet. Er wendet sich ab, die Augen dunkle Höhlen.

Und sie lässt ihn gehen.

Ehebrecher werden gehängt oder enthauptet, die Frauen steckt man in einen Sack, der in Thingvellir im Ertränkungsbecken versenkt wird. Und in der Bibel steht, dass jener, der mit dem Herzen begehrt, bereits die Ehe gebrochen hat. Sie muss ihn ziehen lassen.

Am folgenden Tag, als Rósa gerade in der Küche steht und kocht, ruft Pétur vom Dachboden herunter: »Rósa!«

Dann Pétur und Páll gemeinsam, ihre Stimmen rau vor Erregung: »Rósa! Rósa!«

Sie lässt den Löffel klappernd zu Boden fallen und hastet die Leiter hinauf. Sie weiß, dass ihr Mann tot ist. Erst sinkt ihr das Herz, dann springt es vor Freude: Sie wird mit Páll nach Skálholt zurückkehren können! Und das alles wird ihr wie ein vergangener Albtraum erscheinen. Aber wie kann sie sich darüber freuen, dass ihr Ehemann tot ist? Wie tief ist sie nur gesunken?

Sie holt tief Luft und betritt vorsichtig den Dachboden.

Dort sitzt Jón aufrecht auf der Matratze und trinkt Moostee aus einer Tasse, die Pétur ihm an die Lippen hält. Páll und Pétur starren ihn mit weit aufgerissenen Augen an, als hätten sie gerade die Erweckung des Lazarus miterlebt.

»Er ist *durstig*«, sagt Pétur ungläubig.

»Dem Himmel sei's gedankt!« Rósa rennt zu Jón hinüber, hält kurz inne und wirft ihm dann die Arme um den Hals. »Jón, *Elskan*«, flüstert sie. »Ich bin so … froh.« Ihre Knie zittern. Sie wagt es nicht, Páll anzusehen.

Jón lächelt sie matt an. »Mir scheint, mein naher Tod hat aus dir die perfekte Gemahlin gemacht.«

Wäre sie so mutig wie Katrín, hätte sie erwidert, dass er auch ein umgänglicher Gemahl war, als er dem Tod nah war. Stattdessen zwingt sie sich zu lächeln und sagt: »Ich habe Eintopf gekocht.«

Aus dem Augenwinkel bemerkt sie, dass Páll die Schultern hängen lässt, sieht, wie er den Raum verlässt. Sie versucht, sich den Schmerz in seinem Gesicht nicht zu Herzen zu nehmen.

»Ich fühle mich, als sei eine Herde Wildpferde über mich hinweggetrampelt«, sagt Jón.

»Du solltest dich ausruhen, *Elskan*. Schlaf.« Es juckt sie in den Beinen vor Ungeduld. Sie wünschte, sie könnte mit Páll sprechen, könnte seine Hand nehmen, ihn an sich ziehen und ihm sagen, dass … Ja, was würde sie ihm sagen?

»Ich habe genug geschlafen. Komm her.« Jón nimmt ihre Hand und küsst sie. Ihre Haut kribbelt unter seiner Berührung.

In der Dunkelheit am anderen Ende des Raumes streckt der Gerfalke seine Flügel aus. Jón zuckt zusammen, als er das Rascheln der Federn hört, blickt Rósa an und drückt ihre Hand fester … zu fest.

»Du wirst doch niemandem von dem Vogel erzählen?«

Sie schüttelt stumm den Kopf.

Seine ausgetrocknete Klaue krallt sich noch enger um ihre Hand. »Gerfalken sind wertvoller als Gold, Rósa. Wenn irgendjemand im Dorf erfährt, dass ich einen hier habe, um damit zu handeln, wird das Neid wecken und Ärger bringen …«

Sie schluckt. »Das Dorf liegt unter Schnee begraben. Niemand war hier außer …«

»Rósa!«, unterbricht Pétur. In seiner Stimme schwingt eine eindringliche Warnung mit.

Sie zuckt zusammen. Pétur tigert durch den Raum und kaut nervös an seinem Daumennagel. Er hält inne, holt tief Luft, als wollte er etwas sagen, und beginnt dann von Neuem, im Raum auf und ab zu gehen.

»Bleib stehen, Pétur«, krächzt Jón. »Du nutzt uns die Bodenbretter ab.«

Rósa sagt: »Ich muss Katrín erzählen, dass du aufgewacht bist, Jón. Sie wird sich freuen.«

Pétur hält inne und wirft ihr einen finsteren Blick zu.

Jón, der sich wieder hingelegt hat, setzt sich ruckartig auf und stöhnt vor Schmerz. »Katrín?«, knurrt er.

Rósa sieht Pétur an. »Du hast es ihm nicht erzählt?«

»Katrín war hier?«, will Jón wissen.

»Ihr verdanken wir es, dass …« Pétur spricht leise.

»War Katrín hier? Auf dem Dachboden?«, donnert Jón. »Antworte mir, verdammt noch mal!« Sein Gesicht ist bleich, sein Atem geht stoßweise. Er sackt keuchend zusammen.

Rósa kniet sich neben ihn. »Sie wollte dir helfen.« Sie streckt ihre Hand nach Jóns Gesicht aus, bringt es jedoch nicht über sich, ihn zu berühren. »Sie wird niemandem etwas verraten.« Sie denkt an den Vogel, die Wiege, die Kerben im Boden. Sie hat keine Ahnung, was Katrín gesehen hat.

»Das kannst du nicht wissen«, keucht Jón. »Du weißt nicht …«

»Ich weiß, dass sie keine Gerüchte verbreitet, Jón.« Rósa holt tief Luft, um sich zu beruhigen, und blickt ihm in die Augen. »Du musst ihr vertrauen, du musst versuchen …«

»Sei still, Rósa.«

Rósa presst ihre Beine aneinander, um das Zittern zu stoppen. Sie zwingt sich, die nächsten Worte zu sprechen: »Katrín wird Egill nichts erzählen, Jón. Du musst keine Angst haben.«

Ein Geräusch, das halb Husten, halb Lachen ist, entfährt Jón.

»Versuch doch, uns zu verstehen«, spricht Rósa weiter. »Dir ging es immer schlechter, und Katrín hat dich geheilt. So ist es doch, nicht wahr, Pétur?«

Pétur betrachtet das milchige Licht, das durch die Tür hereinfällt und die Farbe von *Skyr* hat. »Ich war gegen ihr Bleiben«, flüstert er. »Doch du lagst im Sterben.« Rósa wusste nicht, dass Pétur Angst verspüren kann. Sie hört die Stimme des Jungen, der Pétur gewesen sein muss, als Jón ihn zu sich nahm. Péturs Gesicht ist bleich, er wirkt verloren. In seinem Hals ist ein trockener Laut zu hören, als er schluckt.

Rósa überwindet sich und nimmt Jóns kraftlose Hand in die ihre. Seine Knochen wirken wie dürre Zweige, die mit dünnem Pergament überzogen sind. Darunter wölbt sich ein blaues Venengeflecht. »Pétur trifft keine Schuld.«

Drei mühsame Atemzüge lang schweigt Jón. Dann befiehlt er: »Bringt sie zu mir.«

Rósa erhebt sich. »Du wirst ihr doch nichts antun?« Sie blickt von Jón zu Pétur. »Keiner von euch wird ihr etwas antun?«

Das Schweigen dröhnt in Rósas Ohren.

Endlich murmelt Pétur: »Natürlich nicht. Hol sie.« Doch keiner der Männer sieht ihr in die Augen, und sie wechseln einen Blick, den sie nicht deuten kann.

»Nun gut.« Sie bekommt kaum Luft. Vielleicht kann sie Katrín raten zu fliehen?

Der Himmel draußen ist von metallischem Grau-Blau, wie ein frischer Bluterguss. Die kalte Luft schneidet in ihr Innerstes. Rósa stapft die einhundert Schritte zum Stall, ihr Atem bildet kleine Wölkchen, die gefrieren, verblassen und dann für immer verschwinden.

Sind Seelen wohl so, fragt sie sich. *Werde ich eines Tages verschwinden, zergehen wie schmelzendes Eis in dahinströmendem Wasser?*

Es ist ein unchristlicher Gedanke, und sie verdrängt ihn, zieht mit aller Kraft an der massiven Stalltür.

Der Riegel ist vorgeschoben. Im Reich ihres Mannes ist alles verschlossen oder verriegelt. Sie zieht die Fäustlinge aus. Ihre Finger sind nass vom geschmolzenen Eis und taub vor Kälte. Rósa zerrt am Riegel und schafft es endlich, ihn zurückzuschieben. Dann öffnet sie die Tür und tritt in die feuchte Finsternis und die stickige Ruhe des Stalles.

Sie hört das Scharren der Tiere in der Dunkelheit, ihr unruhiges Blöken und Schnauben.

Eine einzelne Kerze brennt auf einem Sims am Ende des Stalles, und Katrín kauert darunter.

Rósa will etwas sagen, doch Katrín hebt die Hand.

»Pst, hör mal. *Da!* Hast du es gehört?« Katríns Augen leuchten seltsam, und sie packt Rósas Arm etwas zu fest.

Rósa lauscht dem Ächzen der Landschaft, dem Stöhnen des Windes, dem Knirschen des Schnees draußen vor dem Stall. »Das ist nur der Wind, hab keine Angst …«

»Ich habe keine Angst. Also hast du es schon einmal gehört?« Katríns Munterkeit wirkt aufgesetzt. Sie lächelt, sagt dann etwas zu schnell: »Ja, es muss wohl der Wind sein. Und doch klingt es wie …« Wieder starrt sie ins Leere, den Kopf zur Seite gelegt.

Um ihr wachsendes Unbehagen zu überspielen, platzt Rósa heraus: »Jón ist wach.«

»Páll hat es mir erzählt. Eine gute Nachricht!« Katríns Gesicht wird ernst. »Aber was ist denn los? Geht es ihm wieder schlechter? Oder weigert er sich, meine Heiltränke zu trinken?« Sie grinst verschmitzt. »Die Panschereien einer Hexe?«

»Er wünscht … mit dir zu sprechen.«

Katrín hebt die Augenbrauen. »Ah.«

»Er ist aufgebracht.« Rósa zupft ein Wollbüschel von der Stallwand und zerreibt es zwischen ihren Fingern. Es fühlt sich rau und fettig an. Sie blickt Katrín in die Augen. »Er möchte wissen, was du gesehen hast – auf dem Dachboden.«

»Möchte er das?« Katrín sieht eher belustigt denn verängstigt aus.

Rósa holt tief Luft. »Der Dachboden war vorher … verschlossen. Und jetzt denkt er, du könntest im Dorf reden und … er könnte des *Seiðr* bezichtigt und verbrannt werden.«

»Er glaubt, ich könnte versuchen, unter seinen Füßen ein Feuerchen anzuzünden?« Katrín gluckst leise.

»Wie kannst du nur lachen? Er ist in wirklich übler Stimmung.«

»Ach, Rósa, ich war einmal verheiratet und weiß, wie man einen zornigen Mann milder stimmt. Ich werde so demütig und sanft sein wie die Heilige Jungfrau selbst.« Ihre Augen funkeln, und Rósa lächelt unsicher zurück.

Katrín nimmt Rósas Hand, und sie laufen durch den Schnee, kämpfen sich durch die mannshohen Schneewehen. Ihre Welt ist klein geworden. Weder die Hügel noch den Himmel noch das endlose Meer können sie sehen, es gibt nur noch einen winzigen Kreis des Lebens und der Wärme, soweit ihre Arme reichen.

Dahinter liegt eine unbekannte Wildnis, knurrend und mit grässlichen Zähnen.

Als sie das Haus erreichen, sitzt Pétur nervös im *Baðstofa* und schnitzt ein Stück Treibholz zu einer scharfen Spitze. Er sieht unheimlich aus, bedrohlich, wie jemand, der aus der Wildnis kommt: der dem Boden entwunden und in die Wärme der Kate gebracht wurde, jedoch noch immer die kaum erkaltete Gefahr des Vulkangesteins in sich trägt.

Er schaut auf. Sein Blick wandert zwischen Rósa und Katrín hin und her. »Jón will, dass ich dich hinaus in den Schnee werfe.«

»Ah, dann ist er ein Narr. Eine Hexe wirft man ins Wasser oder ins Feuer«, erwidert Katrín. »Schnee ist wirkungslos, vor allem jetzt, da du mich gewarnt hast und ich eure Decken stehlen kann. Außerdem wärmen mich die Feuer der Hölle.«

Péturs Mundwinkel zucken. »Ich habe ihm schon gesagt, du seist zu klug, um zu schwatzen.«

»Ich hätte ihn unzählige Male zerstören können, schon vor Jahren, doch ich habe mich entschieden zu schweigen.«

»Das dachte ich mir. Sei … nicht zu hart mit ihm. Er ist schwach.«

Sie nickt, und zwischen ihnen springt ein Funken gegenseitigen Verständnisses über. Dann steigt Katrín die Leiter zum Dachboden hinauf.

Rósa will ihr folgen, doch Pétur schüttelt den Kopf.

Sie drückt sich an ihm vorbei. »Das ist mein Haus.«

Da umfasst Pétur ihr Handgelenk mit seinen Fingern, und in der leichten Berührung spürt sie, zu welcher Stärke sie fähig sind.

»Ich halte dich nur auf, um dir den Weg zu ersparen«, erklärt Pétur. »Klettere ruhig hinauf, wenn du willst, doch er wird dich wieder herunterschicken.«

Sie entzieht ihm das Handgelenk und reibt sich die Haut, wo er sie berührt hat.

»Ich bin nicht ansteckend«, sagt er lachend. »Keine Sorge, du wirst nicht zum Monster werden.«

Da hören sie vom Dachboden erhobene Stimmen, das Ächzen von Bodenbrettern, einen Aufschrei, dann ein Krachen.

Rósa und Pétur stürzen zur Leiter. Rósa erreicht sie zuerst und klettert hinauf.

Jón liegt am Boden, Katrín steht über ihm. Rósas erster Gedanke ist, dass Katrín ihn gestoßen hat, doch dann wird ihr klar, dass Jón aufzustehen versucht und Katrín sich bemüht, ihn daran zu hindern. Beide blicken in den finsteren Teil des

Dachbodens, dorthin, wo sich der Vogel, die Wiege und die in die Bodenbretter geritzten Runen befinden. Beide sehen verbissen und unnachgiebig aus.

»Hat versucht aufzustehen und ist umgefallen«, erklärt Katrín betont munter. »Doch es scheint ihm nichts passiert zu sein. Komm, Jón.« Sie beugt sich zu ihm hinunter, legt die Arme um seinen Oberkörper und zischt ihm dabei etwas ins Ohr. Ihr Gesichtsausdruck wirkt unbarmherzig, und Rósa wartet auf Jóns Zornesausbruch, doch der nickt nur.

»Warum bist du aufgestanden?«, will Pétur wissen. »Die Naht hätte aufplatzen können.«

Während sie Jón zurück auf die Matratze hilft, erklärt Katrín über Jóns Stöhnen hinweg: »Er hat gesagt, er wolle testen, wie kräftig er bereits wieder sei. Ich habe ihn gewarnt, doch er wusste es wie immer besser.«

Etwas Aggressives und zugleich Furchtsames liegt in ihrer Stimme, so als knurrte sie ein wildes Tier an, um das Zittern ihrer Knie zu überspielen.

Doch Jón sieht gar nicht furchterregend aus, er ist kreidebleich im Gesicht. Auf Nacken und Brustkorb glänzt eine dünne Schweißschicht, und sein Atem geht schwer und bereitet ihm sichtlich Schmerzen. Erschrocken erkennt Rósa, dass er Angst hat.

In der dunklen Ecke auf der anderen Seite des Raumes schlägt der Gerfalke wieder und wieder mit den Flügeln, fliegt von seiner Stange auf und wird von dem Band um seine Fußgelenke wieder zurückgezogen.

»Beruhige ihn, Pétur«, keucht Jón. »Bevor er sich im Seil verfängt und sich die Flügel bricht.«

Katrín wirkt nicht überrascht, als im Licht von Péturs Kerze die Umrisse des Vogels sichtbar werden und neben ihm die der Wiege.

Vorsichtig nähert sich Pétur dem Tier, packt es, bevor es auffliegen kann, und hält es auf seiner Stange fest, wo es mit offenem Schnabel sitzt und hechelt, die Flügel etwas vom Körper abgespreizt. Jeder Teil seines Körpers verrät seine Erregung.

Rósa hat gehört, dass sich jagende Falken nicht nur auf ihre Augen verlassen, sondern auch auf ihre Ohren. Sie können das panische Hämmern eines Kaninchenherzens hören. Der Vogel muss von der Vielzahl wild schlagender Herzen im Raum regelrecht überwältigt sein.

Als Jón wieder auf seiner Matratze liegt und sich sein Atem beruhigt hat, kehren Rósa und Katrín ins *Baðstofa* zurück.

Katrín packt Rósas Arm und zieht sie zu sich heran, damit Pétur sie nicht hört. »Diese Runen«, flüstert sie. »Kannst du sie lesen?«

Rósa schüttelt den Kopf.

»Es sind starke Zauber.« Katríns Augen sind weit geöffnet. »Sie sprechen von Täuschung und vom letzten Herzschlag …«

»Du meinst …«

»Mord. Diese Zeichen sollten Krankheit und Tod bringen.«

Rósa friert plötzlich. »Aber wer …?«

»Die Zeichen waren nicht da, als …«

»Als Anna kam?«

»Als der Dachboden noch offen war.«

»Aber wer hätte …?«

Katríns Augen sind stahlhart. »Die Runen sprechen von Krankheit und Tod. Und Anna … Es geht mir einfach nicht aus dem Sinn …«

»Jón würde gewiss nicht …«

»Nein, das glaube ich auch nicht. Doch er ist mir fremd geworden.«

»Pétur vielleicht?«

»Vielleicht. Doch wer auch immer diese Zeichen in die

Bodenbretter geritzt hat, dieses Haus ist verflucht, und diese Männer sind gefährlich. Rósa, da ist noch etwas. Unter der Decke in der Ecke …« Katrín umklammert Rósas Arm fester. »Da ist ein Blutfleck auf dem Holzboden. Jemand hat versucht, ihn wegzuschrubben, aber mein Ehemann war ein Fischer, und ich erkenne einen Blutfleck, wenn ich einen sehe.«

Rósa denkt an das Messer, das getrocknete Blut, die verfilzte blonde Haarsträhne. Plötzlich scheint alles zu passen wie der Schlüssel ins Schloss. »Jón! Er muss …« Sie presst sich die Hand vor den Mund.

Katríns Augen verdunkeln sich. »Es muss einen anderen Grund dafür geben.«

»Du hast gesagt, Anna hat sich vor ihm gefürchtet?«

Katrín nickt schweigend und kaut auf ihrer Unterlippe.

Rósas Gedanken rasen. »Ich muss weg. Ich werde gehen, sobald der Schnee ein wenig geschmolzen ist.«

Katrín rückt rasch von Rósa ab, als Pétur die Leiter herabklettert. »Was soll das Geflüster?«

»Frauensachen«, erklärt Katrín ruhig.

Pétur hebt die Augenbrauen, und Rósa weicht zurück. »In der Vorratskammer ist noch Hammelfleisch, das ich zubereiten muss«, murmelt sie.

»Ich helfe dir«, sagt Katrín und erhebt sich.

»Nein«, erwidert Pétur. »Katrín, sag mir, wie wir Jóns Heilung beschleunigen können. Komm.« Er deutet auf den Platz neben sich. »Setz dich zu mir.«

Er weiß, was sie gesehen hat, denkt Rósa erschrocken.

»Dann bleibe ich auch hier«, erklärt sie. »Das Hammelfleisch wird bei der Kälte nicht schlecht.«

»Nein, Rósa«, erwidert Pétur. »Du darfst deine Pflichten nicht vernachlässigen. Katrín bleibt bei mir.«

Katrín nickt und bedeutet Rósa zu gehen. Ihr bleibt keine andere Wahl, als Pétur und Katrín allein zu lassen.

Im Vorratsraum ist es kalt, fast so kalt wie draußen. An der Tür haben sich Eisblumen gebildet, der Frost ist durch die winzigen Ritzen in den Torfmauern eingedrungen.

Als Rósa zurück in die Küche tritt, sieht sie zu ihrer Überraschung Páll am Tisch sitzen und Hammelfleisch schneiden. Sie lächelt erleichtert, doch sein Blick ist eisig. Sie erinnert sich daran, wie er sie mit Jón beobachtet und sich dann abgewendet hat, wie er den Dachboden mit zusammengepressten Zähnen verließ.

Ohne aufzublicken fragt er: »Wie geht es deinem Gemahl?«

»Er ist …« Er ist was? Ein Lügner? Ein Mörder? Ein Mann, der seine Frau einsperrt und erklärt, es sei nur zu ihrem eigenen Schutz? Rósa holt tief Luft und setzt sich. Páll rückt fast unmerklich ein Stück von ihr ab.

»Er ist auf dem Weg der Besserung.«

»Gut. Ich werde von hier fortgehen, wohl wissend, dass du glücklich bist.«

»Fortgehen?«

»Sobald der Schnee ein wenig geschmolzen ist.«

»Nimm mich mit!« Die Worte rutschen ihr heraus, bevor sie sie zurückhalten kann.

Pálls Augen weiten sich. »Warum solltest du …?«

»Ich will zurück nach Skálholt.« Sie legt ihre zitternde Hand auf seine.

Sein Gesicht wird weich. »Rósa, das ist unmöglich.«

»Ich bin so unglücklich.«

Páll drückt ihre Hand. »Du kannst nicht fortgehen.«

»Ich werde nicht hierbleiben.«

»Eben noch warst du voller Sorge um deinen Mann.« Er streichelt ihre Wange.

Sie fühlt sich so erschöpft angesichts der Anspannung, die zwischen ihnen besteht, es kommt ihr vor, als stünde sie auf brüchigem Eis, das mit einer falschen Bewegung bersten würde. Fast wünschte sie sich, das Eis würde brechen, damit das schwarze Wasser sie in die Tiefe zöge. Dann würde sie diesem qualvollen *Warten* und der Zurückhaltung entkommen, die jede ihrer Bewegungen erstarren ließen.

Sie holt bebend Luft. »Wir werden nach Hause gehen, Páll. Wenn der Schnee schmilzt.«

Pálls Augen sind dunkel vor Kummer. »Ich will … Aber es ist so gefährlich für dich …«

Sobald sie ihre Worte ausgesprochen hat, erkennt sie, dass das nur eine Wunschvorstellung ist. Sie hätte ebenso gut erklären können, sie wolle übers Meer nach Dänemark laufen oder sich Flügel besorgen, um noch in dieser Nacht zu ihrer Mamma zurückzufliegen.

Páll lässt seine Finger über ihre Lippen gleiten, zieht dann die Hand zurück und wendet sich ab. Sie spürt ein Frösteln, als er sie loslässt.

»Wir werden uns bald wiedersehen«, sagt er leise. »Ich komme dich nächsten Sommer besuchen.«

»Ja, das machst du«, erwidert sie ausdruckslos. Als sie sich vorstellt, wie die Tage ohne ihn verlaufen werden, sieht sie nichts als ein schwarzes Loch. Einen unendlich tiefen Abgrund bis zum nächsten Sommer.

Er legt die Arme um sie und lässt seine Stirn auf der ihren ruhen. Seine Augen, so nah, sind blau und klar. Wenn sie dort hineinblickt, sieht sie ihre eigene Seele. Sie legt ihre Hand auf seinen Brustkorb und spürt das Pochen des Herzens, das Ziehen und Drücken seiner Atemzüge und gleichzeitig ihrer. Sie sind kaum zu unterscheiden.

Da hört sie plötzlich einen Aufschrei. »Rósa!«

Páll und Rósa springen auseinander, als hätten sie sich verbrannt. Rósa wendet sich ab, als Katrín hereingestürzt kommt. Sie blickt von Rósa zu Páll. »Die Schafe sind weg. Die Kühe auch.«

»*Weg?*«, wiederholt Rósa ungläubig.

»Wie kann das sein?«, fragt Páll.

Katrín erklärt, was sie weiß, während sie durch die Kate und hinaus in den Schnee eilen, im Laufen Umhänge überwerfen und Handschuhe anziehen.

Katrín und Pétur hatten ein Geräusch gehört und waren hinaus in die Kälte geeilt. »Es klang wie eine Stimme, die um Hilfe rief oder Schmerzen litt.«

Sie dachten, es könnte jemand aus dem Dorf sein, vielleicht einer der Männer, die in den Hügeln unterwegs waren, als der Schneesturm begann. Sie sind den Schreien zum Stall gefolgt und haben die Türen geöffnet vorgefunden, die Tiere waren weg.

»Aber wie kann das sein?«, keucht Rósa, die gegen den eisigen Wind ankämpft. »Wir haben die Tür verriegelt, Katrín.«

»Das habe ich Pétur auch gesagt, aber er nennt mich eine hirnlose alte Hexe. Der Schnee ist hier überall aufgewühlt, doch die Spuren verschwinden schnell.«

»Bald werden sie ganz verwischt oder bedeckt sein«, schnauft Páll.

»Dieser Schrei«, sagt Katrín wehmütig. »Er klang wie … wie von einem Kind.«

»Du glaubst, dass jemand dort draußen im Schnee ist?«, fragt Rósa nicht sehr überzeugt.

Katríns Augen strahlen, doch auf die Frage geht sie nicht ein. »Schaut!« Sie zeigt auf eine dunkle Gestalt vor ihnen. »Dort ist Pétur. Und so haben wir den Stall vorgefunden, die Tür stand weit offen.«

Pétur blickt finster drein. Rósa spürt, wie sie rot wird, obwohl sie genau *weiß*, dass sie die Tür verriegelt haben.

»Wir suchen jeweils zu zweit«, bestimmt Pétur. »Katrín mit Páll, Rósa mit mir.« Als sie den Kopf schüttelt, knurrt er sie böse an: »Ich will Jón ganz sicher nicht erklären müssen, dass ich nach seinen Schafen auch noch seine Frau verloren habe.«

Rósa will etwas erwidern, doch Katrín und Páll stapfen bereits los, folgen einem der Pfade, die die Tiere in die weiße Schneedecke getrampelt haben.

Pétur marschiert in die entgegengesetzte Richtung, folgt einem einzelnen Pfad, der aussieht, als habe sich ein Tier von der Herde gelöst und sei panisch fortgerannt. Sie waten durch den dichten Schnee, das Eis brennt auf ihren Gesichtern, doch sie hören nichts, sehen nichts, außer der unendlichen weißen Schneedecke. Der Schnee fällt in dichten Flocken, die auf Rósas Wimpern hängen bleiben und sogleich von einer neuen Lage ersetzt werden, wenn sie die erste weggewischt hat. Sie hat das Gefühl zu erblinden, muss jedoch weiterlaufen. Pétur ist in ihrer Nähe, doch sie kann ihn nicht sehen. Sie bleibt stehen und schreit angsterfüllt auf.

Sofort ist Pétur neben ihr, und – sosehr sie ihn sonst auch fürchtet – sie kann nicht anders, als sich an ihn zu klammern wie an einen Fels in der Brandung.

»Nimm meine Hand«, ruft Pétur.

Rósa widerspricht nicht, sondern packt seine Hand, so fest sie kann.

Páll und Katrín sind nirgends zu sehen. Sie ruft ihre Namen, erhält jedoch keine Antwort.

Sie ist allein mit Pétur und dem Schneegott Ullr, und sie weiß es, sie spürt es in ihren Knochen, dass einer von ihnen sie töten wird.

Wieder ruft sie, doch der Schnee dämpft jedes Geräusch. Sie darf nicht weinen. Die Tränen werden ihr auf dem Gesicht gefrieren, und wenn sie sie wegwischt, wird sie die Haut mit abziehen.

Die Kälte kriecht unter Rósas Rock und unter ihr Tuch, setzt sich dort fest, dringt in ihre Knochen ein. Ihre Zähne klappern. Das ist Wahnsinn. Sie wird Pétur sagen, dass sie zum Haus zurückkehren müssen, wenn sie hier draußen nicht umkommen wollen.

Vielleicht hat er mich deshalb hierhergebracht. Vielleicht hat Jón ihm befohlen, mich mit hinaus zu nehmen und zu töten, und Páll und Katrín sind die nächsten.

Sie hält inne, und Pétur ruft ihr etwas zu, was sie nicht versteht, doch sie schüttelt den Kopf. Mit bleiernen Augen blickt er sie an, ruft wieder, doch sie regt sich nicht. Sie wird nicht in ihren eigenen Tod laufen.

Da hört sie einen Schrei.

»Halt!«, ruft sie. »Was war das? Páll und Katrín?« Doch der Schrei kam aus der anderen Richtung, von vor ihnen.

»Ich habe nichts gehört.«

»Da!« Rósa vernimmt es wieder, eindringlich und regelmäßig, wie das Blöken eines Schafes, doch in einer höheren Tonlage. Sie spürt, wie sich ihr die Nackenhaare aufstellen. Pétur steht regungslos da.

»Hast du das gehört?«, fragt sie und greift mit einer Hand in ihre Tasche, um die kalte Form der Glasfigur zu berühren. Das beruhigt sie. Es ist, als stünde sie mit ihren Füßen auf dem Gestein, das man vor langer Zeit eingeschmolzen haben muss, um diese perfekte Frau aus Glas zu formen. Sie wurde mithilfe von Feuer gestaltet, ist unbeschädigt über Land und Meer gereist, und so zerbrechlich sie auch wirken mag, sie ist noch immer unversehrt.

Wieder ertönt der Schrei.

Pétur wischt sich den Schnee aus dem Gesicht und zeigt in die Richtung, aus der das Geräusch kam.

Sie rennen gegen die weiße Wand aus Schnee an. Rósas Rock ist nass und schwer. Sie fällt, Schnee dringt ihr in Nase und Mund. Pétur zerrt sie hoch und zieht sie hinter sich her.

»Ég ríf ykkur í bita!«, ruft Pétur in die Finsternis, und Rósa spürt, wie sich ihr bei diesen Worten die Nackenhaare aufstellen: *Ich werde dich zerreißen!*

Stille. Als hätte Péturs Ausruf die Schreie erstickt. Immer wieder brüllt er, wütet gegen den leeren Schneesturm an, bis seine zornigen Worte wie eine Zauberformel in fremder Sprache klingen. Rósas Beine brennen, sie kann nicht mehr. Wieder und wieder fällt sie, doch Pétur schleift sie hinter sich her, vor Anstrengung ächzend.

Unter ihren Füßen stöhnt der Schnee, als müsste sich die Erde selbst ungeheuerlich plagen.

Da erklingt in der Ferne wieder dieser unheimliche Schrei.

Einen Moment lang stellt sich Rósa vor, dass sie ein Wesen vom *Huldufólk* hören, das sie in die Erschöpfung, in den Tod treiben will. Die Glasfigur in ihrer Hand fühlt sich an wie Eis, die brennende Kälte pulsiert durch ihre Fäustlinge.

Da hört sie ihn wieder, den Schrei. Deutlicher und näher.

Wieder rennen sie, taumeln rufend durch die Schneewehen, als wateten sie durch einen Fluss. Rósa stolpert, rappelt sich wieder auf, fällt erneut hin, schluchzt.

Pétur dreht sich zu ihr um und nimmt sie hoch. »Ich trage dich.«

»Nein! Lass mich runter!« Rósa spürt den sauer-metallischen Geschmack von Blut auf ihrer Zunge, und ihre Muskeln brennen, doch sie wird sich von diesem Mann – von diesem Monster – nicht tragen lassen. Sie zwingt sich vorwärts. Als sie kurz davor ist, zusammenzubrechen, bleibt Pétur stehen.

»Da!«

Mitten im Schneegestöber steht ein dunkler Schatten. Der Schnee fällt so dicht, dass sie unzählige Male daran vorbeigelaufen sein könnten, ohne ihn zu sehen.

»Was ist das?«, wispert Rósa. Die Figur ähnelt in Größe und Gestalt einem Mann, wirkt jedoch zu breit für einen Menschen. In ihrer Mitte befindet sich eine gewaltige Wölbung.

»Þú ert dauður«, sagt Pétur. *Du bist tot!*

Rósa gefriert das Blut in den Adern.

Pétur löst sich von ihr und nähert sich vorsichtig der Gestalt, die sich nun vorbeugt und aufheult. Er springt auf sie zu und umschlingt sie mit beiden Armen. Die Gestalt bricht zusammen, als handelte es sich um einen Geist, der aus nichts weiter als Luft besteht. Er nimmt das Wesen hoch und stöhnt auf, sein Arm schmerzt. Rósa erkennt blondes Haar, das unter einer Kapuze hervorquillt, ein bleiches Gesicht, halb geschlossene blaue Augen.

Eine Frau.

Rósa starrt Pétur entsetzt an, denn sie kennt die Antwort auf ihre Frage, die unausgesprochen auf ihren Lippen erstirbt. Sie weiß, welchen Namen er gleich sagen wird.

»Anna.«

JÓN

In der Nähe von Thingvellir, Dezember 1686

Manchmal entsteht Gewalt aus sich selbst, wie bei Schimmelsporen, die lange harmlos vor sich hin schlummern, um sich dann plötzlich explosionsartig zu vermehren und um sich zu greifen. Anna forderte ihr Schicksal so gezielt heraus, als hätte sie selbst ihre Hände in Ketten gelegt und sich auf dem Dachboden eingesperrt.

Mit jedem Monat, in dem ich ihr kein Kind gab, wuchs ihr Groll. Katrín glaubte, sie sehne sich nach jemandem, den sie umsorgen könne, weil sie selbst eine trostlose Kindheit gehabt hatte. Aber ich wusste es besser. Sie verzehrte sich nach einem Wesen, über das sie uneingeschränkte Macht besaß.

Ich gab mir größte Mühe, sie zu lieben. Ich zwang mich dazu, bei ihr zu sitzen, ihre Hand zu halten, sie zu umarmen. Doch je länger wir zusammenlebten, desto deutlicher sah ich Züge von Grausamkeit in ihrem Wesen. Versehrte Menschen wenden ihren Zorn oft gegen andere, als hätten die Jahre der Angst sie mit einem Gift gefüllt, das allmählich auf alle Umstehenden übergreift.

Ich sah die heimlichen Fußtritte, die Anna den Schafen versetzte; ich sah, wie sie die Hennen an den Schwanzfedern zog, wenn sie sich unbeobachtet glaubte. Sie hätte unsere Kinder geküsst und geherzt und sie gleichzeitig fest in ihre dicken Beinchen gezwickt.

Sie war bestimmt nicht von Grund auf bösartig. Aber ich glaube, sie konnte ihre Liebe nur zeigen, indem sie Schmerz zufügte, um ihn dann zu lindern.

Anfänglich hatte ich nichts gegen ihre Streifzüge, so einsam sie auch waren. Meinetwegen hätte sie den ganzen Tag um die Siedlung herumwandern können, wenn es sie glücklich machte. Doch schon bald begann sie, sich merkwürdig zu benehmen. Sie trug einen Stab mit sich und murmelte vor sich hin. Die Leute glotzten und kamen dann zu mir gerannt, um mir zu erzählen, dass meine Frau mit Geistern sprach.

Mir wurde flau im Magen. Egill würde mich zerstören, wenn er auch nur eine Spur des alten Glaubens in meinem Haus sähe. Ich konnte schon seinen brennenden Blick spüren, der sich wie Feuer unter meinen Füßen anfühlte. Ich wusste, dass er im Ort herumerzählte, Anna habe Birgit mit einem Fluch belegt, der zu ihrer Krankheit und ihrem Tod geführt habe.

Als ich Anna fragte, was sie denn da auf ihren Wanderungen vor sich hin flüstere, antwortete sie: »Ach, nur so ein Lied, das Katrín mir beigebracht hat.«

Katrín schwor bei allen Heiligen, dass sie Anna nie irgendwelche Beschwörungszauber beigebracht habe. Doch diese Frau hätte wohl selbst dem Mond das Lügen beibringen können.

Ich nahm Annas Hand. »Du darfst nicht so umherwandern, *Elskan*. Du bringst dich, du bringst uns alle in Gefahr.«

Doch Anna war nicht vom Herumstreunen abzubringen. Sie fing an, Treibholz in Muster zu legen und daneben kleine Kräuterhäufchen zu hinterlassen.

Eines Tages brachte Egill sie mir triumphierend grinsend nach Hause. »Sie hat Runen gemalt!«, erzählte er fröhlich. »Die Frau des *Bonði* murmelt Beschwörungen und hinterlässt überall Runen. Ich werde das Althing fragen, ob wir unser Schicksal wirklich in die Hand eines Mannes legen sollen, der seine eigene Ehefrau nicht im Griff hat.«

»Das ist so typisch für dich, Egill, dass du dich am Leid anderer ergötzt. Anna geht es nicht gut. Sie braucht Ruhe. Aber sie ist eine gottesfürchtige Frau und hat mit Hexerei und Aberglauben nichts am Hut.«

»Das sind Runen, die sie da malt, Jón.«

»Ich kann keine Runen sehen«, entgegnete ich barsch. »Das bildest du dir ein.« Ich versuchte mich an einem Lächeln. Mein Kiefer schmerzte. »Ist schon seltsam, dass du überall Runen siehst, findest du nicht? Vielleicht sollten wir *das* mal vor dem Althing erörtern.«

Egill starrte mich wütend an, sagte jedoch nichts mehr, jedenfalls nicht an diesem Tag. Am nächsten Morgen stand dann Olaf vor der Tür und überreichte uns einen Brief von Egill, in dem er drohte, Annas Verhalten dem Althing zu melden und zu erzählen, dass sie Birgit mit einem Fluch belegt habe.

Wieder versuchte ich, Anna zu erklären, in welche Gefahr sie uns alle brachte.

»*Elskan*, wenn du ihm auch nur den geringsten Anlass lieferst, wird Egill dafür sorgen, dass du auf dem Scheiterhaufen landest. Und um mich zu treffen, wird er besonders grausam zu dir sein, das musst du begreifen.«

Ich nahm ihre Hand mit den schlanken Fingern, die so schmalgliedrig waren, dass ich sie leicht hätte zerbrechen können. »Bleib auf dem Hof. Hier bist du in Sicherheit.«

Sie entriss mir ihre Hand, als würde meine Zärtlichkeit ihre Haut versengen. »Dir geht es doch überhaupt nicht um mich«, brauste sie auf, ihr Blick durchdringend. »Du willst doch bloß deinen Ruf bewahren.«

»Pass auf, Anna, pass auf, was du sagst. Du könntest es bereuen.«

»Wenn deine dir ach so ergebenen Leute wüssten, was für ein erbärmlicher, schlaffer Wurm du bist …«

Ich hob die Hand und hörte schon das Klatschen auf ihrer Haut, sah das heiße Rot ihres Blutes. Mitten in der Bewegung hielt ich schockiert inne.

»Na, komm schon, schlag mich«, höhnte sie. »Vielleicht fühlst du dich dann ja mal wie ein Mann.«

Ich wandte mich um und schlug mit der flachen Hand gegen die Holzwände, wieder und wieder, bis das ganze Haus dröhnte. Dass meine Hände bluteten, spürte ich nicht.

Als mir Pétur später die Hände mit Tüchern verband, meinte er: »Sie ist gefährlich, Jón. Sie stürzt sich selbst ins Verderben und reißt uns mit. Und sie wird auch noch lachen, wenn wir gemeinsam auf dem Scheiterhaufen stehen.«

Am nächsten Abend entdeckte Pétur Anna auf dem Helgafell, wo sie singend ihre drei Wünsche darbrachte, nachdem sie am Grab der Guðrún Ósvífrsdóttir gewesen war. Mit sorgenvoller Miene brachte er sie zurück zum Gehöft. »Sie sagt, sie will mit Egill sprechen. Alleine.«

Pétur half mir, aus verschiedenen Eisenfundstücken ein Schloss herzustellen. Dann brachten wir Anna mit einer Matratze und einem Nachttopf auf den Dachboden. Sie war desorientiert wie ein verlorenes Kind, ließ sich von uns hinaufbringen, auf die Matratze legen und in Decken hüllen.

Ich überlegte hin und her, ob ich die Wiege oben stehen lassen oder wegbringen sollte. Gewiss würde sie das Kinderbettchen als großen Hohn empfinden. Dennoch beschloss ich, es dort zu lassen, um ihr mit der Wiege nicht auch noch das letzte bisschen Hoffnung auf ein Kind zu nehmen.

Trotz ihres Protestes wiesen wir Katrín an der Tür ab, als sie Anna besuchen wollte. »Du könntest dich anstecken«, erklärte ich. Wir baten sie, im Dorf zu erzählen, Anna sei krank. »Sie würde sich schämen, in ihrem jetzigen Zustand gesehen zu werden«, sagte ich. »Sie ist nicht sie selbst.«

Das war sie tatsächlich nicht. Nachdem sie aus ihrer Trance erwacht war und merkte, dass sie eingesperrt war, zerkratzte sie sich das Gesicht und knurrte wie ein wildes Tier. Dann hämmerte sie gegen die Tür und schrie und wütete, sie wolle raus. Jedes Mal, wenn ich gerade nachgeben wollte, erinnerte mich Pétur daran, warum ich das unmöglich durfte.

»Egill würde sich die Hände über dem Feuer reiben, in dem er sie brennen lässt. Und uns.«

Als sie aufhörte zu toben, dachte ich, sie hätte sich beruhigt und würde sich nun verständiger verhalten. Ich hoffte, dass ich sie wieder freilassen könnte.

Doch als ich die Tür öffnete und den Dachboden betrat, sah ich sie in einer Ecke sitzen und mit einem Stein etwas in den Holzboden ritzen. Sie beachtete mich nicht, als ich sie ansprach. Ich musste ihren Arm packen, ehe sie mich anschaute. Und selbst dann richtete sie ihren Blick nur auf meine Hand an ihrem Handgelenk, als ob beides zu anderen Menschen gehörte.

»Wie geht es dir, lieber Mann?« Auf ihrem Gesicht lag das gleiche starre Grinsen, das ich einmal bei einem Mann gesehen hatte, der zum Tode durch den Strang verurteilt worden war.

Ich sah mir ihre Markierungen im Holz genauer an, und mir gefror das Blut in den Adern.

»Was soll das?«, keuchte ich. War das ein gegen mich gerichteter Fluch? Eine Zauberformel, um böse Geister heraufzubeschwören? Oder hatte sie meine Geheimnisse in den Fußboden gekratzt? »Was bedeutet das? Was steht da?«, verlangte ich zu wissen.

»Die Wahrheit«, flüsterte sie, während ein wissendes Lächeln ihre Lippen umspielte. In diesem Moment wusste ich, dass sie uns alle umbringen würde. Sie einzusperren reichte nicht. Sie würde alles zerstören. Und Pétur? Die Dorfleute würden nicht zögern, ihn der Hexerei anzuklagen.

Und plötzlich war er da: der Gedanke, wie viel leichter es wäre, wenn sie einfach … nicht mehr wäre. Es war ein widerwärtiger Gedanke, der eine Welle des Selbsthasses in mir auslöste und den mir sicher der Teufel eingegeben hatte. Und doch nistete er sich an diesem Tag in meinem Kopf ein: der Wunsch, Anna auszulöschen wie eine Kerze.

Als ich am nächsten Morgen wieder auf den Dachboden kletterte, hockte sie gegen eine Wand gelehnt da. Sie lächelte mich an und sah fast friedlich aus. Mein Herz tat einen hoffnungsvollen Sprung. Ich setzte mich neben sie und strich ihr über die Wange. »Dir scheint es besser zu gehen, Liebes.«

»Mir geht es viel besser, Jón.« Lächelnd lehnte sie sich an mich. Ich strich ihr über das Haar, worauf sie ihr Gesicht an meine Handfläche schmiegte und dann ihren ganzen Körper so verlagerte, dass sie auf meinem Schoß saß.

»Anna.« Ich versuchte, unter ihr herauszurutschen und sie von mir fortzuschieben. »Ich kann nicht, während du so … Du bist noch nicht wieder ganz gesund.«

Sie schlang die Arme um meinen Hals und legte ihre Lippen auf die meinen. »Mir geht es viel besser. Das hast du selbst gesagt.«

»Anna.« Wieder versuchte ich, mich ihr zu entwinden. »Anna, hör auf. Ich kann nicht …«

Sie fiel von meinem Schoß auf den Boden, sprang jedoch sofort wieder auf, und ihre Augen blitzten. »Richtig, du *kannst nicht!* Ich will ein Kind, und du *kannst* mir keins geben.«

»Ich werde dich nicht nehmen, wenn du …«

Ihr Lachen klang schrill. Sie legte sich auf die Matratze und spreizte die Beine. »Nimm mich, Jón. Ich gehöre dir.« Wieder das kreischende Lachen.

Kopfschüttelnd wandte ich mich ab. Ich schwitzte.

»Aber nein, richtig, du *kannst* ja nicht.« Sie sprang wieder auf. »Ich weiß, was du bist. Egill ahnt es, aber er wird sich freuen, wenn ich ihm erzähle, was ich gesehen habe.«

»Nichts hast du gesehen«, fuhr ich sie an. »Und du wirst doch nicht …«

»Ich habe deine Blicke gesehen. Ich sehe, wohin deine Augen schauen, und das ist nicht zu mir.«

»Du verfluchtes Weibsstück!« Ich wollte sie packen, doch

sie wich zurück, aus meiner Reichweite, zog sich dann mit einer schnellen Bewegung das Kleid vom Leib und stand nackt vor mir.

»Jón, komm zu mir.« Ihre Stimme war plötzlich sanft und gurrend. »Zeig mir, dass ich mich geirrt habe.« Sie trat auf mich zu.

Ich wandte mich ab. »Zieh dir etwas über! Ich werde nicht bei einer Frau liegen, die verrückt ist …«

»Du wirst niemals bei irgendeiner Frau liegen!«, kreischte sie. »Warte nur, ich werde im ganzen Dorf herumerzählen, was für ein erbärmlicher Wurm du bist. Du und er, ihr beiden! Du denkst, du bist ein großer Mann, aber dein Genick wird genauso leicht brechen wie das seine, wenn ich es dem Althing erzähle …«

Da packte ich sie am Hals und riss sie hoch. Keuchend, nach Luft schnappend strampelte sie in der Luft, während sie mir mit den Nägeln die Arme zerkratzte. Ich ließ sie los, starrte zitternd auf meine Hände.

Sie lag auf dem Boden, rang würgend nach Luft und hielt sich den Hals.

Ich kniete mich neben sie und umarmte sie. »Verzeih mir, Anna. Verzeih mir, ich …« Ich küsste ihre Wangen, ihre Augenlider, ihre Lippen. »Ich wollte dir nicht wehtun, aber du musst verstehen …«

Sie drehte sich zu mir um, und ihr nackter Körper in meinen Armen und die pulsierende Wut in meinem Blut bewirkten, dass ich zum ersten Mal seit sehr langer Zeit etwas spürte … Erregung.

Ich rollte mich auf sie, und sie küsste mich. Ich schloss die Augen und versuchte, meine Lust aufrechtzuerhalten. Sie schlang Arme und Beine um mich. Ich küsste ihren Hals.

Aber es war vergebens. Noch vor dem Ende spürte ich, wie ich in ihr erschlaffte. Ich zog mich aus ihr zurück und sank auf dem Boden nieder.

Mir war übel bis ins Mark. Sie kroch von mir fort in eine Ecke, rollte sich dort zitternd zusammen. Sie hatte sich auf die Lippe gebissen, als ich sie losgelassen hatte. Jetzt berührte sie das Blut mit ihren Fingern und verrieb es auf den Runen im Holz. Dann kroch sie zu mir, streckte den Arm aus und schmierte auch mir Blut auf die Lippen.

Ich zuckte zurück.

»Du bist ein Monster«, flüsterte sie.

Ich würgte, bis ich Blut und Galle erbrach. Ich hätte so gerne um Vergebung gebeten, aber wie konnte man so etwas vergeben?

Wir verbrachten den restlichen Tag im *Baðstofa*, Pétur und ich. Was sollten wir tun? Ich konnte ihm nicht erzählen, wie ich sie genommen hatte, sagte nur, dass sie wirklich wahnsinnig war und den Dachboden mit ihrem Blut bemalte. Pétur meinte, wir sollten sie zurück nach Thingvellir bringen.

»Ich kann sie nicht zu ihrem Onkel zurückbringen, als wäre sie ein Pferd, bei dem ich erst nach dem Kauf gemerkt habe, dass es lahmt.«

»Nein«, stimmte Pétur düster zu. »Für ein lahmes Pferd gäbe es eine einfache Lösung: die Kehle durchschneiden und das Fleisch für den Winter in der Vorratskammer aufheben.«

Keiner von uns lachte.

In jener Nacht wälzte ich mich schwitzend im Schlaf umher und hörte es in meinen Träumen flüstern: Ich war ein Monster. Das Gesicht meines Vaters hing über mir; sein Gelächter klang mir so überwältigend laut im Ohr wie die Worte, die er zischte: *erbärmlicher Wurm*.

Ich erwachte früh, mit brennenden Augen und einem klaren Entschluss. Ich würde den Dachboden entriegeln und Anna zu ihrem Onkel zurückbringen, ganz gleich, was die Leute dann dachten und tratschten.

Doch als ich die Leiter hinaufkletterte, entdeckte ich, dass die Tür offen stand und von Anna jede Spur fehlte. Nur die Runen auf dem Holzboden deuteten noch darauf hin, dass sie dort gewesen war. Und dann erblickte ich den kleinen gläsernen Anhänger in der Form einer vollkommenen Frau. Einst hatte ich ihn Anna als Zeichen meiner Liebe geschenkt.

Pétur schwor Stein und Bein, dass er keine Ahnung hatte, wann und wie sie verschwunden war oder wohin sie geflohen sein mochte. Er sattelte Skalm und suchte so unauffällig wie möglich die Siedlung und die umliegenden Hügel ab.

Zwei Tage war er unterwegs, doch er konnte sie nirgends finden.

»Vielleicht ist sie ja ertrunken«, sagte er und nahm einen großen Schluck Bier. »Hat vielleicht versucht, zu einer der Inseln zu schwimmen, und ist vom Meer verschluckt worden.«

»Sie kann nicht schwimmen«, erwiderte ich. »So etwas Gefährliches hätte sie nie riskiert.«

»Schade«, murmelte Pétur.

Während ich Pétur zusah, wie er unbeeindruckt aß und trank, obwohl das Land anscheinend gerade meine Frau verschluckt hatte, wurde ich die Ahnung nicht los, dass er mehr über Annas Schicksal wusste, als er zugab. Ich war mir ganz sicher, dass ich die Tür zum Dachboden verriegelt hatte. Ich erinnerte mich daran, wie ich es getan hatte.

Am dritten Tag nach Annas Verschwinden schlug Pétur vor, den Leuten zu sagen, sie sei immer noch sehr krank.

Katrín wollte sie natürlich sofort sehen.

Ich versuchte, meine Stimme entspannt klingen zu lassen. »Pétur und ich fühlen uns auch nicht wohl. Wir befürchten, es könnten die Pocken sein. Anna hat einen furchtbaren Ausschlag. Du könntest dich anstecken. Das will ich nicht.«

Katrín presste die Lippen fest aufeinander. Ich dachte an ihre verschwundene Tochter Dora, und Schuldgefühle überkamen mich.

»Hier.« Sie drückte mir ein kleines Kräuterbündel in die Hand. »Sorg dafür, dass Anna davon etwas nimmt. Für dich und Pétur sammele ich gleich noch mehr.«

Zwei Nächte später schaufelte ich Annas Grab.

RÓSA

Stykkishólmur, November 1686

Als Rósa Annas Namen ausspricht, beginnen die Augenlider der Frau zu flattern. Sie hat große blaue Augen und volle Lippen. Sie wäre schön, wären da nicht die eingefallenen, vom Schlamm schwarz verfärbten Wangen und die leeren, tief in ihren Höhlen liegenden Augen. Sie hustet, und Rósa zuckt zusammen.

»Rósa, nimm ihren Arm«, schnauft Pétur. »Wir bringen sie zum Grubenhaus.«

Rósa steht wie angewurzelt da, von einem plötzlichen Schwindel überwältigt. Sie fühlt sich, als hätte man ihr den Boden unter den Füßen fortgerissen und sie würde über einem gähnenden Abgrund hängen.

»Jetzt, Rósa!«, befiehlt Pétur.

Sie schüttelt den Kopf. Wenn sie dieses *Wesen* anfasst, wird alles wirklich, alles wahr. Der *Draugr*, der sie in ihren Albträumen heimgesucht hat, die Gestalt, die im Schlaf auf sie herabgeblickt hat. Dies war der Geist, der sie beinah in den Wahnsinn getrieben hat. Er wird ihre Seele auffressen und ihren Körper – einen hohlen Sarg – für die Raben zurücklassen.

»Sie ist ein Mensch«, knurrt Pétur. »Komm jetzt, hilf mir.«

Wieder bricht Anna zusammen und zieht Pétur beinah mit sich hinunter in den Schnee. Diese Bewegung ist es, das schmerzerfüllte Aufstöhnen der Frau, das Rósa aus ihrer Traumwelt reißt. Sie eilt zu ihr, um ihr den Kopf zu stützen, und Pétur legt einen von Annas Armen um ihre Schultern.

Rósa atmet tief durch, um ruhiger zu werden, konzentriert sich dann darauf, einen Fuß vor den anderen zu setzen.

Zu viele Gedanken schwirren ihr durch den Kopf. Als Mädchen in Skálholt hat sie einmal einen Händler beobachtet, der mit Zwiebeln jonglierte, während die Menge mit offenem Mund zusah. Mehr und mehr Zwiebeln nahm er hinzu, bis diese schließlich, zum Entzücken der Kinder, auf seinen Kopf prasselten. Rósa spürt, dass nur noch eine weitere Angst nötig wäre, die durch ihren Kopf wirbelt, nur ein weiterer panischer Gedanke, um ihre gesamte Welt zum Einsturz zu bringen.

Während sie laufen, wagt sie einen Blick in Annas schmutziges Gesicht, das nur wenige Zentimeter von ihrem eigenen entfernt ist. Es ist mit Blutergüssen übersät. Die Frau scheint zu schlafen, doch ihre bleichen Augenlider flattern auf beunruhigende Weise, als kämpfe sie gegen einen erneuten Krampfanfall an. Da krümmt sich Anna schon erneut zusammen, greift sich an den Bauch und heult auf.

Sie fällt zu Boden. Pétur flucht und versucht, sie wieder auf die Beine zu ziehen, doch sie hockt im Schnee und faucht.

»Sie ist besessen!«, schreit Rósa auf. »Von irgendeinem Geist … Vom Teufel!«

»Rósa, sei doch keine Närrin!« Er verzieht das Gesicht und wendet sich wieder zu Anna um. »Hoch mit dir!« Seine Stimme klingt stahlhart, doch seine Berührung ist sanft. Rósa sieht, wie er seine Wut im Zaum hält, und findet darin Trost.

Annas Krämpfe werden schwächer. Sie lässt es zu, dass Pétur und Rósa sie in ihre Mitte nehmen, dann kämpfen sie sich weiter voran. Noch zweimal krümmt sie sich vor Schmerzen und fällt beinah zu Boden, und zweimal drängt Pétur sie, weiterzugehen. Lediglich seine fest aufeinandergepressten Kiefer verraten seine wahre Stimmung. Rósa hat ihn noch nie äußerlich so beherrscht erlebt, wenn er innerlich so offensichtlich brodelte.

Plötzlich hält Rósa inne. »Wir sollten doch besser mit ihr zum Haus gehen. Dort ist es warm.«

»Das Grubenhaus ist näher.« Péturs Tonfall erinnert an den eines leidgeprüften Vaters mit seinem bockigen Kind. »Dort gibt es Essen, Bier und Decken. Aber nein, schleppen wir Anna doch lieber noch fünfzig Schritte weiter bis zur Kate. Dort kann sie gemütlich sterben und wir hängen sie bis zur Schneeschmelze zum Hammelfleisch in die Vorratskammer.«

Anna gibt ein kehliges Knurren von sich, das Rósa als kleines Glucksen erkennt.

»Grubenhaus«, keucht sie.

Rósa nickt. Sie sprechen kein Wort mehr, bis sie das Gebäude erreichen.

Pétur schaufelt die Tür frei, dann taumeln sie hinein in den finsteren Raum. Er entzündet drei Talgkerzen, und als Rósas Augen sich an das flackernde Licht gewöhnt haben, bemerkt sie, wie ordentlich es dort ist. Es gibt zwei Strohmatratzen und einige Bänke. Auf dem Tisch stehen Krüge mit Bier, und von den Deckensparren hängt Trockenfleisch. Selbst eine halb vollendete Strickarbeit liegt da.

»Wer wohnt hier?«, will Rósa wissen.

»Niemand«, erwidert Pétur. »Jón und ich nutzen den Raum, wenn wir spät vom Fischen zurückkehren.«

Rósa starrt ihn an, doch er sagt nichts weiter.

Anna kriecht auf eine der Matratzen und stöhnt laut auf. Pétur beachtet sie kaum und schenkt Bier in drei Becher aus Schafshorn.

»Wir müssen etwas gegen diese Anfälle tun!«, schreit Rósa. »Sie wird sterben!«

»Das ist kein Anfall«, gibt Pétur zurück und nimmt einen großen Schluck Bier. Er reicht Rósa einen Becher. »Und jetzt kann sie sich ja ausruhen und muss nicht sterben.«

»Aber du hast gesagt …«

»Sie hat nichts, was nicht viele andere Frauen auch durchmachen müssen.«

Rósa presst sich eine Hand vor den Mund. »Sie ist …«

»Ja.« Pétur zieht die vielen Umhänge und Gewänder zur Seite, die Anna sich übergeworfen hat. Die Haut um ihren gewölbten Bauch ist so straff gespannt wie die Schale eines reifen Apfels.

Rósa atmet scharf ein. »Oh!«

Nicht nur seine Ehefrau also, sondern seine *schwangere* Ehefrau. Rósas Gedanken schwirren.

Und doch überkommt sie Mitleid mit diesem zerbrechlichen Wesen. Der Rest ihres Körpers wirkt gegen ihren geschwollenen Bauch winzig, die Arme und Beine nichts weiter als dünne Treibholzstöcke.

Rósa streckt ihren Arm nach Anna aus, doch die stößt sie fluchend von sich. Rósa zieht ihre Hand jedoch nicht zurück, sondern lässt sie ausgestreckt in der Luft hängen, als böte sie sie einem wilden Tier zum Beschnuppern an. Sie blickt in Annas Augen und sieht hinter dem Zorn der Frau ein verängstigtes Kind.

Rósa lächelt mit zittrigen Lippen. »Lass mich dir helfen.«

Anna bricht in Rósas Armen zusammen und lässt sich sanft von ihr wiegen. Dann hilft Rósa ihr, sich auf den Rücken zu legen, und zieht ihr nach und nach die Kleidung aus, bis sie nur noch ein Unterkleid trägt. Ihr Körper ist zerschrammt und dreckig.

»Du hast in den Hügeln gelebt?«, fragt Pétur.

Anna starrt ihn an. »Katrín …« Ihre blauen Augen erstrahlen kurz, dann glitzern Tränen in ihnen. »Ich will, dass Katrín kommt.«

Rósa streichelt ihr über die schmutzige Wange. »Katrín ist … nicht weit. Sie wird bald hier sein.« Ihre Lüge klingt selbst in ihren eigenen Ohren wenig überzeugend.

Pétur blickt finster drein und wendet sich ab.

Anna wird von einem weiteren Krampf erschüttert und schreit auf, dann lehnt sie sich schwer atmend an Rósa. Ihre

Augen sind riesig und mitleiderregend. »Werde ich sterben? Bitte lass mich nicht sterben.«

Rósa umfasst ihre kalten Finger. »Ruhig. Nein, du wirst nicht sterben. Hier, trink einen Schluck Bier.«

Wieder und wieder murmelt Anna: »Lass mich nicht sterben, lass mich nicht sterben – ich werde nicht sterben!«

Pétur wendet sich erneut an Anna: »Wo hast du denn nun gelebt, seit du weg bist?«

Sie weicht vor ihm zurück.

»Lass sie in Ruhe«, sagt Rósa. »Hol mir einen Lappen und etwas Wasser für ihr Gesicht.«

Pétur tut wie ihm geheißen.

Sanft wischt Rósa über Annas Gesicht und Arme. Annas Blick ist leer. »Ich hatte Angst, ich bin so …« Sie zittert und stöhnt, ein langgezogener wortloser Schrei, der an den Wänden des Grubenhauses kratzt und Rósa einen Schauer über den Rücken jagt. Für einen Augenblick erkennt sie sich selbst in Anna, sieht denselben qualvollen Riss, der auch sie in den vergangenen Monaten in zwei geteilt hat.

Wieder verkrampft sich Annas Leib, ihr Bauch wird hart. Sie beißt die Zähne zusammen und stöhnt. Als der Schmerz vorüber ist, streicht Rósa ihr über die Haare und hält ihr den Becher an den Mund.

»Ihr habt allen erzählt, sie sei tot«, sagt Rósa leise und blickt zu Pétur auf.

Seine Augen funkeln. »Was hätten wir denn tun sollen? Sie … ist entkommen«, murmelt er und starrt auf seine Fußspitzen.

»Weggelaufen«, flüstert Anna. »Weit, weit weggelaufen.« Sie schluchzt. Als sie Péturs finsteren Blick bemerkt, zuckt sie zusammen.

Rósa sieht Pétur böse an, der für einen kurzen Moment betreten die Augen senkt, dann jedoch wieder zu Anna blickt. Er verzieht grimmig den Mund und tritt einen Schritt vor, doch Rósa stellt sich zwischen ihn und Anna. »Rühr sie ja nicht an! *Du* warst das.«

»Nein!« Péturs Gesicht verfärbt sich. »Das ist nicht meins. Ich würde niemals …«

Rósa verengt die Augen zu Schlitzen. »Was hast du getan?«

»Ich … ich habe ihr nie Schmerzen zugefügt.«

Anna seufzt und murmelt: »Weggelaufen, weggelaufen.« Ein Singsang, der den Raum erfüllt, sodass es fast scheint, als kämen die Worte von den Mauern selbst.

Rósas Beine zittern, doch sie zwingt sich dazu, Pétur entgegenzutreten, ihm in seine wilden Augen zu blicken. »Du hast sie dazu *gebracht*, fortzugehen!«

»Es war besser so. Ohne sie …«

»Aber Jón …«

»Er *wusste*, es war besser so. Sie hätte ihn zugrunde gerichtet.«

Rósa erschaudert. Der Gedanke, dass Anna tot war, gefiel ihnen besser als die Geschichte ihrer Flucht. Jón hatte die Rolle des achtbaren trauernden Witwers gespielt.

Pétur wendet sich an Anna, sein Gesicht vor Verachtung verzerrt. »Und jetzt tauchst du hier auf und machst Ärger. Riskierst dein Leben und das deines Kindes auf dieser gefährlichen Reise, nur um uns deinen Bauch vorzuführen …«

»Pétur! Genug jetzt!« Rósa beugt sich vor und streichelt die Wange der Frau. Doch Anna reagiert kaum, faucht nur leise.

Ganz ruhig liegt sie da zwischen den Wehen und keucht. Ihr schweißüberströmtes Gesicht sieht aus wie ein grauer Stein, der nass ist vom Wasser des Flusses, und Rósa kann die Furcht der anderen Frau spüren, als wäre es ihre eigene, als wäre es dieselbe Dunkelheit, die sie in diesen letzten Monaten verschlungen hatte.

»Wir sollten Katrín holen«, schlägt sie vor.

Pétur schüttelt den Kopf, doch Annas Augen sind plötzlich klar. »Katrín«, ächzt sie mit brüchiger Stimme. »Bring Katrín her.«

Anna krümmt sich, als sich ihr Bauch erneut verkrampft, und heult auf.

»Sie scheint schwächer zu werden«, murmelt Rósa und wischt mit einem feuchten Tuch über Annas Stirn und Wangen. Ein weiterer Krampf lässt ihren gesamten Leib erbeben. Rósas Knie zittern unter Péturs Blick, doch sie ist es leid, so leid, Angst zu haben. Sie packt Annas Hand.

»Geh! Jetzt!«, befiehlt sie Pétur. Als er sich nicht rührt, fügt sie hinzu: »Wenn sie stirbt, erzähle ich …«

»Immer mit der Ruhe, Frau!«, seufzt Pétur. »Ich werde Katrín suchen.«

Als er in die Kälte hinausgetreten ist und die Tür hinter sich zugeschlagen hat, wird es ruhig im Raum. Rósa hört nur noch Annas schweres Atmen und das Rauschen des Blutes in ihren eigenen Ohren.

Sie drückt Annas kalte Hand. Ihre Fingerspitzen sind bläulich angelaufen. Stumm starrt sie auf die Wurzeln, die unter dem Torfdach wuchern.

»Durftest du hier hereinkommen, als du in Stykkishólmur gewohnt hast?«, fragt Rósa leise. »Mir war es verboten.«

Anna antwortet nicht, liegt plötzlich ganz still da, ihr Atem geht ruhig.

»Ich habe die Runen gesehen«, flüstert Rósa. »Auf dem Dachboden. Und den … Fleck. Hat er dir wehgetan?«

Da blickt Anna Rósa direkt in die Augen und schreit – es ist ein markerschütternder Schrei, der Rósa erschaudern lässt und in ihr den Wunsch weckt, sich die Ohren zuzuhalten.

Als die Wehe vorüber ist, wischt sie Anna über die Stirn und flüstert: »Das Blut auf dem Dachboden. Hat Jón dir etwas angetan? Oder Pétur?«

Annas Blick ist starr auf Rósa gerichtet, diese Augen, wie das Azurblau eines Gletschers, dort, wo er am kältesten und gefährlichsten ist. »Sie nehmen dir alles. Männer nehmen dir alles.«

Rósa will etwas erwidern, überlegt es sich dann jedoch anders. Sie erinnert sich an etwas, das Pétur ihr einmal erzählt hat: Als die Wikinger hier ankamen, machten sie ihren Anspruch auf das Land geltend, indem sie die Bäume fällten und den Boden bestellten, bis er nur noch aus Staub und kargem Stein bestand. Männer wollen alles haben. Die Körper der Frauen sind lediglich ein Teil des Landes, auf das sie Anspruch erheben. Sie räuspert sich. »Aber sie haben nicht versucht … sie haben dir nicht wehgetan, dich nicht …«

»Ich habe mir ein Kind gewünscht«, keucht Anna. »Wünschen ist gefährlich.« Sie legt sich die Arme um den Leib und lacht schrill, ein Laut wie berstendes Glas. Dann raubt ihr ein weiterer Krampf den Atem und ihr Lachen wird zum Stöhnen.

Rósa spürt, wie ein Schauer sie durchläuft. Es ist, als betrachte sie das Wirrwarr ihrer eigenen Gedanken, einen verhedderten Wollstrang aus Zorn, Angst und Verlust. Sie presst ihre Lippen auf Annas Stirn. »Jetzt bist du in Sicherheit«, flüstert sie.

Annas Augen liegen dunkel in ihren Höhlen. »Du bist eine Närrin.«

Immer wieder untersucht Rósa den Bereich unter Annas Kleid, doch dort hat sich nichts verändert. Zwischen den Wehen scheint Anna zu schlafen, sie atmet leise durch die leicht geöffneten Lippen.

Rósa fasst in die Tasche ihres Gewandes, um ihre Finger über die Frau aus Glas gleiten zu lassen. Doch die Tasche ist leer, die kleine Figur verschwunden. Rósa malt sich aus, wie sie dort draußen im Schnee liegt, und versucht, das stechende Gefühl des Verlustes abzuschütteln. Sie hatte ihr eigenes

Schicksal irgendwie an die Glasfigur geknüpft, an die kleine Frau, die so zerbrechlich schien und dennoch unbeschädigt blieb, selbst wenn sie versuchte, sie mit der bloßen Hand zu zerdrücken. Jón hatte den Anhänger ausgewählt, weil er ein bescheidenes Geschenk war, Rósa hatte ihn geliebt, weil die Frau aus Glas nicht stabiler als Eis zu sein schien und dennoch überlebte. Und angesichts der erdrückenden Erwartungen ihres Mannes war ihr das Überleben selbst wie ein Akt der Rebellion vorgekommen.

Sie wischt sich eine Träne aus dem Gesicht, streichelt dann Annas feuchte Wange und reibt ihr den Bauch. »Tut dir das gut oder schmerzt es?«

Annas Augen rollen in den Höhlen, und sie stöhnt auf. Rósa versucht, die in ihr aufsteigende Panik niederzukämpfen.

Pétur ist noch immer nicht zurück. Die Talgkerzen sind bereits weit heruntergebrannt und flackern gefährlich. Rósa findet zwei neue und entzündet sie, bevor das Licht gänzlich erlischt.

Dann öffnet sie die Tür und sucht die Umgebung nach Pétur ab, doch sie sieht nichts als herumwirbelnde Schneeflocken vor einer grauen Welt. Die Schatten heulen. Sie kann nicht einmal sagen, ob es Tag oder Nacht ist, und schlägt die Tür wieder zu.

Anna wirkt jetzt noch schwächer, ihr Atem geht flach. Sie ist kaum noch bei Bewusstsein und windet sich während der ärgsten Krämpfe lediglich auf der Matratze und stöhnt.

Rósa flüstert ihr bedeutungslose Worte ins Ohr, die sie trösten sollen, doch Annas Haut ist so glitschig wie nasser Glasachat, und ihre Augen sind trüb.

Rósa legt sich neben sie und hofft, dass ihr eigener Körper Anna etwas von ihrem Schmerz abnehmen kann. Doch Anna fletscht die Zähne und knurrt. Rósa überwindet ihre Angst und ihren Widerwillen: Diese Frau braucht sie.

Annas Zähne klappern, und Rósa hebt das Kleid der Frau vom Boden auf, um es über sie zu legen, als sie etwas in der Tasche fühlt – einen Stein. Sie greift hinein und zieht einen flachen Runenstein heraus, auf dem das Zeichen für Schutz eingeritzt ist. Er ist flacher und dunkler als der Stein, den Rósa in den Schnee hinausgeschleudert hat, doch er spendet ihr Trost. Sie drückt ihn Anna in die Hand und wispert die Schutzworte, Zeilen aus den Sagas, Zeilen aus dem Vaterunser, was ihr gerade einfällt.

Ihre Worte scheinen Anna zu beruhigen, denn ihre Atemzüge werden länger, und zwischen den Krämpfen scheint sie in eine Art Halbschlaf zu fallen.

Doch plötzlich wird Anna von einem so heftigen Krampf erschüttert, dass sie sich vor Schmerzen krümmt und wild aufheult. Da entdeckt Rósa eine dunkle Blutlache, die aus Annas Unterkleid hervorsickert.

»Überall Blut!« Ihr stockt der Atem. Sie hat das bei Auen gesehen: Wenn die Nachgeburt den Geburtskanal versperrt, kann das Junge nicht kommen. Anna würde verbluten.

Rósa spürt einen übermächtigen Druck auf ihrer Brust, als hätte man sie gefesselt und zöge die Stricke nun immer fester. Sie weiß, was zu tun ist. Das Kind kann noch überleben … Doch man wird es aus Annas Bauch herausschneiden müssen.

Anna wird sterben.

Rósa bekommt kaum noch Luft, fühlt sich wie gelähmt. Dann denkt sie an das ungeborene Kind und atmet zitternd ein. Die Entscheidung erscheint ihr so klar wie ein Tropfen Schmelzwasser auf ihrer Handfläche. Sie könnte ein Leben retten, der Geschichte den Hauch einer positiven Wendung geben. Anna einfach dabei zuzusehen, wie sie verblutet, erscheint ihr wie Mord. Die Frau ist kreidebleich, ihre Hände, Lippen und Nase haben sich bläulich verfärbt, als wäre sie dabei, sich in Eis zu verwandeln.

Selbst in ihrer Panik erkennt Rósa, dass Angst jetzt so nutzlos ist wie eine Kerze, wenn man eine Schneewehe zum Schmelzen bringen will. Sie weiß, was sie tun muss, und beißt sich auf die Unterlippe, bis sie einen metallischen Geschmack im Mund spürt. Dann nimmt sie Péturs Messer von der Bank, geht mit zittrigen Händen zu Anna hinüber und zieht ihr das Unterkleid über den Bauch.

Sie sucht in Gedanken verzweifelt nach einem Gebet, einer Zauberformel, einer Zeile aus den Sagas, doch sie findet nichts, flüstert einfach »Vergib mir« mit brüchiger Stimme, als sie die Klinge an Annas geschwollenem Bauch ansetzt.

Ein winziger Blutstropfen erscheint auf ihrer weißen Haut, nichts gegen die dunklen Lachen und Spritzer, die ihre Beine, die Matratze, die Decken überziehen, doch Rósa würgt und hält inne.

Diese schreckliche Angst eines gefangenen Tieres, die sie in den vergangenen Monaten so oft gequält hat, überwältigt sie wieder, dieses Wissen, dass sie ihre Pflichten erfüllen, Jóns Befehlen gehorchen muss.

Doch dann denkt sie wieder an das ungeborene Kind, das die Welt noch nicht kennt, das noch nie jemandem ein Leid zugefügt hat, das reinste aller Wesen. Und dennoch rinnt das Leben bereits aus ihm heraus, bevor es die Möglichkeit hat, auch nur zu blinzeln und der kalten Grausamkeit des Daseins entgegenzubrüllen.

Sie drückt den Rücken durch und presst entschlossen die Kiefer zusammen. Sie *muss* es tun. Sie kann entscheiden, und sie wird es mit ganzem Herzen tun. Als sie auf Annas Körper hinabblickt, kommt es ihr vor, als sähe sie sich selbst, ihren eigenen Schmerz. Und nun hat sie die Möglichkeit, ihn zu überwinden.

Sie beginnt zu schneiden.

Die Klinge ist scharf. Blut quillt hervor. Anna brüllt.

»Ich weiß! Ich weiß! Es tut mir leid«, schluchzt Rósa.

Anna stöhnt auf.

»Bald ist es vorbei. Du wirst dein Kind halten. Ich verspreche es dir.« Sie drückt den Runenstein in Annas Hand.

Ihre Haut ist so kalt wie das Meer, ihre Augen blicken wild. Rósa umklammert ihre eisigen Finger und den Stein mit einer Hand, das Messer mit der anderen.

Da stößt sie plötzlich auf einen Widerstand, etwas Hartes – die Gebärmutter. Sie zieht ihre Hand mit einem Ruck zurück und reibt sich instinktiv die Finger, wie um ihnen das Gefühl zu nehmen, *einen Menschen* zu schneiden.

Anna stöhnt auf, und Rósa denkt an das Fuchsjunge, an das Vertrauen, das das kleine Tier in sie gesetzt haben musste.

Sie streicht über Annas kalte Wange. »Du bist in Sicherheit, ich verspreche es dir.« Ihre Stimme zittert, doch die Lüge muss sein. Manchmal ist eine Täuschung barmherziger als die Wahrheit.

So viel Blut, klebrig und warm und einen metallischen Geruch verströmend. Rósa wischt über die Wunde. Eine Träne fällt ihr auf die Hand.

Anna liegt jetzt ganz still da, kaum ein Atmen kommt über ihre schlaffen Lippen.

Rósa holt tief Luft und schneidet weiter. Mehr Blut quillt hervor. Sie wartet darauf, ein Neugeborenes brüllen zu hören.

Stille. Rósa greift in Annas Bauch und zieht. Einem Wunder gleich erscheint ein kleiner Körper, unversehrt und vollständig.

Rósa keucht. »Wunderschön!« Doch dann dreht sie das Kind um, und ihr stockt der Atem. Seine Haut ist bläulich verfärbt, und es macht keine Anstalten, seinen ersten Atemzug zu tun. Und schlimmer noch: Es sieht aus wie eine winzige Meereskreatur, die man der See zu früh entrissen hat. Die Haut schillert, und die halb geschlossenen Augen sind ganz und gar schwarz. Wo die Genitalien sein sollten, sieht Rósa nur eine glatte Wölbung.

Rósa presst ihm die Finger auf die Brust, wünscht sich so sehr, der kleine Brustkorb möge sich heben und senken, doch das Kind bleibt leblos. Sie bläst ihm ins Gesicht, dreht es dann um und versetzt ihm einen Klaps. Sie küsst seine bleiche Wange.

»Atme. *Atme!*«

Nichts. Nur gähnende Stille, wo es neues Leben geben sollte.

Rósa wiegt das schlaffe kleine Wesen in ihren Armen und presst ihre Lippen gegen seine kühler werdende Stirn. Sie liebkost seine Füße mit den Schwimmhäuten, sein kleines, spitzes Kinn, seine zarten, elfengleichen Ohren. Sie denkt an die Geschichten über das *Huldufólk*.

Rósa seufzt zitternd auf und wickelt eine Decke um das winzige Kind, verdeckt seine Hände, seine Ohren, sein spitzes Kinn. So sieht es aus wie jedes andere friedlich schlafende Neugeborene.

»Anna. Dein Kind. Es ist ... perfekt, siehst du?«

Annas Augenlider flattern, und Rósa legt ihr das Kind auf die Brust. Der Hauch eines Lächelns umspielt Annas Lippen. »Ein Mädchen?«, wispert sie kaum hörbar.

Rósa holt tief Luft. »Ja, ein ... Mädchen.«

»Gib es Katrín.« Annas Stimme ist kaum mehr als ein Atemhauch.

Rosa lehnt sich zu ihr hinab. »Anna. Wessen Kind ist es?«

»Nenn sie ... Dora«, wispert Anna und erbebt. Ihr Gesicht erschlafft.

»Wer ist der Pabbi, Anna?«

»Sag Jón, ich vergebe ... Oddur Thordson war ...« Anna keucht, dann fehlt ihr die Luft.

»Wer ist Oddur Thordson?«

Annas Augen sind leer. Sie gibt keinen Laut mehr von sich.

Rósa wartet auf ein Wort, eine Bewegung, einen Atemzug, irgendeinen Beweis dafür, dass Anna noch lebt, oder ein Zeichen dafür, dass sie dabei ist, die Schwelle des Todes zu überschreiten. Doch nichts dergleichen geschieht. Kein Lebenszeichen und keine Vorwarnung, dass in Kürze nur noch ihre blutige Hülle auf dem Bett liegen wird. Als der Tod kommt, schleicht er sich leise an sie heran und nimmt sie zu sich.

Rósa fühlt sich leer, wie ausgetrocknet, tränenlos. Sie nimmt das winzige tot geborene Kind von Annas Brust und legt es ihr in die Armbeuge. Dann zieht sie ihr das Unterkleid über den Bauch und bedeckt Mutter und Kind mit einer Decke nach der anderen. Wer nicht allzu genau hinsieht, könnte meinen, dass sie dort friedlich zusammen im Bett liegen und schlafen.

Nach einer halben Ewigkeit öffnet sich die Tür mit einem Knall, und Pétur kommt mit einem eisigen Windstoß hereingestürzt.

Rósa wendet sich um. »Katrín, ich …« Die Worte ersterben auf ihren Lippen. Pétur ist allein. Er starrt auf die Matratze, die beiden Leiber, die Blutspritzer an der Wand, das getrocknete Blut auf Rósas Gesicht und Armen.

»Ich habe versucht …«, flüstert sie und kann die Tränen plötzlich nicht mehr aufhalten.

Pétur sieht finster aus, als er die Decke wegzieht und das missgestaltete Neugeborene betrachtet. »Sie war nicht mehr zu retten, Rósa. Und schau dir an, wie klein das Kind ist, zu früh geboren – vielleicht war es eine Gnade.«

»Katrín und Páll?«

Pétur schüttelt den Kopf, und ein jäher Schmerz durchfährt Rósa, so als hätte man ihr mit der geballten Faust in den Magen geschlagen. Sie weint, während Pétur das Kind wieder in die Decke wickelt und Anna in die Arme legt.

»Es sieht aus wie …« Rósa bringt die Worte nicht über die Lippen. Es sieht aus wie ein Monster.

Pétur stößt unter zusammengepressten Zähnen hervor: »Das ist nicht Jóns Kind …« Er verstummt.

Leise sagt Rósa: »Sie hat gesagt, der Pabbi sei … Oddur Thordson.«

Ruckartig hebt Pétur den Kopf und blickt sie ungläubig an. »Oddur Thordson?«

Rósa nickt.

»Du bist sicher, dass sie das gesagt hat?«

»Ja, wer ist er?«

Pétur murmelt den Namen wie eine Zauberformel.

»Pétur! Wer ist Oddur Thordson?«

Peturs Gesicht ist verzerrt vor Kummer und etwas anderem, das Rósa nicht deuten kann. Grauen? Abscheu?

»Oddur Thordson«, presst er hervor, »ist Annas Onkel.«

JÓN

Thingvellir, Dezember 1686

Es ist dunkel, und Oddur schläft bestimmt. Ich stelle mir vor, wie er berauscht daliegt, die Lippen halb geöffnet, sein Atem eine einzige Ekelfahne.

Die Tür zu seiner Kate steht auf. Wie ein Schatten husche ich durch den Spalt hinein.

Die winzige Hütte ist fast leer: Sie besteht aus einem einzelnen Raum mit zwei Betten. Oddur liegt auf einem davon, besinnungslos. Alles ist dreckig und klebrig. Auf dem Tisch und der Bank liegen angeknabberte Brotkanten. Das offene Feuer in seinem Kranz aus alter Asche ist fast heruntergebrannt. In einer Ecke entdecke ich einen Haufen Schafsdung, lege etwas davon auf die Glut und blase darauf, bis ein orangefarbenes Glühen die Kate erhellt.

Oddur bewegt sich und stöhnt im Schlaf, erwacht jedoch nicht. Ich mache mich um ihn herum zu schaffen, nehme das dicke Seil, das ich den Dänen abgekauft und mir um den Bauch geschlungen hatte, und fessele ihn an Armen und Beinen, wobei ich ihm die Hände so vor der Brust festbinde, dass es aussieht, als würde er beten. Er zuckt zusammen und hustet, schnarcht aber weiter.

Ich stelle mir die Bank vors Bett, weit genug entfernt, dass mich seine Fäuste nicht erreichen können.

Dann fülle ich eine Tasse mit *Brennevín*, setze mich hin und warte.

Pétur holte mich mitten in der Nacht vom Dachboden. »Jón! Jón!« Er packte mich an der Schulter und schüttelte mich.

Ich schob seine Hände weg. »Lass mich schlafen. Mein Bauch fühlt sich an, als stünde er in Flammen.«

Pétur beugte sich zu mir herunter, bis sein Gesicht ganz nah vor meinem war. »Ich habe Anna gefunden.«

»Anna? Was? Aber sie ist doch …«

»Sie ist im Grubenhaus.«

»Das kann doch nicht …« Meine Gedanken überschlugen sich. »Bring mich zu ihr.« Ich versuchte, mich aufzurichten, sank jedoch hustend wieder auf die Matratze zurück, als mir der Schmerz wie ein Messer in die Seite fuhr.

»Immer langsam.« Pétur legte mir einen Arm um und half mir aufzustehen. »Sie ist …«

»Sie ist *was*?« Ich konnte nicht stehen. Mein Bauch fühlte sich an, als würden meine Eingeweide hervorquellen. Etwas in Péturs Gesicht ließ mich innehalten. »Was ist?«

»Anna ist … sie ist … tot«, meinte Pétur mit krächzender Stimme.

»Ich will sie sehen.«

Er hob mich hoch, als wäre ich nicht schwerer als ein Kind, obwohl ich an seinem scharfen Luftholen erkannte, dass sein Arm schmerzte.

»Du hast Schmerzen«, wandte ich ein. »Lass mich runter.«

»Mein Schmerz ist egal«, sagte er und nahm mich auf den Rücken, um die Leiter hinunterzuklettern. Während er sich durch den Schnee kämpfte, trug er mich wieder in den Armen und hielt mich fest an seine Brust gedrückt. Bei jedem Schritt fuhr mir ein stechender Schmerz in die Seite, mein Atem ging pfeifend.

Ich lehnte meinen Kopf an seinen warmen Leib und versuchte, mir meine Qualen nicht anmerken zu lassen.

Anna lag auf der Matratze, das Neugeborene neben ihr. Rósa kniete daneben und hielt Annas Hand. Ihre Schultern bebten.

Ich legte ihr eine Hand auf den Nacken. Unter meinen Fingern konnte ich jeden ihrer zarten Knochen spüren. Sie schreckte auf und wich vor mir zurück.

»Ich bin kein Monster«, sagte ich, doch es klang wie ein Knurren, und sie zuckte wieder zusammen.

»Natürlich nicht, Jón«, flüsterte sie, die Augen weit aufgerissen. In ihrer Halskuhle sah ich das wilde Schlagen ihres Herzens.

Ich versuchte zu lächeln, doch mir gelang nur eine Grimasse.

Dann sank ich auf der Bank nieder, pfeifend nach Luft ringend. Jeder Atemzug fühlte sich an wie eine Flamme, die über meine Wunde leckte.

Im Tod war Anna wunderschön. Dieser gereizte Zug um ihren Mund war verschwunden, und ihr Gesicht war nicht länger von der unterdrückten Wut gezeichnet, die in jedem ihrer Blicke gelegen hatte.

Pétur sagte: »Sie war von Anfang an verloren. Und schau nur: Sie ist nur noch Haut und Knochen. Weiß der Himmel, wie sie es geschafft hat, sich hierher zu schleppen.«

Jetzt hat sie endlich ihr Kind. Doch diesen zynischen Gedanken würde ich nie laut aussprechen.

Ich streckte die Hand nach dem winzigen schrumpeligen Ding aus. »Meins, das arme Kind.«

Pétur schüttelte den Kopf. »Nicht deins.«

Ich runzelte die Stirn. »Aber ...«

»Es kann gar nicht deins sein, Jón. Und das weißt du auch ...« Seine Stimmer verlor sich, und ich vergrub mein Gesicht in meinen Händen.

Rósa und Pétur wechselten einen Blick. Pétur schüttelte den Kopf.

»Was ist? Was hat sie euch gesagt?«

»Nichts Wichtiges«, erwiderte Pétur.

»Sag's ihm.« Rósas Stimme klang fest, so als hätte die letzte Woche sie gestählt.

Pétur stöhnte auf.

»Sag's mir!«

Sie schwiegen beide.

Dann flüsterte Rósa: »Ihr Onkel.« Sie hatte so leise gesprochen, dass ich dachte, ich müsse mich verhort haben. Ich bat sie, es zu wiederholen, denn das konnte nicht sein, das war *ganz sicher* nicht das, was sie gesagt hatte.

Pétur fuhr sich mit den Händen durchs Haar. »Oddur Thordson ist der Pabbi.«

»Nein!« Ich war wie vor den Kopf geschlagen. Der Mann, bei dem Anna gelebt hatte, als ich sie kennenlernte, war ein schwachsinniger Trunkenbold, der sie halb hatte verwahrlosen lassen. Ich erinnerte mich daran, wie sie seine Nähe gemieden hatte, wie sie tagelang durch die Hügel gestreift war, um möglichst wenig Zeit in seiner Kate zu verbringen. Ich erinnerte mich, wie bereitwillig sie mich geheiratet hatte. Sie hatte Thingvellir unbedingt entkommen wollen. Ich dachte daran, wie unzufrieden sie mit unserem Eheleben gewesen war und an diesen Blick voller Hass und Verachtung, mit dem sie mich jedes Mal bedachte, wenn ich auf ihr lag, und der mich erschlaffen ließ.

Ich schloss die Augen. Sie war eine ertrinkende Seele gewesen, und ich hatte zusehen müssen, wie sie Mal um Mal versank. Nichts, was ich getan hatte, hatte sie retten können.

»Ich bringe ihn um«, sagte ich langsam und deutlich.

»Jón, das tust du nicht«, sagte Pétur.

»Das lasse ich nicht auf sich beruhen.«

»Das musst du aber.«

»Warum kehrt sie ausgerechnet zu *ihm* zurück?« Ich senkte den Blick und sah, dass meine Hände zitterten. »Warum ist sie nicht woandershin gegangen?«, verlangte ich zu wissen.

Pétur wandte den Blick ab, und wieder beschlich mich das Gefühl, er habe ihr gedroht und sie zur Flucht getrieben. Doch fragen konnte ich ihn danach nicht. Um meine Vermutung zu bestätigen, hätte ich ihn darauf ansprechen, hätte ich ihn verurteilen müssen.

»Oddur!«, murmelte ich. »Ich werde diesem erbärmlichen Schuft den Hals umdrehen.«

»Nein!«, erwiderte Pétur hitzig. »Du änderst doch nichts an ihrem Tod, indem du das Gesetz selbst in die Hand nimmst. Im Frühjahr können wir beim Althing Anklage erheben.«

Ich lachte bitter auf. »Wie denn? Wie kann ich den Mann anklagen, der meine Frau vergewaltigt hat, wenn ich allen erzählt habe, dass sie in ihrem Grab liegt?«

Schweigen machte sich breit. Draußen fiel der Schnee und dämpfte jedes Geräusch, verwischte jede Spur. Rósa hielt noch Annas Hand und streichelte ihre blauen Finger. Sie musste meinen Blick gespürt haben, denn sie schaute auf, die Augen hart. »Wahrscheinlich musst du mich jetzt auch wegsperren, damit ich nichts erzähle, nicht wahr?«

Ich starrte sie an. »Rósa, ich …«

»Ich werde keiner Menschenseele von dem Kind erzählen«, unterbrach mich Rósa. »Nicht dir zuliebe, sondern ihr. Menschen sind grausam.« Sie strich zärtlich über Annas bleiche Wange. »Ich will nicht, dass noch mehr über sie getratscht wird.«

Pétur hatte Rósa angespannt im Blick behalten. Jetzt atmete er auf und lehnte sich gegen die Wand. Doch ich wusste, dass seine Gedanken weiterkreisten, genauso wie meine: Annas Leiche im Grubenhaus war eine Gefahr für uns. Der Boden war zu hart, um sie zu begraben, aber ihr Anblick und der ihres armen missgebildeten Bastardkindes würden das Dorf in Aufruhr versetzen. Egill würde mich des Mordes anklagen, und ich würde meine Position als *Bondi* verlieren.

Pétur drückte meinen Arm. »Wir müssen sie heute Nacht loswerden.«

»Der Boden wird noch lange gefroren sein«, wandte ich ein.

Rósa unterbrach ihre geflüsterten Gebete und drehte sich zu mir um. »Du willst sie jetzt begraben? Du willst sie verstecken, ohne dass man um sie trauern kann?«

»Wer will schon um sie trauern?«, fuhr Pétur sie an. »Du kanntest sie nicht, Rósa. Sie hatte keine Freunde …«

»Katrín hat sie geliebt«, sagte Rósa.

»Katrín hat bereits um sie getrauert.«

»Ohne eine richtige Beerdigung.« In Rósas Stimme lag ein neu gewachsener Trotz, ihr Kinn war herausfordernd vorgereckt. »Katrín hat sie wie eine Tochter geliebt. Und sie hat sie verloren, genau wie ihre Tochter. Du sagst, du bist kein Monster, aber du verwehrst …«

»Ich würde Katrín *nie* etwas verwehren.« Mein Ton war wohl schärfer als vorgesehen, denn Rósa duckte sich.

»Ich möchte ihr den Kummer ersparen«, fügte ich in ruhigerem Ton hinzu. »Wird deine Trauer geringer, wenn du sie mit Katrín teilst? Wird ihr Schmerz Anna wieder zum Leben erwecken?«

Rósa senkte den Kopf. Eine Träne fiel auf ihre Hand.

Ich holte tief Luft und entspannte mich. »Wir müssen Katrín hiervor beschützen. Du musst doch einsehen, dass es grausam wäre, ihr davon zu erzählen.«

Statt etwas zu erwidern, strich Rósa Anna das Haar aus der Stirn.

»Wir werden sie heute Nacht begraben«, entschied ich.

Rósa biss sich auf die Lippe. In ihren Augen blitzte Protest auf, doch sie blieb still.

Ich rieb mir die Augen. »Ein Feuer, das den Boden auftaut, würde zu viel Aufmerksamkeit erregen.«

»Lasst uns nur hoffen, dass Egill unter seinem Haus begraben liegt«, knurrte Pétur stirnrunzelnd. Er schwieg. Dann sagte er: »Wenn wir sie in die Hügel bringen, erledigt die Natur den Rest.«

»Nein!«, riefen Rósa und ich wie aus einem Munde. Rósa sprang auf, den Mund vor Abscheu verzerrt. »Du würdest sie den Füchsen als Festmahl überlassen? Und das Kind? Du herzloser …«

Pétur hob abwehrend die Hände. »Ich täte das nicht zum Spaß, aber was dann?«

»Ich habe den Leuten nie geglaubt, wenn sie sagten, du seiest kein Mensch, aber jetzt …«

»Pétur würde das nicht tun«, sagte ich und legte Rósa eine Hand auf die Schulter. »Wir versuchen nur, einen Weg zu finden, wie wir sie begraben können, ohne dass es zu weiterem Schmerz führt.«

Rósa schüttelte meine Hand ab und marschierte zum Feuer, wo sie mit steifem Rücken stehen blieb. »Ich wünschte …« Sie brach ab, wischte sich unwirsch über die Wangen und trat dann gegen einen der Steine um die Feuerstelle.

Wahrscheinlich wünschte sie, sie hätte nicht geheiratet, lebte noch in Skálholt, wäre irgendwo, nur nicht hier. Ihr Bedauern und ihre Sehnsucht waren an ihren bebenden Schultern zu erkennen und an der Art und Weise, wie sie so starr und abseits dastand. Aber was genau es war, das sie sich wünschte, fragte ich nicht, weil ich nicht wusste, wie ich auf ihre Antwort reagiert hätte.

Auch Pétur beobachtete sie. Ich fing seinen Blick auf und schüttelte den Kopf.

Er seufzte. »Im Meer können wir sie auch nicht versenken.«

»Sie würde bis zum Frühjahr unter dem Eis bleiben und dann auftauchen.«

Rósa murmelte etwas vor sich hin.

»Was sagst du?«, wollte Pétur wissen.

»Die Steine der Feuerstelle«, wisperte sie, und der Ausdruck des Selbstekels in ihrem Gesicht wollte mir das Herz brechen.

Wir wickelten die beiden Leichen getrennt voneinander in Leinentücher und beschwerten sie mit Steinen. Dem Kind legte ich einen Stein neben sein Herz. Über Annas kalte Stirn gebeugt, flüsterte ich ihr meine Bitte um Vergebung ins Ohr und presste dann ein letztes Mal die Lippen auf ihre Haut.

Meine Wunde brannte höllisch, als wir sie hinunter zum Meer trugen, und ich hatte große Mühe, mich aufrecht zu halten. Pétur versuchte, mich davon abzubringen, mit anzufassen. Er meinte, er schaffe das alleine. Aber ich musste Anna zumindest noch das letzte Geleit geben. Ich hatte mich ihr gegenüber immer klein gefühlt, doch beim Anblick ihrer weichen Gesichtszüge sah ich nur noch das verängstigte Kind, das sich hinter ihrer Wut verborgen hatte.

Als ich Annas Leiche hochnahm, trat Rósa herbei, um zu helfen.

»Und was ist, wenn ich es dir verbiete?«, fragte ich streng.

Sie reckte ihr Kinn und schaute mir fest in die Augen. »Ja, was dann?«

Ihr Gesichtsausdruck war hart, ihr Blick undurchdringlich. Es war erstaunlich, wie sehr sie Anna in diesem Augenblick ähnelte.

Wir trugen Anna gemeinsam. Pétur und ich übernahmen das größte Gewicht und hielten sie unter den Armen und an den Beinen. Ich keuchte und mein Atem ging pfeifend.

Pétur hielt an. »Um Gottes willen, ruh dich aus, lass gut sein.«

Ich schüttelte den Kopf. »Weiter!« Ich biss die Zähne zusammen. Jeder Schritt gab Anna etwas zurück.

Rósa ging zwischen uns und trug auch das Kind, das nicht größer war als meine ausgestreckte Hand. Ihr Gesicht war blass und angespannt und erinnerte an die Todesmasken aus Wachs, die es in anderen Ländern gibt.

Lieber Gott, was habe ich diesen Frauen bloß angetan?

Der Schnee am Fuße des Hügels war tiefer. Das Land lag vor uns wie ein weißes Tuch, wie aufgeraute Wolle.

Das mit Eis überzogene Meer erstreckte sich trüb und düster bis zum Horizont.

Das Meer täuscht uns Menschen immer wieder. Es gibt sich den Anschein, vereist und fest zu sein, doch unter der weißen Eisschicht lechzt das schwarze Wasser bereits hungrig nach der atmenden Welt über sich.

Ich wusste: Schon bald und allen Ereignissen zum Trotz würde die Sonne aufgehen und mit ihrem Licht das Eis zum Glitzern und die Welt zum Leuchten bringen.

Jeder Schritt den Hügel hinab hämmerte gegen meine Wunde. Die Erschütterung hallte in meinem ganzen Körper wider und löste einen kristallscharfen Schmerz aus. Es war mein Geschenk an die Frau, die ich nicht retten konnte.

Ein kalter Wind blies über das gefrorene Wasser. Wo das feste Land endete und das Meer begann, konnte man nur an den Eisaufschichtungen erkennen, die entstanden, wenn sich eine Eisdecke auf dem Meer bildete und es dann wieder in Bewegung geriet, um abermals zu gefrieren. Kleine Platten aus Eis waren überall verstreut und sahen aus wie winzige Grabsteine.

Wir gingen auf das zugefrorene Meer hinaus. Das Eis stöhnte unter unseren Füßen, warnte uns vor der darunter schwappenden dunklen Tiefe.

Die Welt hielt den Atem an.

Ich wandte mich an Rósa: »Bleib hier. Gib mir das Kind.«

»Ich komme mit.« Ihr Mund wirkte entschlossen, doch ihre Unterlippe zitterte.

»Sei nicht dumm«, wies ich sie zurecht.

Sie schlug die Augen nieder. Erleichterung durchströmte mich.

Ich nahm das kleine Bündel, und Pétur und ich gingen weiter über das knirschende, jammernde Eis. Annas kaltes Gesicht schlug gegen meine Schulter.

Ich schloss die Augen und stellte mir einen Moment lang vor, ich hätte Anna erreichen können. Dass meine Geschenke an sie, meine Wärme, die Kleidung, der Schmuck, genügt hätten, um die Wirkung des Giftes zu lindern, das Oddur ihr eingeflößt hatte, ehe ich sie kennenlernte. Ich fragte mich, ob Pétur auch solchen Kummer fühlte, doch seine wahren Gefühle waren mir, wie immer, ein Rätsel. Hatte er sie wirklich fortgejagt und sie damit zum Tode verurteilt? Ich würde ihn nicht fragen. Ich konnte es nicht.

Wir liefen, bis wir etwa zehn Pferdelängen vom Ende des weißen Eises entfernt waren, und vor uns erstreckte sich das schwarze offene Meer.

»Weiter sollten wir nicht gehen«, sagte Pétur. »Dem Eis ist ab hier nicht mehr zu trauen.«

Er nahm einen Stock und hieb auf die Eisschicht ein. Sie brach, und schwarzes Wasser schwappte zu uns herauf. War es nicht eine große Sünde, ihren Körper einfach verschwinden zu lassen? Sie würde unerkannt im Meer verrotten, den Fischen als Futter dienen. Ich starrte in den dunklen Meeresschlund und hatte das Gefühl, ins Nichts meiner eigenen Zukunft zu schauen: Indem ich die Wahrheit verbarg, betrat ich eine Schattenwelt, entfernte ich mich von Gott.

Zu spät. Pétur ließ das Baby los, dann ließ er Anna mit den Füßen voran ins Wasser gleiten.

Die Steine in ihrem Leichentuch zogen sie hinab, ein verschwommener weißer Fleck, der sofort in der Dunkelheit verschwand. Das Wasser nahm sich alles. Ihr kurzes breites Lächeln, das ich nur selten zu sehen bekommen hatte. Ihre Wutanfälle. Die Art, wie sie mich mit zusammengebissenen Zähnen angefunkelt hatte. Ihre Sehnsucht nach einem Kind. Ihre Fähigkeit zu lieben, die von Anfang an versehrt war. Alles verschwand in einem Wimpernschlag. Das Meeresmonster verschlang sie, gähnte und verlangte nach mehr.

Ich versuchte, ein Gebet zu sprechen, doch mein Kopf war wie ein leeres Stück Papier. Die einzigen Worte, die mir schließlich einfielen, waren: »Vergib mir.«

Hinter mir hörte ich Rósas Stimme. »Amen.«

»Wenn der Sturm nachlässt, tosen die Wellen«, sagte Pétur. Ich sah, wie Rósa erschauderte, und ich verstand, warum: Mit dem knirschenden Eis im Ohr, nachdem das Meer gerade die Leiche verschluckt hatte, wirkten Péturs Worte prophetisch. Ein Amen folgte auf seinen Ausspruch nicht.

Das Eis stöhnte.

Schweigend liefen wir zurück zum Gehöft, über uns der einzige Zeuge: der wachsame, alles beobachtende Mond.

Während ich in Oddurs Kate sitze und an die Vergangenheit denke, entfacht die Erinnerung, zusammen mit dem *Brennevín*, ein Feuer in mir. Ich bin bereit. Meine Wunde pocht mit jedem Herzschlag, als könnte die dünne neugewachsene Haut, die mich zusammenhält, jeden Augenblick reißen. Noch zehn Atemzüge, dann ist das nicht mehr wichtig. Diese Rache wird mein letztes Geschenk sein. Dann kann ich mich um meinen Schmerz zusammenrollen und schlafen.

Oddur liegt immer noch schnarchend vor mir, schlaff wie ein Toter. Ich ziehe mein Messer und steche ihm mit der Spitze in den Finger, bis Blut hervorquillt. Er grunzt und schreckt hoch, schaut sich im Schein der Feuersglut blinzelnd und verwirrt um. Dann sieht er mich, sieht das Messer in meiner Hand. »Oh Gott!«, ruft er und will aufspringen, fällt jedoch, gefesselt wie er ist, wie ein Sack zu Boden. »Ich hab kein Geld.« Seine Stimme ist noch ganz verwaschen vom Alkohol. »Nimm die Zinnteller.«

»Ich will deine Teller nicht.« Ich grinse. Ich bin kein grausamer Mann, aber so halb nackt und verschwitzt wirkt er überaus lächerlich. Anna hätte bei seinem Anblick gelacht.

»Willst du Gold?«, fragt er mit schmeichelnder Stimme. »Ich zeig dir, wo Gunnar Arnason lebt. Der hat Gold. Und einen roten Stein, so groß wie eine Männerfaust.«

»Einen roten Stein?« Der interessiert mich eigentlich

nicht. Aber ich würde gerne wissen, ob Oddur nicht nur ein Schurke, sondern auch ein Lügner ist.

»Der Stein ist riesig, Mann. Wir könnten teilen. Gunnar ist ein Dummkopf, der verdächtigt mich nie.«

Ich lehne mich vor, bis mein Gesicht ganz dicht an seinem ist. Seine Augen sind weit aufgerissen und angsterfüllt, zeigen aber auch einen Hoffnungsschimmer. Und gierige Durchtriebenheit. Es gibt keinen Stein, darauf würde ich mein Leben verwetten. Wenn ich Oddur losbände, würde er mich bei der ersten Gelegenheit erdolchen und meinen Geldbeutel stehlen.

»Du bist also auch ein Lügner und ein Dieb. Zusätzlich zum Lustmolch, meine ich.«

Oddur runzelt die Stirn und versucht, mich richtig in den Blick zu bekommen. »Ich ... ich kenne dich doch. Wer ...?«

»Du erkennst mich nicht, Oddur?«

Furcht huscht über sein Gesicht, die er durch einen lauten Ausruf zu überdecken sucht. »Jón! Ah, die liebe Verwandtschaft!« Er lacht etwas zu laut. »Tss, dabei so verdreckt und verwildert. Welch ein guter Streich. Aber, hör mal, Jón, diese Stricke scheuern ganz schön. Und mit tauben Händen kann ich dir kein Bier holen.«

»Ich komme wegen Anna«, unterbreche ich ihn unwirsch.

»Anna? Ah. Sie ist ...« Sein Blick irrt im Raum umher. Auf seiner Stirn sammeln sich Schweißperlen. »Ich weiß nicht, wo sie ist.« Zu spät fällt ihm ein zu sagen: »Ich habe gehört, dass sie letzten Sommer verstorben ist und du sie beerdigt hast.«

»Du weißt, dass das nicht stimmt.«

Er befeuchtet seine Lippen. »Das stimmt nicht? Dann lebt sie also?« Er schielt zum Messer. »Du scheinst wütend. Aber du musst nicht mich anschreien, nur weil du deine Frau nicht halten kannst, Jón.«

»Sie hat es bis nach Stykkishólmur geschafft.« Ich beobachte sein Gesicht. »Sie ist vor ein paar Wochen dort aufgetaucht.« Ich schweige einen Moment. »Möchtest du nicht wissen, wo sie in der Zwischenzeit war?«

Seine Hände verkrampfen sich, aber er sagt kein Wort.

»Sie war hier, in Thingvellir«, zische ich und beobachte seine Reaktion. »Ich habe sie für tot gehalten. Doch sie war die ganze Zeit hier. Bei *dir*.«

Seine Augen weiten sich. »Nein! War sie nicht. Ich habe sie seit eurer Hochzeit nicht mehr gesehen.« Er ist ein guter Lügner, setzt einen Ausdruck schockierter Unschuld auf. »Das musst du mir glauben, Jón.«

»Lügner!« Ich lege ihm das Messer an den Hals und presse es so fest in seine Haut, dass sein hämmernder Puls gegen meine Messerklinge schlägt und sich auf meine Hand überträgt. »Gott verabscheut Lügner, Oddur. Willst du wirklich so kurz vor deinem Tod noch die Last der Lüge zu all deinen anderen Sünden hinzufügen?«

Er rollt mit den Augen, sein Atem kommt stoßweise. »Ich habe sie nicht gesehen, ich schwör's.« Er schluckt. »Das Messer … Du tust mir weh.«

Ich drücke fester zu. »Wer ist der Vater des Kindes?«

Er blinzelt und starrt mich an, also drücke ich noch fester zu und spüre, wie seine Haut nachgibt. Ein Tropfen Blut rinnt über die Klinge.

»Wer ist es?«

Er schluckt. »Was für ein Kind? Ich weiß nichts von einem Kind. Tu mir nicht weh, Jón.« Er bricht in Tränen aus.

Ich sacke plötzlich zweifelnd zusammen, lasse das Messer sinken. »Sie war nicht hier?«

Oddur reibt sich den Hals. »Sie ist wohlbehalten zu dir zurückgekehrt, sagst du?«, fragt er leise. »Und … das Kind?«

»Sie sind beide tot«, fauche ich. »Das Kind lag falsch herum im Bauch und war missgestaltet. Es musste aus ihr herausgeschnitten werden. Anna ist verblutet.«

»Oh …« Sein Gesicht fällt in sich zusammen, seine Stimme bricht. »Hat sie gelitten?«

»Ja. Sehr.« Jäher Zorn wallt in mir auf. Ich sehe keinen Grund, Oddur zu schonen. »Sie war verrückt vor Angst und hat schreckliche Qualen gelitten.«

»Ich hatte gehofft …« Er atmet zitternd ein.

»Wie kannst du es wagen, um sie zu weinen? Du hast sie ins Elend und in die Verzweiflung getrieben.«

»Versuch ja nicht, *mir* die Schuld zu geben!«

»Du hast ihre Kindheit vergiftet.« Ich deute auf seine heruntergekommene Kate.

»Wenn du einen Schuldigen suchst, Jón, dann schau dich mal selber an.«

Mir klappt der Unterkiefer herunter.

Er lehnt sich vor, sein schwammiges Gesicht ernst und verschwitzt. »Welcher Mann bringt seine Frau so zur Verzweiflung, dass sie ihn verlässt?«

Ich schüttele den Kopf. »Du hast sie vernachlässigt.«

»*Ich* habe sie vernachlässigt?« Er lacht. »Nee, das warst *du*, Jón. Sie hat sich ein Kind gewünscht, aber du …«

»Provozier mich nicht, Oddur.«

»Du willst die Wahrheit?«, höhnt er. »Wahr ist, dass du sie aus deinem Bett vertrieben hast, weil du kein Mann bist. Ich habe gehört, du kannst kein Kind zeugen, weil deine Augen ganz woandershin schauen. Ich habe gehört …«

Ich ramme ihm die Faust ins Gesicht, noch ehe ich überhaupt darüber nachgedacht habe. Sein Kopf wird nach hinten geschleudert, und meine Knöchel brennen. Seine Reaktion kommt für mich unerwartet: Er lächelt. Und mich überkommt das unbändige Verlangen, ihm so lange meine Faust ins Gesicht zu schlagen, bis es nur noch eine blutige Masse ist.

Doch meine Beherrschung gewinnt wieder die Oberhand. Ich zügele meinen Zorn und konzentriere mich darauf, ruhig ein- und auszuatmen.

Oddur kichert leise. »Dein Blut ist nicht gemacht für Gewalt, *Bonði*.«

Ich überlege, mein zweites Messer aus der Scheide zu ziehen und dem Mann die Kehle durchzuschneiden. Doch in diesem Moment schnellt Oddur vor und schlägt mir die Klinge aus der Hand. Sie verschwindet klappernd in der Dunkelheit. Dann wirft er sich auf mich. Sein Gewicht bringt mich zu Fall, und ehe ich Luft holen kann, sitzt er schon grunzend auf mir.

Mit seinen gefesselten Händen packt er meinen Hals und drückt zu. Ich bekomme keine Luft. Ich versuche, ihn abzuwerfen, aber es kommt mir vor, als wollte ich den Ozean verschieben. Mit jeder heftigen Bewegung droht meine Wunde aufzureißen.

Meine Kraft schwindet, mein Blick trübt sich. Ich bäume mich ein letztes Mal auf im verzweifelten Versuch, ihn aus dem Gleichgewicht zu bringen. Die Wunde in meiner Seite kreischt schmerzhaft auf. Meine Welt wird kleiner, verschwimmt. Ich weiß, dass ich mit Oddurs Gesicht vor Augen sterben werde. Gott, den ich anrufen will, schweigt.

Plötzlich finden meine wild umhertastenden Finger meinen Gurt und das zweite Messer darin. Mit einer letzten Anstrengung rolle ich mich ein wenig zur Seite und bekomme es zu packen.

Oddur beugt sich über mich, kommt mir ganz nah, und sein Gesichtsausdruck wird immer bedrohlicher, als er merkt, wie ich schwächer werde. In diesem Moment erinnert mich sein Gesicht nicht an das meines Vaters, sondern an mein eigenes: gepeinigt, verängstigt und hassverzerrt. Tief in der Stille meines Herzens spüre ich die scharfe Doppelklinge aus Ekel und Angst.

»Du bist genauso schwach, wie sie erzählt hat.« Oddur lacht. »Ein erbärmlicher Wurm, so hat sie dich genannt.«

Seine Worte gehen mir durch und durch. Es sind Annas

Worte: *erbärmlicher Wurm*. Aber woher kennt er sie, wenn sie nicht … Die Erkenntnis trifft mich wie ein Schlag: Sie war doch hier.

Mein Zorn gibt mir die Kraft, die ich brauche, um ihn von mir zu stoßen. Er rollt zur Seite, die gebundenen Hände unter sich, immer noch lachend. Wieder lege ich ihm das Messer an die Kehle.

»Sie war doch hier! Gesteh's, sonst stech ich zu.«

Er zögert, nickt dann. »Kurz nach der Sonnenwende hat sie sich in meine Kate geschlichen.«

»Und du hast sie versteckt.«

Wieder nickt er.

»Warum ist sie fort von hier?« Ein grauenvoller Gedanke kriecht in mir hoch. Ich kann mir ausmalen, was Oddur als Gegenleistung für Unterkunft und Stillschweigen verlangt hat.

Sein Blick irrt durch den Raum, er fährt sich mit der Zunge über die Lippen. »Keine Ahnung.«

»Lügner!« Ich versetze ihm einen Schlag auf den Schädel, und er stöhnt auf. »Du wolltest sie. Hast du sie gezwungen?«

Er schüttelt den Kopf, doch da habe ich bereits in seine geweiteten Augen geschaut und im selben Moment begriffen, was ich mit diesem Blick in eine stinkende Krypta gesehen habe: die Wahrheit.

Ich pralle zurück gegen die Wand und muss würgen. Meine Frau hatte so große Angst vor mir, dass sie *hierher* zurückgekehrt ist?

Ich hebe langsam den Kopf und schaue ihn an. »Und als du entdeckt hast, dass sie schwanger war, hast du sie zu mir zurückgeschickt, stimmt's?«

»Wie hätte ich denn ein Kind verheimlichen können?«

Meine Gedanken rotieren. Er hat sie fortgeschickt, hinaus in den Schnee, obwohl sie schwach war und ein Kind im Leib trug. Er hat sie in den sicheren Tod geschickt.

Er lächelt mich an. Vor mir tut sich ein tiefer Abgrund auf. »Es ist besser, dass sie tot ist, Jón. Das siehst du doch bestimmt auch ein. So hast du keinen Tratsch zu befürchten, und ich muss mich nicht mit dem Gift auseinandersetzen, das diese kleine Schlampe vielleicht in die Welt gesetzt hätte.«

Ich brülle auf und schlage zu. Sein Kopf wird zur Seite geschleudert, und ich schlage ihn noch einmal. Und dann noch einmal.

Er lacht.

Dieser Mann *lacht*, obwohl er gerade vom Tod seiner Nichte und ihres Kindes erfahren und seine Schuld daran eingestanden hat.

Plötzlich werde ich von einer archaischen Raserei gepackt und kann nicht mehr an mich halten. Ich packe einen Stein von der Feuerstelle und schmettere ihn ihm ins Gesicht.

Es gibt ein dumpfes, knirschendes Geräusch, und sein Lachen erstirbt. Ich schlage mit dem Stein auf ihn ein und bin erfüllt von einer wilden gewaltigen Freude, als wäre ich Gottes eigene Hand, die endlich den Teufel zermalmt, der die Welt so lange gequält hat.

Ich werfe den Stein zur Seite und taumele rückwärts, fort von seiner blutenden, zuckenden Gestalt. Meine Wunde ist aufgebrochen, und mein Blut mischt sich mit dem seinen. Zitternd suche ich an der Wand Halt und beobachte ihn, bis er sich nicht mehr regt.

In meinen Adern rauscht wild das Leben, und ich sehe Annas Lächeln vor mir, das so ungestüm und frei war wie sie, als ich sie kennenlernte. Und über meinem keuchenden Atem meine ich, sie lachen zu hören.

»Leb wohl«, flüstere ich.

Ich bleibe bei Oddur sitzen, bis seine Leiche kalt geworden ist, meine Muskeln steif sind und ich den Abdruck seiner Hände blau unter meiner Haut aufblühen sehe.

Graues trübes Licht sickert in die Kate. Ich stehe auf und strecke meine schmerzenden Glieder. Dann mache ich mich auf den Weg zurück zu meiner Höhle. Mein Körper ist von Erschöpfung gezeichnet, doch mein Geist ist beschwingt, schwerelos.

Bald schon wird man mich finden. Egills Männer oder die tobenden Menschen von Thingvellir werden mich aufspüren. Und dann werde ich widerspruchslos meinen Kopf auf den Henkersblock legen.

RÓSA

Stykkishólmur, November 1686

In den Tagen nach Annas Seebestattung macht sich eine erdrückende Stille in der Kate breit, ein bedrohlicher Frieden. Pétur und Jón flüstern mit gepresster Stimme und werden still, sobald sie merken, dass Rósa zuhört.

Jón sieht ihren Blick und hebt die Augenbrauen. »Du weißt, dass du Schweigen bewahren musst, Rósa? Falls sie zurückkehren? Sonst schweben wir in Gefahr, wir alle, du …«

Sie nickt. *Falls.* Sie versucht, sich nicht vorzustellen, wie Páll erfroren und von Eis überzogen im Schnee liegt. Wann immer sich dieses Bild in ihre Gedanken schleicht, glaubt sie, sich übergeben zu müssen.

Sie kocht und fegt und strickt, ist wie benommen, unfähig, Annas klebriges, warmes Blut zu vergessen, den Anblick zu verdrängen, wie sie dort gelegen hat, sich windend und stöhnend vor Schmerz. Sie sieht immer noch diese Augen vor sich, die in ihrer Angst zu dunklen Höhlen geworden waren. Sie schreckt aus schattenhaften Träumen auf, die Arme bleischwer von dem winzigen Wesen, das sie aus Annas Leib gezogen hat.

Als Jón ihr Weinen bemerkt, drückt er ihr tröstend die Schulter, gibt ihr einmal einen Kuss auf die Wange. Doch ihre Seele hat sich verhärtet, scheint eingeschlossen in einer starren Hülle der Trauer.

Pétur sagt: »Du hast getan, was du konntest, Rósa. Niemand hätte ihr das Leben retten können.«

Die Worte dringen nur gedämpft zu ihr durch, als befände sie sich unter Wasser und seine Stimme klänge aus den Tiefen der See wider. Sein Versuch, ihr Trost zu spenden, berührt sie nicht.

Draußen fällt der Schnee weiterhin träge vom Himmel, während der Wind um die Kate bläst und das kalte Weiß in merkwürdigen Formen anordnet: Um sie herum entsteht eine eisige Bergkette. Früher hätte sie über die bedrohliche Schönheit des Schnees gestaunt, jetzt sitzt sie hier und malt sich aus, wie Katrín und Páll dort draußen im Schneesturm hungern und frieren.

Am dritten Tag nach Annas Tod hört es zu schneien auf, der Wind legt sich, und die Sonne scheint durch die Wolken. Die Welt wird in ein oranges Licht getaucht, das in den Augen brennt.

Rósa steht in der Tür und blinzelt in die grelle Schönheit der Landschaft.

»Vielleicht leben sie noch«, sagt Jón hinter ihr.

Sie dreht sich um, und er nimmt ihre Hand in seine. Seine rauen Finger wirken unbeholfen, doch sie lässt es geschehen.

»Denk an meine Warnung. Falls sie zurückkehren, musst du …« Er seufzt und seine Mundwinkel zucken. Seine Wangen sind eingefallen, die Augen rot gerändert. »Du solltest ihnen besser nichts erzählen. Es würde Katrín aufregen und …«

»Ich bin keine Närrin«, erwidert sie und wendet sich ab.

Den ganzen Tag lang starrt sie hinaus auf die flache Schneedecke, und den ganzen Tag lang bleibt sie so verlassen wie ein leeres Blatt Papier. Die Dunkelheit legt sich früh über das Land, und dann hören sie plötzlich einen Schrei von draußen.

Pétur und Jón stürzen gleichzeitig zur Tür. Dann lacht Pétur laut auf. »Gott segne diese aufdringliche alte Hexe!«

Rósa versucht angestrengt, an den beiden Männern vorbeizublicken, und erkennt unscharf im Halbdunkel die Umrisse zweier Reiter, die eine Herde blökender Schafe und Kühe vor sich hertreiben. Rósas ganzer Körper fühlt sich plötzlich taub an. Sie kann sich kaum rühren und hält sich an der Tür fest, um nicht zu fallen.

Jón und Pétur eilen hinaus, um die Ankömmlinge lachend zu begrüßen.

»Wie habt ihr die Tiere gefunden?«, schreit Jón. »Sind das alle? Und es fehlt ihnen nichts? Sogar die Pferde sind wieder da! Ihr müsst aufpassen, dass die Leute euch nicht der Zauberei bezichtigen!«

Die Reiter kommen näher und steigen ab. Katrín stützt sich schwer auf Pálls Arm. Sie hinkt und kann kaum noch selbst gehen. Beide sehen abgezehrt und mager aus, wirken im Lichtschein, der aus der Kate fällt, wie zwei durchscheinende Geister, die von den Hügeln herabgewandert sind.

Rósa winkt sie herein, während Pétur die Tiere in den Stall treibt.

Die Heimkehrer sitzen in der Kate und blinzeln in die orangefarbenen Flammen des Feuers – das ungewohnt grelle Licht reizt ihre Augen.

»Es ist ein Wunder«, sagt Rósa mit gepresster Stimme und will jedem von ihnen eine Schüssel mit Eintopf in die Hände drücken. Doch sie zittern, und ihre Finger scheinen zu steif gefroren, um die Schüsseln zu halten. Rósa berührt Katrín sanft an der Schulter. »Kannst du essen? Bist du verletzt?« Sie wagt es kaum, in Pálls abgehärmtes Gesicht zu blicken. Sie erinnert sich an Erzählungen von Menschen, die in den Hügeln wahnsinnig geworden sind.

Katrín hustet. »Ich kann mir einfach ein neues Bein herbeizaubern.« Sie sieht Jón schief von der Seite an, der mit einem Augenrollen darauf antwortet.

Dann erzählen Katrín und Páll atemlos, zwischen Löffeln voll Eintopf, die Rósa ihnen zum Mund führt, wie sie überlebt haben. Sie waren losgezogen, um nach den Tieren zu suchen, und fanden sie alle zusammen weit oben auf dem Hügel. Es war bereits dunkel und sie fühlten sich erschöpft, also trieben sie die Tiere zu einer nahe gelegenen Höhle, die Katrín kannte. Sie aßen getrockneten Fisch und geräuchertes Hammelfleisch, und die Tiere nagten am Moos, das an der Höhlenwand wuchs.

»Sie hatten solchen Hunger, dass ich schon Angst bekam, sie könnten zu Fleischfressern werden«, erzählt Páll.

Er ist in Sicherheit. Er lebt. Rósas Beine zittern. Fast will sie den Arm nach seiner Hand ausstrecken, doch Jón beobachtet sie und Páll nachdenklich.

Pétur kommt herein und stellt fest: »Du bist so hart wie das Eis, Katrín – ja, sogar noch härter.«

Katrín blickt ihn stirnrunzelnd an. »Wir dachten, wir hätten dich gesehen, Pétur, am ersten Tag, als ich Angst hatte, wir würden uns verlaufen und erfrieren. Erinnerst du dich, Páll? Ich sah eine Gestalt von deiner Statur, Pétur, dunkel und groß. Doch als wir ihr etwas zuriefen, wendete sie sich ab und lief den Hügel wieder hinunter.«

Pétur sieht sie ruhig an. »Im Schnee sieht man so manches und hält es für wahr. Doch jetzt seid ihr in Sicherheit. Esst noch etwas Eintopf. Ihr müsst eure Knochen wärmen.«

Er beugt sich hinunter und füllt ihre Schüsseln eifrig ein zweites Mal. Doch Rósa ist auf der Hut. Sie denkt an die Stunden, die sie allein mit Anna im Grubenhaus verbrachte, während Pétur draußen unterwegs war, um Katrín und Páll zu suchen. Gewiss hätte er sie dort oben auf dem Hügel nicht ihrem Schicksal überlassen?

Pétur sieht Jón verstohlen an und neigt den Kopf. Die Blicke der beiden treffen sich nur für einen kurzen Augenblick, doch was Rósa in ihren Gesichtern liest, lässt ihr Herz wild schlagen.

Er hat sie gesehen! Er hat sie gesehen und sie dort allein gelassen.

Wenn Pétur bereit war, zuzusehen, wie Katrín und Páll in ihren Tod liefen, was würde er ihnen antun, wenn sie von

Annas Schicksal erfuhren? Sie musste um jeden Preis verhindern, dass sie die Wahrheit herausfanden.

Und Jón? Mit dem Wissen, das sie jetzt besaß, würde er ihr gewiss niemals erlauben, von hier wegzugehen. Diesmal würde er ihren Tod nicht einfach vortäuschen, wie er es bei Anna getan hatte. Er würde Rósa jagen und zur Strecke bringen.

Am Tag, nachdem es zu schneien aufgehört hat, gehen Jón und Pétur in den Stall, um die Tiere zu füttern, und Páll kommt zu Rósa in die Küche. Er lächelt sie an, doch als sie sich abwendet, erstirbt ihm das Lächeln auf den Lippen.

»Lass mich dir helfen«, sagt er und versucht, ihr den Teig abzunehmen.

»Nein«, erwidert sie und hält die Masse unter ihren Händen entschlossen fest. »Du solltest bei den Tieren sein.«

Geh, denkt sie. *Bitte geh.*

Er steht stumm da und sieht aus, als hätte sie ihn geschlagen.

»Geh in den Stall, Páll. Die Männer brauchen dich dort. Ich brauche dich hier nicht.«

Sie lässt ihn ziehen und fühlt sich, als würde man ihr das Herz aus dem Leib reißen. Doch sie kann seine Freundlichkeit nicht zulassen. Sie malt sich aus, wie Jón toben würde, wenn er erführe, dass sie Páll von Anna erzählt hätte. Sie denkt daran, wie verbissen er aussah, als er sie daran erinnerte, Schweigen zu bewahren.

Es ist gewiss das Beste, sich von Páll fernzuhalten, denn seine Nähe könnte ihre Entschlossenheit zunichtemachen.

Sie hämmert auf den Brotteig ein und holt tief Luft, um nicht laut aufzuschluchzen.

Am fünften Abend ist Rósa allein im Haus. Katrín und die Männer sind im Stall. Am folgenden Tag wollen sie Nahrungsmittel ins Dorf hinunterbringen und dabei helfen, die Katen wiederaufzubauen. Rósa hat einen Laib Roggenbrot nach dem anderen gebacken und fühlt sich erschöpft. Das Mehl ist fast aufgebraucht, doch Jón scheint sich darum nicht zu sorgen. Rósa fragt sich, ob seine Freigebigkeit von seinem schlechten Gewissen herrührt oder ob er damit erreichen möchte, dass die Dorfbewohner noch stärker in seiner Schuld stehen.

Sie nimmt den letzten Laib Brot aus dem *Hloðir* und setzt sich dann im *Baðstofa* aufs Bett, um zu stricken. Da hört sie Schritte vor der Tür und rechnet mit Jón oder Katrín. Doch vor ihr steht Páll.

»Ich bin schon fertig«, sagt sie, bevor er den Mund öffnen kann. Sie wartet darauf, dass er sich umdreht und geht, doch Páll bleibt im Türrahmen stehen. »Was ist denn?«

»Tu das nicht.« Er geht auf sie zu und stellt sich vor sie.

Rósa hebt das Kinn. »Du musst gehen.« Nur wenige Zentimeter brennender Leere trennen ihren Körper von seinem. Er nimmt ihre Hand und zieht sie an sich, beugt sich zu ihr hinunter, sodass sie nur noch seine Augen sehen kann. »Ich …« Sie stößt ihn von sich. »Bitte …«

Er lässt sie los und reibt sich mit den Händen über das Gesicht. »Ich erinnere mich genau an den Augenblick, als ich es wusste.« Seine Stimme bricht. »Als ich sicher war … dass ich dich liebe.«

Ihr Mund ist wie ausgetrocknet. Sie sollte ihn daran hindern, weiterzusprechen. Wenn sie jemand hört, wäre das ihrer beider Ende.

Páll streicht ihr über die Wange. Sie zuckt zusammen, weicht jedoch nicht zurück – ist unfähig, zurückzuweichen.

»Wir waren zwölf«, flüstert er.

Zwölf? So lange liebt er sie schon? Doch als sie ihn anblickt, wird ihr klar, dass sie das schon immer wusste. Er lässt eine ihrer Haarsträhnen durch seine Finger gleiten.

»Es war der Sommer, bevor ich anfangen sollte, meinem Pabbi mit den Dächern zu helfen«, erzählt er. »Du solltest bei deinem Vater zu Hause bleiben. Weißt du noch?«

Sie nickt und schließt die Augen. Ein ganzer Sommer, den sie gemeinsam verbracht hatten, unter den Augen der Sonne, die hoch über ihnen dahinzog. Endloses Licht und die Weite des Himmels, so blau. Und Páll. Schwimmen. Trunkelbeeren sammeln. Er hatte ihr ein paar ins Gewand gesteckt und sie dann so fest an sich gedrückt, dass die dunkelblauen Beeren zwischen ihnen geplatzt waren.

Sie hatten gespielt, sie würde verbluten.

Wir fanden es witzig, so zu tun, als hätte man mich erstochen, erinnert sie sich ungläubig. »Das war der perfekte Sommer«, sagt sie leise. Sein Gesicht ist so nah vor ihrem. Der Anblick seines Mundes, wenn er lächelt. Die Stoppeln auf seinem Kinn. Seine Wärme. Sie spürt ein Kribbeln auf der Haut, ihr ganzer Leib summt, wie eine der Muscheln, die man manchmal am Strand findet. Auf den ersten Blick scheinen sie leer, doch hält man sie sich ans Ohr, wo das Blut pulsiert, so hört man sie singen.

Er zupft sanft an einer ihrer Haarsträhnen. »Erinnerst du dich, was in der *Laxdæla-Saga* über Guðrún Ósvífrsdóttir steht? *Die schönste Frau Islands und ebenso klug wie betörend.* Das stimmt nicht. Das bist du.«

»Ich bin … was?«

»Die schönste Frau Islands.«

»Dein Spott ist grausam.«

Er blickt sie ernst an. »Und du bist zweimal klüger als betörend.«

Sie wendet den Blick ab. »Das bin ich nicht. Und *du* bist ein Schmeichler.«

»Ich bin ein ehrlicher Mann.« Er beugt sich zu ihr.

Sie weicht zurück. »Ich bin …« Was ist sie? Verheiratet? Eine Schwindlerin? Eine Mörderin?

Ihr Magen zieht sich zusammen, als sie an Annas Blut denkt. So viel Blut. »Ich kann nicht …«

»Ich weiß.« Seine Stimme klingt schwer, gepresst.

Sie spürt seinen Atem auf der Haut, das Klopfen seines Herzens. Mehr als alles andere wünscht sie sich jetzt, ihn zu halten. Es ist so leicht, zu fallen. Die Anziehungskraft der Erde zieht sie beständig immer weiter hinunter. Sie sollte gehen. Sie sollte ihn bitten, zu gehen. Sie sollte nach ihrem Ehemann rufen. Sie streckt den Arm nach seiner Hand aus, hält sie an ihre Wange und schließt die Augen. »Es tut mir so leid.« Sie weiß kaum, wen sie um Verzeihung bittet und wofür. Doch mit diesen Worten zerbricht etwas in ihr. Sie legt ihm ihre Hand auf den Brustkorb.

Unter ihrer Handfläche vibriert sein Körper vor Leben.

Sein Atem fühlt sich heiß an. Er küsst ihren Mund, ihre Wangen, ihre Nase, ihr Haar, ihre Augenlider, ihren Hals. Zwischen den Küssen flüstert er: »Verlass … mich … nie.«

Sie lacht und erwidert seine Küsse. Mit seiner Berührung scheint er ihr alles zu nehmen, sodass sie sich trotz ihres Gewandes nackt und entblößt fühlt. Er schmeckt nach Salz und Hitze. Doch in ihren Küssen zeigt sich ihre wachsende Panik.

Sie keucht und stößt ihn von sich. »Nein! Ich bin …«

»Du bist eine treue Ehefrau.« Er seufzt und küsst ihre Stirn. »Fürchte nicht um deine Reinheit, holde Maid, ich werde zu deinen Füßen schlafen wie ein dir ergebener Hund.«

»Narr!« Sie lacht. »Doch ich vermute, dass der *Hund* in der Nacht versuchen wird, unter meine Decke zu kriechen. Hunde schlafen aber auf dem anderen Bett.«

Er jault auf und springt zu ihr, als wollte er ihr über die Wange lecken.

»Fort mit dir!« Sie stößt ihn von sich. Er knurrt, dann hört sie, wie er sich auf einem der anderen Betten ausstreckt.

An der Art, wie Páll atmet, erkennt sie, dass er noch wach ist. Ein Schauer durchläuft sie beim Gedanken an seine heißen Lippen auf ihrer Haut. Doch sie wird nicht mit dem Feuer spielen. Also liegt sie mit offenen Augen und brennender Haut in der Dunkelheit.

Endlich übermannt sie der Schlaf. Draußen lässt der Wind nach.

Irgendwann in den Schattenstunden zwischen Nacht und Morgen bäumt sich die Erde auf, und das Eis auf dem Meer bricht. Aus den Tiefen der See steigt ein Körper empor.

Den Arm erhoben, als winke er.

Teil Sechs

Männer sind zu enthaupten, Frauen werden ertränkt,
und jene, die ein Leben genommen haben,
sind zu lebenslanger Verfemung verdammt.

Logbók Islendinga

RÓSA

Stykkishólmur, November 1686

Nach ihrer Bergung aus dem Meer gibt Annas Gesicht einen grauenerregenden Anblick ab. Ihre Haut ist durchscheinend, die blauen Adern erinnern an eine Landkarte. Ihre Lippen sind schwarz, die Augen halb geöffnet und so leer wie der Himmel. Noch entsetzlicher ist jedoch der Anblick der klaffenden Wunde quer über ihrem Bauch. Niemand schaut genauer hin, niemand sieht, dass unter der Wunde auch ihre Gebärmutter aufgeschlitzt wurde und leer ist. Rósa kann kaum atmen, als Jón die Leiche ins *Baðstofa* trägt. Die Dörfler folgen nervös tuschelnd.

Rósa erinnert sich, wie glatt sich die warme Haut unter ihrem Messer anfühlte. Sie muss an den Widerstand des festen Fleisches denken, an den ekelerregenden Schock, als die Klinge in den Körper drang. Ihr Magen verkrampft sich.

Katrín schluchzt und küsst wieder und wieder Annas bleiche Wange.

Die alte Gudrun tritt vor, die Augen aufgerissen vor Entsetzen und fiebernder Erregung. »Kein Verwesungsgeruch. Sie ist noch nicht lange im Meer. Aber Anna ist vor Monaten gestorben …«

Pétur und Jón wechseln einen Blick. Dann beginnt Pétur, die Menschen aus dem Haus zu werfen, er schiebt sie einfach zur Tür hinaus. »Der *Bonði* muss in Ruhe trauern«, erklärt er.

»Die Sache riecht doch nach Mord!«, ruft Olaf aus, während Pétur sie in die eisige Nacht hinaustreibt.

Pétur hebt beschwichtigend die Hände. »Der Verbrecher wird seine gerechte Strafe schon bekommen, dafür werden wir sorgen.«

Der Verbrecher. Jón wird niemals zugeben, dass seine erste

Frau ihn verlassen hat und dann geschwängert von einem anderen zurückkehrte. Schaudernd wird Rósa klar, dass die Dorfgemeinschaft einen Schuldigen braucht. Sie schaut zu Jón hinüber und sucht in seiner Miene nach Ermutigung, doch er meidet ihren Blick, sieht stattdessen zu Pétur hinüber, dessen Augen kurz auf Rósa verweilen, ehe er eine Augenbraue hebt. Jón nickt bedächtig, die Lippen zusammengepresst.

Rósa weicht zurück, bis sie das harte Holz der Wand in ihrem Rücken spürt. Wo bleibt Páll? Er muss draußen bei den anderen sein. Sie denkt an Sigridúr, die weit weg in ihrer winzigen Kate in Skálholt sitzt. Sie unterdrückt ein Schluchzen.

Katrín steht noch immer weinend über Annas Leiche gebeugt und umklammert ihre kalte Hand. Rósa würde sie gerne umarmen, doch Schuldgefühle und Scham lähmen sie.

»Wie ist sie …?«, flüstert Katrín, ohne den Blick von Anna abzuwenden. »Sie war doch … Jón, du hast mir gesagt, sie sei vor Monaten gestorben. An einem Fieber. Aber … Wer? *Wie?*«

Bleierne Stille breitet sich aus. Die Männer wechseln einen Blick, und wieder schaut Jón zu Rósa hinüber. Sie tauschen sich ohne Worte aus, mit hochgezogenen Augenbrauen und zusammengepressten Lippen, und Rósa hat das Gefühl, dass sich ein Abgrund vor ihr auftut.

Schließlich seufzt Pétur. »Es ist uns ein Rätsel.«

»Du hast *gesagt*, sie sei gestorben«, zischt Katrín. »Noch vor der Sonnenwende.«

»Ich …« Jón breitet die Arme aus. Er errötet noch nicht einmal.

»Aber du hast sie doch *beerdigt*. Du hast ihr oben am Hang ein *Grab* geschaufelt. Ich habe Blumen daraufgelegt …«

»Sie ist fortgelaufen«, unterbricht Pétur sie. »Sie hat ihren liebenden Ehemann verlassen …«

Katrín schnaubt.

»… und wir konnten sie nicht finden. Was hätten wir denn tun sollen? Wir mussten davon ausgehen, dass sie tot ist.«

»Wenn du sie geliebt hättest«, grollt Katrín, »hättest du nie aufgehört, nach ihr zu suchen. *Niemals.* Aber so, wie du aussiehst, macht ihr Tod dir nicht das Geringste aus, Jón.«

Bei diesen Worten muss Rósa daran denken, wie Katrín sich jedes Jahr durch Schnee und Sturm kämpft, um nach einer Spur von Dora zu suchen, obwohl diese gewiss seit vielen Jahren tot und vom Land verschlungen worden war.

»Es war für dich nur einfacher zu glauben, dass Anna tot ist«, faucht Katrín ihn an. »Hast du insgeheim gejubelt, als …?«

»Was soll ich deiner Meinung nach tun, Katrín?«, fragt Jón müde. »Macht es denn Anna wieder lebendig, wenn ich heule und mir die Haare raufe? So ein Theater dient nur den Lebenden, nicht den Toten.«

Katrín wischt sich die Tränen unwirsch mit dem Handrücken aus dem Gesicht und nickt dann kurz. »Das verlangt nach Rache, Jón. Ein unschuldiges junges Ding so zuzurichten und dann einfach ins Meer zu werfen, was muss das für ein Schlächter sein?«

Schlächter. Rósas Unterlippe zittert.

»Wie sollen wir den Schuldigen je finden?« Pétur zuckt mit den Achseln. »Im Herzen eines jeden Menschen wohnen tausend dunkle Geheimnisse, die die Welt nie zu sehen bekommt.« Seine Stimme ist samtig, die Hände ruhig.

»Unser Dorf muss die Wahrheit erfahren«, sagt Katrín. »Auch wenn sie Annas eigenen Mann offenbar nicht interessiert.«

Wieder streift Jóns Blick Rósa. Dann starrt er mit steinerner Miene ins Leere. Sie spürt, dass ihr Leben auf dem Spiel steht. Sie kommt sich vor wie ein loses Fadenende, das abgeschnitten werden muss.

Schließlich blinzelt Jón und löst sich langsam aus seiner Starre, als würde er aus tiefem Schlaf erwachen.

»Egill«, murmelt er.

»Egill ist sich zu schade, um zu morden«, meint Katrín verächtlich.

»Nein, aber er wird sich die Hände reiben, weil er jetzt etwas gegen mich in der Hand hat.«

»Du glaubst, er wird dich beschuldigen?«

Jón schüttelt den Kopf. »Er ist zu klug, um das zu versuchen. Er wird jemanden angreifen, der mir nahesteht, jemanden, dem zu misstrauen den Dörflern leichtfällt.«

Sein Blick bleibt an Rósa hängen. Pétur schaut sie ebenfalls an, und in seinen Augen meint sie, Mitleid zu erkennen. Ruckartig hebt Katrín den Kopf, starrt sie an und schlägt sich die Hand vor den Mund.

Abwehrend hebt Rósa die Hände, als könnte sie so den Sog abwehren, der sie in die Tiefe zu ziehen droht.

»Ihr glaubt doch nicht …«

Jóns Gesichtsausdruck ist ernst. »Was wir glauben, ist vollkommen egal, *Elskan*.«

»Aber es wird doch keiner denken, dass …«

»Egill wird ihnen einflüstern, dass du die Einzige bist, der Annas Tod zugutekommt«, erklärt Jón. »Er wird dich verleumden, um meinen Namen zu verunglimpfen. Denn wie soll man einem *Bonði* Respekt zollen, dem die erste Frau wegläuft und dessen zweite Frau die erste ermordet und dann die Leiche verschwinden lässt?«

Rósa umklammert die Tischkante. Es ist, als stünde die Welt kopf und jemand versuchte, ihr weiszumachen, das habe so alles seine Richtigkeit.

Katrín umarmt sie. »Das lassen wir nicht zu.«

Rósa schaut zu den Männern und hofft auf ein Zeichen, dass sie auch von ihnen Schutz erwarten darf. Doch sie stehen nur regungslos da und starren einander an, die Mienen wie versteinert.

In jener Nacht verlässt keiner das Gehöft. Rósa würde am liebsten laut gegen den Käfig anheulen, der sie plötzlich umfängt, gegen die Fesseln, die sich mit jedem Gedanken und jedem Wort fester um sie zu schlingen scheinen.

Doch Tränen ändern nichts. Und so bleiben Rósas Augen trocken, während sie neben der schluchzenden Katrín sitzt. Sie wickeln Annas Leiche in Laken, als wollten sie ein schlafendes Kind weich betten.

Sie versucht, nicht an das Neugeborene zu denken, das auf dem Meeresgrund ruht, unerkannt und allein, und vom Gesang der Wale in den Schlaf gesungen wird.

Der nächste Tag dämmert dunkel und grau. Die Sonne schafft es kaum, dem Bauch der See zu entkommen.

Steter Regen fällt aufs Torfdach, und die Tropfen klingen wie das Echo von Rósas umherspringenden Gedanken. Ihre Anspannung hat sie die ganze Nacht nicht zur Ruhe kommen lassen und kribbelt auch jetzt noch unter ihrer Haut. Auch Jón war rastlos, hatte sich im Bett gegenüber nur schlafend gestellt. An seinem kurzen unregelmäßigen Atmen hatte sie seine Besorgnis gehört. Doch jetzt gähnt er und streckt sich.

»Mit dem Regen wird der Schnee schmelzen. Die Katen der Leute müssen repariert werden. Ich mache mich gleich daran.«

Rósa setzt sich ruckartig auf. »Das kannst du nicht. Deine Wunde … und …«

»Es gibt keinen besseren Weg, Vertrauen zu schaffen, Rósa. Schließlich bin ich immer noch ihr *Bonði.*«

»Aber sie erwarten von dir, dass du trauerst.« Wie kann er nur so dumm sein? Wenn er am Tag, nachdem seine Frau ermordet und mit aufgeschlitztem Bauch aus dem Meer geborgen wurde, mit der Arbeit an den Katen beginnt, werden die Leute ihn für gefühlskalt halten. Schlimmer noch, sie könnten auf den Gedanken kommen, er habe gewusst, dass sie tot ist. Geballtes Misstrauen wird ihm und seinem Gehöft entgegenschlagen, und es dürfte ein Leichtes für ihn sein, es auf Rósa zu lenken. »Das darfst du nicht tun.«

Jón verzieht das Gesicht, doch dann betritt Pétur mit finsterem Blick das *Baðstofa*. »Egill ist heute schon zweimal am Stall vorbeigeritten, und im Dorf streut er Gerüchte.«

»Also ist er schon dabei, eine Geschichte um Annas Tod zu spinnen?«

»Um Anna geht's ihm nicht. Er redet von dir. Er nennt dich einen … Ehebrecher.«

»Er will mich in Thingvellir vor den Henker bringen? Himmel, was ist Egill berechenbar!«

»Berechenbar, ja, aber auch so hartnäckig wie der Gestank von Scheiße an der Stiefelsohle. Er will, dass man dein Haus und deinen Hof nach weiteren Beweisen für deine Verlogenheit absucht.« Pétur hüstelt. »Beim Grubenhaus haben sie auch schon herumgeschnüffelt.«

Jóns Augen weiten sich, und Rósa zieht hörbar die Luft ein. »Aber sie haben doch nicht …«

»Es ist verschlossen«, sagt Pétur. »Trotzdem …«

Rósa stehen plötzlich die Bilder des Gemetzels vor Augen, sie sieht den besudelten Boden, die blutige Matratze. »Ich gehe dort sauber machen.« Beim Gedanken an den starken metallischen Gestank dreht sich ihr der Magen um, doch wenn jemand das Blut entdeckt, kann es als Beweis gegen sie verwendet werden.

»Das ist doch keine Arbeit für Frauen«, wendet Jón ein.

Rósa hebt das Kinn. »Du wolltest eine Frau, die schrubbt und fegt.«

Jón seufzt, und Rósa wird von einer Woge des Mitgefühls erfasst. Vielleicht leidet Jón unter der ganzen Geschichte ebenso wie sie, fühlt sich schuldig und hat Angst. Doch dann wandert sein Blick weiter zu Pétur, und in Rósa regt sich sogleich wieder der Verdacht, dass ihr Mann sie ohne zu zögern dem Scheiterhaufen ausliefern würde, wenn es ihn selbst vor den Flammen bewahrte.

Jón presst sich die Finger auf die Augenlider. »Wenn es so weiterregnet, können wir sie bald beerdigen.«

Rósa nickt. »Wenn sie erst mal … Meinst du, dass das Gerede nach der Beerdigung versiegt?« Rósa stellt sich vor, wie die Flammen an ihren Füßen lecken. Sie schaut ihren Mann an.

Jóns Lächeln ist angespannt. »Die Leute hier sind Aasgeier. Von dieser Geschichte werden sie noch Jahre zehren.«

Später steht Rósa in der Tür und schaut Pétur, Katrín und Páll nach, wie sie den Hügel hinab davongehen.

Jón tritt zu ihr. Sie spürt seinen Blick auf ihrem Gesicht und erstarrt.

»Du hast dich wacker geschlagen, Rósa«, sagt er schließlich. »Kein Wort hast du verraten.«

»Und du … du sagst doch nichts, oder?«

Seine Miene ist ernst. Sie holt tief Luft und hält sie an.

Er tritt näher, umfasst leicht ihr Handgelenk. Ihre Haut ist kalt und blass. Anna kommt ihr in den Sinn, und sie erschaudert.

Seine Haut hat die Farbe von altem Wachs. »Wenn du mit Egill sprichst, könnte das meinen Tod bedeuten. Wenn ich etwas sage …« Er muss den Satz nicht beenden. Mit den eingefallenen Wangen und dem leeren Blick wirkt sein Kopf wie ein Totenschädel.

Sie entzieht ihr Handgelenk seinem Griff. »Ich würde dich niemals dem Tod ausliefern.« Und als sie die Worte ausspricht, merkt sie, dass sie wahr sind.

Sein Gesichtsausdruck wird sanfter, und sie erhascht einen Blick auf den einsamen Jungen, der die Dunkelheit anbrüllte, um die Nacht zu verscheuchen. Zitternd legt sie ihm ihre

Handfläche an die Wange. Es ist, als würde sie die Schnauze eines halb gezähmten Wolfes streicheln.

Er nimmt ihre Hand, zieht sie dann plötzlich fest an sich und drückt sie so heftig, dass ihr fast die Luft wegbleibt. Sie verharrt ganz still in seinen Armen. Schließlich gibt er sie frei. »Geh. Du musst das Grubenhaus schrubben.«

Sie nimmt Eimer und Wurzelbürste und geht den Hügel hinunter. Sie schaut sich nicht um, spürt jedoch seinen Blick in ihrem Rücken. Und wie das knirschende Brummen sich verschiebender Gletscher fühlt sie tief in ihrer Brust noch immer das nachklingende Zittern, das während der Umarmung von seinen Armen und Beinen ausging.

Das Grubenhaus ist kalt und leer. Seit jener Nacht liegt es verwaist. Rósa sieht, dass mehr Blut geflossen ist, als sie in Erinnerung hat. Es ist gefroren und hat perfekte Lachen geronnenen Lebenssaftes geformt, verziert mit filigranen Rubinkristallen. Doch da es jetzt zu tauen beginnt, werden die spiegeleisigen Pfützen bald zerlaufen, bis man meinen könnte, der Boden selbst würde bluten.

Auch die Luft ist blutgeschwängert. Säuerlicher Kupfergeruch lässt Rósas Magen verkrampfen, und sie muss gegen die Übelkeit ankämpfen.

Sie arbeitet rasch, wäscht erst die Matratze ab, ehe sie den Boden zu bearbeiten beginnt. Das Wasser verdünnt das Blut, und Rósa vermengt es mit der Erde und dem Stroh auf dem Boden des Grubenhauses, um es dann alles zu einem Haufen zusammenzufegen. Doch wie soll sie die blutige Mischung draußen entsorgen? Vielleicht hätte sie weniger Wasser verwenden sollen, dann hätte sie das Stroh verbrennen können.

Schließlich klaubt sie den Dreck mit den Händen auf und stopft ihn in den Eimer. Dann läuft sie zum Bach, wo sie so lange auf die Eisfläche stampft, bis das Eis bricht und sie die widerwärtige Mischung ins Wasser schütten kann.

Ihre Kleidung ist mit der blutschwarzen Paste besudelt, und sie schöpft Wasser aus dem Bach und säubert damit den Stoff an Brust und Armen, so gut sie kann.

Wenigstens ist der Gestank im Grubenhaus nahezu verflogen. Nur wenn sie ihre Finger ganz nah an ihre Nase hält, ist da noch dieser Geruch nach etwas … *Rohem*. Rósa schließt die Augen und schluckt, bis sich ihre Kehle nicht mehr wie zugeschnürt anfühlt.

Plötzlich hustet hinter ihr jemand. Rósa wirbelt herum.

Keuchend, als sei er gerannt, steht Páll in der Tür. Er runzelt die Stirn, als er ihre nasse Kleidung sieht, schüttelt dann den Kopf. »Die Leute zerreißen sich das Maul«, ächzt er. »Unten im Dorf.«

Ihr Magen zieht sich zusammen. »Was sagen sie?«

»Die alte Frau … Gudrun? Sie meint, sie wisse, wer Anna umgebracht hat.«

»Dann muss sie eine Hellseherin sein.« Rósa ist übel. Sie weiß, was Páll gleich sagen wird.

»Sie sagen, dass Jóns zweite Frau, also *du*, aus Annas Tod den größten Nutzen zieht.«

Aus Rósas Mund bricht schallendes Gelächter hervor. Es überrascht sie ebenso sehr wie Páll, doch sie kann es nicht unterdrücken und krümmt sich vor Lachen. Noch während sie lacht, sieht sie bildhaft vor Augen, wie diese Geschichte weitergehen wird. Erst wird man sie vor das Althing zerren, dann wird man sie erhängen. Auf Mord steht für Männer der Tod durch Köpfen, doch Mörderinnen werden erhängt, das weiß sie von ihrem Pabbi. Die Leichen der Hingerichteten werden hängen gelassen, um dort zu verwesen, als Warnung für die Lebenden. Die Raben werden das Fleisch von ihren Knochen picken.

Rósas Lachen geht in keuchende Schluchzer über. Jón wird das nicht zulassen. Andererseits … wenn ihre Schuld seine Unschuld beweist …

»Ich werde dafür sorgen, dass dir nichts passiert.« Páll nimmt sie in den Arm und hält sie.

»Nein!« Sie schiebt ihn von sich und weicht zurück. Sie will ihn nicht in Gefahr bringen, will nicht, dass er mit in diesen Sumpf gerät, in dem sie beide untergehen könnten.

Er geht wieder auf sie zu, doch sie hält die Arme schützend vors Gesicht, als wollte sie einen Angreifer abwehren. »Ich bin verheiratet, und es ist nicht an dir, mich zu schützen.«

Da erstarrt er, und der Schmerz in seinen Augen ist so groß, dass sie fast nachgibt und sich in seine Arme wirft. Sie holt tief Luft. »Ich muss … ich muss Jón sagen, was geredet wird.«

Er nickt kurz. »Darf ich dich begleiten?«

»Natürlich.« Es ist, als spräche sie mit einem Fremden.

Sie läuft vor ihm den Hügel hinauf, durch den prasselnden Regen, der die wunderschönen weißen Schneewehen in schmutzig-grauen Dreck verwandelt. Wenn es so weiterregnet, könnte eine Überflutung zu einer größeren Gefahr für das Dorf werden, als der Schnee es war.

Plötzlich blitzt vor ihr im Schlamm etwas auf. Rósa beugt sich hinunter. Es ist die kleine Frau aus Glas. Ein Arm ist abgebrochen, und bei näherem Hinschauen entdeckt Rósa, dass die Figur einen tiefen Sprung hat, der quer durch sie hindurch verläuft, als sei ein schwerer Stiefel auf sie getreten. Jetzt ist sie ruiniert und wertlos. Sie stopft den Anhänger in die Tasche ihres Rocks, jenes zarte Schmuckstück, das ihr so kostbar war, weil es unzerbrechlich schien.

Páll und Rósa sind noch zehn Schritte von der Kate entfernt, als sie es hören: brüllende Männerstimmen, eine kreischende Frau.

Einen schreckensvollen Moment lang glaubt Rósa, Anna sei von den Toten auferstanden, habe die Laken abgeworfen und stehe nun in der Kate und zetere »Mord!«.

Doch als sie näher eilt, erkennt sie die Stimme der Frau.

Die Tür fliegt auf, und Katríns Worte hallen ihr entgegen. »Ich *kenn* dich doch, Jón. Ich sehe die Scham in deinen Augen.«

»Hüte deine Zunge, Weib«, fährt Jón sie zähnefletschend an.

»Du bist ein Monster, wenn du zulässt, dass man sie mit Dreck bewirft.«

Bei diesen Worten erstarrt Rósa.

Als er antwortet, spricht Jón langsam, mit ruhigerer Stimme. »Das sind alles nur leere Worte. Das ist nicht das Gleiche, wie vor dem Althing zu stehen.«

»Aber das eine kann zum anderen führen. Und wenn du zulässt, dass diesem Mädchen etwas geschieht …«

Rósa betritt die Küche, und Katrín verstummt. Sie und Jón stehen sich am *Hlođir* gegenüber, die Gesichter heiß und wütend. Pétur schaut mit finsterem Blick aus der Ecke zu.

»Rósa!« Jón schlingt seine Arme um sie. »Ich werde nicht zulassen, dass man dir etwas antut. Du musst mir vertrauen!« Sein Gesicht ist ernst, als glaube er tatsächlich an das, was er sagte.

»Der Tratsch ist schon Schaden genug«, sagt Katrín.

»Was soll ich denn tun? Ich weiß doch auch nicht, was Anna zugestoßen ist!« Jón klingt aufgebracht, aber überzeugend aufrichtig. Kein Missklang verrät die Lüge auf seinen Lippen.

»Dann erklär mir mal, warum du nicht nach ihrem Mörder suchst!«, verlangt Katrín. »Die Leute erwarten, dass du vor Zorn außer dir bist und nichts unversucht lässt, um denjenigen zu finden, der deine Frau wie einen Fisch aufgeschlitzt hat. Wieso suchst du nicht jeden Winkel Islands, jede noch so kleine Höhle nach dem Täter ab? Es sei denn …« Ihre Augen weiten sich. »Du weißt es!« Sie schlägt sich die Hand vor den Mund. »Lieber Herr Jesus, sei uns gnädig! Du *weißt*, wer es getan hat!«

»Natürlich nicht! Aber ich wüsste auch nicht, wie meine Wut uns helfen soll, denjenigen zu einem Geständnis zu bewegen. Ich darf diesen Schurken nicht verscheuchen, sondern muss abwarten, um im rechten Augenblick zuschlagen zu können.«

»Und während du wartest, erklären die Dörfler Rósa zur Schuldigen.«

Rósa spürt, wie ihr das Leben zwischen den Fingern zerrinnt wie schmelzendes Eis. Es wäre für Jón so leicht, sie als Mörderin dastehen zu lassen. Sie macht sich bereit, ein Geständnis abzulegen. Vielleicht werden Páll und Katrín verstehen, dass sie Anna nicht umbringen, sondern lediglich das Kind retten wollte, diese winzige Kreatur, die nie auch nur einen einzigen Atemzug getan hat.

»Katrín hat recht, Jón«, murmelt Pétur. »Wenn du nicht irgendeinen Schuldigen findest, wird das Dorf selbst einen bestimmen. Egill wird nur zu gerne …«

»Egill!«, zischt Jón. »Zur Hölle mit Egill. Ich werde nicht zulassen, dass er Rósa beschuldigt.«

»Und doch wird er genau das tun«, sagt Pétur bestimmt. »Und das weißt du auch.«

Beide scheinen den aufrichtigen Wunsch zu hegen, Rósa zu schützen. Und doch wird sie ihren Argwohn nicht los, das Gefühl, dass sie ihnen etwas vormachen und sich das, was sie wirklich wollen, in ihrem Inneren verbirgt, an einem finsteren Ort, der beiden gemein ist. Als sich Jón ihr nun jedoch zuwendet, sieht sie, dass sein Gesicht von Gram gezeichnet ist, und sie erlaubt sich zu hoffen.

Mit angehaltenem Atem steht sie da, während draußen der Regen aufs Dach trommelt und nebenan im Vorratsraum Annas Leiche auftaut.

»Ihr könntet mich zum Schuldigen erklären.« Páll, der mit ernster Miene hinter Rósa steht, bricht das Schweigen. »Ihr könntet behaupten, ich wäre es gewesen.« Er zuckt mit den

Achseln, als hätte er vorgeschlagen, ein Feuer zu machen, weil es kalt ist, oder zu essen, weil man hungrig ist.

»Nein!«, keucht Rósa entsetzt.

Jón schüttelt den Kopf. »Das Risiko ist zu groß, Páll …«

»Mir muss doch gar kein Leid geschehen.«

Pétur lacht bellend auf. »Jón wäre gezwungen, dir ziemliches Leid zuzufügen, wenn du den Mord an seiner Frau gestehst. Er müsste dich an den Eiern aufhängen, bis du verreckst, und dich dann oben auf dem Helgafell verrotten lassen.«

Páll hebt die Hände. »Ich muss ja nicht unbedingt *gestehen*. Ich könnte mich einfach davonstehlen und alle Welt denken lassen, ich wäre schuldig. Wenn ich fort wäre, könntet ihr sagen, ihr hättet mich im Verdacht, Anna … sie ermordet zu haben.« Sein klarer Blick ist unverwandt auf Rósa gerichtet.

»Nein!«, wiederholt Rósa zitternd. »Sie werden dich hängen …«

»Sie werden mich nicht finden«, sagt er sanft, aber bestimmt.

»Aber du könntest dich nie wieder irgendwo niederlassen. Du wärst wie ein Verbannter. Du müsstest in Angst leben oder erfrieren. Du könntest nie …«

»Ich könnte nicht weiterleben, wenn ich dich am Galgen wüsste.« Seine Stimme bricht, aber sein Blick ist ruhig und entschlossen. Sie kennt den Gesichtsausdruck aus ihrer Kindheit, wenn er beschlossen hatte, beim Wettrennen zu gewinnen, ganz gleich zu welchem Preis. Einmal war er gerannt, bis seine Beine unter ihm weggeknickt waren und er sich übergeben musste.

»Nein!« Rósa wendet sich an Jón. »Verbiete es ihm! Er darf das nicht tun.«

Jón seufzt, schaut dann zu Pétur, der die Arme vor der Brust verschränkt, seine Augen schließt und kurz nickt. »Es könnte dir das Leben retten.«

»Nein!«

Jón wendet sich ihr zu. »Rósa, ich habe nicht vor, ihn zu beschuldigen. Wir überlassen ihn einfach dem Dorfklatsch und nehmen dich dadurch aus der Schusslinie. Páll muss sich nur einen Winter lang verstecken. Dann versiegen die Gerüchte, und er kann sich an einem anderen Ort ein Leben aufbauen, im Osten vielleicht.«

»Es ist nicht richtig! Und sie würden es sowieso nicht glauben.«

»Haben wir eine andere Wahl?« Jón nimmt ihre Hand in die seinen.

Du könntest es mit der Wahrheit versuchen. Aber das wird er nicht. Und ihre eigene Angst lässt sie schweigen.

Sie entreißt ihm ihre Hand und marschiert aus der Küche, hinaus in den eisigen Wind und den harten Regen, der schräg vom übellaunigen Himmel prasselt.

Gierig saugt Rósa die kalte Luft in ihre Lungen und wird dennoch das Gefühl nicht los, zu ertrinken.

Hinter sich hört sie jemanden ihren Namen rufen.

Sie läuft den Hügel hinunter, verschwindet in der Wärme des Stalls. Die Pferde kauen zufrieden an ihrem Heu, heben nur kurz den Kopf, als sie hereinkommt, und fressen dann gemächlich weiter. Die friedliche Gleichgültigkeit der Tiere angesichts Rósas Tränen ist seltsam tröstlich. Sie legt Hallgerd die Arme um den Hals und lässt die Wärme der Stute auf sich übergehen.

Als sich die Stalltür quietschend öffnet, rührt sie sich nicht. Auch Páll sagt kein Wort, als er an sie herantritt, sie fest in den Arm nimmt und hält, sie sanft hin- und herwiegt. Die Bewegung ist so beruhigend wie sanftes Wasserplätschern, wie das Rauschen der Wellen oder das rhythmische Pochen des Herzens, das die dahinschwindende Zeit auszählt.

Sie wünschte, sie wäre mutiger. *Ich dachte, ich tue das Richtige*, möchte sie sagen. Vielleicht würde er ihr glauben.

Und was, wenn nicht? Was, wenn sie gesteht und er sie danach in einem anderen Licht sieht? Als eine Frau, die zu Gewalt fähig ist. Als eine Frau, die es versteht zu lügen und zu täuschen.

Es scheint ihr die schlimmste Form der Feigheit: nicht zu tun, was ihr richtig erscheint, weil ihr nur so der Schimmer einer Hoffnung bleibt, dass Páll sie, auch wenn er meilenweit entfernt sein wird, weiterhin lieben wird, dass er sie zwar in Gestalt verlassen muss, ihr jedoch im Herzen stets verbunden bleibt. Sie sollte stark genug sein, um zu beichten und Pálls Ruf zu retten, doch sie kann es nicht riskieren, dass er sie verachtet, wenn man sie zum Schafott führt. Und vielleicht ist es sogar besser für ihn, wenn er hier fortgeht, fort von diesem mörderischen Ort mit seinen bösartigen Menschen. So schweigt sie, während er sie hält und in seinen Armen vor und zurück, vor und zurück wiegt. Als sie aufschaut, sind seine Wangen nass – vielleicht vom Regen. Sie weiß es nicht.

»Es tut mir leid«, flüstert er.

Sie nickt, an seine Brust gedrückt.

»Ich hatte gehofft …«

Sie weiß, was er sagen will. Auch sie hatte gehofft. Aber dieser Hoffnung wurden schon vor langer Zeit die Eingeweide herausgerissen und den Aasgeiern zum Fraß vorgeworfen.

»Ich werde erst nach Skálholt gehen«, murmelt er ihr ins Haar. »Ich werde deine Mamma aufsuchen und ihr sagen, dass es dir gut geht. Ich will nicht, dass sie glaubt …«

Wieder nickt sie.

»Ich werde dort drei Nächte bleiben, dann ziehe ich weiter. Vielleicht lässt Egill Jagd auf mich machen. Aber drei Nächte werde ich dort warten, Rósa. Verstehst du?«

Sie hebt den Kopf und presst ihre Lippen auf seinen Mund. Es ist ein Kuss, der aus Verzweiflung geboren ist, nicht aus

Begehren. Sie versteht ganz genau, was er sagen will und doch nicht laut ausspricht, weil er sie nicht bedrängen möchte.

Er wird in Skálholt auf sie warten. Er gibt ihr drei Nächte, um zu entscheiden, ob sie ihren Mann verlassen und ihm folgen will oder nicht.

JÓN

Thingvellir, Dezember 1686

Als der Morgen den Himmel erröten lässt, renne ich aus Oddurs Kate. In der Hand halte ich den blutigen Stein und eines meiner Messer. Auf dem Boden der Kate lasse ich den leblosen Oddur zurück, einen leeren Fleischsack, der nie wieder jemandem etwas antun wird. Während ich den Hügel hinauflaufe, fängt der Himmel zu leuchten an. Ich schließe die Augen, breite die Arme aus und atme das Licht tief in meine Lunge ein.

Die Höhle ist dunkel und kalt. Ich knie mich nieder, um das Feuer neu zu entfachen, und bemerke einen Fußabdruck in der Asche. Einen großen Abdruck. Den eines Mannes.

Jemand weiß, dass ich hier bin.

Der Gedanke, dass Olaf mich gefunden haben könnte, macht mir jetzt viel weniger Angst als zuvor. Ich habe mich selbst so rettungslos in der verfilzten Wolle meines Schicksalsfadens verstrickt, dass ich nur noch hoffen kann, dass ich genug Kraft übrig haben werde, um die Art meines Todes frei wählen zu können.

Egill braucht mich lebend, er will meine Verhaftung. Er braucht meine Demütigung: ein öffentliches Gerichtsverfahren, ein Urteil aus Kopenhagen, die Schande der Hinrichtung als Verbrecher, das scharfe Beil und den blutigen Holzblock. Wer weiß: Wenn ich mich heftig genug widersetze, kann ich die Sache vielleicht beschleunigen – ein schneller Tod in einer dunklen Höhle statt der öffentlichen Schande.

Ich ziehe mein Messer aus der Scheide. Es blitzt im Mondlicht auf und weist mir den Weg, der mir offensteht. Aber nein. Noch nicht. Ich hocke mich in den Höhleneingang, an die Stelle, wo das Licht zu Schatten wird, und ich warte.

Páll floh noch in jener Nacht aus Stykkishólmur.

Als Katrín am nächsten Tag aus dem Dorf zurückkehrte, wo sie die Neuigkeit verbreitet hatte, musterte ich ihr Gesicht eindringlich. Sie nickte grimmig. Es hatte funktioniert. Der Dorftratsch hatte Páll als Verbrecher auserkoren, den Außenseiter, der Anna gefolgt war, sie niedergestochen hatte und dann ihre Leiche im Meer unter dem Eis hatte verschwinden lassen.

Ich sah, wie Rósa erbleichte und sich dann abwandte.

Als ich sie fragte, was ihr Kummer bereite, antwortete sie: »Damit kommen wir nicht durch. Selbst den Dörflern, die Páll nicht kennen, werden irgendwann Zweifel kommen. Er kannte Anna nicht und hatte keinen Grund, ihr ein Leid anzutun.«

»Wir geben ihnen einen Mann, der sich schuldig verhält. Und Männer begehen nun mal Verbrechen, wenn der Teufel sie reitet, das reicht ihnen schon.«

»Was sind das für Schwachköpfe«, fauchte sie erbost und stapfte davon in Richtung Stall.

Pétur trat zu mir. »Sie hat recht«, murmelte er.

Ich nickte. »Ich weiß. Aber wir müssen hoffen, dass Pálls offenbare Schuld sie zufriedenstellt. Wenn Egill sich täuschen lässt, haben wir vielleicht eine Chance.«

Doch noch während ich diese Worte sprach, erkannte ich, dass sie beide recht hatten. Egill würde nicht ruhen, bis er mich zerstört hatte. Und wenn er meine zweite Frau des Mordes an meiner ersten anklagte, könnte ihn das diesem Ziel sehr nahe bringen.

Wir hatten beschlossen, Anna oberhalb des Hauses am Hang zu beerdigen. Ich hätte mir eine kleine private Beerdigung gewünscht, um in Ruhe zu trauern, ohne all die fremden Blicke auf mir zu spüren, ohne dass jede meiner Regungen kritisch beäugt und bewertet wurde. Doch das ganze Dorf pilgerte den Hügel hinauf, selbst jene, die sich beim Zusammenbruch ihrer Katen verletzt hatten. Die Trauerfeiern für die armen Seelen, die dabei umgekommen waren, sollten in den folgenden Tagen stattfinden.

Pétur schlug vor, dass wir beide Anna gemeinsam zu ihrem Grab hinauftragen sollten, doch der Gedanke verursachte mir Übelkeit, vielleicht weil er mich an jene Nacht erinnerte, als wir ihren blutigen Körper aufs Eis hinausgebracht hatten. Ich erinnerte mich noch an das Gefühl ihrer kalten Wange an meiner, die Pervertierung einer liebevollen Umarmung.

Also stimmte ich zu, als Katrín einwandte, dass Anna von den Frauen zu ihrem letzten Ruheort gebracht werden sollte. Pétur und ich gingen den Hügel hinauf, um mit den restlichen Dorfbewohnern auf Anna und die Frauen zu warten.

»Hoffentlich ist die Sache dann wirklich endlich erledigt«, raunte er mir zu.

Ich warf ihm ein schmallippiges Lächeln zu und sah in seinen seltsamen Augen, die mich immer an einen Falken erinnerten, dieselbe böse Vorahnung, die auch ich spürte. Mein Blick fiel auf seinen Gürtel, in dem ein Messer steckte. Auch ich war bewaffnet.

Der Regen war vorübergezogen, die Wolkendecke aufgerissen, und ein für die Jahreszeit untypisches Sonnenlicht glänzte auf dem Meer. Ich blickte hinauf zur Sonne, deren Strahlen sich vom Himmel ergossen wie flüssiges Licht.

Ein Raunen ging durch die Menge und riss mich aus meinen Betrachtungen. Die Frauen waren im Anstieg und näherten sich uns mit Anna. Katrín musste sie noch einmal in frische Tücher gewickelt haben, denn ich sah, dass Annas Leichnam in das feinste Leinen geschlagen war, das mein Gehöft zu bieten hatte. Mein erster Gedanke galt den Kosten, doch dann sah ich die Gesichter der Frauen, und die Bedeutung dessen, was Katrín gesehen haben musste, wurde mir schlagartig bewusst.

Die klaffende Wunde, einem schreienden Mund gleich. Ihr leerer Bauch. Ihr geschändeter Mutterleib. Katrín hatte jetzt mehr Zeit gehabt, den Leichnam genau zu betrachten, und dabei musste ihr aufgefallen sein, was ihr im ersten Schmerz entgangen war, als man Anna gefunden hatte. Was Rósa ihr wohl erzählt hatte? Ich betete zu Gott, dass ihr eine gute Erklärung eingefallen war oder sie sich zumindest unwissend gezeigt hatte.

Dann sah ich es: Beiden Frauen strömten die Tränen über die Wangen. Ich fluchte. Rósa hatte Katrín alles erzählt.

Scham wallte heiß in mir auf. Katríns Blick war vernichtend. Ich musste wegschauen. Ich wusste, sie stellte sich gerade vor, wie Anna alleine durch die Landschaft irrte, hungrig und frierend, weil ich das Märchen von ihrem Tod in die Welt gesetzt hatte.

Katrín brauchte nur ein Wort zu sagen, und Pétur und ich würden zu den Schuldigen erklärt. All unsere Lügen und unsere Täuschungsmanöver kämen ans Licht, und Egill hätte leichtes Spiel, daraus eine Mordgeschichte zu basteln, mit Anna und ihrem Kind als Opfer.

Katrín stand mit aufeinandergepressten Lippen neben dem Grab, die Hände zu zitternden Fäusten geballt, während wir Anna hinabließen. Péturs Hand lag auf dem Knauf seines Messers.

Nachdem Egill über ihren Überresten ein Gebet gesprochen hatte, trat ich vor und sprach den abschließenden Segensspruch; die Menge antwortete an den richtigen Stellen. Ich atmete ganz kontrolliert, um zu verhindern, dass meine Stimme brach. Ich durfte jetzt nicht zusammenbrechen.

Schau sie nicht an. Es trat ein lauerndes Schweigen ein. Im wächsernen Licht des Morgens wirkten sämtliche Gesichter hohlwangig und spitz. *Alles Fleisch wird zu Gras*. Ich schloss die Augen und murmelte »Amen«. Katrín weinte und biss die Zähne zusammen.

In diesem Moment trat Egill vor und hob die Hände. »Dies ist fürwahr ein schwarzer Tag.«

»Ich habe den Segen gesprochen, Egill, und benötige keine Ergänzung meiner Worte.«

»Und noch schwärzer ist der Tag, an dem das Gehöft des *Bonði* in Verdacht gerät.«

»Bleib friedlich, Egill«, knurrte ich.

Das schmale Lächeln auf seinen blutleeren Lippen brachte mich aus der Fassung. »Ein schwarzer Tag, gewiss. Und er wird schwarz bleiben, solange hier nicht Recht gesprochen wird.«

»*Recht* wird gesprochen werden, wenn wir den Täter gefunden haben.« Mein Blick glitt zu Katrín.

Sie stand bereit, hatte den Mund schon geöffnet.

»Ein Mann hat sich davongemacht. Ist das nicht Schuldbekenntnis genug? Du solltest ihn verfolgen«, sagte Egill.

»Ich bezweifle, dass die Anklage vor dem Althing Bestand hätte.«

»Du willst den Übeltäter also nicht zur Strecke bringen?«

»Ich werde keinen Mann verfolgen, von dessen Schuld ich nicht überzeugt bin.«

»Jón!«, rief Pétur. Aber da waren die Worte bereits gesprochen.

»Dann glaubst du nicht an seine Schuld?«, krähte Egill.

»Ich weiß es nicht«, murmelte ich und betete, Katrín möge schweigen. Ihr Gesichtsausdruck war hart, die Augen tränennass, doch sie sagte nichts.

Danke, dachte ich.

Ich wandte mich ab und machte mich auf den Weg den Hügel hinunter. Die Dorfbewohner folgten mir aufgeregt tuschelnd.

»Der Junge hatte kein Motiv«, rief Egill mir nach.

Pétur fauchte. Ich wusste, dass er Egills Absichten ebenso durchschaut hatte wie ich. Pálls Schuld passte nicht in seinen

Plan. Er brauchte einen anderen Schuldigen, einen, der mir näherstand, jemanden, dem die Menschen misstrauten und der Grund hatte, Anna zu töten. Egills Blick flackerte zwischen Rósa und Pétur hin und her. Ich hielt die Luft an. Pétur verschränkte die Arme und hob das Kinn. Katrín starrte mich an.

Rósa stand an Katrín gelehnt da, die Finger in den Stoff ihres Wollrocks gekrallt. Ich hatte sie für zerbrechlich gehalten, als ich sie kennenlernte. Doch nun wusste ich, dass sich hinter ihrem gehorsamen Knicksen und dem tugendhaft gesenkten Blick ein stählerner Kern verbarg.

Trotzdem weiteten sich ihre Augen, als Egill sich an sie wandte. »Rósa, Páll ist doch ein Verwandter von dir, nicht wahr?«

Rósa hielt Egills Blick stand. »Und was tut das zur Sache?«

Innerlich jubelte ich über ihre Dreistigkeit. Vielleicht war sie ihm doch gewachsen.

Doch dann fügte sie hinzu: »Er hätte Anna nicht wehgetan.« Sie schwieg kurz und flüsterte schließlich: »Er hat ihr nichts getan.«

Angespannt wartete ich darauf, dass sie verriet, wie übel Pétur und ich Anna mitgespielt hatten, wie wir schließlich alle belogen und betrogen hatten.

Schon sah ich Egills leuchtende Augen vor mir, wenn er die ganze Geschichte erfuhr. Ich stellte mir die Erregung der Leute vor, wenn sie sich in ihrer Meinung über Péturs ungezähmtes, brutales Wesen bestätigt sahen. Sie würden glauben, er hätte mich angestiftet. Wir würden beide mit unserem Kopf dafür bezahlen.

»Páll hat Anna nichts getan.« Rósas klare Stimme wurde vom wirbelnden Wind über den gesamten Hügel getragen. »Und ich wollte sie nicht … ich hatte doch nie vor …«

Um sie bildete sich ein immer enger werdender Kreis aus Leuten, die sich mit harten Gesichtern um sie drängten. Sie wirkten wie ein Rudel Wölfe, das sein Opfer umringt. Ich warf Katrín einen verzweifelten Blick zu, aber sie war zur Seite gestoßen worden.

»Sprich weiter, Mädel!«, sagte Egill mit hoffnungsvollem Blick.

»Ich weiß, was passiert ist.« Rósa holte tief und zittrig Luft. Ihre Stimme geriet ins Stocken, als die Dorfbewohner noch näher drängten und auf Egills Kommando warteten.

»Ich wollte ihr das Leben retten«, sagte Rósa. »Ich wollte doch nicht, dass sie …«

»Rósa, nein!«, brüllte ich. Aber mein Schrei ging in den aufgeregten Stimmen der Menschen unter.

»Du?«, sagte Egill.

Nein! Das durfte ich nicht zulassen. Ganz gleich, was es mich kosten würde, ich durfte sie nicht für meine Vergehen büßen lassen. Doch es war zu spät. Ich konnte Rósa kaum noch sehen, da die Dorfbewohner einen dichten Kreis um sie gebildet hatten. Katrín versuchte, sich an ihnen vorbeizudrängeln. Das erste geflüsterte »Mord« war zu hören.

Njáll Agnarsson rief: »Sie hat Anna ermordet! Ihr habt ihr Geständnis gehört.«

Rósa schrie auf, die Stimme schrill vor Angst.

»Nein!«, rief ich und versuchte, die Leute zurückzuzerren. Doch sie standen so dicht beieinander, dass es mir schien, als wollte ich eine Felswand einreißen.

Egill verschränkte die Arme und schaute seelenruhig zu.

Katrín brüllte die Leute an und versuchte, sich durch die Menge zu kämpfen. Ein dumpfer Schlag und ein Aufschrei waren zu hören, als Pétur seine Fäuste einzusetzen begann. In seinem Gesicht war Verzweiflung zu lesen.

Ich holte nun ebenfalls zum Schlag aus, doch noch ehe ich zulangen konnte, spürte ich Olafs fleischige Hände an meiner Kehle. Ich zerrte an seinen Fingern, doch sie lagen wie Eisenklauen um meinen Hals. Ich konnte nicht atmen. Das Blut hämmerte in meinen Schläfen.

Dann sah ich, wie jemand die Hand zum Boden streckte, nach einem Stein tastete und diesen in den Kreis schleuderte. Ich hörte Rósas Schreie, Katríns Kreischen. Sie weinte, ging die Dörfler mit scharfen Nägeln an, rief ihre Namen, flehte sie an, doch niemand beachtete sie. Rósa schrie, als weitere Steine durch die Luft flogen. Ich erhaschte einen Blick auf ihr Gesicht, das kurz in der Menge auftauchte. Dann wurde sie wieder hinabgezogen und verschwand in einem Meer aus zerrenden Händen und wütenden Fäusten.

Pétur gab ein Heulen von sich und stürzte sich in die Menschenmenge, wurde jedoch immer wieder zurückgeworfen.

Abermals schrie Rósa schrill und panisch auf, dann brach ihr Schreien abrupt ab.

Ich trat, so fest ich konnte, nach hinten aus, während ich zugleich meinen Körper nach vorne warf und Olaf so aus dem Gleichgewicht brachte, dass sich seine Finger um meinen Hals lockerten. Blitzschnell schwang ich herum und rammte ihm meine Faust in den Magen. Er krümmte sich zusammen.

Plötzlich durchfuhr mich der Gedanke mit der Leichtigkeit eines gut geschärften Messers: Es gab etwas, was ich tun konnte, um diese Welle aufzuhalten, die über Rósa zusammenschlug und sie zu verschlingen drohte. Ich füllte meine Lungen mit Luft und brüllte: »Aufhören!« Doch die Menge hörte nicht.

»Hört auf! Ich war's!« Mein Brüllen hallte durch die Luft. »Ich war es!«

Die Menge erstarrte, verstummte und wandte sich langsam zu mir um.

»Ich war's«, wiederholte ich.

Alle Blicke waren jetzt auf mich gerichtet. Die Menge gab Rósa frei. Sie lag zusammengerollt und wimmernd am Boden, die Arme schützend vor Kopf und Gesicht verschränkt. Katrín rannte zu ihr und nahm sie in den Arm. Ich sah, dass ihre Lippe aufgesprungen und eines ihrer Augen blutig geschlagen war.

»Ich war es«, wiederholte ich abermals, leiser diesmal.

Egills Gesicht strahlte. »Was warst du?«

»Jón, nicht!«, heulte Pétur auf.

»Ich habe Anna getötet«, sagte ich ruhig. »Ich bin der Schuldige.«

Die Umstehenden schnappten erschrocken nach Luft. Rósa stöhnte auf, Pétur schrie und fluchte, aber Egills Stimme übertönte alle, seine Erregung war beinah greifbar.

»*Du* hast sie ermordet? Wie? Und wieso?«

»Was geschehen ist, geht nur mich und Gott etwas an. Dir habe ich dazu nichts zu sagen. Meinen Frieden mache ich mit dem Herrn allein. Aber wisse dies: Anna starb meinetwegen. Und jetzt schert euch fort von meiner Frau.«

Und als ich diese Worte sprach, erkannte ich, dass sie wahr waren. An dem armen Halbwesen, das in Annas Schoß gewachsen war, war ich schuld. Ihren Irrsinn, ihre Verzweiflung, ihre Streifzüge, all das hatte ich mit verursacht. Zwar hatte ich nicht das Messer geführt, gleichwohl hatte ich ihren Tod zu verantworten. Und es war Zeit, dass ich Buße tat und den Preis für diesen Mord zahlte.

Die Menge umringte mich, und ich ließ es zu. Ich ließ zu, dass sie mich davonschleppten und anspuckten. Olaf schlug mir mehrfach in die Magengrube, aber ich spürte es kaum.

Sie zerrten mich zum Grubenhaus, Rósas Tränen und Péturs Wüten zum Trotz. Ich wusste, ich sollte Todesangst verspüren, doch stattdessen machte sich ein seltsames Hochgefühl in mir breit, als hätte ich mich Schicht um Schicht meiner Kleidung entledigt und darunter nicht wie erwartet vernarbte und verschrumpelte Haut gefunden, sondern ein strahlendes, prachtvolles Federkleid. Die Menschen mochten mich verhöhnen, doch mein Geist war wie beflügelt und schwang sich mühelos in den Himmel über dem Grubenhaus auf. Rósa war von nun an in Sicherheit. Und Pétur ebenfalls. Ich lächelte. Dann lachte ich.

Olaf hieb auf mich ein, aber das tat meinem Gelächter keinen Abbruch: Es war unaufhaltsam wie aufbrechendes Eis, das nach Jahren der Starre zum Sturzbach wird.

Als Olaf mich gerade ins Grubenhaus stoßen wollte, gelang es Pétur, meinen Arm zu packen.

»Warum?«, fragte er.

Ich fasste ihn am Arm, schaute ihn an und hoffte, die Kraft in meiner Hand würde ihm all das vermitteln, was ich nicht laut aussprechen konnte.

Dann drängte mich Olaf in den Raum und knallte die Tür zu. Ich hörte, wie der Schlüssel im Schloss umgedreht wurde. Olafs massige Gestalt warf zwischen den Holzlatten einen langen Schatten. Für mich würde es kein Entkommen geben.

RÓSA

Stykkishólmur, November 1686

Rósa kann kaum stehen und bricht in Katríns Armen zusammen. Blut läuft ihr aus einem Schnitt über dem Auge übers Gesicht, und einer ihrer Arme, der grob gepackt und verdreht wurde, fühlt sich taub an. Sie zittert am ganzen Leib. Nie hätte sie es für möglich gehalten, dass eine Gruppe Menschen sich in solch ein Ungeheuer mit unzähligen Krallen verwandeln könnte, das taub ist für den Schmerz und das Flehen seiner Opfer und nur noch Vernichtung im Sinn hat. Zeitweise hatte sie geglaubt, die Menschen würden sie zerfetzen.

Jetzt wenden die Dorfbewohner den Blick ab, als sie an ihr vorbeilaufen, und schleichen als dicht gedrängtes Grüppchen flüsternd zurück hinunter ins Dorf.

Sie wird von Schluchzern geschüttelt und steht nur noch aufrecht, weil Katrín sie stützt und ihr beruhigend übers Haar streicht. Sie führt Rósa zum Bach, setzt sie auf einen Felsen und wäscht ihre Wunden aus, während sie immer wieder murmelt: »Sch-sch, alles gut, du bist in Sicherheit. Sie können dir nichts mehr antun, *Elskan*. Beruhige dich, Rósa.«

Endlich versiegen ihre Tränen.

Katrín kniet neben ihr und hält ihr Gesicht in den Händen. »Du bist in Sicherheit«, sagt sie. »Aber Jón ist es nicht. Fühlst du dich stark genug, um aufzustehen? Kannst du gehen?«

Rósa nickt. Katrín nimmt ihre Hand und wendet sich zum Hügel um, wo einsam Egills Kate liegt. Der Pfarrer war nach Hause gegangen, als Olaf über Jón herfiel, die Mundwinkel zwar angewidert nach unten verzogen angesichts der Gewalt, aber doch nicht willens, ihr Einhalt zu gebieten.

»Beeil dich«, keucht Katrín. »Ehe es zu spät ist.«

Rósas Auge ist zugeschwollen, und ihr Atem geht immer noch stoßartig; sie kann ihre Gedanken nicht in Worte fassen, doch sie bemerkt, dass Katríns Lippen geschürzt sind und ihr Gesichtsausdruck hart ist, als sie an Egills Tür klopft.

»Sei still und schau reuevoll«, weist sie Rósa an.

Katrín drückt die Klinke herunter und betritt die Kate. Egill kniet auf der bloßen Erde und betet. Hinter ihm steht Gudrun und fegt. Sie schaut auf, und ihre milchigen Augen glitzern.

»Du!«, zischt Katrín.

Gudrun versteift sich, doch sie erwidert nichts, tastet nur mit der Hand über den Tisch, bis sie Egills Bibel findet, die sie ihm sodann reicht. Er nimmt sie, nickt dankend, worauf sie sich wieder daranmacht, mit langen, ruhigen Bewegungen den Boden zu fegen.

»Katrín, mein Kind.« Egill lächelt milde. »Und Rósa. Welch Verwirrung heute, aber ich bin froh, dass du in Sicherheit bist, jetzt, wo Jón gestanden hat, Gott sei gepriesen. Sein Verbrechen hätte dich beinahe das Leben gekostet, stell dir vor! Sucht ihr Rat oder ein Gebet?«

»Ich suche Gnade.« Katrín sieht Gudrun aus schmalen Augen an, ehe sie den Blick senkt. Rósa ahmt Katrín nach und schaut ebenfalls zu Boden.

Der Wind drückt gegen die Mauern der Kate, das Holz ächzt.

»Gnade?« Egills Blick wird scharf.

Draußen krächzen Raben. Rósa atmet langsam und tief ein, um sich zu beruhigen.

Ein Muskel in Katríns Unterkiefer spannt sich an. Sie schluckt, faltet dann ihre Hände wie zum Gebet vor der Brust. »Ich komme, um für Jón um Gnade zu bitten.«

Egill zieht die Augenbrauen hoch. »Er hat gestanden. Das Althing wird über ihn richten, nicht ich. Wenn es weitertaut, können wir gleich morgen einen Boten in den Süden schicken.«

Gudrun fährt fort, den Boden zu fegen. Der Raum ist kahl und kalt wie eine Gruft.

»Aber du könntest ein gutes Wort für ihn beim Parlament einlegen …«

Der Wind dringt durch die Spalten im Torf ein. Das winzige Feuer flackert auf und verglimmt dann. Rósa erschaudert.

Egill lächelt. »Und warum sollte ich das tun?«

»Ich glaube nicht, dass er Anna getötet hat.«

Von Gudrun hört man ein Hüsteln. Draußen kreischt wieder ein Rabe.

Rósa schließt die Augen. Wie soll sie Jóns Unschuld beweisen, ohne selbst zu gestehen? Sie erinnert sich an die Klauenhände der Dorfbewohner. Sie würden sie in Stücke reißen.

»Es obliegt dem Althing, seine Schuld festzustellen. Vielleicht verweist man seinen Fall gar nach Kopenhagen.« Egills Lächeln ist fast heiter, als fände er Gefallen an dem Gedanken.

Der Wind bläst aus vollen Lungen. Rósa starrt den Pfarrer an und spürt, wie sich ihre Lippen kräuseln.

Er hebt die Hände. »Warum sollte ich für einen solchen Verbrecher um Gnade bitten? Sein Tod wird das Dorf von der Sünde reinwaschen.« Egills kaltes Lächeln wird breiter. Jóns Untergang wird ihm einigen Nutzen bringen: Jóns Gehöft, sein Land, sein Ansehen in der Dorfgemeinschaft, all das steht zur Verfügung. Egill wird ein mächtiger Mann sein, er wird auf die Wahl des nächsten *Bonðis* Einfluss nehmen können. Rósa weiß genau, welche Argumente er beim Althing vorbringen wird: Es gebe niemanden, der weise und mächtig genug sei, um das Amt auszuüben. Deshalb stelle er, Egill, sich zur Verfügung, beide Ämter zu übernehmen, das des *Presturs* und das des *Bonðis*.

»Geht jetzt«, sagt Egill. »Ich will Gott weiter dafür danken, dass er Gerechtigkeit walten ließ.«

Katrín wirft Gudrun einen letzten bösen Blick zu, ehe sie knickst. Als sie Rósas Arm packt, um sie aus der Kate zu ziehen, ist ihre Hand heiß und trocken. Stolpernd laufen die beiden hinunter zum Meer, die Augen tränenblind.

Das Eis hat zu schmelzen begonnen, und unter der schwarzen Spiegelfläche gurgelt die tiefe See. Ein böiger Wind kommt aus den kälteren Gegenden des Nordens die Berge hinuntergefegt, zerrt an Rósas Mütze, peitscht Katrín ihr graues Haar ins Gesicht.

Sie drückt Rósas Hand. »Du darfst nicht gestehen.«

Der eisige Wind fährt Rósa bis in die Knochen, sodass sie vor Kälte nach Luft schnappt.

Jón wird sterben.

Sie vernimmt ein Rufen in ihrem Rücken, dreht sich um und sieht Gudrun, die sich durch den Wind zu ihnen vorkämpft und dabei fast umgeblasen wird. Als die alte Frau sie einholt, mustert Katrín sie verächtlich. »Du hättest es verdient, auf die Felsen dort unten gestoßen zu werden. Was willst du hier? Geh zu deinem Egill zurück und kümmere dich um ihn.«

»Egill, pah!« Gudrun saugt an ihren Zähnen und spuckt aus.

Mit hochgezogenen Augenbrauen meint Rósa: »Du hast etwas gegen *Egill*? Ich dachte, Jón ist hier der Böse.«

»Egill geht es allein darum, sich selbst zu bereichern, und das nennt er dann Gottes Werk. Er hätte tatenlos zugesehen, wie die Dörfler dich zerreißen, Rósa-Kind.«

»Du warst auch nicht gerade eine große Hilfe, Gudrun«, gibt Katrín säuerlich zurück. »Du hast auf deinem Felsblock gesessen, während sie Steine nach ihr geworfen haben. Schau, sie blutet.«

»Das ist eine ganz böse Geschichte, was da passiert ist.« Gudrun nickt zustimmend. »Aber Egill hätte dem Spuk ein

Ende bereiten können. Was ist das für ein Mann, der tatenlos zuschaut, wenn eine Frau angegriffen wird? *Er* ist der eigentliche Verbrecher.«

»Heißt das, du findest, Egill sollte nicht der nächste *Bonði* werden?«, fragt Rósa. »Warum fegst du ihm dann so fleißig den Boden?«

»Irgendwie müssen wir ja alle unser Brot verdienen. Er fängt übrigens jetzt schon an, vom Zehnt zu sprechen, der Halsabschneider …«

»Ah! Er will, dass ihr den Zehnt zahlt? Ein *Halsabschneider*, fürwahr!« Rósa lacht bitter auf.

»Ja, lustig ist das wahrlich nicht. Jón hat nie verlangt, was wir uns nicht leisten konnten. Er hat mir Pétur geschickt, um mir beim Reparieren des Daches zu helfen, und dafür hat er nie einen Penny sehen wollen. Egill würde uns halb verhungern lassen und es Gottes Wille nennen. Und *du* …« Sie mustert Rósa aus wässrigen Augen. »Jón ist ein guter Mann, oder etwa nicht?«

»Ich …« Rósa beißt sich auf die Unterlippe. »Er ist …«

»Ha! Ihr jungen Leute erwartet einfach zu viel. Er hat dich nie geschlagen, richtig?«

»Richtig.«

»Na, also. Ein wunderbarer Ehemann. Außerdem«, fährt Gudrun fort, »mögen meine Augen schwach sein und meine Ohren auch nicht mehr die besten, aber ich habe genau gehört, wie Jón gestanden hat. Seine Stimme war voller Lüge. Er hat ein falsches Geständnis abgelegt, um von etwas anderem abzulenken, nicht wahr? Wen will er schützen?«

Rósa betrachtet angestrengt ihre Fäustlinge, während Katrín auf die leere Weite des Meeres hinausschaut.

»Egal. Es war eine Falschaussage, und deshalb ist Jón jetzt ein toter Mann.« Wieder saugt sie an ihren Zähnen.

Rósa wendet ihr Gesicht dem Wind zu und lässt sich die Tränen aus den Augen blasen. Sie spürt Gudruns Schweigen, und es wirkt bedrohlich auf sie. Dann lehnt sich die alte Frau vor und greift nach Katríns und Rósas Hand. »Die Körper der Toten müssen durch die Wand hinausgebracht werden. Vergesst das nicht.«

Mit diesen Worten wendet sich Gudrun ab und erklimmt mühsam und vor sich hin brummend den Hügel.

Während Rósa über Gudruns Worte nachdenkt, hinkt sie zurück zu Jóns Kate. Sie ist immer noch schwach auf den Beinen, und ihre Wunde am Kopf pocht, aber sie braucht einen Moment für sich, um zu überlegen, was sie als Nächstes tun soll.

Im Haus lässt sie die Hand über den weichen, selbstgewebten Stoff gleiten, der die Betten im *Baðstofa* bedeckt, und öffnet die Bibel mit den feinen Pergamentseiten. Sie muss ein Vermögen gekostet haben. Das soll jetzt alles Egill gehören.

Sie schließt die Augen und denkt an Páll, der gerade in Richtung Süden marschiert. Sie muss ihn ziehen lassen. Er soll nach Skálholt zurückkehren und dort frei sein von dem Unglück, das sie umgibt. Sie drückt die Glasfrau in ihrer Tasche, bis die scharfen Kanten der gebrochenen Figur ihre Haut durchbohren. Der Anhänger ist ruiniert. Alles ist ruiniert. Sie, Rósa, hat alles kaputt gemacht.

Von plötzlicher Entschlossenheit gepackt, holt sie eine Decke und breitet sie auf einem der Betten aus. In die Mitte packt sie die Bibel, einen Topf Honig und Stricknadeln aus Walknochen, von denen ein normaler Bauer nicht einmal träumen kann. Sie zögert kurz, dann legt sie auch den Runenstein aus ihrer Tasche auf die Decke und schnürt das Ganze zu einem Bündel.

Dann schaut sie sich um, auf der Suche nach weiteren Dingen, die sie mitnehmen kann.

In diesem Augenblick hört sie über sich ein kratzendes Geräusch. Rósa erschrickt. Irgendein Geist muss ihren Diebstahl bemerkt haben. Doch im nächsten Augenblick fällt ihr der Gerfalke ein, und ihr Herzschlag beruhigt sich. Sie legt ihr kleines Bündel aufs Bett und klettert die Leiter hinauf.

Der Dachboden ist dunkel, doch die weißgefleckte Gestalt des Gerfalken, der in seiner Ecke hockt, scheint ein eigenes Licht auszustrahlen. Er ist so viel wert wie einhundert Kühe oder tausend Ellen feinsten Stoffs. Männer morden und werden gemordet für diesen Vogel der Könige, diesen eisigen Jäger.

Die Eismenschen aus dem Land des ewigen Schnees hoch im Norden haben einen eigenen Namen für den Vogel. Sie nennen ihn den *Zupacker*, und Rósa versteht, warum. Die Fänge des Vogels sind lang und geschuppt, die schwarzen Krallen gefährlich gekrümmt. Sie umklammern die Sitzstange mit einer Kraft, die den Tod bringen kann.

Rósa streckt den Arm aus, um den Falken zu berühren, und einen Moment lang spürt sie das Federkleid des Tieres unter ihren Fingern, das sich weicher anfühlt als das feinste Leinen. Dann beginnt der Vogel aufgeregt mit den Flügeln zu schlagen. Er lässt sich von der Stange fallen, sodass er kopfüber hängt, und dabei flattert er so fest mit seinen Flügeln, dass Rósa zu fürchten beginnt, er könne sich einen davon brechen.

Noch vor Kurzem hatte sie Angst gehabt, Annas Geist könnte in dem Vogel wohnen. Das Tier legt den Kopf schief und blickt sie an, starr und ohne zu blinzeln.

Rósa streckt erneut die Hand aus und beginnt leise, ihre Lieblingsstelle aus der *Laxdæla-Saga* aufzusagen, in der Bolli seinen besten Freund Kjartan tötet. Páll und sie hatten die Stelle oft gemeinsam aufgesagt. *»Und Kjartan sagte zu Bolli, ›Lieber Vetter, was du vorhast, ist zutiefst verwerflich; dennoch nehme ich lieber aus deiner Hand den Tod entgegen, mein Lieber, als ihn dir mit meiner Hand zu bringen.‹«*

Der Vogel verharrt angespannt bebend.

Rósa erzählt flüsternd weiter: »Nachdem Bolli zugestochen hatte, ging Kjartan zu Boden und starb in Bollis Schoß. Bolli weinte und bereute seine Tat. Aber Tränen helfen den Toten nicht.«

Der Gerfalke schlägt kräftig mit den Flügeln, als stimme er dem zu.

»Und doch«, fährt Rósa fort, »gibt es einen Unterschied zwischen Mord und …« Sie hält inne. Gibt es ein Wort für das, was sie getan hat? Sie wusste, dass Anna sterben würde, wenn sie ihren Bauch öffnete. Das ist Mord, richtig. Aber sie wollte nur das Leben des Kindes retten. Katrín hatte das verstanden, als Rósa es ihr erklärte. »Was zählt, ist die Absicht«, hatte sie gesagt, während sich in ihren Augen unvergossene Tränen spiegelten.

Rósa bewegt sich langsam auf den Vogel zu, bis sie die Arme um ihn legen kann. Angst durchzuckt seinen Körper, doch er wehrt sich nicht. Es scheint, als sei er die Freundlichkeit von Menschen gewöhnt. Rósa stellt sich vor, wie Jón ihn gefangen hat: Bestimmt war er vorsichtig und ist behutsam mit ihm umgegangen, als er ihn an sich drückte. Bestimmt hat er ihn täglich gefüttert und sich gut um ihn gekümmert, wenn er ihn auch in Gefangenschaft hielt.

Sie erinnert sich an das Flüstern, das sie nachts vom Dachboden gehört hatte. Welche Geheimnisse hat er dem Vogel anvertraut?

Seine Augen sind golden und mitleidslos. Es sind die Augen eines Wesens, dessen einziger Lebenssinn im Jagen und Töten besteht.

Anfangs hat der Vogel noch Angst in ihrem Arm und versucht, ihr zu entkommen, aber schließlich kann sie ihn hochheben. Sein Körper ist leichter, als sie erwartet hätte, als wäre er tatsächlich ein Geist. Langsam klettert Rósa die Leiter hinunter, achtsam angesichts des scharfen Schnabels und der spitzen Krallen des Gerfalken und darauf bedacht, ihn nicht durch ruckartige Bewegungen zu erschrecken.

Im *Baðstofa* angekommen, sucht sie etwas, was sie als Sitzstange benutzen kann. Schließlich nimmt sie die Bibel vom Bett, klemmt sie sich unter den Arm und verlässt so, mit Gerfalken und Bibel, die Enge der Kate und marschiert hinaus in die kalte Meeresluft.

Die Nacht zieht gerade herauf, Dunkelheit breitet sich vom Horizont her aus. Die Sterne sind so hell wie Kerzen: Es wird eine kalte Nacht werden. Hoch über ihr zerrt der Wind einen flatternden Wolkenschal am eisigen Mond vorüber. Rósa nimmt die Bibel in die Hand und setzt den Vogel vorsichtig auf dem Buchrücken ab. Instinktiv krallt sich das Tier am Einband fest und durchbohrt das weiche Kalbsleder.

Rósa wartet, bis sich der Vogel beruhigt hat. Dann streckt sie ganz langsam die Hand aus und beginnt, die Lederriemen an den Krallen des Gerfalken aufzuschnüren. Es ist ein mühsames Nesteln, und sie fürchtet, sie könnte das Tier dabei verletzen. Doch der Vogel verharrt bebend, aber ansonsten reglos auf seinem Sitz, als wüsste er, was sie vorhat. Einmal breitet er die Flügel aus und gibt ein schrilles Krächzen von sich, als wolle er sie zur Eile antreiben. Seine gelben Jägeraugen blitzen auf, jäh und wild.

Während sie die Schnüre aus den Ösen zieht, schlägt der Gerfalke mit den Flügeln, die Rósas Gesicht so hart treffen, dass sie vor Schmerz zusammenzuckt. Wie kann es sein, fragt sie sich, dass etwas, das kaum mehr als Luft zu wiegen scheint, so viel Kraft hat? Ihre Finger sind ungeschickt, doch endlich gelingt es ihr, die Schnüre ganz zu lösen, und sie fallen zu Boden.

Der Vogel hockt nun auf der Bibel, von allen Fesseln befreit. Er breitet die Flügel aus und macht doch keine Anstalten, sich in die Luft zu schwingen. Stattdessen sieht er Rósa mit wachem Blick an und wartet.

»Ich weiß«, flüstert Rósa. »Du hast Angst. Aber du bist hierfür geschaffen.«

Rósa wendet sich den Bergen zu, hebt ihren Arm und schleudert die Bibel und den Vogel in die Luft. Das Buch fällt krachend zurück auf die Erde, doch der Gerfalke bewegt seine Schwingen und fliegt gen Himmel. Keine drei Herzschläge später segelt er bereits hoch über ihr. Zehn Atemzüge danach ist er nur noch als winziger schwarzer Punkt vor dem weißen Helgafell zu erkennen.

Die Kraft, die im Schwung des Vogels, in seinem Flug in die Freiheit, liegt, lässt Rósa atemlos zurück. Und plötzlich ergeben Gudruns Worte Sinn.

Die Körper der Toten müssen durch die Wand hinausgebracht werden.

Jón ist ein toter Mann. Egills Urteil hat ihn dazu gemacht.

JÓN

Thingvellir, Dezember 1686

Ich sitze in meiner Höhle, starre auf den Stiefelabdruck in der Asche und warte. Mit der Hand taste ich meinen Bauch ab und bemerke, dass mein Hemd feucht ist. Als ich auf meine Finger schaue, sehe ich schwarzes Blut.

Wenn Olaf nicht bald kommt, wird er mich nur noch als Leiche vorfinden. Ich schließe die Augen und rede meinem Körper gut zu. Er muss durchhalten. Er hat mich noch nie im Stich gelassen, selbst wenn er am Ende war.

Nachdem Olaf mich ins Grubenhaus geworfen hatte, fesselte er mich an Händen und Füßen. Dann lag ich stundenlang alleine auf dem Boden, während das Blut wild durch meine Adern rauschte und ich darauf wartete, dass Egill vorbeikam, um sich an seinem Sieg zu ergötzen.

Irgendwann wurde ich von einem Tritt gegen meine Rippen geweckt. Ich stöhnte auf, und Olaf zog mich in eine sitzende Position.

Vor mir stand Egill. Er lächelte. »Du siehst schlimm aus, Jón.«

»Du bist sicher enttäuscht, dass ich noch atme.«

Sein Lächeln verflog. »Vergiss nicht, dass uns jedes Leid, das wir erfahren, dem Herrn näher bringt.«

»Mein Leid bringt dir einfach nur mehr Macht, und alles andere interessiert …«

»Nicht jeder hat ein solch habgieriges Herz wie du, Jón.«

»Du bist ein verbitterter alter Mann, Egill«, sagte ich. »Verschwinde einfach, damit ich schlafen kann.«

»Wärst *du* nicht auch bitter?«, zischte er und beugte sich ganz nah zu mir. Ich konnte jede Falte in seinem wächsernen

Gesicht erkennen. »Wärst *du* nicht auch voller Hass auf den Mann, der dir dein Kind gestohlen hat, der deine Frau krank vor Gram gemacht und zu früh ins Grab gebracht hat – und der tatenlos zusah, als seine Ehefrau die deine verfluchte? Würdest nicht auch *du* denjenigen verabscheuen, der dich vor deinen Leuten lächerlich gemacht hat? Der die Gedanken deines Sohns *vergiftet* hat...«

»Pétur ist nicht dein Sohn!«, brüllte ich ihn an. »Und du warst ein Tyrann.«

»In dem Jungen steckte der Teufel«, kreischte Egill. »Er musste geläutert werden und ...«

»Ordentlich geschlagen?«, unterbrach ich. »Du musstest als erwachsener Mann einen Jungen schlagen, bis er blutet? Hast du dich dadurch stark gefühlt? Du feiges Schwein!«

»Ich hätte ihn noch härter schlagen sollen, um seine Seele zu retten. Um ihn vor deiner Sündhaftigkeit zu bewahren.«

Ich zerrte an meinen Fesseln und stellte mir vor, welch eine Genugtuung es wäre, meine Faust gegen seinen Schädel krachen zu lassen. »Du hast Pétur gequält, ihn in die Kälte hinausgeworfen und von mir dann verlangt, ich solle ihn zurückbringen, damit du ihn weiterquälen kannst. Du elender Schuft!«

Egill zuckte zurück. »Ich habe alles getan, um ihn zu schützen. Ich habe ihn *geliebt*. Ich ... liebe ihn noch immer, aber er ist ... verloren.« Sein Mund begann zu zittern, seine Augen wurden feucht.

Fast hätte ich Mitleid empfunden. Ich versuchte es noch einmal: »Pétur ist ein guter Mann. Rede mit ihm. Versöhnt euch.«

»Was bist du dumm, Jón. Um Péturs Körper zu schützen, opferst du dich lieber selbst, anstatt zu versuchen, seine unsterbliche Seele zu retten.«

»Und *du* willst seine Seele retten, ja?«

»Du verhöhnst mich. Aber Gott hat Adam aus dem Paradies verstoßen und ihn wählen lassen zwischen dem Pfad der Tugend und dem der Sünde.«

»Pétur ist nicht sündiger als jeder andere.«

Da ging Egill neben mir in die Knie und brachte seine Lippen dicht an mein Ohr. Ich spürte die Hitze, die von seiner Haut ausging, als würden sein Eifer und seine Inbrunst wie ein Feuer in ihm brennen.

»Er ist *pervers*«, flüsterte Egill. »Genauso pervers wie *du*.«

Mir verschlug es den Atem und die Sprache.

»Anna hat mir erzählt, was du bist. Das hätte bis heute keiner geglaubt. Aber jetzt bist du ein Mörder. Du hast Anna umgebracht, um sie zum Schweigen zu bringen und die Wahrheit zu vertuschen. Bald wird ganz Island von deiner Abartigkeit erfahren. Das Althing wird deinen Kopf verlangen. Dein Name wird Ekel erregen auf der Zunge all jener, die ihn noch auszusprechen wagen.«

Die Wände des Raumes schienen sich um mich zusammenzuschieben. Mein gesamtes Sichtfeld wurde von Egills brennendem Blick eingenommen.

Er fuhr fort: »Und während sich deine Seele im ewigen Feuer der Verdammnis windet, werden die Leute über deine Taten reden und dich verfluchen, bis du ganz und gar aus dem Gedächtnis der Menschen gelöscht sein wirst.«

Ich versuchte zu sprechen, brachte jedoch kein Wort hervor. Es war nicht wahr. Nie hatte ich mir mehr erlaubt, als zu träumen, nie mehr, als mich in den dunkelsten Stunden der Nacht zu fragen, ob .... Ob Pétur wohl jemals an mich gedacht hatte? Hatte er etwas geahnt? Ich schüttelte den Kopf und erbrach mich.

Wieder kam mir Egill ganz nahe. Die plötzliche Schwärze in seinen Augen wirkte bedrohlich. »Aber ich weiß einen Weg, um Pétur zu erlösen, damit er wieder so rein und rechtschaffen werden kann, wie ich es ihn gelehrt habe. Er darf auf dieser Welt keinen Freund, keinen Trost kennen außer Gott. Dann wird er zurückkehren zu unserem Herrn, und seine Seele wird gerettet werden. Du also musst sterben. Du musst brennen.«

Ich starrte ihn an.

»Auch Stykkishólmur wird sich verändern, wenn du nicht mehr bist«, fuhr er fort. »Das Dorf wird endlich ein Ort des Herrn sein.«

Ehe ich sprach, blickte ich tief in den Abgrund seiner toten Augen. »Du ekelst mich an«, sagte ich. »Wärst du *mein* Vater, hätte ich dich schon längst im Schlaf erdolcht.«

Egill wich zurück, nach Luft schnappend, machte auf dem Absatz kehrt und hämmerte mit der Faust gegen die Tür. Olaf öffnete, Egill rauschte hinaus, die Tür schlug zu, und der Raum versank in Dunkelheit.

In den schwärzesten Stunden der Nacht wurde ich durch ein Schaben an der Wand neben meinem Kopf geweckt. Ich schrak hoch und wünschte, ich hätte ein Messer zur Hand. Ich hatte so lange weder etwas gegessen noch getrunken, dass mir jedes Lebewesen recht gewesen wäre, um meinen nagenden Hunger zu stillen und meinen brennenden Durst zu löschen. Doch das Schaben hielt an, und nach einer Weile wurde mir klar, dass es zu gleichförmig war, um von einem Tier zu stammen.

Jemand versucht, zu mir reinzukommen! Einer der Dorfbewohner vielleicht? Jemand, der mir ein schnelleres und brutaleres Ende bereiten wollte als eine Enthauptung? Das Kratzen und Schaben wurde lauter, und plötzlich begriff ich, dass jemand dabei war, ein Loch in die Wand zu sägen. Im nächsten Augenblick spürte ich einen Hauch kalter Nachtluft und wappnete mich für einen Angriff, als ich eine Stimme »Jón!« flüstern hörte.

»Rósa! Was …?«

»Wir müssen uns beeilen. Los, mach!« Ich sah ein Glitzern in ihren Augen, als sie einen Arm durch das Loch steckte, dann nahm ich das Aufblitzen einer Messerklinge wahr und zuckte zurück, bis ich verstand, dass sie damit meine Fesseln durchtrennen wollte. Sie hielt mir die Klinge hin, und ich fuhr mit dem Strick, der meine Handgelenke band, darüber, bis er abfiel. Ich massierte mir die Gelenke, um das Blut wieder zum Zirkulieren zu bringen. Dann schnitt ich die Fesseln an meinen Füßen durch. »Nimm meine Hand«, flüsterte sie.

Ich tat wie geheißen und folgte ihr. Die Nacht schlug mir mit kalter Wucht entgegen und ließ mich nach Atem ringen. Der Regen auf meinem Gesicht weckte Gedanken an das eisige Meer, an mein Boot, an endlose Meilen ununterbrochener Zeit. Mir war schwindelig.

»Wie hast du … Und was ist mit Olaf?«

Aus dem Dunkeln erklang ein kurzes tiefes Auflachen, und mein Herz machte einen Sprung, als ich Péturs Stimme erkannte. »Wir wollten ihm eigentlich einen von Katríns Tees verabreichen«, sagte er, »aber sie konnte das richtige Kraut nicht finden.« Er lachte leise. »Also habe ich ihm mit einem Stein eins übergezogen.«

»Ist er …«

»Er lebt. Lehnt dort an der Tür wie ein Sack toter Fische. Aber ich möchte nicht hier sein, wenn er aufwacht. Ich habe wenig Lust, den Henkersblock mit dir zu teilen, Jón.«

»Keiner von euch wird auf dem Henkersblock landen.« Katríns Stimme klang hart und ihre Wut war deutlich zu spüren. »Gegen Morgen wirst du schon lange fort sein.«

»Ich … Wo soll ich denn hin?«

»Sag's mir nicht«, meinte Pétur. »Wenn ich aufgegriffen werde, will ich nicht, dass sie deinen Aufenthaltsort aus mir herausprügeln oder ihn mir auf andere Weise abpressen.«

»Wir verschwinden nicht gemeinsam?«

»Mein Gesicht wäre unser Todesurteil. Ich werde diesem *Teufel Pétur aus Stykkishólmur* immer zu sehr gleichen.« Er grinste mich an, und kurz blitzten seine Zähne in der Dunkelheit auf. »Ohne mich und mit einem längeren Bart kommst du vielleicht durch.«

»Aber du ...« Mein Herz fiel ins Bodenlose. Er hatte sein eigenes Todesurteil unterschrieben, durch das, was er für mich getan hatte. »Ich kann nicht zulassen, dass ...«

»Es ist bereits geschehen. Rósa und Katrín werden ganz unschuldig tun und sich um Olaf kümmern, wenn er aufwacht. Es wird so aussehen, als hätte ich dich durch das Loch in der Wand befreit, während die beiden bei Olaf waren. Und Katrín wird Egills Männer gerne auf meine Spur ansetzen statt auf deine, nicht wahr, Katrín?«

Das war nicht, was ich wollte, doch ich konnte unmöglich die Verzweiflung äußern, die der Gedanke in mir auslöste, dass man ihn meinetwegen durch ganz Island jagen würde.

»Und jetzt müssen wir Abschied nehmen«, sagte Pétur. In der Dunkelheit war sein Gesichtsausdruck nicht zu erkennen. Er legte mir einen Umhang um die Schultern und drückte mir ein Bündel in die Hand. »Hier sind ein paar Dinge, die Rósa dir im Haus zusammengesucht hat.« Dann steckte er mir je ein Messer in meinen Gurt und in einen meiner Stiefel.

»Du brauchst doch auch Waffen«, protestierte ich.

»Ich habe vier.« Wieder sah ich seine Zähne im schwachen Licht aufblitzen. »Und jetzt beeil dich.«

Ich zog Rósa kurz an mich und umarmte sie fest. »Verzeih mir«, murmelte ich ihr ins Ohr.

Ihr Gesicht war nass, ob von Tränen oder vom Regen, konnte ich nicht sagen. Sie nickte stumm.

»Auf dem Dachboden habe ich Münzen versteckt«, sagte ich. »Genug Silber, damit du nach Skálholt zurückkehren kannst.« Ich spürte, wie sie sich in meinem Arm versteifte, und fügte schnell hinzu: »Nur, wenn du willst. Das Gehöft gehört dir. Egill wird versuchen, es an sich zu reißen, aber du kannst dein Recht vorm Althing verteidigen. Du kannst bleiben oder gehen, ganz, wie du willst.«

»Ich … Danke, Jón.«

Ich zwang mich zu einem Lächeln. »Da siehst du mal, was für ein großzügiger Ehemann ich sein kann.«

Ihr kurzes Auflachen klang tränenerstickt. Dann drückte sie mir einen Stein in die Hand, auf dem ich im fahlen Mondlicht die Umrisse von Runen ausmachen konnte. »Möge er dich beschützen«, flüsterte sie.

Ich nickte und wandte mich Katrín zu, deren harter Gesichtsausdruck ihre unterdrückte Wut verriet. Ich hatte Anna verraten, ich hatte sie nicht beschützen können, und ich hatte gelogen. Dennoch umarmte sie mich fest und murmelte: »Du kannst die Sache noch richten. In Thingvellir gibt es jemanden, der Anna etwas schuldig ist.«

»Ich weiß.«

»Komm, beeil dich, ehe Olaf aufwacht«, mahnte Pétur und zog mich fort. Wir liefen los, in Richtung Helgafell, in die weite, offene Landschaft.

Der Schmerz in meiner Seite ließ mich langsamer werden, und Pétur drosselte sein Tempo, um es dem meinen anzupassen. Wir schwiegen. Was hätten wir in einem solchen Moment auch sagen sollen?

Ich wünschte, ich hätte ihm meine Sehnsucht Jahre zuvor offenbart. So viele Atemzüge gesammelten Schweigens, so viele schmerzerfüllte Tage, voller Verlangen und Angst. Selbst jetzt, wo ich wusste, dass ich ihn nie wiedersehen würde, konnte ich mein Herz nicht öffnen. Besser war es, zu schweigen, es nie zu wissen.

Ich würde meine Seele nicht entblößen, nur um sie durch angewiderte Verachtung in seinem Gesicht zerstört zu sehen.

Ich dachte an ein Insekt, das ich einmal gesehen hatte. Es

sah aus wie eine Motte, war jedoch zarter und so herrlich gefärbt, als wäre es von einem Mönch bemalt worden, der sich beim Illustrieren seiner Manuskripte gelangweilt und daraufhin beschlossen hatte, die Geschöpfe Gottes zu verschönern. Das Wesen war auf einen Busch geflattert, wo ich es mir einige atemlose Momente genau anschaute, während es zitternd verharrte, dann weiterflog. Mich verlangte, dieses Wunder näher zu betrachten, und so hob ich es auf, so sanft ich konnte, und doch sah ich, dass seine zarten Flügel unter meinen Fingern zerrissen. Als das Wesen weiterzufliegen versuchte, ging es trudelnd zu Boden, wo es liegen blieb und vergeblich seine herrlichen zerstörten Flügel bewegte. Schließlich zertrat ich es im Dreck. Es schien mir grausam, seinem Leiden noch länger tatenlos zuzusehen. Doch seither habe ich mir häufig gewünscht, ich hätte es in Ruhe gelassen.

Ich würde mein Herz nicht offenbaren, nur um es dann im Dreck zertreten zu müssen.

Als wir den Gipfel des Helgafell erreicht hatten, hielt Pétur an und wandte sich mir zu. »Ich weiß, dass du von hier nach Süden gehst. Aber ich will nicht, dass du mir mehr erzählst.«

»Auch ich will nicht wissen, wohin du gehst. Obgleich …« Ich schaffte es nicht, ihm in die Augen zu schauen. »*Nichts* könnte mich dazu bringen, dich zu verraten. Nicht die Folter, nicht der Tod.«

Er seufzte, dann schloss er mich in die Arme und hielt mich an sich gedrückt, so fest, dass ich das Schlagen seines Herzens in meiner Brust spürte. Sein fester Leib schien wie die muskelartige Form der Landschaft. Er neigte den Kopf vor, bis seine Stirn die meine berührte. Vier lange Atemzüge verharrten wir so. Ich schloss die Augen und sog den sauberen Duft seines Schweißes ein.

Mein Herz lag spitz wie ein Glassplitter in meiner Brust.

»Pass auf dich auf, Jón«, sagte er.

»Und du auf dich«, flüsterte ich.

Während ich jetzt in meiner Höhle hocke und auf meine Henker warte, bin ich froh, unendlich froh, dass ich geschwiegen habe. Wenn meine Zeit kommt, wird mein letzter Gedanke zu dieser Umarmung fliegen, zu dem zarten, sehnsüchtigen Verlangen, das zwischen uns hing. Ich bin froh, dass ich es nicht mit Worten zerstört habe.

Vom Höhleneingang dringt ein Geräusch zu mir. Ich packe das Messer in meiner Hand fester und spähe angestrengt in die Dunkelheit. Sehe ich da nicht einen schwärzeren Schatten, der sich bewegt? Ich blinzele, doch die Dunkelheit bleibt undurchdringlich.

Doch dann bin ich mir sicher: Ich höre das leise Zischen eines Atemzuges. Ohne zu zögern, springe ich vor, das Messer bereit. Meine Hände bekommen Stoff und Haut zu packen, meine Finger legen sich um einen Hals, ich hole mit dem Messer aus, um zuzustechen.

»Halt ein!«

Ich zögere. Die Stimme klingt vertraut, dabei ist das unmöglich.

»Lass mich los!«, keucht der Mann.

Das tue ich. Und dann breche ich zusammen.

Das Messer fällt scheppernd zu Boden. Es ist unmöglich. Und doch…

»Pétur?«

Ich höre ein Husten und das Klicken eines Flintsteins, dann sehe ich einen Funken in der Dunkelheit.

Péturs Gesicht wird sichtbar. Wie meines ist es blau und blutig geschlagen, und als er lächelt, sehe ich, dass ein Zahn abgebrochen ist.

»Nur dass du Bescheid weißt: Ich habe keine Lust, durch Erwürgen zu sterben.«

Ehe ich auch nur einen klaren Gedanken fassen kann, werfe ich mich auf ihn. Es ist mir gleich, ob er mich zurückstößt. Doch er schlingt seine Arme um mich, als sei auch er ein Ertrinkender und ich ein Stück Treibholz, das eine freundliche Seele ins tückische Meer geworfen hat.

Als er sich aus der Umarmung löst, ist sein Gesicht ernst. »Du hast also Oddurs Gehöft einen Besuch abgestattet.«

Ich weiß, dass er an die beiden Männer am Strand vor all den Jahren denkt. Und dass der Mord an Oddur mich zu einem heimtückischen und gewalttätigen Verbrecher gemacht hat, der kaum besser ist als die Männer, die ich getötet habe. Ich kann Pétur nicht in die Augen schauen.

Doch in seiner Stimme liegt keine Anklage, nur zärtliche Anteilnahme. »Dein Gesicht … Deine Wunden müssen gereinigt werden.«

Ich versuche, seine Hand fortzuwedeln, doch er zieht eine kleine, mit einer Flüssigkeit gefüllte Flasche hervor – *Brennevín*, dem Geruch nach zu urteilen –, kippt etwas davon auf seinen Umhang und tupft mir damit das Gesicht ab. Als ich zurückzucke, hält er mein Kinn fest. »Herrgott, halt doch mal still, Mann.«

In seinem starken Griff fühle ich mich unendlich geborgen.

»Ich kann dir nicht sagen, wie sehr ich mich danach gesehnt habe, bei dir zu sein«, flüstert er so leise, dass ich mich frage, ob ich es mir eingebildet habe. Doch seine Worte sind die Axt, die das Eis in mir zum Bersten bringt. Eine Träne rinnt mir die Wange hinab. Er wischt sie fort, berührt dann mit den Fingern seine Lippen.

»Du schmeckst nach Meer. Und nach Dreck.« Er grinst und fährt fort, sanft meine Wunden zu säubern.

Als er fertig ist, nehme ich meinen Umhang, um Péturs Wunden zu reinigen. Die schlimmste ist ein klaffender Schnitt über seinem linken Auge. Ich wische sacht darüber. Der Gedanke an seinen Schmerz tut mir weh.

Er bemerkt, dass ich zusammenzucke. »Der Mann, der das getan hat, hat jetzt keine Finger mehr.«

Ich weiß nicht, ob er das ernst meint, aber ich hake nicht nach.

»Kannst du laufen?«, fragt er.

Ich schüttele den Kopf. »Beim Kampf mit Oddur ist meine Wunde am Bauch wieder aufgebrochen.« Ich hebe mein Hemd.

Er holt scharf Luft, schluckt hörbar, reinigt die Wunde dann mit den letzten Tropfen *Brennevín*. Während Pétur mich abtupft, erklärt er: »Wir müssen hier weg. Du hast einen deutlichen Trampelpfad von Oddurs Gehöft hierher hinterlassen.«

»Du bist derjenige, der wegmuss. Ich habe keine Kraft mehr.«

Er nickt langsam, lässt sich dann zu Boden sinken, verschränkt die Hände hinter dem Kopf und schließt die Augen.

»Was machst du da?«

»Ich warte mit dir auf den Tod.«

Ich rede auf ihn ein, verfluche ihn, nenne ihn einen Narren und flehe ihn an zu gehen. Ich heule fast, während ich ihn aus der Höhle zu schieben versuche, aber es ist, als wollte ich die Erde selbst bewegen.

»Entweder ich gehe mit dir, oder ich sterbe mit dir«, sagt er. »Du hast die Wahl.«

Ich vergrabe meinen Kopf in den Händen, atme dann langsam aus und humpele zum Höhlenausgang.

Er klopft mir auf den Rücken. »Und ich dachte schon, du hättest dein Hirn in Oddurs Gehöft zurückgelassen, neben dem seinen.« Pétur grinst hämisch. Dann legt er sich meinen Arm um die Schulter, und zusammen stolpern wir, humpelnd und geschlagen, den Hügel hinauf, fort von Thingvellir.

»Du bist ein guter Mann«, murmele ich.

»Ich bin ein Teufel. Hat man dir das nicht gesagt?« Ein Lächeln liegt in seiner Stimme.

Ich bleibe stehen und wende mich ihm zu. »Nein, im Ernst: Ich bin stolz, dich gekannt zu haben.«

Pétur schürzt die Lippen. »Wenn du weitersprichst wie ein Mann auf dem Sterbebett, werde ich dich zur Vernunft bringen müssen. Zwing mich nicht dazu, dich zu schlagen, Jón. Ich bin müde.«

Ich lächele ihn an, und dabei nehme ich im Augenwinkel eine Bewegung wahr. Angestrengt spähe ich in die Ferne. Zwei Männer, die in unsere Richtung kommen.

Pétur folgt meinem Blick. »Wir müssen ein wenig Tempo zulegen.«

Am späten Morgen pocht meine Wunde. Immer wieder stolpere ich und falle auf die Knie. Gelegentlich verlieren wir unsere Verfolger aus dem Blick. Doch dann tauchen sie wieder auf, und jedes Mal haben sie ein wenig aufgeholt.

Schließlich bleibt Pétur stehen. Einen Augenblick lang glaube ich, dass er nun ohne mich weitergehen will. Doch ohne ein Wort zu sagen, hebt er mich hoch und setzt seinen Marsch fort, mit mir in seinen Armen. Es muss die Hölle für ihn sein. Er beißt die Zähne zusammen und zählt, als könnte er damit seine Schmerzen verdrängen.

»Lass mich runter«, keuche ich. »Lass mich zurück und bring dich in Sicherheit.«

Er schüttelt den Kopf.

Er muss oft anhalten. Jedes Mal rede ich auf ihn ein oder versuche, selbst zu laufen. Doch ich gerate sofort ins Stolpern und muss mich vornüberbeugen vor Schmerzen. Dann hebt Pétur mich wieder hoch und trägt mich weiter und immer weiter.

Das ist Liebe, geht mir auf. Dieses kaputte Vorwärtswanken von einem, der einen anderen trägt, trotz Erschöpfung, trotz Schmerzen und der bösen Blicke der Welt.

Wenn wir lieben, ist jeder von uns ein Kreuz, ist jeder ein Jesus Christus.

Der Gedanke ist gotteslästerlich. Doch das ist mir egal. Ich bin plötzlich hellwach. Nachdem ich mein Lebtag wie gefroren unter einer Eisschicht verbracht habe, fühle ich mich jetzt, wo ich mich Schritt für Schritt vorwärtsschleppe oder mühselig durch die Dunkelheit getragen werde, vollkommen warm und lebendig.

Pétur trägt mich durch die Nacht. Als wir anhalten, sickert graues Licht über den Horizont. Wir können unsere Verfolger nicht mehr sehen, aber sie sind dort draußen und kommen uns mit jedem Atemzug näher.

Teil Sieben

Nackt ist der Rücken eines Mannes ohne Bruder.

Isländisches Sprichwort aus der
Saga von Njáll

RÓSA

Skálholt, Dezember 1686

Auf der Hügelkuppe angekommen, zügelt Rósa Hallgerd und lässt den Blick über die offene Ebene schweifen, die einmal ihr Zuhause war. Alles wirkt so viel kleiner. Die Gehöfte sind schäbig, schmiegen sich geradezu verlegen an den Boden.

Páll muss bereits vor Tagen weitergezogen sein. Als sie versucht, sich eine Zukunft ohne ihn auszumalen, kommt es ihr vor, als würde sie auf eine Eiswüste blicken. Vielleicht ist er gen Osten gezogen. Vielleicht wird er eines Tages zurückkehren. Vielleicht …

Sie schließt die Augen und horcht auf die Vögel, die über ihr kreisen. Nach der klirrenden Kälte müssen die Raben ganz ausgehungert sein, aber wenn es nun taut, werden sie wieder reichlich Beute finden.

Sie hätte Stykkishólmur eher verlassen sollen, doch war sie nach Jóns Flucht noch drei Tage geblieben und hatte versucht, den Mut zu finden, Egill von Annas wahrem Ende zu berichten. Vielleicht konnte Jón dann zurückkehren. Rósa hatte sich eingebildet, sie könne die Vergangenheit und die Zukunft ändern, indem sie die Wahrheit sprach. Sie hatte sich die Art ruhiger Ehe ausgemalt, die sie sich immer erhofft hatte: die eintönige Plackerei bei den täglich anfallenden Aufgaben, das Warten auf die Rückkehr ihres Mannes vom Feld oder von der See. Sie hatte von einem Leben geträumt, das vorhersehbar, ereignislos und sicher war.

»Egill wird dich nicht anhören«, sagte Katrín. »Der Gedanke, dass Jón Anna nichts getan hat, passt ihm ganz und gar nicht in den Kram. Er hat nur Ohren für Jóns Schuld.«

Sie hatte natürlich recht, das wusste Rósa. Egill hatte geschäumt, als er von Jóns Flucht erfahren hatte. Er hatte sie und Katrín scharf verurteilt und ihren Beteuerungen, sie wüssten von nichts, keinen Glauben geschenkt. Er hatte Rósa sogar das Gehöft angeboten, auch wenn es nach geltendem Recht ohnehin ihr gehörte, wenn sie ihm nur verriete, wohin ihr Mann geflohen sei. Doch ihre Lippen blieben versiegelt. Stykkishólmur war für sie nichts als Dunkelheit.

Nach drei langen einsamen Nächten beschloss sie, nach Skálholt zurückzukehren. Sie wollte nach Hause. Zu ihrer Mutter. Sie wagte nicht zu hoffen, dass sie Páll eines Tages wiedersehen würde.

Rósa hatte versucht, Katrín zum Mitkommen zu überreden.

»Ich gehöre hierher«, war alles, was diese darauf erwiderte.

Und in der Stille zwischen den Worten, die Katrín nicht aussprach, schwebten die Sehnsucht nach ihrer Tochter Dora und die Hoffnung, sie eines Tages wohlbehalten wiederzusehen.

Rósa erinnerte sich an den Glanz in Katríns Augen, als sie erfahren hatte, dass Anna, wenn auch nur kurz, von den Toten auferstanden, wie eine Elfe aus den Tiefen der Landschaft aufgetaucht war. Rósa wusste, dass darin nicht nur Katríns Freude über Annas Rückkehr lag, sondern diese auch ihre eigene unendliche Sehnsucht und diese winzige Saat der Hoffnung nährte, die alle Eltern eines verschwundenen Kindes in sich tragen:

Eines Tages kehrt sie zurück.

Also hatte Rósa Katríns Wange geküsst, Hallgerd gesattelt und sich allein auf den Weg in Richtung Süden, nach Skálholt, gemacht.

Abends bat sie um einen Schlafplatz im Stall und schmiegte sich an ihre warme Stute. Sie aß getrockneten Fisch und trank Wasser aus Bächen. Unter dem offenen Auge des Himmelsgewölbes kam sie sich winzig vor und unendlich frei. Es war, als würde ihr zukünftiges Ich sie beobachten. Sie konnte das

Pünktchen Leben sehen, das über die Hügel ritt, konnte seine Bedeutungslosigkeit in jener zersplitterten Welt erkennen, in der das Land Menschen nach Belieben verschwinden oder auftauchen ließ, wie von Zauberhand.

Während sie nach Hause ritt, überlegte sie, ob Páll wohl die vollen drei Tage abgewartet hatte oder sofort weitergezogen war. Vielleicht hatte er ihrer Mutter sein Ziel verraten. Vielleicht würde er, wenn sie nur lange genug in Skálholt ausharrte, irgendwann zurückkehren. Ihr Pflichtgefühl gegenüber Jón war für sie wie ein Anker: Sie war gebunden, dabei aber sicher. Der Wirbelsturm ihrer Leidenschaft für Páll aber wirkte entwurzelnd, schwindelerregend, entblößend.

Doch so gefährlich er auch war, sie konnte nicht von ihm lassen.

Es gibt eine Liebe, die ist tief genug, um das ganze eigene Sein darin eintauchen zu lassen. Wenn Rósa in Pálls Nähe war, verschwamm die Welt um sie herum zu blausamtigen Schatten und tiefen Echos. Doch diese Liebe, die ihren Körper so zart umwogte, konnte auch in Mund und Nase und Hals eindringen, bis ihre Lunge damit gefüllt war und sie inmitten lachenden Luftholens plötzlich merkte, dass sie schon lange ertrunken war und sich auf einem Bett aus Algen befand, hinauf ins Licht starrte, dass sie auf ewig dort festsaß, gehalten durch die Größe und das Gewicht ihrer Liebe.

Während sie gen Süden zog, ließ sie ihre Finger durch Hallgerds Mähne gleiten und versuchte, nicht zu denken.

Und jetzt ist sie da. *Zu Hause.*

Doch es fühlt sich fremd an, als hätten sich während ihrer Abwesenheit sämtliche Formen verändert. Oder als wäre sie wie ein Stein, der vom Felsen gerissen wird, durch das Zerren und Ziehen der Strömungen so in Mitleidenschaft gezogen worden, dass sie den Platz im Felsen nicht mehr finden kann, an den sie einst gepasst hatte.

Sie presst Hallgerd die Fersen in die Flanken, bis sich die Stute in Gang setzt und den Hügel hinuntertrabt.

Es ist noch früh und still in ihrem Dorf, sodass sie das Gehöft ihrer Mutter erreicht, ohne gesehen zu werden.

Sigridúr schläft noch. Ihr Schnarchen füllt das kleine *Baðstofa*. Im Schlaf wirkt ihr Gesicht alt und zerbrechlich: Ihr Mund steht offen, und ihre Haut scheint dünn wie knittriges Pergament. Doch ihr Atem geht leicht, das Rasseln ist verschwunden.

Rósa überkommt eine Woge der Erleichterung und der Zuneigung. Sie setzt sich auf die Kante des Bettes, in dem sie früher geschlafen hat, und gibt ihrer Mutter einen Kuss auf ihre runzelige Wange.

Sigridúr schlägt erschrocken die Augen auf. Dann entfährt ihr ein leiser Aufschrei, und sie breitet die Arme aus. »Rósa!«, ruft sie. »Ach, Kind, ich dachte …« Und dann küsst Sigridúr sie wieder und wieder und berührt sie mit ihren zitternden Händen. »Warum?«

»Ich … ich war in Sorge um dich. Nach dem vielen Schnee.«

Es gäbe noch so viel zu sagen, so viel zu erzählen, aber jetzt schließt sie erst einmal die Augen und atmet das Gefühl von Sicherheit ein. Eines Tages, wenn sie sicher ist, dass Sigridúrs Gesichtsausdruck nicht hart werden und ihre Mutter sie nicht als einen anderen Menschen sehen wird, wird sie ihr die Wahrheit erzählen.

Doch einiges will sie für sich behalten. Sie nimmt sich vor, jeden Tag aufs Neue zu entscheiden, welche Wahrheiten sie offenbart. Und nach und nach werden die Geschichten, die sie erzählt, zur Wahrheit werden. Auf diese Weise wird sie mit der Person, die sie geworden ist, leben können. Sie ist eine Frau, die Gewalt anwenden kann. Sie ist eine Frau, die getan hat, was notwendig war. Sie ist eine Frau, die überlebt hat.

Sie weiß nun, dass die Wahrheit nicht fest ist wie die Erde. Die Wahrheit kann Wasser oder Dampf oder auch Eis sein.

Eine Geschichte kann jederzeit in Bewegung geraten, sich verflüssigen, verdampfen oder zu etwas anderem werden.

Und so spart sich Rósa ihre Worte, nimmt sich stattdessen eine Schüssel Fleischeintopf und zwei Löffel und klettert dann zu ihrer Mutter ins Bett. Sie rücken eng aneinander, um sich gegenseitig zu wärmen, wie früher.

Am Nachmittag macht sie sich auf die Suche nach Páll. Sigridúr hat berichtet, er sei einige Tag zuvor zurückgekehrt, habe ihr jedoch nichts erzählen wollen, sondern nur gemeint, Rósa sei in Sicherheit.

Er ist noch hier! Rósa wagt nicht, sich mehr zu erhoffen, als ihn noch einmal wiederzusehen. Dennoch macht sich eine schmerzhaft brennende Vorfreude in ihr breit, während sie nach ihm sucht.

Sein Gehöft steht leer, die Räume sind dunkel, alles wirkt verlassen. Mit Herzklopfen rennt sie wieder hinaus in die Kälte, ruft seinen Namen. Ihre Stimme hallt von den Bergen zurück, die kalt und abweisend auf sie herabschauen, während sie in Richtung Fluss läuft und wieder und wieder nach ihm ruft.

Die Leute stecken die Köpfe aus ihren Katen, zeigen auf sie, tuscheln und stoßen sich gegenseitig an, als sie vorüberrennt. Rósa ist es egal. Denn was sie für Páll empfindet, ist nagender Hunger. Nicht Liebe, nicht Begehren, sondern ein grundlegendes *Bedürfnis*. Und wie das Bedürfnis nach Essen ist es unbezähmbar. Seine Abwesenheit fühlt sich an wie weiße Leere in einem Buch, als hätte sein Name neben dem ihren auf einigen Seiten der alten Sagas gestanden und wäre nun gründlich ausradiert worden, bis jede Spur getilgt ist.

Sie rennt zur Hvítá, weil er einfach dort sein muss, an dem Ort, an dem sie immer zusammensaßen, an dem sie ihm vorgelesen hat, an dem er sie zum ersten Mal so angeschaut hat, als gebe es für ihn auf dieser Welt nur sie.

Und dann steht er plötzlich vor ihr, als hätte ihn die Hitze ihres Bedürfnisses erschaffen. Mit hängenden Schultern steht er am Fluss und starrt ins rauschende, strudelnde Wasser. Sie kann ihn lesen wie ein Buch. Ihr Herz klopft heftig in ihrer Brust. Sie verlangsamt ihre Schritte, streicht sich das Haar glatt, holt tief Luft.

»Das wäre heute aber ein besonders kalter Tod«, sagt sie, als sie hinter ihm steht.

»Rósa!« Seine Augen leuchten auf. Er breitet die Arme aus, und sie streckt ihm die Hände entgegen. Mit einem Mal verblassen all ihre Sorgen. Ihre Angst vor seinem Urteil, ihre Schuldgefühle. Die Gedanken an ihren Mann, an die Ereignisse in Stykkishólmur rücken in den Hintergrund, scheinen unter Eis begraben. Sie gehören einem anderen Leben an. In diesem Moment existiert nur seine Nähe, seine Wärme.

»Ich hatte solche Sorge, du könntest schon fort sein«, murmelt sie gegen seine Brust.

»Ich hätte ewig hier gewartet und gehofft, dass du kommst.« Seine Worte vibrieren in ihr wie die ersten Strömungsbewegungen unter gefrorenem Eis.

Er drückt sie fest an seine Brust, küsst ihr Haar, ihre Wangen, ihre Stirn. Und sie beginnt, seine Küsse zu erwidern, eilige, ungestüme, ungelenke Küsse, die sie beide zum Kichern bringen, sodass sie sein Lachen tief in ihre Lunge einatmen kann.

Am nächsten Tag humpelt Snorri Skúmsson auf sie zu und nimmt ihren Arm.

»Weiß dein Mann eigentlich, dass du hier bist, Rósa?«

Früher wäre sie bei einer solchen Frage errötet, hätte eine Ausflucht gestammelt und wäre davongehuscht. Jetzt schaut sie dem alten Mann fest in die Augen und meint kühl: »Das muss nicht deine Sorge sein.«

Snorris buschige graue Augenbrauen wackeln. »Oh, doch, das muss es. Dein Mann schickt uns Lebensmittel. Wenn du hier herumscharwenzelst, mit klimpernden Wimpern und schwingenden Röcken, dann bringst du uns alle in Gefahr.«

Ihr Magen verkrampft sich, aber sie bringt dennoch heraus: »Klatsch ist eine Sünde, Snorri. Pass auf, dass du es dir nicht mit dem Bischof verscherzt.«

»Es gibt schlimmere Sünden als Klatsch«, spuckt er aus. »Und zwar solche, über die es sich zu klatschen lohnt.«

Rósa marschiert davon, aber sie hört noch, wie er ihr etwas von Sittsamkeit und Ehebruch hinterherruft.

Sie fragt sich, wo sich Jón wohl gerade aufhält und ob er in Sicherheit ist. Jetzt, da sie sich nicht mehr in seinem Schatten befindet, kann sie ihren Mann als den erkennen, der er ist: ein Mann, der in ständiger Angst lebt, der um sein Überleben kämpft in einer Welt, die ihn in Stücke reißen würde. Sie hofft, dass er Frieden gefunden hat.

Rósa fährt mit dem Finger über die kleine gläserne Frauenfigur in ihrer Tasche. Sie ist alles, was ihr von Jón geblieben ist. An der Stelle, an der der Arm abgebrochen ist, ist das Glas scharf. Sie presst ihren Daumen dagegen, bis er blutet. Wie zerbrechlich doch der Körper ist, denkt sie. Und welch starken Willen man braucht, um zu überleben.

Wenn Sigridúr es nicht sieht, reibt sich Rósa mit der Hand über den Bauch, der jeden Tag ein wenig stärker schmerzt. Seit sie im September mit Jón das Bett geteilt hat, hatte sie keine Regel mehr. Eines Tages, in nicht allzu ferner Zukunft, wird ihr geschwollener Bauch ihr Geheimnis offenbaren. Doch noch gehört es ihr und ihr allein und ist sicher vor dem Tratsch und den scheelen Blicken der Welt.

Eines kalten Morgens, kurz nachdem sie mit *Skyr* und getrocknetem Fisch ein karges Weihnachtsfest gefeiert haben, an einem Tag, an dem die Sonne kaum hinter der Wolkenkrypta zu erahnen ist, kommt ein Händler ins Tal hinuntergeritten.

Sein Pferd ist schwer beladen mit Taschen voller Leinen, Messern und Metalltellern, Seifensteinen, Holzlöffeln und anderen Luxusartikeln. Die Dorfbewohner scharen sich um ihn und pressen ihm entweder Stückchen von Silbermünzen und Ellen von Stoff in die Hand oder handeln mit ihm: dieses Huhn gegen jenen Teller, dieses Wollknäuel gegen jenes winzige Salztöpfchen.

Während Geld und Waren die Besitzer wechseln, werden auch Neuigkeiten ausgetauscht. Rósa erfährt, dass sich große Eisschollen vor der Küste türmen, die Versammlung des Althing früher stattfindet als sonst und die Ernten im ganzen Land schlecht ausgefallen sind, weshalb die Menschen überall hungern und sterben.

Die Dorfbewohner seufzen, schütteln den Kopf und wenden sich ab, in den Händen ihre Beute.

Rósa trödelt herum, bis alle anderen fort sind und der Händler schon seinen Aufbruch vorbereitet. In ihrer Tasche befindet sich eine einzelne Silbermünze, schwer und unversehrt.

»Was haben Sie in diesem Beutel?«, fragt sie. Wenn sie ihn in ein Gespräch verwickelt, erfährt sie vielleicht Neuigkeiten aus Stykkishólmur.

Der Händler grinst, zwinkert ihr zu, schnürt den Beutel auf und lässt etwas Glänzendes auf Rósas Handfläche gleiten. Im ersten Augenblick fühlt es sich so kalt an, dass Rósa es für Wasser hält. Doch der Gegenstand in ihrer Hand ist fest, und in seiner Mitte erkennt sie eine dunkle ovale Form.

Es ist ein Stück Glas, das in seiner Form grob der Gestalt einer Frau gleicht. Rósa erkennt die Strähnen ihres langen Haars. Doch es ist die dunkle Form im Glas, die Rósa den Atem verschlägt: ein winziges Stück Holz, aus dem jemand liebevoll die Figur eines Babys geschnitzt hat. Es hat vollkommene kleine Beine, die ganz nah an seine Brust gezogen sind, hält eine Hand dicht an sein Gesicht und lutscht am Daumen. Seine winzigen Augen sind geschlossen. Der Glasmacher muss die gläserne Frauenfigur am Hals und an den Beinen zusammengedrückt haben, bis das Kind in der Höhle ihres Bauches frei schwimmen konnte.

»Das ist wunderschön«, haucht Rósa. »Wie ist das Holz in die Glasfigur geraten?«

»Keine Ahnung«, meint der Händler. »Hab's einem Kerl im Norden abgekauft, und der wusste es auch nicht. Scheint eigentlich nicht möglich.«

»Wie wahr«, sagt Rósa leise.

Glas und Holz: das eine hart, aber zerbrechlich, das andere nachgiebiger, aber stärker. Die Verbindung von beidem scheint schier unmöglich. Und doch hält sie genau diese in ihrer Hand. Die hohle Glasfigur bewahrt das Holz vor Nässe und Fäulnis. Wenn die Figur zerbricht, wird das Holzstück verrotten, doch solange die gläserne Frau unversehrt bleibt, kann sie den hölzernen Säugling schützen.

Rósa fischt die Münze aus ihrer Tasche. Die Augen des Mannes weiten sich, als er das große Silberstück sieht, aber er nimmt es mit einem Nicken an sich. Sein breites Grinsen lässt darauf schließen, dass er mit dem Handel sehr zufrieden ist.

»Sie haben gesagt, Sie seien aus dem Norden gekommen«, sagt sie wie nebenbei. »Waren Sie auch in Stykkishólmur?«

Er schüttelt den Kopf, und sie ist enttäuscht. »Ich versuche, mich von dort oben fernzuhalten. Die Leute sind abergläubisch, seltsam. Sie bleiben lieber unter sich und sind Händlern, die sie nicht kennen, gegenüber eher misstrauisch.«

Sie seufzt und will mit der kleinen Glasfigur in der Hand schon davongehen, als er sie zurückruft. »Ich hab da aber etwas gehört, von einem anderen Händler. Ist wohl nur Geschwätz.«

Sie wendet sich ihm wieder zu. »Was denn?«

»Am Strand ist ein Mann gefunden worden. War dort oben wohl eine ziemlich wichtige Persönlichkeit, aber ich hab seinen Namen vergessen. Es heißt, er hätte einen aus dem *Huldufólk* als Gehilfen gehabt. Und er soll zwei Ehefrauen ermordet haben und auf der Flucht gewesen sein.«

Rósas Herz erstarrt zu Eis. Sie stellt sich Jón in Gefangenschaft vor, wie er auf seine Hinrichtung wartet. Oder vielleicht bringt Egill Olaf dazu, ihm eine brutale Bestrafung zuteilwerden zu lassen. »Wohin haben sie ihn gebracht? Wo ist er jetzt?«

Der Händler kneift die Augen zusammen. »Na ja, er ist eben tot. War schon tot, als man ihn entdeckte. Ich dachte, das hätte ich gesagt. Angeblich ist er ertrunken. Er lag einfach am Strand, und sein Boot war fort. Wahrscheinlich gestohlen. Die Leute sagen, er lag unter einer Decke, als man ihn fand. Das scheint mir seltsam. Oje, ist Ihnen nicht gut? Hier, ich stütze Sie.«

Er hält sie am Arm, während sie versucht, sich zu fassen, und dabei die Glasfigur so fest drückt, dass sie schon Sorge hat, sie könnte zersplittern.

»Ich wollte Sie nicht beunruhigen. Manchmal vergesse ich, wie zartbesaitet Frauen sind.«

Sie schüttelt den Kopf. »Nein, nein … Es geht mir gut. Ich … ich muss los.«

Mit diesen Worten macht sie auf dem Absatz kehrt und rennt davon, keuchend und atemlos, bis sie die Hvítá erreicht. Das Wasser schäumt und rauscht an ihr vorüber. Kalte Gischt benetzt ihre Wangen und drängt sich ihr in die Lunge, kriecht ihr in die Knochen, bis sie das Gefühl hat, sie würde langsam von innen her erfrieren.

Rósa krümmt sich und heult auf. Sie umschlingt ihren Bauch mit den Armen, um ihrem vaterlosen Kind ein wenig Wärme zu geben. Aber sie fühlt sich wie versteinert, wie zu

Eis gefroren, wie die gläserne Frauenfigur, die sie in ihren tauben Fingern hält. Sie umklammert dieses Urfragment aus dem Herzen der Erde, das von der Zeit zerrieben und vom Feuer verwandelt wurde in etwas Wunderbares und Unmögliches, das mit den pulverisierten Steinen von einst nichts mehr gemein hat.

Als Páll sie findet, dämmert es bereits. Ihr ganzer Körper zittert vor Kälte.

Der Fluss lockt mit seinem donnernden Rauschen. Er verspricht einen Moment der Gewalt, gefolgt von eisiger Stille.

Sie wendet dem Wasser den Rücken zu. Ihr Ehemann ist tot. Jetzt gehört sie nur noch sich selbst, zum ersten Mal. Sie breitet die Arme aus und spürt ihre Reichweite und das Gewicht ihrer Glieder. Sie holt schaudernd Luft und schlingt ihre Arme um sich.

Páll wischt ihr die Tränen von den Wangen. »Deine Haut wird vereisen«, sagt er mit einem schiefen Lächeln. »Wein dich doch bitte nicht zu Tode, Rósa.« Dann legt er ihr seine warmen Hände an die Wangen, beugt sich vor und küsst ihre Nasenspitze.

Bei seiner Berührung zerbricht etwas in ihr.

Endlich schaut sie ihn an. Und der schwindelerregende Blitz, der sie durchfährt, als sie in seine Augen schaut, lässt sie sprachlos zurück. Sie legt ihm die Arme um den Hals, er umfasst ihre Taille, und ihr gesamter Körper drängt sich ihm entgegen – ihr Blut, ihre Knochen, ihr Herz, ihr Atem. Ihre Muskeln, die plötzlich wie Wasser sind.

Er führt sie den Pfad am Fluss entlang bis zu einer nahegelegenen Höhle, die niemand aus dem Dorf je aufsucht. Dort legt er seinen Umhang auf den Boden. Sie sinkt nieder, und er legt sich neben sie und bettet ihren Kopf auf seinem Arm. Sie denkt, sie weint vielleicht, oder es könnten seine Tränen sein oder auch Wassertropfen, die auf ihren Körpern trocknen.

Und dann spürt sie nur noch einen Wirbel aus Schweiß und Hitze und sein Gewicht und seine Gestalt auf ihr, und sie hört sein Stöhnen, als er in sie eindringt.

Er hält inne, legt seine Stirn an die ihre, schaut ihr lächelnd tief in die Augen. Und dieser wortlose Moment, in dem er sie wirklich sieht, sie erkennt, durchströmt sie. Sie stöhnt auf und küsst ihn immer wieder, nimmt seinen Schrei in sich auf, sodass er in ihrer beider Körper widerhallt.

Danach legt Páll ihr eine zitternde Hand auf die leichte Wölbung ihres Bauches. Rósa legt ihren Kopf auf seine Brust. Jeder Quadratzentimeter seines Körpers ist ihr so vertraut wie das Land unter ihnen.

Er küsst sie abermals, streicht ihr übers Haar und deckt sie mit seinem Umhang zu. »Nicht, dass du mir erfrierst.«

»Mir ist nicht kalt«, sagt sie.

»Du zitterst aber«, erwidert er und zieht sie fest an sich.

Sie hat lange gebraucht, bis sie es verstanden hat, aber jetzt ist ihr klar: Páll und sie sind zwei miteinander verwobene Fäden in einem einzigen Stück Stoff. Ohne ihn würde sie sich auflösen.

Als sie sich an ihn schmiegt, spürt sie, wie sich etwas Hartes in ihre Haut bohrt. Sie fasst in die Tasche ihres Rocks und zieht Jóns Geschenk hervor, die zerbrochene gläserne Frauenfigur. Der Riss im Glas ist größer geworden. Das Gesicht ist beschädigt. Der passive demütige Gesichtsausdruck und die niedergeschlagenen Augen sind nicht mehr zu erkennen.

»Was ist das?«, fragt Páll.

»Nichts.« Rósa steckt den Anhänger zurück in die Tasche, wo er gegen die runde Glasfigur klirrt, die sie dem Händler abgekauft hat.

Rósa atmet den frischen Nebelduft der hereinbrechenden Nacht ein und umarmt Páll wieder. Sein Körper passt so gut zu dem ihren, wie der Runenstein in ihre Hand gepasst hat.

Der Körper erinnert sich an die Liebe gleich einem Stein, der sich an die Hitze und Kraft erinnert, die ihn geformt haben. Er wartet unter der Erde, kalt und voller Sehnsucht, bis er sich lösen kann. Dann ist derselbe Stein in der Lage, über Flüsse zu hüpfen, einen Ozean zu durchqueren, durch fremde Länder getragen zu werden, bis er seinen Weg nach Hause gefunden hat.

Rósa schließt die Augen. Sie wird sie erst am nächsten Morgen wieder öffnen. Dann wird sich auch die dichte schwere Luft, die sie wie ein Ozean fast erdrückt hat, leicht und frei anfühlen.

Ihr Körper und ihr gewölbter Bauch werden ganz allein ihr gehören, endlich.

Und eines Tages, in nicht allzu ferner Zukunft, wird das Eis schmelzen. Das Land wird erwachen, und neues Leben wird unter der Bahn der höher steigenden Sonne entstehen und gedeihen.

EINE WOCHE ZUVOR

Fürchte nicht den Tod, denn die Stunde deines Endes ist vorherbestimmt, und du kannst ihr nicht entkommen.

Isländisches Sprichwort aus der *Völsunga-Saga*

JÓN

In der Nähe von Stykkishólmur, Dezember 1686

Wir sind verrückt, hierher zurückzukehren, sage ich ihm, aber Pétur hört nicht auf mich. Ich muss zugeben: Sein Plan ist nicht schlecht. Wir wollen uns ein Boot suchen und hinausrudern zu einer der Inseln in der Bucht, abgelegen genug, damit kein Fischer uns je findet. Dort können wir, er und ich, von Fisch und Regenwasser leben.

Beide kennen wir die unzähligen Inseln der Bucht so gut wie die rohen Narben und zornigen Striemen, die den Körper des anderen zeichnen. Trotzdem glaube auch ich, dass wir, wenn wir wollten, zwischen den Inseln verschwinden und dort ein friedliches und ruhiges Leben führen könnten.

Das wärmere Wetter hält an. Es regnet täglich, und danach glänzt das Land wie das Fell einer Robbe. Fast wünsche ich mir den Schnee zurück, damit er die Erde mit dem eisigen Mantel umhüllt, der alles in vollendeter Schönheit glitzern lässt, selbst den Tod.

Doch die Wärme lässt das Eis in den Flüssen und am Meer schmelzen. Die Luft ist erfüllt vom salzigen Duft des Meeres und der Ahnung neuen Lebens. Wir wollen zur Küste, wo wir mein Boot zu finden hoffen. Ich kann unser neues Leben fast schmecken – frisch und sauber wie geschmolzenes Eis. Wann immer ich Péturs Blick begegne, lächelt er.

Unsere Reise hierher war beschwerlich. Von Thingvellir wanderten wir fast eine Woche die Flüsse entlang gen Norden. Pétur hatte eine Angelschnur bei sich, und das Glück war ihm hold, sodass er innerhalb von einhundert Atemzügen drei Fische aus dem Wasser ziehen konnte.

»Ich hätte dich als Hexer verbrennen lassen können«, meinte ich.

Er grinste. »Und wer hätte dir dann die Fische aus dem Fluss gezaubert?«

Nach Einbruch der Dunkelheit, wenn wir gegessen und Pétur das Feuer sorgfältig gelöscht hatte, damit etwaige Verfolger uns nicht entdeckten, machten wir uns auf die Suche nach einem Unterschlupf für die Nacht. Manchmal schliefen wir auf einer Lichtung zwischen Büschen, manchmal fanden wir eine Höhle. Einmal mussten wir mit wenig mehr als einer Kuhle in offener Landschaft vorliebnehmen.

Ehe wir einschliefen, zog Pétur mir das Hemd aus, wusch meine Wunde und verband sie neu. Ich versuchte, mir den Schmerz nicht anmerken zu lassen, obwohl es qualvoll war und jede Berührung wie Feuer brannte.

Er riss Streifen seines eigenen Hemdes ab, um mich damit zu verbinden, und half mir mit einer Zärtlichkeit, als wäre ich ein Kind, beim Ankleiden. Ich sah, wie er dabei die Zähne zusammenbiss, und erkannte, dass ihn sein Arm schmerzte. Doch als ich ihn danach fragte, schüttelte er den Kopf.

»Mir fehlt nichts«, knurrte er. »Und jetzt halt still.«

Der Gedanke, ohne ihn zu leben, war wie ewige Finsternis. *Mein Herz. Meine Seele.*

Wenn er meine Wunde versorgt hatte, legten wir uns einander zugewandt nieder, so nah, dass wir uns beinahe berührten. Pétur, der vom Laufen und Tragen erschöpft war, schlief sofort ein, doch ich lag lange wach, spürte seinen Atem auf meiner Wange, beobachtete seine Augen, die sich unter den geschlossenen Lidern bewegten. Ihm bei seinen rastlosen Träumen zuzuschauen, erfüllte mich mit Ruhe und Anspannung zugleich.

Nimm mich mit.

Mein ganzes Leben fand in diesen Momenten statt. Endlich konnte ich frei atmen. Wenn ich über seinen Schlaf wachte, war meine Hingabe stärker als mein eigener Atem, meine eigene Haut.

Ab und an wachten wir nachts auf, aneinandergeschmiegt gegen die Kälte. Dann wurde die Welt und alles darin so durchlässig wie Wasser, es gab keinen Anfang, kein Ende, keine Grenze zwischen der einen und der nächsten Welle, unsere Körper waren wie zwei Ruder, die im Gleichtakt schlugen und uns immer weiter hinaus ins Unbekannte brachten. Zeit und Wahrnehmung verschwammen. Die Nacht bescherte uns winzige Momente goldenen Lichts, unendlich zerbrechlich in einem ansonsten in tiefem Schatten gelebten Leben.

Ich hielt Pétur nicht einfach in meinen Armen, ich umarmte ihn mit meinem Blut und meinen Knochen, zog ihn an mich mit der Kraft meiner Muskeln und meines Geistes, mit allem, was ich war und hoffte zu werden.

Gott mochte mich strafen, aber ich fühlte mich gerettet und ganz eins mit mir.

Danach schliefen wir ineinander verschlungen wieder ein. In jenen flüchtigen Momenten vor dem Einschlafen, während über mir die Sterne funkelten und Péturs Schweiß auf meiner Haut abkühlte, fühlte ich mich vollkommen menschlich und erlegen. Und zugleich durch und durch glücklich. In diesen Augenblicken wünschte ich mir sehnlichst, dass die Berge Islands Felsen auf uns herabregnen ließen, die uns für immer vor den Blicken der Welt verbergen würden. Und wenn man uns jemals fände, würde man unsere Leichen zusammen aus dem Geröll bergen müssen, da sie miteinander verwoben, ineinander verschlungen und unzertrennlich waren.

Doch solche Momente wilden Glücks sind so vergänglich wie das Spiegelbild des zunehmenden Mondes, das auf dem Meer schimmert. Ein Windstoß oder eine vorüberziehende Wolke genügen, um es zu zerstören.

In jedem Menschenherz glimmt eine winzige Flamme der

Hoffnung auf die eine Liebe, die das brennende Bedürfnis, erkannt zu werden, stillen kann. In manchen Herzen ist dieses Feuer gierig und verwandelt sich in ein alles verschlingendes Inferno, das nichts als Asche und Staub zurücklässt. Eine graue Spur, die vom Wind ins Nichts verweht wird. Und doch ist die Hitze des brennenden Feuers überwältigend. Und sein Licht strahlt unendlich weit.

Wir sind dem Hauptarm des Flusses bis zu seinem Ende gefolgt. Vor uns liegen das Meer und die Freiheit. Wir wollen am Strand warten, bis es ganz dunkel ist, ehe wir uns auf die Suche nach meinem Boot machen, um damit fortzurudern. Pétur hat meine Wunde gereinigt und einen frischen Verband angelegt, und obwohl steigendes Fieber meinen Körper schüttelt, fühle ich mich friedvoll.

Im schwindenden Licht nehme ich die Atemzüge der Wellen und den Salzgeruch des Meeres stärker wahr. Die See ist immer schon Teil meines Lebens gewesen; wie Blut durchströmt sie mein Sein.

Plötzlich entdecke ich am schwarzen Himmel das erste Flüstern der strahlenden Lichtbänder. Ich stupse Pétur an. Wir beobachten die bunten wogenden Farbfahnen, die sich am Horizont entfalten. Es ist wie ein Zeichen Gottes. Ich packe Péturs Hand, die so fest ist wie die Erde. Wir schauen dem Himmelsspektakel zu, bis unsere Augen tränen, bis die Lichter verblassen.

Und dann, als genügte ein Wunder nicht, entdecken wir einen winzigen Vogel, der über unseren Köpfen flattert und immer wieder den schwarz gefiederten Raben entwischt, die ihn krächzend umgeben. Es ist ein feingliedriges Wesen, das schon längst im Süden sein müsste oder gar nicht mehr am Leben sein dürfte. Aber der Vogel ist hier, quicklebendig und in vollem Flug über der unruhigen See. Er wird in diesem rauen Klima niemals überleben, doch er gibt nicht auf.

Aus dem Augenwinkel nehme ich plötzlich etwas Weißes im Meer wahr. Obwohl ich seit Tagen nicht mehr daran gedacht habe, könnte ich schwören, dass es eine blasse Hand ist, die winkt. Ich schüttele den Kopf, und die Vision verblasst.

Wir machen uns auf den Weg über die Felsen, die hinunter zum Strand und – wie ich hoffe – zu meinem Boot führen. Pétur nimmt meine Hand, wenn meine Wunde schmerzt. Ich ziehe ihn hoch, wenn er sich nicht mehr halten kann. Keiner von uns wird den anderen im Stich lassen.

Ich blicke zurück aufs Land. Die Hügel von Stykkishólmur wirken so nah, als könnte man sie berühren. Ich kann das Gehöft ausmachen, für das ich gekämpft habe. Einen Moment lang meine ich, zwischen den Felsen einen Schatten zu sehen, der sich bewegt, etwas Flatterndes. Oder sind es zwei Schatten? Eine schwarze Robe vielleicht? Doch obwohl ich blinzele und die Augen zusammenkneife, verschwinden die Gestalten. Vielleicht war es wirklich nichts weiter als die Schwingen eines Raben.

Ich mühe mich weiter in Richtung Meer, folge Pétur unter Schmerzen die Felsen hinunter. Jeder Schritt fühlt sich an, als würde ein Messer in meine Seite gerammt. Mein Atem geht pfeifend. Pétur streckt mir seine Hand entgegen. Ich zwinge mich zu einem Lächeln und bedeute ihm, er solle weitergehen. Immer langsamer komme ich voran, immer häufiger stolpere ich. Meine Arme und Beine fühlen sich an, als stünden sie in Flammen, obwohl meine Haut knochentrocken ist. Schließlich sinke ich erschöpft keuchend auf einem Felsen nieder.

Als Pétur zu mir zurückklettert, sage ich: »Lass mich hier zurück.«

»Rede keinen Unsinn.«

»Du musst weiter. Sie kriegen uns sonst noch.«

»Du …«

»Pétur … Ich sterbe.«

»Tust du *nicht*. Hör auf, so etwas zu sagen, sonst bring ich dich eigenhändig um. Und jetzt steh endlich auf!« Seine Stimme zittert, und er beißt die Zähne zusammen, als er angestrengt versucht, mich hochzuziehen.

Ich wehre seine Hände ab. »Lass mich sterben. Nimm das Boot. Warte auf einer der Inseln auf ein Handelsschiff und lass dich nach Dänemark mitnehmen.«

»Du kommst mit mir.« Der Schmerz in seinen Augen ist unerträglich.

Ich schüttele den Kopf. »Es wird mich trösten zu wissen, dass du lebst. Dort wirst du es besser haben. Nicht wie ein Monster behandelt werden. Du kannst dir dort ein Leben aufbauen. In Freiheit.«

»Ich verlasse dich nicht …« Seine Stimme bricht. Ich habe ihn noch nie weinen sehen. Grob wischt er sich über die Augen.

»Du musst«, sage ich sanft.

»Lieber sterbe ich«, erklärt er zähneknirschend. Ich kenne diesen Gesichtsausdruck. Er wird sich nicht umstimmen lassen. Und so nicke ich, langsam, und lasse mich überreden, mich auszuruhen, zu schlafen. Wir legen uns zusammen hin, seine starken Arme umfangen mich. Sein ganzer Körper bebt, ob vor Kälte oder Trauer, weiß ich nicht.

Er wird niemals frei sein, solange ich bei ihm bin. Und ich werde ihm den Tod bringen.

In der dunkelsten Stunde der Nacht erhebe ich mich. Unter den blinkenden Sternen beuge ich mich zu Pétur hinab und küsse seinen Mund. Er regt sich und streckt die Hand nach mir aus. Ich küsse sie und lege sie ihm auf die Brust. Von meinem Hals streife ich das Lederband, an dem eine winzige Figur aus Glas hängt. Der heilige Judas Thaddäus, hatte der Händler gesagt, der katholische Schutzheilige der Hoffnungslosen. Mir war ganz gleich, wen die Figur darstellte. Sie war einfach wunderschön.

Ich lege sie Pétur in die Hand. Dann binde ich mir meinen Umhang um den Hals, bis er eine Art Beutel bildet – ähnlich den Tragetüchern, in denen Mütter ihre Neugeborenen tragen –, und fülle ihn mit Steinen. Rósas Runenstein macht den Anfang. Bei jedem Bücken fährt mir der Schmerz scharf in die Seite; der behelfsmäßige Beutel wird zu schwer für meine fiebergeschwächten Glieder. Ich habe Sorge, dass die gesammelten Steine nicht ausreichen werden, habe jedoch in meinem Leben genug Ertrunkene gesehen, um zu wissen: Ein tiefer Atemzug reicht.

Pétur schläft tief und fest. Ich hebe den Beutel an und wanke zum Wasser.

Das Meer ist kalt.

Ich bringe es nicht über mich.

Ich schaue zurück zu Pétur ... Er wird mich hassen, mich verfluchen, wenn ich es tue.

Dann stelle ich mir vor, wie er über das Wasser rudert. Ich sehe ihn an Bord eines Handelsschiffs, ich sehe, wie ihm der Wind das Haar aus dem Gesicht peitscht und Jahre der Angst verjagt. Ich stelle ihn mir in Kopenhagen vor, wie er sich unter den Menschen bewegt wie jeder andere Mann auch. Nie wieder wird jemand hinter seinem Rücken etwas von *Huldufólk* oder *Monster* flüstern. Ohne mich wird er frei sein.

Die Liebe öffnet uns, so wie ein Erdbeben die Erde aufbricht.

Ich wende mich wieder dem Meer zu und gehe los. Ein wunderbares Gefühl der Schwerelosigkeit überkommt mich, als hätten die Steine plötzlich kein Gewicht mehr. Ich kehre in stille Gewässer zurück, nachdem ich mein Lebtag dem Zerren von Strömungen und Unterströmungen ausgesetzt war.

Und unter dem frei atmenden Himmel fühle ich mich so lebendig wie nie zuvor.

GLOSSAR ISLÄNDISCHER BEGRIFFE

Baðstofa – Wohn- und Schlafraum, häufig mit Betten seitlich an den Wänden.
Bless – Begrüßungsformel (weniger förmlich als *»Komdu sæl og blessaður«*).
Bonði – Oberhaupt einer isländischen Siedlung.
Brennevín – Klare Spirituose aus vergorenem Getreide oder gestampften Kartoffeln.
Dagverður – Mittagessen.
Draugr – Ein Untoter oder »lebender« Toter. Plural: *Draugar.*
Elskan – Kosewort wie »Schatz«.
Ginfaxi – Rune für den Sieg im Kampf.
Huldufólk – Das »verborgene Volk« bzw. Elfen.
Hloðir – Eine offene Kochstelle, aus großen Steinen über einem Feuer errichtet.
Komdu sæl og blessuð – Förmliche Begrüßung einer Frau.
Komdu sæl og blessaður – Förmliche Begrüßung eines Mannes.
Lifrarpylsa – Eine aus gehackter Leber hergestellte Wurst.
Moldbylur – So heftiger Schneefall, dass man die Hand nicht mehr vor den Augen sieht.
Nattverður – Abendessen.
Seiðr – Zauberei (bei Todesstrafe verboten).
Skyr – Ein proteinreiches Sauermilchprodukt.
Prestur – Ein Dorfgeistlicher oder Pfarrer.
Vegvísir – Rune für Schutz und Orientierung, im Deutschen auch Wikingerkompass genannt.

DANKSAGUNG

Viele Menschen glauben, Schreiben sei eine einsame Tätigkeit und der Schriftsteller ein Einzelgänger, doch ohne die kontinuierliche Unterstützung und Ermutigung (und die sanfte Kritik) von anderen wäre *Die Farbe von Glas* nicht entstanden. Diesen Menschen gilt mein ganz besonderer Dank.

Zuerst wäre da Nelle Andrew, meine furchterregende und furchtlose Agentin, deren knallharter Perfektionismus mich durch endlose Neufassungen, Überarbeitungen und Streichungen begleitet hat. Eine begabtere und motivierendere Unterstützerin hätte ich mir für mein Buch und meine Tätigkeit als Autorin nicht wünschen können. Du bist phänomenal! Marilia Salvides danke ich für ihre harte Arbeit und den Rückhalt, den sie mir gegeben hat, und Laura Williams für ihren Ansporn auf den letzten Metern. Mein Dank gilt außerdem dem gesamten Team bei Peters Fraser and Dunlop.

Außerdem möchte ich mich bei Jillian Taylor bedanken, meiner großartigen Lektorin, die sich beim ersten Lesen in *Die Farbe von Glas* verliebte (und mir den schönsten Brief schrieb, den ich je bekommen habe). Ihr unerschütterlicher Glaube an meinen Roman und an mich als Autorin war von ebenso unschätzbarem Wert wie ihr untrüglicher professioneller Instinkt. Ich danke Hazel Orme, die den Text ganz hervorragend redigiert hat. Ihr scharfes Auge für jedes Detail war für den Roman von entscheidender Bedeutung. Weiterer Dank gebührt Bea McIntyre und ihren wunderbaren Korrektorinnen, Eugenie Woodhouse und Kathryn Sargent, sowie Katie Bowden und Laura Nichol. Dem gesamten Team, das sich bei Michael Joseph für meinen Roman eingesetzt hat: Vielen Dank!

Ganz besonders danken möchte ich Sigurður Gylfi Magnússon und Árni Daníel Júlíusson von der Universität Island, die bereit waren, sich mit mir zu treffen und ihr Wissen über das Leben in Island im siebzehnten Jahrhundert mit mir zu teilen. Außerdem gilt mein Dank Regina Hrönn Ragnarsdóttir für die Informationen über Aussehen und Ausstattung von isländischen Gehöften und Torfhäusern.

Ich danke meiner Familie: meiner Schwester Annabelle, die einen unvollständigen ersten Entwurf las und liebte und ebenso großartige wie kluge Ideen beitrug. Meiner wunderbaren Mutter, die mir immer zugehört und mich unterstützt hat, die alles toll findet, was ich schreibe, und die mir *Unmengen* von Büchern gekauft hat. Meinem mittlerweile verstorbenen genialen und misanthropischen Vater, dessen kompromisslose Intoleranz gegenüber jeglichem Lärm dazu beitrug, dass ich ein Buch nach dem anderen verschlang. Meiner Schwester Sophie für ihre Liebe und ihre ganz besondere Mischung aus Spott und Beistand.

Außerdem gilt mein Dank den wunderbaren Menschen, die meine Entwürfe gelesen und mir Rückmeldung und hilfreiche Hinweise gegeben haben: Danke, Bill Gurney, für deinen wunderbaren Verriss früher Fassungen (besonders denkwürdig dein Kommentar, man habe bei Teilen des ersten Entwurfs »das Gefühl, in Island zu sein: der Supermarkt …«). Bill bin ich doppelten Dank schuldig, da er *zwei* Fassungen gelesen und kommentiert hat. Nettie Gurney danke ich für ihre wunderbaren Leseempfehlungen und die Gedanken zu meinen Kurzgeschichten. Danke, Sachin Choithramani, für deinen genauen Blick, und Robert Ward-Penny, für deine klugen Hinweise und dein kritisches Lob. Ich möchte auch allen anderen danken, die bereit waren, frühe Fassungen zu lesen und mir Rückmeldung dazu zu geben: Penny Clarke, Nicky Leamy, Adele Kenny und Katie Purser. Danke, Cathy Thompson, dass du dich über einem Glas Wein meiner Buchidee gewidmet hast, obwohl ich außer dem Prolog noch nichts vorzuweisen hatte.

Ich danke noch einmal den großartigen Lehrern, die mich zu dem gemacht haben, was ich heute bin: Graham Crosby war der Erste, der mir gesagt hat, dass ich schreiben könne. Danke, Maureen Freely und David Morley – ich freue mich unglaublich, dass ich nun Teil des *Warwick Writing Programme* sein darf, eines Projektes, das mir selbst einen so wunderbaren Start in den Beruf bereitete.

Danke, John Wood, für die Unterstützung in schwierigen Zeiten, für Fahrten zum Bahnhof und für deine Flexibilität, wenn bestehende Pläne wegen des Buches wieder einmal verworfen wurden – ich weiß, es hat dich verrückt gemacht. Danke auch für das Ausdrucken von Fachartikeln und das Zusenden nützlicher Links zu interessanten Websites.

Riesengroßer Dank geht an Liz Day und Doug Day für ihre immerwährende Unterstützung, ihre Begeisterung und ihren Zuspruch. Danke, dass ihr für meine zwei kleinen Söhne da wart, die euch, zu Recht, abgöttisch lieben. Ihr seid einfach wunderbar!

Roger Dix möchte ich mehr als Danke sagen, für alles und dafür, *alles* zu sein. Lass es uns nicht verbocken.

Und schließlich danke ich meinen zwei wunderbaren Söhnen, Arthur und Rupert. Danke für eure unendliche Geduld und Liebe und dafür, dass ihr mich mit Fantasiefiguren teilt. Ihr bringt mich jeden Tag zum Lachen, macht mich jeden Tag stolz. Jeden Tag lehrt ihr mich etwas über mich selbst, das ich überhaupt nicht wissen wollte. Ich liebe euch mehr, als ich in Worte fassen kann.

ANMERKUNG DER AUTORIN

Island im siebzehnten Jahrhundert mag für eine Schriftstellerin aus Jersey ein ungewöhnlicher Schauplatz sein, doch als ich einmal begonnen hatte, über das Land zu jener Zeit zu lesen, ließ es mich nicht mehr los. Durch seine geografische Isolation entstanden in Island eine reichhaltige Kulturgeschichte und ein ganz eigenes Glaubenssystem, die so einzigartig sind wie seine Landschaft. Ich fand es ungemein faszinierend, dass man auch im modernen Island durchaus noch ans *Huldufólk* glaubt und dass auch heute noch Menschen manchmal einfach »verschwinden«. Man braucht nur einen Blick auf die wilde Landschaft aus Vulkanen, Treibeis und Geysiren zu werfen, um zu verstehen, warum die Isländer zu Rósas Zeiten an Naturmächte glaubten. Je länger ich über Rósas und Jóns Welt schrieb und je tiefer ich darin eintauchte, desto stärker kristallisierte sich die Landschaft selbst als Handlungsfigur heraus. Es muss furchterregend gewesen sein, an einem Ort zu leben, wo die Umgebung, die dich im Sommer am Leben hält, im nächsten Winter dein Tod sein kann. Auch die Sagas, die zu den ältesten literarischen Werken des Westens gehören, haben mich stark beeindruckt. Im Gegensatz zu den griechischen und römischen Mythen über Göttinnen und Götter geht es in den isländischen Sagas häufig um normalsterbliche Frauen und Männer und ihre sehr übermenschlichen Mühen – wobei auch hier Aspekte des Übernatürlichen präsent sind.

Einige Bücher fand ich für meine Recherche besonders hilfreich: *Names for the Sea: Strangers in Iceland (Sommerhelle Nächte: Unser Jahr in Island)* von Sarah Moss ist eine wunderbar fesselnde Erzählung, die ich wegen ihrer Landschaftsbeschreibungen und der Ergründung von Kultur und Geschichte des Landes sehr inspirierend fand. Kirsten

Hastrups *Nature and Policy in Iceland 1400–1800* diente mir immer wieder als wertvolles Nachschlagewerk. Nützliche Einblicke boten mir außerdem *Wasteland with Words* von Sigurður Gylfi Magnússon und *Iceland's 1100 Years: The History of a Marginal Society* von Gunnar Karlsson. Das von Kirsten Wolf und Johanna Denzin herausgegebene Buch *Romance and Love in Late Medieval and Early Modern Iceland* war ebenfalls hilfreich. *Independent People (Sein eigener Herr)* und *Iceland's Bell (Die Islandglocke)* von Halldór Laxness gefielen mir ungemein, und ich liebe Sjóns Romane *The Blue Fox (Schattenfuchs)* und *The Whispering Muse*. Hannah Kents Roman *Burial Rites (Das Seelenhaus)* war ebenfalls hervorragend, um ein Gefühl für das Land zu bekommen.

Die kurze Zeit, die ich in Island verbracht habe, war ebenso informativ wie inspirierend. Das Land ist einfach herrlich, mit seiner atemberaubenden Landschaft, seiner unglaublichen Geschichte und den ungemein freundlichen Menschen. Sigurður Gylfi Magnússon und Árni Daníel Júlíusson, zwei Geschichtsprofessoren der Universität Island, haben bereitwillig einen ganzen Nachmittag geopfert, um mit mir darüber zu sprechen, wie Rósas und Jóns Welt ausgesehen haben mag. Erfrischend fand ich ihre Antwort auf meine Frage, was man damals wohl von einer Frau gehalten habe, die lesen konnte. Zwar wussten beide Professoren darauf keine Antwort, waren sich jedoch einig, dass das für einen Roman nicht so entscheidend sein sollte. Aus dieser Antwort ergab sich für mich ein Grundprinzip, das mich durch den Schreibprozess begleitete: Romane sind erfundene Geschichten, und selbst Sachbücher enthalten häufig fiktive Elemente oder Interpretationen; also hielt ich mich zwar, wo möglich, an recherchierte Tatsachen, griff jedoch ungeniert auf frei Erfundenes zurück, wenn mir die Fakten fehlten oder sie mir für die Geschichte hinderlich erschienen. Für Fehler sämtlicher Art bin daher ich allein verantwortlich.

Ich hatte Freude daran, mir auszumalen, wie das Leben einer Frau zu jener Zeit ausgesehen haben mochte, besonders das einer Frau wie Rósa, die zwischen altem Glauben und »neuer« Religion, zwischen der Loyalität ihrer Familie gegenüber und der Treue zu ihrem Ehemann hin- und hergerissen ist und die in Isolation und Angst lebt. Selbst mit meinen modernen Privilegien – Bildung und finanzieller Autonomie – habe ich mich schon in Situationen wiedergefunden, in denen ich mich angesichts der selbstverständlichen Überlegenheit und des Anspruchsdenkens von Männern klein und verängstigt gefühlt und manchmal sogar an meinem eigenen Verstand gezweifelt habe. In dieser Hinsicht unterscheidet sich Rósas Geschichte gar nicht so sehr von meiner eigenen, trotz der zeitlichen und räumlichen Entfernung. Wie Rósa, und wie viele andere Frauen auch, muss ich mich täglich daran erinnern, mutig zu sein. Ich wünsche mir eine Zukunft, in der sich meine Söhne nicht verhalten, als hätten sie wegen ihrer Privilegien automatisch auf alles Anspruch, und in der sich meine Nichten nicht erst mental rüsten müssen, bevor sie das Haus verlassen.

Caroline Lea
Juni 2018